Susan Meissner

Neun Tage Königin

Roman

Über die Autorin

Susan Meissner ist eine vielfach ausgezeichnete Zeitungskolumnistin, Ehefrau eines Pastors und lehrt Journalismus an einer Highschool. Sie lebt mit ihrem Ehemann Bob und den vier gemeinsamen Kindern in Minnesota.

Fünf ihrer Romane wurden bereits erfolgreich ins Deutsche übersetzt: „Leih mir deine Flügel“, „Die Stimme meines Herzens“, „Die Weite des Himmels“, „Die Farben des Lebens“ und „Ein Garten voller Träume“.

Susan Meissner

Neun Tage Königin

Roman

Aus dem Englischen übersetzt von Antje Balters

Gerth Medien

MIX
Papier aus verantwortungsvollen Quellen
FSC® C014496

Verlagsgruppe Random House FSC-DEU-0100
Das für dieses Buch verwendete FSC®-zertifizierte Papier *Enso Classic 95*
liefert Stora Enso, Finnland.

Originally published in English under the title
„Lady in Waiting“ by Susan Meissner.

Published by WaterBrook Press
an imprint of The Crown Publishing Group,
a division of Random House, Inc.,
12265 Oracle Boulevard, Suite 200, Colorado Springs, Colorado 80921, USA,
International rights contracted through:
Gospel Literature International,
P.O. Box 4060, Ontario, California 91761-1003, USA
This translation published by arrangement with WaterBrook Press,
an imprint of The Crown Publishing Group,
a division of Random House, Inc.

1. Auflage 2013
Bestell-Nr. 816752
ISBN 978-3-86591-752-2

Umschlaggestaltung: Hanni Plato
Umschlagfotos: 816752 – Corbis, Peter Harholdt;
16752 – Corbis, Franz Xavier Winterhalter
Lektorat und Satz: Nicole Schol
Druck und Verarbeitung: GGP Media GmbH, Pößneck
Printed in Germany

Für Bob,
den einen, für den mein Herz schlägt

In jedem Steinblock steckt eine Skulptur,
und es ist Aufgabe des Bildhauers, sie zu entdecken.
Michelangelo

Jane

Upper West Side, Manhattan

Eins

Die Uhr auf dem Kaminsims war von exquisiter Qualität, auch wenn die Zeiger auf zwanzig nach zwei stehen geblieben waren. Soweit ich erkennen konnte, war sie aus einem einzigen Stück Holz geschnitzt, und die schimmernde Patina vermittelte einen warmen Eindruck. In die Wirbel der Holzmaserung waren Rosenknospen eingeritzt, die die Uhr an beiden Seiten wie zwei Brautsträuße säumten. An der Oberseite war der Korpus abgerundet und glatt wie der verhangene Kopf einer Madonna. Als ich mit der Hand über die glatt polierte Oberfläche fuhr, fühlte es sich an, als berührte ich warmes Wasser.

Der Legende nach hatte die Uhr ursprünglich der jungen Frau eines Arztes aus Southampton gehört und war im Jahr 1912 genau in dem Augenblick stehen geblieben, als die *Titanic* gesunken und die Besitzerin der Uhr dadurch zur Witwe geworden war. Der einzige Trost der trauernden Frau war die Tatsache gewesen, dass ihre Uhr das furchtbare Schicksal ihres Mannes scheinbar vorausgeahnt hatte und ihr Begleiter war in dem Schmerz, der sie geradezu lähmte. Die Frau hatte nie wieder geheiratet und auch die Uhr nie reparieren lassen.

Ich hatte das Stück unbesehen für den Antiquitätenladen meiner Großtante gekauft, genau wie viele andere Stücke zuvor, die jetzt in den Schauvitrinen standen. In den anderthalb Jahren, die ich jetzt schon für das Warenangebot in dem Antiquitätenladen verantwortlich war, hatte ich die besten Stücke von irgendwelchen Haushaltsauflösungen und Ramschverkäufen alter Anwesen bekommen, auf die meine englische Freundin Emma Downing immer wieder stieß, wenn sie auf der Suche nach Kuriositäten für ihren Kostümladen im Südosten von England unterwegs war. Die Uhr hatte sie bei der

Auflösung eines Anwesens in Felixstowe aufgetrieben, und der Auktionator, so erzählte sie mir später, sei völlig unberührt gewesen von der traurigen Geschichte des schönen Stückes. Emma berichtete, der Mann hätte die Geschichte über die Herkunft der Uhr von einem Zettel abgelesen, und zwar in einem Tonfall, als würde er die Gebrauchsanweisung einer Waschmaschine vortragen.

Meine Mutter sah mir dabei zu, wie ich die Uhr jetzt auf den schwarz lackierten Sims über dem Marmorkamin stellte. Sie hielt eine Bleikristallvase mit Seidennarzissen in der Hand.

„Eigentlich müsste die Uhr ticken“, schmollte sie. „Die Leute werden sich fragen, warum sie nicht tickt.“ Sie stellte die Vase auf dem Kaminboden ab und trat dann zurück, wobei ihre Absätze ein klackerndes Geräusch auf dem Parkettboden machten. „Wenn sie ginge, hättest du sie wahrscheinlich schon längst verkauft. Hat Wilson sie sich schon angesehen? Du hast mir doch erzählt, er könne alles reparieren.“

Ich wischte ein Staubkorn vom Ziffernblatt der Uhr. Nein, ich hatte den Ur-Mitarbeiter des Ladens und inoffiziellen Universalmechaniker nicht gebeten, sie zu reparieren. „Es wäre aber nicht mehr dieselbe Uhr, wenn sie funktionieren würde“, wandte ich daher ein.

„Es wäre eine Uhr, die das tun würde, wozu sie da ist“, entgegnete meine Mutter energisch, beugte sich vor und zupfte eine der Narzissenblüten zurecht.

„Es ist aber nicht irgendeine Uhr, Mutter“, hielt ich ihr entgegen und trat jetzt ebenfalls einen Schritt zurück.

Meine Mutter verschränkte die Arme über ihrem teuren Hosenanzug. Hellblau war er, die Farbe von Babydecken und Rotkehlcheneiern. Es war ihre Farbe, ihr Markenzeichen.

„Hör mal, die Sache mit der ‚Titanic‘ und der jungen Witwe – das mag ja alles stimmen, Jane, aber du hast dafür nicht den geringsten Beweis. Nie und nimmer wirst du die Uhr aufgrund dieser Geschichte verkaufen.“

Bei dem Gedanken, mich von der Uhr trennen zu müssen, stieg Traurigkeit in mir auf. So etwas kommt vor, wenn man im Verkauf arbeitet. Manchmal fällt es einem schwer, sich von dem zu trennen, was man erworben hat, um es wieder zu verkaufen.

„Ich überlege, ob ich sie nicht vielleicht selbst behalten sollte."

„Aber wenn du dich nicht von den Waren trennen kannst, verdienst du nichts." Das flüsterte meine Mutter zwar nur ganz leise vor sich hin, aber ich hatte es trotzdem gehört. Das war ihre Art, mir mitzuteilen, was sie von meiner Arbeit im Laden ihrer Tante hielt – den sie geerbt hatte, als ihre Großtante Thea gestorben war –, ohne den Eindruck zu erwecken, dass sie sich einmischte.

Meine Mutter glaubt, dass sie sich große Mühe gibt, sich nicht einzumischen, und dass es ihr auch gelingt. Aber das ist auch eines ihrer Talente: sich einzumischen und zu glauben, sie täte es nicht. Meine jüngere Schwester Leslie treibt sie dadurch geradezu in den Wahnsinn.

„Möchtest du, dass ich sie wieder mit in den Laden nehme?", fragte ich.

„Nein, das nicht! Sie passt ja perfekt dorthin. Ich wünschte nur, sie würde ticken", sagte sie fast schmollend.

Ich griff nach der kleinen Kiste zu meinen Füßen, in der ich die Uhr mitgebracht hatte und außerdem noch ein paar alte Ausgaben von Shakespeares Werken, einige Zinnleuchter und eine Wedgewood-Vase. „Du kannst ja eine CD mit Soundeffekten kaufen und dann eine tickende Uhr als Endlosschleife laufen lassen", scherzte ich.

Mit kindlicher Entschlossenheit im Blick drehte sie sich zu mir um und sagte: „Was meinst du, ob es wohl schwierig ist, so eine CD aufzutreiben?"

„Das war nur ein Scherz, Mama! Schau dir doch nur an, womit du dich dann zufriedengeben müsstest!", meinte ich und deutete auf die Stereoanlagenattrappe, die sie in einem

Lackphonoschrank hinter uns aufgebaut hatte. Meine Mutter verwendete nie echte Elektrogeräte in den Häusern, die sie zum Verkauf herrichtete, obwohl sie das bei der Klientel, mit der sie normalerweise zu tun hatte – reiche Immobilienmakler und ebenso wohlhabende Käufer und Verkäufer –, ganz bestimmt hätte tun können.

„Dann hole ich eben einen tragbaren CD-Player und verstecke ihn zwischen den Kissen am Kamin", sagte sie achselzuckend und wandte sich dann dem angrenzenden Esszimmer zu. Der glänzende schwarze Esstisch war mit weißem Porzellan, hellgelben Leinenservietten, jeder Menge falschem Hähnchensalat, dunkelroten Plastiktrauben, Plastikcroissants und Petit Fours gedeckt. Ein Gesteck aus Weidenkätzchen schmückte die Tischmitte. „Findest du die Weidenkätzchen zu rustikal?"

Sie wollte, dass ich Ja sagte, und deshalb tat ich ihr den Gefallen.

„Mir gefallen sie dort auch nicht mehr", meinte sie. „Ich glaube, wir tauschen sie lieber gegen die Vase mit Gerbera aus, die bei dir im Laden auf dem alten Sekretär vorne im Schaufenster steht. Ich weiß gar nicht mehr, was ich mir dabei gedacht habe, die hier zu kaufen." Bei diesen Worten griff sie nach den unglückseligen Weidenkätzchen. „Das Gesteck hier können wir auf den Tisch am Eingang stellen, auf dem unsere Visitenkarten liegen."

Sie drehte sich zu mir um. „Du hast doch diesmal an deine Karten gedacht, oder? Es wäre dumm, sich all die Arbeit zu machen und dann nicht zu versuchen, dadurch auch neue Kunden zu gewinnen."

Meine Mutter ging entschlossenen Schrittes mit den Weidenkätzchen nach vorn in den Eingangsbereich. Ich folgte ihr.

Dies war erst das zweite Haus, bei dem ich offiziell mit ihr zusammenarbeitete, um es für den Verkauf herzurichten. Beim ersten hatte ich noch keine Visitenkarten dabeigehabt, weil meine Mutter mich erst gefragt hatte, ob ich mitkommen und ihr helfen wolle, als sie praktisch schon unterwegs gewesen war. Sie hatte mir dann aber auch sofort mitgeteilt, dass ich niemals irgendwo hingehen dürfe, ohne Visitenkarten dabeizuhaben. Nicht einmal auf die Toilette. Und dann hatte sie mich abwartend angeschaut, als wolle sie mich auffordern, sofort meinen BlackBerry zu zücken und mir ihre Anordnung zu notieren.

„Ich habe Karten dabei", sagte ich also jetzt, griff in die Tasche meiner Caprihose und holte ein paar der Hochglanzfirmenkarten heraus. Sie waren mit der Aufschrift „Amsterdam Avenue Antiquitäten" und dem Firmenlogo bedruckt – drei verschnörkelten A, die wie ein keltischer Ewigkeitsknoten ineinander verschlungen waren. Ich gab sie ihr, und sie legte sie auf einen Silberteller neben ihre eigenen Visitenkarten. „Sophia Keller – Innenausstattung und Home Staging". Die Weidenkätzchen sahen vor der hohen jutefarbenen Wand wirklich wunderschön aus.

„So, das sieht schon besser aus!", sagte sie, als hätte sie meine Gedanken erraten. Dann drehte sie sich um und begutachtete noch einmal den Gesamteindruck des großen Raums im Erdgeschoss. Die Eigentümer des zum Verkauf stehenden Stadthauses waren in die Hamptons gezogen und verkauften ihre Immobilien in Manhattan, um mit dem Erlös einen sorgenfreien Ruhestand finanzieren zu können. Die Hälfte aller Dekorationsgegenstände – Bücher, Vasen und gerahmte Drucke – waren Leihgaben aus Tante Theas Antiquitätenladen. Meine Mutter, die seit zwei Jahren Immobilien für den Verkauf herrichtete, hatte mich ein paar Monate zuvor in ihre Firma aufgenommen, als sie gemerkt hatte, dass sich ein Haus, das mit hübschen, echten Antiquitäten dekoriert ist, schneller und leichter verkaufen lässt als eines, in dem nur Reproduktionen zu sehen sind.

„Du und Brad, ihr solltet aus diesem winzigen Apartment an der West Side ausziehen und das hier kaufen. Die Eigentümer verschenken es ja praktisch."

Das sagte sie in einem Tonfall, der nach einer Reaktion meinerseits verlangte, aber ich ließ ihre Bemerkung einfach in den Sonnenstrahlen verfliegen, die in den Raum fielen und uns liebkosten. Es war eine Bemerkung, auf die ich nichts zu entgegnen wusste.

Meine Mutter ließ ihren Blick durch die beiden großen Räume schweifen, die sie eingerichtet hatte, und verzog missmutig das Gesicht, als er auf den Kaminsims mit der stummen Uhr fiel.

„Nun, dann werde ich eben später noch einmal zurückkommen müssen", sagte sie in die Stille hinein. „Der Besichtigungstermin ist gleich morgen früh." Sie drehte sich um und meinte: „Komm, ich bringe dich noch zurück zum Laden."

Wir traten hinaus in die Aprilsonne und gingen zu ihrem Lexus, der auf der gegenüberliegenden Seite vor einer Reihe von Stadthäusern geparkt war, die genauso aussahen wie das, welches wir gerade verlassen hatten. Als wir losfuhren, wurde das Schweigen im Auto bedrückend, und ich holte mein Handy aus der Handtasche, um nachzuschauen, ob mir irgendwelche Anrufe entgangen waren. Auf dem Hinweg hatte ich ein geschäftliches Telefonat mit Emma geführt. Es war dabei um eine Kiste mit alten Büchern gegangen, die sie auf einem Flohmarkt in Cardiff erstanden hatte. Das Gespräch hatte die gesamte Fahrtzeit vom Laden bis zu dem Stadthaus gedauert, und mir wäre es am liebsten gewesen, wenn ich jetzt wieder so ein geschäftliches Gespräch mit jemandem hätte führen können. Meine Mutter würde nämlich bestimmt nach Brad fragen, wenn das Schweigen noch länger andauerte. Mein Handy zeigte jedoch leider keinen Anruf in Abwesenheit an, und ich begann, mir das Hirn nach einem Gesprächsthema zu zermartern. Plötzlich fiel mir ein, dass ich meiner Mutter noch gar nicht von der neuen Verkäuferin erzählt hatte, die ich für den Antiquitätenladen eingestellt hatte. Ich holte also Luft, um ihr von Stacy zu erzählen, aber da war es bereits zu spät.

„Und, was hast du so von Brad gehört?“, fragte sie munter.

„Es geht ihm gut.“ Meine Antwort kam so schnell, dass es klang, als hätte ich sie eingeübt. Meine Mutter wandte den Blick kurz von der Straße ab und sah zu mir herüber, um dann ihre Aufmerksamkeit sofort wieder auf die Straße zu richten. Vor ihr fuhr ein Taxi los und schnitt sie, woraufhin sie auf die Hupe drückte. Dann wandte sie sich wieder mir zu. „Was meinst du denn, wie lange er noch in New Hampshire bleiben wird?“, fragte sie mit gerunzelter Stirn. „Ihr wollt doch sicher nicht ewig zwei Haushalte führen, oder?“

Ich atmete hörbar aus. „Es ist ein wirklich guter Job, Mama. Ihm gefallen die Abwechslung und die neuen Aufgaben, und außerdem ist er doch auch erst seit zwei Monaten weg.“

„Das mag ja sein, aber es ist doch für euch beide sicher ziemlich anstrengend und umständlich, zwei Haushalte zu führen, ganz zu schweigen von den Kosten und den langen Trennungen.“ Sie hielt inne, aber nur für einen kurzen Moment. „Ich verstehe einfach nicht, wieso er nicht etwas Entsprechendes hier in New York finden konnte. Bieten denn nicht alle großen Kliniken in etwa die gleichen Stellen für Radiologen? Das hat mir jedenfalls dein Vater erzählt, und der muss es doch schließlich wissen.“

„Dass es überall ähnliche Jobs an Kliniken gibt, muss doch nicht unbedingt heißen, dass auch die passenden Stellen frei sind, Mama.“

Sie trommelte auf dem Lenkrad herum. „Ja, aber dein Vater hat gesagt …“

„Ich weiß, dass Vater meint, er hätte Brad helfen können, auf Long Island etwas zu finden, Mama, aber Brad wollte nun mal genau diesen Job. Und ich will dir ja auch nicht zu nahetreten, Mama, aber die Leitung des technischen Dienstes stellt nun mal keine Radiologen ein.“

Wahrscheinlich hätte ich mir diese Anmerkung lieber verkneifen sollen. Wahrscheinlich würde sie nämlich meinem

Vater jetzt erzählen, was ich gesagt hatte, und zwar nicht, um ihn zu verletzen, sondern nur, um ihrem Frust darüber Luft zu machen, dass sie mich nicht davon hatte überzeugen können, dass sie recht hatte und ich unrecht. Trotzdem würde es ihn verletzen.

„Tut mir leid, Mama“, fügte ich also rasch hinzu. „Bitte erzähl ihm nicht, dass ich das gesagt habe, okay? Ich möchte das alles nicht schon wieder aufwärmen.“

Aber sie war noch nicht fertig. „Dein Vater ist seit siebenundzwanzig Jahren an der Klinik, und er kennt dort sehr viele Leute.“ Die letzten drei Worte betonte sie mit einem herausfordernden Blick in meine Richtung.

„Das weiß ich, Mama. Aber darum geht es doch gar nicht. Es ist nur so, dass Brad sich genau so einen Job immer gewünscht hat. Er arbeitet dort mit Krebspatienten, und genau das möchte er.“

„Aber der Job ist in New Hampshire!“

„Na ja, Connor ist ja auch in New Hampshire!“ Sogar in meinen Ohren klang es erbärmlich, den Studienort unseres Sohnes als Begründung für die Tatsache anzuführen, dass mein Mann und ich derzeit in gewisser Weise getrennt lebten. Connor hatte mit all dem nun wirklich nichts zu tun. Und außerdem wohnte er über eine Autostunde von Brad entfernt.

„Und du bist hier“, sagte meine Mutter betont gleichmütig. „Wenn Brad unbedingt aus der Stadt rauswollte, dann hätte es sicher jede Menge ruhigere Kliniken in unmittelbarer Nähe gegeben. Und auch jede Menge kranker Leute.“

Da war ein Unterton in ihrer Stimme, unterschwellig, aber trotzdem unüberhörbar, der mir deutlich signalisierte, dass es hier keineswegs um kranke Menschen und Krankenhäuser und die Entfernung zwischen Manhattan und Manchester ging. Es war, als ahnte sie, was ich ihr und meinem Vater in den vergangenen Wochen zu verschweigen versucht hatte.

Mein Mann wollte nicht aus der Stadt weg, sondern einfach nur weg.

Zwei

In den ersten paar Wochen nach Brads Auszug wachte ich manchmal mitten in der Nacht auf und dachte nicht mehr daran, dass ich ja jetzt allein in dem Doppelbett lag. Instinktiv rutschte ich dann weiter auf Brads Seite, und mir wurde jedes Mal seltsam schwindelig, wenn ich merkte, dass er ja gar nicht da war. Dann klammerte ich mich am Bettlaken fest, so, als wolle ich nicht fallen.

In den ersten Wochen passierte das jede Nacht, und ich lag danach immer stundenlang wach und konnte einfach nicht aufhören, darüber nachzugrübeln, warum Brad unbedingt Abstand von mir wollte und warum mich sein Wunsch und dessen praktische Umsetzung so eiskalt erwischt hatten. Nach etwa drei Wochen wachte ich dann nachts nicht mehr mit diesem Schwindelgefühl auf, sondern ich wachte einfach nur auf – manchmal um zwei Uhr morgens, manchmal auch erst um drei – und konnte dann bis zum Tagesanbruch nicht wieder einschlafen.

Ich hatte wirklich nicht gewusst, dass Brad in unserer Ehe keine Luft bekam. Das war der Teil an der ganzen Sache, der mir so unheimlich vorkam, wenn sich Nacht für Nacht der Schlaf davonmachte. Brad hatte das Gefühl gehabt, ersticken zu müssen, und ich hatte es nicht bemerkt. Manchmal hielten mich Zweifel wach, manchmal war es Trauer, manchmal Wut – und manchmal war es auch eine Mischung aus allen dreien.

An dem Morgen, als Brad mir sagte, dass er gehen würde, saßen wir an unserem Küchentisch. Die Teile der Sonntagszeitung lagen verstreut zwischen unseren Kaffeetassen, und der Duft des Omeletts, das ich uns gemacht hatte, hing noch in der Luft. Zwiebel, Paprika und Frühstücksspeck. Es war

Mitte Februar, aber die Sonne hatte an jenem Morgen schon ein wenig Kraft, und ihre Strahlen ergossen sich vom Balkonfenster aus über unsere Schultern, als wollten sie hereingebeten werden. Brad sagte meinen Namen. Ich blickte auf und dachte, dass er vielleicht noch Kaffee wollte, doch er sah nicht mich an, sondern schaute zur Wohnungstür.

„Es gibt ein Stellenangebot für einen Radiologen in einer Klinik in New Hampshire", sagte er.

Ein paar Sekunden verstrichen, bevor mir klar wurde, dass es hier um etwas ging, das ihm wichtig war. „New Hampshire?"

Er schaute auf seine Kaffeetasse und strich mit dem Daumen über den Henkel.

„Ja, in Manchester. Es ist eine Stelle in der Diagnostik, wo ich mit den Onkologen zusammenarbeiten würde, und ein Teil des Jobs ist auch Forschungsarbeit. Man hat mir diese Stelle angeboten."

Er hob ganz langsam den Kopf, und unsere Blicke begegneten sich.

„Und du hast sie angenommen?" Gedankenfetzen wirbelten durch meinen Kopf. Ich wusste gar nicht so recht, welche Frage ich ihm eigentlich stellen wollte. *Warum erzählst du mir das?*, schien da für den Anfang ganz angebracht, aber er redete weiter, bevor ich mich für die passende Frage entscheiden konnte.

„Nun, sie sind auf mich zugekommen, nachdem sie meine Artikel im ‚Journal' gelesen hatten. Sie hätten mich gern in ihrem Team."

Vielleicht hätte ich etwas Bestätigendes sagen sollen, hätte deutlich machen sollen, wie stolz ich darauf war, dass man ihn auserwählt hatte, aber ich konnte an nichts anderes denken als daran, dass Brad sich tatsächlich für diesen Job entscheiden könnte und wir aus New York weggehen müssten. Ich fragte mich schon, wie ich meiner Mutter und Tante Thea beibringen sollte, dass ich das Antiquitätengeschäft aufgeben müsse. Thea, die in einer betreuten Seniorenwohnanlage in Jersey City untergebracht war, würde wahrscheinlich darauf bestehen, dass dann meine Mutter wieder die Geschäftsführung übernahm, denn sie vertraute nur Blutsverwandten. Und darüber wiederum würde meine Mutter wahrscheinlich nicht besonders begeistert sein, denn Antiquitäten waren nicht ihr Ding. Und schon allein der Gedanke an meinen Umzug, daran, all das zu verlassen, was mir vertraut war, beunruhigte mich.

„Aber das ist in New Hampshire – weit weg", sagte ich.

Er strich erneut über den Henkel seiner Tasse. „Es wäre ein Riesenschritt auf der Karriereleiter für mich", fügte er hinzu und starrte weiterhin auf den Tisch hinab.

Meine Gedanken wanderten zu meinen Eltern. Sie würden einen solchen Wechsel wahrscheinlich als kometenhaften Aufstieg betrachten, selbst wenn es bedeutete, dass wir Manhattan würden verlassen müssen. Auf jeden Fall würde mein Vater es so sehen. Meine Eltern vergötterten Brad; das war schon immer so gewesen. Sie würden sicher nicht ausflippen, wenn ich ihnen erzählte, dass wir wegziehen würden, aber meine Mutter wäre wahrscheinlich verärgert darüber, dass ich dann den Laden nicht mehr würde führen können …

„Und willst du dir die Sache denn mal anschauen?", fragte ich schließlich.

Meine Frage stieß auf ein Schweigen, das mir endlos vorkam. Und als Brad dann endlich aufblickte, wusste ich es.

Er hatte den Job bereits angenommen.

Ich stieß mit dem Ellbogen gegen meine Kaffeetasse, sodass ein kleiner Schwall Kaffees herausschwappte und den Sportteil der Zeitung besprenkelte. „Du hast schon Ja gesagt? Ohne es dir auch nur anzuschauen?"

„Ich war vergangene Woche zu einem Vorstellungsgespräch da. Sie haben mir den Flug bezahlt …"

Ich empfand eine Mischung aus Beschämung und Überraschung, die mich erröten ließ. Brad war wahrscheinlich an einem Tag nach New Hampshire und wieder zurückgeflogen, an dem ich davon ausgegangen war, dass er eine Zwölfstundenschicht hatte.

„Warum hast du mir nichts davon gesagt?“, murmelte ich.

Er schob seine Tasse von sich weg. „Weil ich mir die ganze Sache allein ansehen wollte.“

Die Luft im Raum schien zu stehen. „Aber warum?“

Brad strich sich mit der Hand über sein noch unrasiertes Gesicht. „Weil ... weil ich da schon wusste, dass ich dich nicht bitten würde, meinetwegen irgendwelche Veränderungen in deinem Leben vorzunehmen.“

Mir blieb vor Überraschung der Mund offen stehen. „Was soll denn das heißen?“

Doch ich wusste es schon. Es sollte heißen, dass er allein nach New Hampshire gehen wollte.

Er stieß beim Ausatmen einen Seufzer aus wie jemand, der um eine Erklärung für etwas gebeten wird, das eigentlich sonnenklar ist. „Ich glaube, es ist Zeit, dass wir ehrlich sind“, sagte er, und es klang so, als hätte er diese Situation schon hundertmal durchgespielt. „Ich glaube, wir brauchen eine kleine Auszeit.“

Mein erster Gedanke war, dass er einen Scherz machte. Aber über so etwas macht man keine Scherze. Das Schlimmste war jedoch, dass er offenbar glaubte, ich wüsste Bescheid. Er glaubte, dass ich es ebenfalls für nötig hielt, ein bisschen Abstand zu bekommen. Dass ich auch der Meinung sei, unsere Ehe stecke in einer Sackgasse. Dass ich ebenfalls glaubte, eine vorübergehende Trennung würde uns guttun, und dass ich nur so getan hätte, als wäre mir das nicht ebenfalls klar. Er musste schon eine ganze Weile so empfunden haben. Und ich hatte keine Ahnung gehabt.

Augenblicklich kamen mir die Tränen. Zwei davon lösten sich und liefen mir übers Gesicht. Brad wandte den Blick ab.

„Eine Auszeit wovon?“, flüsterte ich. „Brauchst du eine Auszeit von mir?“

„Jane …“, setzte er an, und plötzlich überfiel mich der Gedanke, dass er eine Affäre haben könnte, mit einer solchen Wucht, dass mir schwindelig wurde.

„Gibt es eine andere?“, platzte es aus mir heraus. „Gibt es eine andere Frau? Hast du eine Affäre?“

„Nein.“

Die Antwort kam sehr schnell, aber auch mit derselben müden Stimme.

„Du hast keine Affäre?“ Ich hätte ihm gern geglaubt, hatte aber gleichzeitig auch Angst davor, es zu tun.

„Nein, ich habe keine Affäre.“

Für den Bruchteil einer Sekunde wünschte ich, er hätte Ja gesagt. Ich wünschte, er hätte eine Affäre gehabt, denn dann hätte es wenigstens jemanden gegeben, auf den ich hätte wütend sein können. Jemanden, dem ich die Schuld hätte geben können. Mir liefen weiter die Tränen. Brad griff nach der Schachtel mit Taschentüchern auf dem Küchentresen, nahm eines heraus und hielt es mir hin. Ich ignorierte es und wischte mir mit dem Ärmel meines Bademantels die Tränen ab.

„Ich verstehe das alles nicht“, sagte ich.

Er warf das Taschentuch auf den Tisch. „Du willst mir doch nicht allen Ernstes erzählen, dass du glaubst, bei uns wäre alles in Ordnung, oder? Eigentlich hätte es gar nicht nötig sein müssen, es so deutlich auszusprechen. Ich wollte dir jedenfalls nicht wehtun.“

„Was hast du denn geglaubt, wie ich mich fühlen würde, wenn du mir das sagst?“ Feindseligkeit stieg in mir auf, die von Schmerz und Fassungslosigkeit herrührte. „Was hast du denn gedacht, wie ich mich fühlen würde, wenn du mir sagst, dass du mich verlassen willst?“

„Ich habe nicht gesagt, dass ich dich verlassen will, sondern dass wir eine Auszeit brauchen.“

„Aber Tatsache ist doch, dass du mich verlässt.“ Ich legte die Hände in meinen Schoß, damit sie ruhiger wurden.

„Ich glaube einfach, dass es uns beiden guttun würde, eine Zeitlang getrennt zu leben, um zu sehen, ob es überhaupt noch etwas gibt, das uns zusammenhält.“

Mein Gesicht brannte, als hätte er mich geohrfeigt. „Was sagst du denn da?“

„Ich glaube, dass Connor das Einzige ist, was uns noch verbunden hat. Sein Auszug war im Grunde der letzte Nagel im Sarg unserer Ehe. Seitdem ist es nicht mehr wie früher, und ich glaube, das weißt du auch.“

Ich machte den Mund auf, um zu protestieren, aber ich fand keine Worte. In diesem Augenblick erkannte ich, dass ich nicht genug unternommen hatte, um mit der Leere fertigzuwerden, die entstanden war, als Connor seine Siebensachen gepackt hatte, um in Dartmouth zu studieren. Und Brad auch nicht. In den vergangenen anderthalb Jahren war es mir oft so vorgekommen, als würden wir zwischen Connors Semesterferien und seinen Besuchen zu Hause die Luft anhalten. Brad war damit offenbar ganz anders umgegangen – zum Beispiel, indem er sich ein Leben ohne mich ausgemalt hatte. Aber was er da vorschlug, wollte mir einfach nicht einleuchten.

„Wie soll uns denn eine Trennung dabei helfen, herauszufinden, was uns noch zusammenhält?“, fragte ich.

„Wenn wir zusammen sind, bekommen wir es ja offenbar auch nicht heraus“, antwortete er.

Auch das saß. Ich griff nach den Taschentüchern, und er gab mir eines.

„Sollten wir es nicht erst noch mal mit einer Eheberatung versuchen?“, fragte ich

Er zögerte kurz. „Vielleicht. Nach einer Weile. Im Moment brauche ich einfach mehr Raum. Für mich. Und ich glaube, den brauchen wir beide.“

Ich nahm den französischen Kaffeebereiter, stand auf, ging in die offene Küche und stellte die Kanne so fest auf den Küchentresen, dass der Kaffee überschwappte.

„Jane?"

„Und für wie lange?" Ich stand mit dem Rücken zu ihm.

„Das ... das weiß ich noch nicht."

„Und was ist mit Connor? Was sollen wir ihm sagen?"

„Wir sagen ihm nur so viel, wie er unbedingt wissen muss. Dass ich ein tolles Stellenangebot in New Hampshire bekommen habe und für eine Weile dorthingehe, um herauszufinden, ob wir uns beide einen Umzug vorstellen könnten."

Ich drehte mich um und sah ihn an, meinen Ehemann, den Radiologen, dessen Aufgabe darin bestand, ins Innere der Menschen zu schauen. „Willst du das wirklich?"

Er schloss die Augen, als hätte ich die falsche Frage gestellt und er müsse jetzt erst eine Antwort suchen, die zu der Frage passte. „Ja, ich muss das tun."

Eine ganze Weile schwiegen wir beide. Dann erzählte er mir systematisch, so als hätte er es eingeübt, dass er eine möblierte Wohnung in der Nähe seiner neuen Klinik gemietet habe, dass das *Memorial*-Krankenhaus, in dem er jetzt noch arbeitete, bereits über alles informiert sei und einer frühzeitigen Vertragsauflösung zugestimmt habe, sodass er bereits am folgenden Dienstag seine neue Stelle antreten könne. Er fragte mich, ob er den Wagen mitnehmen könne, obwohl er sowieso ihm gehörte. Dann meinte er, wir könnten die Zeit der Trennung ja nutzen, um herauszufinden, wohin wir eigentlich innerlich unterwegs seien.

„Und was soll ich meinen Eltern sagen?", fragte ich. Meine Wangen waren nass von den Tränen, die geflossen waren, während er mir erzählt hatte, was bereits alles geregelt war.

Brad erhob sich. „Was haben denn deine Eltern damit zu tun?"

„Ich muss ihnen doch irgendetwas sagen."

„Sag ihnen, dass ich schuld bin."

Er wollte an mir vorbei, um die Küche zu verlassen – vermutlich, um zu packen –, aber ich streckte meine Hand aus und berührte ihn am Arm, sodass er stehen blieb.

„Aber du hast letzte Nacht mit mir geschlafen“, flüsterte ich.

Als er darauf nichts entgegnete, schaute ich zu ihm auf. Er blickte auf meine Hand, die auf seinem Arm lag, und wartete, dass ich losließ.

Er sagte zwar nichts, aber plötzlich wusste ich, was er dachte.

Was wir in der letzten Nacht zusammen erlebt hatten, war der körperliche Rest unseres Einsseins. Er hatte es geprüft und für nicht mehr ausreichend befunden.

Wir hatten zweiundzwanzig Jahre lang im selben Haus gelebt, ein Auto geteilt, dieselben Freunde gehabt und in einem Bett geschlafen. Und es war Connor gewesen, der die losen Fäden miteinander verknüpft hatte.

Ich ließ meine Hand sinken.

Ich hatte die Anzeichen dafür, dass Brad sich in unserer Ehe nicht mehr wohlfühlte, wirklich nicht bemerkt. Es hatte sie mit Sicherheit gegeben, aber ich hatte sie übersehen. Meine beste Freundin Molly, an deren Schulter ich mich am Tag nach Brads Auszug ausweinte, meinte, ich hätte mich vielleicht mit der Arbeit in Theas Antiquitätenladen abgelenkt, weil ich nicht gewusst hätte, was ich mit diesen Anzeichen anfangen sollte. Also hätte ich einfach so getan, als wären sie gar nicht da. Doch so war es nicht. Ich hatte diese Anzeichen wirklich nicht bemerkt.

Als Brad weg war, blieb mir gar nichts anderes übrig, als mich damit auseinanderzusetzen. Die Zeichen, die ich nicht bemerkt hatte, waren nämlich zu den Gründen geworden, weshalb er gegangen war. Sein leeres Bett drängte mich Nacht für Nacht zum Grübeln, während der Rest von Manhattan schlief. Wenn es dann Morgen wurde, schleppte ich mich völlig benebelt in den Laden. In der Woche nach Brads Auszug arbeitete Stacy noch nicht fest für mich, sodass nur ich und der sehr direkte Wilson dort waren. Wilson war ein pensionierter Geschichtslehrer, Liebhaber bunter Hawaiihemden, Reparatur-Autodidakt und neben mir Theas einzige weitere Vollzeitkraft.

„Haben Sie einen Kater?“, fragte er mich am ersten Morgen nach Brads Auszug, weil er über meinen schwankenden Gang erschrocken war.

„Nein, Wilson. Ich habe nur nicht gut geschlafen.“

„Tut mir leid. Ich mache Ihnen erst mal einen Kaffee.“

„Danke.“

„Ist mir ein Vergnügen. Wissen Sie, wenn Sie nicht so viel raffinierten Zucker konsumieren würden, dann lägen Sie nachts auch nicht dauernd wach, Jane.“

Ich zog ganz langsam meinen Mantel aus und hängte ihn an den Kleiderständer auf dem Gang bei der Kasse. „Wahrscheinlich haben Sie recht.“

Er starrte mich an. „Das war doch nur ein Scherz, Jane. Möchten Sie einen Donut zum Kaffee? Ich habe nämlich auf dem Weg hierher welche gekauft.“

Bei Kaffee und Donuts vertraute ich mich Wilson dann an. Ich erzählte ihm, dass Brad einen Job in New Hampshire angenommen hätte und fürs Erste allein dort hinziehen wolle.

„Er hat Sie also verlassen“, sagte Wilson und wischte sich die Cremefüllung des Donuts aus den Mundwinkeln.

„Nein, nicht direkt. Aber genau so fühlt es sich an.“

Er stand auf und warf die Donutverpackung in den Müll. Inzwischen war es fast neun, also Zeit, den Laden zu öffnen. „Es fühlt sich genau so an, weil es auch genau so ist“, sagte er.

Ich knipste eine Tischlampe an der Kasse an. „Erinnern Sie mich bitte daran, dass ich nicht zu Ihnen komme, wenn ich mal Mitgefühl brauche, Wilson.“

Er ging mit dem Schlüsselbund in der Hand zur Ladentür. „Ach so, das wollten Sie also. Sie wollten Mitgefühl? Wo kriegt man das denn hier in New York?“ Er steckte den Schlüssel ins Schloss und drehte ihn um.

„Sagen Sie mir doch bitte noch mal, warum Thea Sie eingestellt hat?“, rief ich ihm zu und genoss das kleine Lächeln, das er mir entlockt hatte. Es fühlte sich gut an zu lächeln, auch wenn es nur für fünf Sekunden gewesen war.

Wilson kam wieder zurück zu mir, und als er näher kam, konnte ich seinen Lieblingspfeifentabak im Stoff seines Hawaiihemdes riechen. Die vielen Falten in seinem fünfundsiebzigjährigen Gesicht verzogen sich, als er grinste.

„Natürlich, weil ich ihr Liebhaber war.“

In diesem Moment ging das Telefon. Er nahm das Gespräch entgegen, und im nächsten Augenblick kam eine Gruppe von Kunden herein. Später hatte ich dann nicht mehr den Mut, ihn zu fragen, ob das ein Scherz gewesen sei.

Meine Mutter und ich erreichten den Laden, wo sie in zweiter Reihe parkte, während ich hineinrannte, um die Gerberavase für sie zu holen. Die Spätvormittagssonne wärmte die belebte Straße, und Autos flitzten links und rechts an ihr vorbei. Jemand hupte, als ich die Beifahrertür von außen öffnete und die Vase auf dem Boden des Wagens abstellte.

„Vergiss nicht, dass wir nächste Woche Leslies Geburtstag bei uns feiern. Und schlaf dich um Himmels willen mal richtig aus. Du siehst nicht gut aus, Jane“, rief sie und fügte dann noch hinzu, dass meine Schwester sich zu ihrem vierzigsten Geburtstag keine schwarzen Luftballons, keine Antifaltencreme und auch keine Haftcreme fürs Gebiss wünschte. Ich versicherte ihr, dass ich im Laden bestimmt etwas Passendes für meine Schwester finden würde, das keinerlei Anspielung auf ihr fortgeschrittenes Alter enthielte.

„Schade, dass die alte Uhr in dem Stadthaus nicht funktioniert!“, schrie mir meine Mutter noch zu, als erneut ein Auto ihretwegen hupte. „Die würde ihr bestimmt gefallen.“

Ich schlug die Tür zu und half ihr, sich wieder in den Verkehr einzufädeln.

Die Uhr gehörte mir.

Drei

Wilson kochte im hinteren Teil des Ladens gerade frischen Kaffee, als ich das Geschäft betrat. Stacy stand mit einer Kundin an der Schmuckvitrine und zeigte der gut gekleideten Frau eine glänzende Taschenuhr mit einer Gravur in französischer Sprache. Ich hörte, wie Stacy die wunderschönen Worte vorlas, und dankte dem Himmel einmal mehr dafür, dass ich sie als neue Mitarbeiterin hatte gewinnen können. Stacy war Missionarstochter und sprach vier Sprachen fließend, unter anderem Französisch und Italienisch. Sie absolvierte gerade ihr Masterstudium an der Universität von New York und arbeitete zwanzig Stunden pro Woche als Verkäuferin für mich. Als ich zu Wilson ging, erzählte Stacy der Frau gerade, dass die Inschrift auf der Uhr „Was nie bezweifelt wird, wird nie bewiesen“ bedeutete. Wilson, der zu seinem bananengelben Hawaii-Hemd ein Tweedjackett trug, sah aus, als könnte ich ihn alles fragen und er wüsste darauf entweder die Antwort oder könnte mich davon überzeugen, dass es gar nicht wichtig sei, darauf eine Antwort zu finden.

Als ich bei ihm ankam, deutete er mit dem Kopf in Stacys Richtung und flüsterte: „Diderot.“

„Was?“

„Die Gravur auf der Uhr. Diderot war ein französischer Philosoph aus dem achtzehnten Jahrhundert. Ein Radikaler. Die Kaffeemilch ist alle.“ Er reichte mir eine Tasse Kaffee. „Schon seltsam, so etwas in eine Uhr eingravieren zu lassen.“

„Muss wohl ein Fan gewesen sein“, sagte ich und trank einen Schluck von meinem Kaffee. Wilsons Kaffee war immer stark und schwarz, das perfekte Gegenmittel gegen meinen allmorgendlichen Durchhänger.

„Wahrscheinlich hat er sich die Uhr selbst geschenkt", witzelte Wilson, und wir mussten beide lachen.

Er deutete auf ein paar große Pakete, die am Hintereingang standen und mit britischen Briefmarken frankiert waren. „Die sind gekommen, während Sie weg waren."

Das waren Emmas jüngste Einkäufe für uns. Sie hatte mir morgens am Telefon mitgeteilt, dass die Pakete wahrscheinlich im Laufe des Tages eintreffen würden, und mich außerdem darüber informiert, dass sie keine Zeit gehabt hätte, deren Inhalt zu sichten und zu sortieren. Die Sammlung von alten Kleidungsstücken, die sie auf demselben Trödelmarkt erstanden hatte, sei eine wahre Fundgrube, aber alles sei in wirklich erbärmlichen Zustand. Sie hätte leider auch keine Zeit gehabt, meinen Teil der Sachen zu sortieren. Ich dürfe also nicht ihr die Schuld geben, wenn die Dinge in schlechtem Zustand seien. Sie hätte für alles zusammen 200 Pfund bezahlt und die Kosten zwischen uns geteilt.

„Soll ich die Kisten für Sie öffnen?", fragte Wilson.

Ich bückte mich, um das Zollsiegel etwas genauer anzusehen, das auf der ersten Kiste klebte. Emma hatte auf dem Aufkleber „Bücher, Zierdosen und Schmuckkästen" angekreuzt und den Wert jedes Gegenstandes mit zehn Dollar bemessen. Die Kisten sonderten einen strengen Geruch ab. Schimmel.

Der Geruch von Kummer und Reue.

In meiner Kindheit und Jugend hatte ich nichts mit Antiquitäten zu tun, denn meine Mutter mochte keine alten Sachen. Alles in dem Haus, in dem ich aufgewachsen bin, war modern. In dem Augenblick, in dem die Einrichtung anfing, sich altmodisch anzufühlen, erfand meine Mutter das Haus neu. Neue Möbel, neue Wandfarben, neue Vorhänge, neue Bilder an den Wänden, immer in passenden Farben und sehr trendig. Als Innenausstatterin konnte sie meinem Vater die ständigen Veränderungen zufriedenstellend erklären, meistens jedenfalls. Ich kann mich nur an ein einziges Mal erinnern, dass es nicht funktionierte. Das war, als mein Vater eines Abends nach einem langen Arbeitstag in der Klinik nach Hause kam und meine Mutter seinen Lieblingssessel durch einen klobigen Angebersessel ersetzt hatte. Da platzte ihm der Kragen. An jenem Abend gab es Streit. Heftig und lange. Leslie und ich versteckten uns in Leslies Zimmer und spielten ein Würfelspiel, während meine Eltern über den Sessel stritten.

Am Ende bekam meine Mutter dann doch wieder ihren Willen. Ich weiß auch nicht, wie sie es schaffte, aber irgendwie überzeugte sie meinen Vater davon, dass der neue Sessel besser sei als der alte, sodass der neue Sessel blieb. Für ein paar Jahre jedenfalls.

Meine Faszination für alte Sachen begann im Sommer des Jahres, als ich zwölf war. Damals hatte mich Thea, die Tante meiner Mutter, für zehn Tage zu sich nach Manhattan eingeladen. Zu diesem Zeitpunkt führte sie schon seit ein paar Jahren den Antiquitätenladen, den sie eröffnet hatte, nachdem ihr englischer Ehemann gestorben war und sie als relativ wohlhabende Frau wieder nach Amerika zurückgekehrt war. Thea hatte keine Kinder, und meine Mutter war ihre einzige noch lebende Verwandte.

In jenem Sommer hatte Thea mich hinten im Laden und im Lager herumstöbern lassen, hatte mich auf ihre Einkaufstouren mitgenommen und mir immer wieder erklärt, dass jedes Ausstellungsstück im „Amsterdam Avenue Antiquitäten" Teil der Vergangenheit eines Menschen war – jedes Teil hätte Geschichten erzählen können, wenn es denn hätte reden können. Ich fand es faszinierend, dass der Nachlass eines Menschen den Weg in die Gegenwart eines anderen Menschen finden und dadurch noch einmal ganz neu anfangen konnte. Ich glaube, es gefiel Thea, dass ich mich für die Dinge interessierte, die ihr am Herzen lagen. Im darauffolgenden Sommer verbrachte ich wieder eine Woche bei ihr.

Während meiner Highschoolzeit arbeitete ich dann an den Wochenenden bei einem Ehepaar, das in der Nähe meines Elternhauses auf Long Island einen Laden für antiken Schmuck besaß. David und Lila Longmont waren ein seltsames Paar. Sie konnten nicht miteinander, aber auch nicht ohneeinander. Wenn einer von beiden einmal nicht im Laden war, selbst wenn es nur für ein paar Minuten war, dann schien der andere völlig aus dem Gleichgewicht zu geraten. David war ein ausgewiesener Fachmann für alte Edelsteine und Fassungen, und das wusste er auch. Und Lila, die fast nie ein freundliches Wort für David hatte, verteidigte seinen Sachverstand zweifelnden Kunden gegenüber auf fast grimmige Weise. Mir gefiel die Vorstellung, dass jedes Stück in ihrem Laden – jede Halskette, jede Brosche und jeder Ring – schon einmal von jemandem getragen worden war. An Sonntagen, an denen im Laden nicht viel los war, dachte ich mir oft Geschichten über die ehemaligen Besitzer der einzelnen Stücke aus. Und ich stellte mir vor, dass Thea das auch tat.

Sehr viel später, als Connor noch ein Baby war und ich nicht länger unterrichtete, damit ich mich um ihn kümmern konnte, lebte meine Faszination für alte Sachen wieder auf. Damals lebten wir in Connecticut. Brad machte seine Facharztausbildung, sodass Connor und ich viel allein waren. Oft spazierten wir dann durch die Straßen und guckten Schaufenster an. Es ist unmöglich, in Neuengland zu leben und nicht eine intensive Verbindung zur Vergangenheit zu spüren. Das geht selbst meiner Mutter so, auch wenn sie keine Antiquitäten mag. Ich fing an, hier und da ein paar Antiquitäten zu kaufen, und besuchte Auktionen und Haushaltsauflösungen, und als Connor dann auf die Highschool kam und wir in Manhattan wohnten, wusste ich mehr über Antiquitäten als so mancher der Händler, bei denen ich die Stücke kaufte. Ich hatte jedoch nie ernsthaft in Erwägung gezogen, selbst mit Antiquitäten zu handeln, sondern war immer davon ausgegangen, dass ich wieder unterrichten würde, wenn Connor mit der Schule fertig war.

Als Connor dann merkte, dass er schneller und ausdauernder rennen konnte als fast alle anderen, verbrachte ich einen Großteil meiner Nachmittage bei Cross-Country-Läufen und Leichtathletikwettkämpfen, wo ich meinen Sohn anfeuerte und seine Läufe aufnahm, damit Brad sie sich später ansehen konnte. Ich hatte immer noch vor, bald wieder als Lehrerin zu arbeiten.

Meine Mutter war es dann, die die Idee hatte, dass doch ich an ihrer Stelle die Geschäftsleitung des Antiquitätenladens übernehmen könne, als Theas Gesundheit sich rapide verschlechterte, kurz nachdem Connor ausgezogen war und sein Studium in Dartmouth begonnen hatte. Meine Mutter bekam nicht nur ganz schnell den Segen ihrer Tante für diesen Plan, sondern Tante Thea bestand sogar darauf, dass nur ich ihre Vertretung im Laden übernehmen dürfe, wenn meine Mutter es nicht täte.

An diesem Tag war meine Mutter mit den Ladenschlüsseln in der Hand zu uns gekommen und hatte ihre Freude darüber zum Ausdruck gebracht, dass sich gerade eben die perfekte Lösung für mein leeres Nest ergeben hätte und ich für Tante Thea eine Gebetserhörung sei.

„Aber eigentlich wollte ich doch wieder unterrichten“, hatte ich eingewandt und etwas ratlos auf die Ladenschlüssel in meiner Hand geschaut.

„Aber du liebst doch Antiquitäten, und außerdem vergiss nicht, dass du seit achtzehn Jahren kein Klassenzimmer mehr von innen gesehen hast – und Tante Thea braucht dich jetzt.“

„Ich habe doch keine Ahnung, wie man ein Geschäft führt, Mama.“

„Das wusste Thea auch nicht, als sie angefangen hat. Sie wird dir alles erklären. Und außerdem hast du ja auch noch Wilson“, hatte sie entgegnet, sich dann die Sonnenbrille von der Stirn auf die Nase geschoben und sich zum Gehen gewandt.

„Du gehst schon?“, hatte ich gefragt. Sie war keine zehn Minuten da gewesen.

„Ich bin gerade dabei, ein Haus in Westchester herzurichten, und muss jetzt los, sonst stecke ich gleich im Stau. Besprich es mit Brad. Es ist die perfekte Lösung."

Und mit diesen Worten öffnete sie die Wohnungstür.

„Die perfekte Lösung wofür?", hatte ich ihr noch nachgerufen.

Daraufhin hatte sie sich noch einmal umgedreht, allerdings ohne dabei stehen zu bleiben, und geantwortet: „Für dich, Jane. Für alle."

Brad war an dem Abend müde und überarbeitet nach Hause gekommen. Bei einer Lasagne hatte ich ihm erzählt, dass meine Mutter und Thea mich gebeten hatten, die Leitung des Antiquitätenladens zu übernehmen.

„Möchtest du das denn überhaupt?", hatte er gefragt.

„Thea verlangt offenbar ziemlich hartnäckig, dass ich es mache."

„Aber die Frage ist doch, ob du es auch selbst möchtest. Ich dachte, du wolltest wieder unterrichten." Dann hatte er langsam und bedächtig weitergekaut.

„Hältst du es denn für eine gute Idee?", hatte ich nachgefragt.

Er hatte noch eine weitere Gabel voll Nudeln in den Mund geschoben und geantwortet: „Doch, eigentlich schon, aber nur wenn es wirklich das ist, was du willst ..."

Erst später war mir aufgefallen, dass ich ihn gar nicht gefragt hatte, ob ich seiner Meinung nach für diese Position geeignet sei.

Beim Abräumen hatte ich ihm dann mitgeteilt, dass es mir vielleicht ganz guttäte, mich einer solchen Herausforderung zu stellen. Connor sei ja nun aus dem Haus und dadurch hätte sich alles verändert. Er hatte mir zugestimmt.

Wahrscheinlich hatte ich bereits da unterbewusst gespürt, dass irgendetwas anders war.

Irgendetwas stimmte nicht.

An dem Tag, als Brad nach New Hampshire aufbrach, sah ich ihm beim Packen zu.

Er schlug mir vor, lieber einen Spaziergang zu machen, statt zuzuschauen, wie er seinen Kleiderschrank leer räumte, aber das wollte ich nicht.

Solange ich zuschaute, wie er T-Shirts, Socken und Unterwäsche auf Stapel legte, konnte ich mir vorstellen, dass er lediglich für eine längere Reise packte. Es machte ihn nervös, wie ich da auf der Bettkante auf meiner Seite des Bettes hockte und ab und zu ein Hemd so zurechtzupfte, dass es nicht knitterte. Ich merkte genau, dass er nicht wusste, wie er mit meiner stummen Hilfe umgehen sollte.

Als er fast fertig war, nahm er als Letztes noch seine Krawatten von einem Haken im Schrank, wo sie wie fröhliche Schlangen lose baumelten. Jede einzelne davon hatte ich irgendwann gekauft. Er sagte immer, ich sei einfach gut darin, schicke Krawatten auszusuchen.

Er faltete das lange Krawattenbündel in der Mitte zusammen und legte es ganz oben auf seinen Bademantel und die Schlafanzughose in den Koffer. Dann klappte er den Kofferdeckel zu. Der Reißverschluss gab ein scharfes, zischendes Geräusch von sich, als er ihn schloss. Brad nahm den Koffer und stellte ihn neben die beiden anderen, die schon fertig gepackt waren. Ganz oben auf den anderen Gepäckstücken lag noch ein Kleidersack, und daneben stand eine Sporttasche mit Schuhen.

Als alles fertig war, setzte er sich neben mich aufs Bett. „Ich rufe dich an, wenn ich mit Connor geredet habe."

„Meinst du nicht, dass es besser wäre, wenn wir es ihm gemeinsam sagen?" Ich war rot geworden. Die Vorstellung, Connor würde erfahren, dass Brad und ich ernsthaft zerstritten waren, war mir peinlich. Ich fühlte mich wie ein ungezogenes Kind, das etwas Verbotenes getan hat.

„Ich glaube, das mache ich lieber allein", antwortete Brad. „Er muss wissen, dass das alles nichts mit ihm zu tun hat."

Die Röte in meinem Gesicht hatte sich noch verstärkt, allerdings jetzt eher aus Frust als aus Beschämung.

„Natürlich hat das etwas mit ihm zu tun“, widersprach ich ihm. „Schließlich sind wir seine Eltern.“

„Du weißt genau, wie ich das meine, Jane. Ich meine, dass es nicht seine Schuld ist.“

„Wessen Schuld ist es denn dann?“ Ich schaute zu ihm auf. Mir lag wirklich etwas daran, eine Antwort auf meine Frage zu bekommen.

Er schaute auf seine Koffer. „Wahrscheinlich meine.“

Eine Weile saßen wir einfach schweigend da.

Schließlich war ich es, die das Schweigen brach. „Ich weiß nicht, was ich tun soll, während ich warte.“

„Du sollst ja auch gar nicht warten“, sagte er ganz langsam. „Es geht darum herauszufinden, was wir eigentlich wollen und wie es weitergehen soll.“

Dann stand er auf und nahm so viele Gepäckstücke, wie er tragen konnte, um sie hinunter zum Jeep zu bringen. Ich wollte ihm helfen, aber er sagte einfach nur: „Nein.“

Schweigend saß ich da und schaute zu, wie er mit seiner Last durch die schmale Tür ging.

Die Frau kaufte die Taschenuhr mit dem eingravierten Zitat von Diderot. Während Stacy den Verkauf abwickelte, verpackte ich die Uhr in mehrere Schichten Zellstoff. Ein paar Meter entfernt begann der Geruch von Emmas Kisten sich im hinteren Teil des Ladens auszubreiten.

Ich ließ die Uhr in eine Tüte gleiten, gab sie Stacy und entfernte mich von dem bedrückenden Geruch nach Schimmel und Alter.

Vier

Als etwa eine Stunde nach der Mittagspause einmal keine Kunden im Laden waren, kamen Stacy und Wilson mit mir in den hinteren Bereich, um dort Emmas Kisten auszupacken.

Ich hatte Emma im Sommer zuvor auf einer Antiquitätenmesse in Boston kennengelernt. Sie war gerade zu Besuch bei ihrer Schwester gewesen, die schon jahrelang mit einem Amerikaner verheiratet war, und hatte die besagte Messe besucht, um dort nach Hüten und Handtaschen für ihren Kostümverleih in London Ausschau zu halten. Emma hatte mit Ende fünfzig geheiratet, war aber schon lange wieder geschieden und lebte allein. Schon als kleines Kind hatte sie mit dem Londoner Theater zu tun gehabt. Sie war zwar nicht mehr selbst als Schauspielerin aktiv gewesen, seit sie etwa Mitte zwanzig war, aber sie erzählte mir, dass sie die Kostüme sowieso immer mehr fasziniert hätten als die Rollen selbst. Emmas Laden war eine Fundgrube für ungewöhnliche und einzigartige Requisiten, und ich hatte den Eindruck, dass sie von den professionellen Kostümbildnern zwar nicht besonders ernst genommen, von ihnen aber immer wieder gern dann aufgesucht wurde, wenn sie auf der Suche nach einem Hut in einer speziellen Farbe waren oder unbedingt eine hellgrüne, mit Rheinkieseln besetzte Federboa brauchten oder ein Zwanzigerjahre-Kleid in Größe 32. Normalerweise fand man solche ausgefallenen Dinge nämlich in Emmas Fundus. Ich war nur einmal in ihrem Laden gewesen, und zwar im vergangenen Herbst. Damals hatte Brad mir seine Vielfliegermeilen überlassen, damit ich Emma in England besuchen und mit ihr gemeinsam unsere Idee weiterentwickeln konnte, dass sie in England nach Antiquitäten für meinen Laden Ausschau halten könnte und ich im Gegenzug für sie in Amerika nach Kleidern und Requisiten. Vier Tage hatte ich bei ihr verbracht und war bei meiner Abreise zuversichtlich gewesen, dass wir einander wirklich helfen würden. Im Laufe der vergangenen zehn Monate hatte ich beinah die Hälfte des Schmuckes, der Nippes-Sachen und der Bücher, die ich in meinem Laden anbot, von ihr bekommen. Im Gegenzug hatte ich ihr den Kopfschmuck von Las-Vegas-Showgirls geschickt sowie Tellerröcke und Cowboy-Chaps aus Texas.

Wilson zerschnitt mit einem Teppichmesser das Klebeband, mit dem die Kartons verschlossen waren, während Stacy und ich eine Plastikplane auf dem massiven Eichentisch ausbreiteten, den ich zur Sichtung neuer Ware benutzte.

In der ersten Kiste war ein Teeservice aus den Zwanzigerjahren, das in Fetzen einer alten Wolldecke eingewickelt war. Diese Deckenfetzen waren, wie sich herausstellte, auch die Quelle des penetranten modrig-schimmeligen Geruchs. Außerdem befanden sich in der Kiste zwei stark angelaufene Kerzenständer, eine herzförmige Schachtel voller ganz zart bestickter Taschentücher und ein emaillierter Globus aus der Zeit, als die Hälfte davon noch unter der Herrschaft von Großbritannien stand. Ich bat Wilson, das Teeservice auszupacken und dann sofort die Deckenreste zu entsorgen, was er nur zu gern tat.

Die zweite Kiste enthielt zwei zerbrochene Vasen – die vielleicht noch ganz gewesen waren, als Emma sie gekauft hatte –, ein Tischtuch aus Spitze, acht heile, aber völlig verstaubte Dessertteller von Royal Doulton, eine Brille in einem Lederetui, einen Blasebalg für den Kamin, der sich nicht öffnen ließ, von dem Wilson aber sagte, er könne ihn reparieren, und mehrere Fotografien von Männern und Frauen in Kleidung aus der Zeit um die Jahrhundertwende. Außerdem gab es noch einen Satz Salzfässchen mit winzigen dazugehörigen silbernen Löffelchen.

Als wir gerade die letzte Kiste öffneten, bimmelte die Ladentür, und Stacy ging nach vorn, um den Kunden zu bedienen.

Die dritte Kiste war kleiner, aber auch schwerer als die beiden anderen. Oben auf dem Verpackungsmaterial lag ein gefalteter Zettel von Emma:

Jane,

ich werde versuchen, dich anzurufen, bevor die Kisten bei dir ankommen. Ich konnte die Sachen leider nicht mehr durchgehen und sortieren. Ich habe alles auf einem Trödelmarkt in Cardiff gekauft, der allerdings nicht besonders schön war, weil es die ganze Zeit in Strömen gegossen hat. Ich weiß zwar nicht, in welchem Zustand die Bücher in dieser Kiste sind, aber ich finde, sie sehen ziemlich alt aus. Es sieht aber auch ganz so aus, als ob sie nicht besonders gut behandelt wurden. Manche Menschen sind solche Deppen. Entschuldige bitte das Durcheinander. Du darfst mir im Gegenzug ebenfalls drei unsortierte und schmuddelige Kisten mit Kleidung schicken.

Herzlich,
Emma

Unter ihrem Brief befand sich ein Durcheinander von Büchern, die alle alt und muffig rochen. Das erste, das ich aus der Kiste nahm, war ein Exemplar von „David Copperfield“ aus dem Jahr 1902, bei dem die Titelei fehlte. Die nächsten vier Bücher waren in besserem Zustand und rochen auch ein bisschen weniger streng. Eines war ein Gedichtband von John Keats von 1907, das zweite ein dünnes Exemplar von Rudyard Kiplings „Just So Stories“, das dritte waren Chaucers „Canterbury Tales“, und das älteste Buch, das noch in der Kiste lag, stammte aus dem Jahr 1756. Ganz unten auf dem Boden des Kartons lag eine in Sackleinen eingewickelte, grünlich-schwarz angelaufene Metallkassette von der Größe eines Toasters. Sie hatte Brandspuren, und die Scharniere waren geschmolzen. Die Kassette war verschlossen, aber als ich sie vorsichtig schüttelte, konnte ich hören, dass sich etwas darin befand. Ich griff in die Schublade meines Arbeitstisches, wo ich einen Schlüsselring mit winzigen Dietrichen aufbewahre, mit denen Thea und Wilson schon so manches alte Schloss aufbekommen hatten.

Ich mühte mich eine ganze Weile damit ab, fummelte und stocherte, und als das Schloss schließlich aufging, fielen die verrosteten Scharniere klappernd auf den Tisch. Die Kassette schien einen fast hörbaren Seufzer auszustoßen, als wahrscheinlich zum ersten Mal seit Urzeiten frische Luft in sie hineinströmte. Wilson war wieder zu mir zurückgekommen, und auch er hörte den Seufzer. Es war, als ob die Kassette flüsterte: „Endlich …" Ich hob den Deckel an und spähte vorsichtig hinein. Der Inhalt war mit Strohfasern bedeckt, die sofort zu Staub zerfielen, als ich sie berührte.

Es befanden sich ein Rosenkranz aus Onyx, ein kleiner Handspiegel, der vom Alter angelaufen war, und ein Buch darin, das in so schlechtem Zustand war, dass der Buchrücken an mehreren Stellen nur noch an einzelnen Fäden hing. Alles war in ein grob gewebtes Stück Stoff eingeschlagen. Ich nahm das Buch aus der Kassette heraus und schlug es behutsam auf, merkte aber sofort, dass sich dadurch die Seiten vom Buchrücken zu lösen drohten. Ich legte es also vorsichtig vor mir auf den Tisch und wünschte, ich hätte Handschuhe angezogen, bevor ich es in die Hand genommen hatte.

„Guter Gott. Das Buch muss drei-, vierhundert Jahre alt sein!" Wilson kniff die Augen zusammen, um die Schrift überhaupt lesen zu können. „Sehen Sie sich nur diese Buchstaben an!"

Ich schaute ebenfalls mit zusammengekniffenen Augen auf die erste Seite, aber die Tinte war so verblasst, dass ich nichts erkennen konnte außer den Titel: „Book of Common Prayer".

„Glauben Sie wirklich, dass es so alt ist?", fragte ich nach.

„Auf jeden Fall. Eigentlich müsste es in irgendeinem Museum liegen und nicht auf dem Dachboden eines alten

Gutshauses“, grummelte Wilson. „Was hat Emma geschrieben, wo sie es herhat?“

„Von einem Trödelmarkt in Wales“, antwortete ich.

Ich berührte den Rand des Buchrückens, der nur noch zur Hälfte mit der Rückseite des Einbandes verbunden war, und strich mit dem Finger an der Innenseite entlang. Es fühlte sich an wie Leder. Eine Wölbung unter dem Vorsatzpapier erregte meine Aufmerksamkeit, und ich fuhr mit der Fingerspitze darüber. Die Wölbung hatte etwa die Größe eines amerikanischen Vierteldollarstückes und saß in dem Einband wie ein kleiner Klumpen. Was auch immer das sein mochte, es würde auf jeden Fall entfernt werden müssen, wenn das Buch restauriert werden sollte.

„Glauben Sie, dass Sie das reparieren können?“, fragte ich Wilson.

Er zuckte mit den Schultern. „Vielleicht sollte das doch lieber von einem Profi gemacht werden, aber das würde Sie sicher eine Stange Geld kosten. Und in dem Zustand, in dem es jetzt ist, wird Ihnen ganz bestimmt niemand so viel dafür zahlen, wie es wert ist. Das ist wirklich jammerschade.“ Er befingerte den Rosenkranz. „Der hier ist in hervorragendem Zustand, allerdings auch ganz sicher nicht so alt wie das Buch.“

Er hielt das Kreuz des Rosenkranzes hoch, sodass es an seiner Hand baumelte. Die schwarzen Perlen schimmerten unter der gedämpften Deckenbeleuchtung und schrien praktisch danach, von betenden Händen berührt zu werden. Wann war das wohl zum letzten Mal der Fall gewesen? Ich schaute auf die glänzenden schwarzen Perlen in Wilsons Händen und dachte einen Moment lang darüber nach, wie es sich wohl anfühlen mochte, sie in den Fingern zu halten und mit dem auferstandenen Jesus zu reden.

Stacy kam zurück. „Und, habe ich etwas verpasst?“

„Das hier ist ein wunderschöner Rosenkranz, und dann haben wir noch einen hoffnungslosen Handspiegel und ein sehr altes Gebetbuch, das nicht gut behandelt worden ist." Wilson legte den Rosenkranz neben das zerfledderte „Book of Common Prayer".

„Wow", sagte Stacy und strich mit dem Finger über die Perlen des Rosenkranzes. Dann beugte sie sich über das Buch, blätterte vorsichtig eine Seite um und bekam ganz große Augen. „Das ist ja richtig alt. Und es ist ein protestantisches Exemplar. Sehen Sie mal. Es wurde von der ‚Church of England', der anglikanischen Kirche, gedruckt. Und ... Oh mein Gott ... haben Sie das Datum hier gesehen?"

Wilson und ich beugten uns vor, aber für mich war die Tinte zu verblasst, um noch erkennen zu können, was dort stand. Stacys junge Augen waren besser. „Sechzehnhundertzweiundsechzig. Dann ist es also dreihundertfünfzig Jahre alt!"

Ich hatte noch nie etwas so Altes besessen. Noch nie.

„Ein katholischer Rosenkranz in einem protestantischen Gebetbuch."

Wilson lachte.

Stacy beugte sich wieder über das Buch, und ich bekam mit, wie sie die kleine Wölbung im Einband bemerkte. „Was ist denn das?"

„Ich weiß es nicht", antwortete ich. „Ein totes Insekt oder so etwas. Ich bin jedenfalls sicher, es ist die Ursache dafür, dass der Buchrücken sich ablöst. Wir müssen es irgendwie entfernen, denn der Buchrücken lässt sich bestimmt nicht wieder befestigen, solange dort diese Wölbung ist."

„Wollen Sie versuchen, es selbst zu reparieren?"

„Wilson hat gesagt, es würde sicher ein Vermögen kosten, es von einem Profi restaurieren zu lassen."

Stacy nickte. „Aber vielleicht würde es sich ja trotzdem lohnen. Sie könnten es dann wahrscheinlich für gutes Geld an einen Sammler verkaufen."

Für mich hatte das Buch etwas Tröstliches – wie die Uhr, die nicht tickte –, und bei dem Gedanken, das Buch und den Rosenkranz zu verkaufen, verzog ich das Gesicht.

„Was ist denn?“, fragte Stacy, die meine Miene bemerkt hatte.

„Ich weiß nicht. Ich möchte es ... einfach noch eine Weile behalten.“

Stacy lächelte. „Irgendwie sind die Sachen wirklich cool. Wie kleine, jahrhundertealte Teile von Gott. Aus einer Zeit, als es uns noch gar nicht gab, aber Gott schon der war, der er immer gewesen ist.“

Sie ging hinüber zu dem Teeservice, das Wilson ausgepackt hatte. Es war aus elfenbeinfarbenem Porzellan mit Goldrand und zartlila Asterndekor. „Dieses Geschirr ist cool.“ Die Gedanken über Gott wurden übergangslos abgelöst von einer Bemerkung über ein altes Porzellanservice.

Meist gelang es mir zu vergessen, dass Stacy Missionarstochter war, aber dann wieder gab es Augenblicke, so wie diesen gerade eben, in denen ich fast ein Rascheln zu vernehmen glaubte, wenn sich ihr Glaube zeigte.

Ich nahm den Rosenkranz und das Gebetbuch und legte beides behutsam wieder in die alte Kassette, in der ich sie bekommen hatte.

Instinktiv stellte ich die Kassette dann neben meine Handtasche, um sie mit nach Hause zu nehmen; die kleinen Teile von Gott, die einen Widerhall fanden in meiner kleinen zerbrochenen Welt.

Fünf

Nachdem Brad ausgezogen war, hatte ich ein paarmal von ihm gehört. Er hatte angerufen, nachdem er mit Connor gesprochen hatte, und dann noch einmal zwei Wochen später, um sich zu vergewissern, ob ich genügend Geld hätte, um alle anstehenden Rechnungen zu bezahlen. Einmal war er nach Manhattan gekommen, um das Kanu zu holen, das er irgendwo eingelagert hatte, und den Sandwichtoaster aus unserer Wohnung. Ich war an diesem Tag auf einer Auktion in Newark gewesen, aber er hatte einen Zettel auf dem Küchentresen hinterlassen, auf dem stand, dass er den Sandwichtoaster mitgenommen hätte, er hoffe, ich hätte nichts dagegen, und es täte ihm leid, dass wir uns verpasst hätten.

Jede dieser kleinen Störungen – die beiden Anrufe und der Zettel – ließen mich zwischen Hoffen und Bangen schwanken, wenn ich abends ins Bett kroch. Brads Stimme und seine Handschrift, die mir so vertraut waren und jetzt in meinem Alltag so spürbar abwesend, kneteten meine Gedanken wie ein Masseur, der angespannte Muskeln bearbeitet. In jenen Nächten wollte sich der Schlaf einfach nicht einstellen.

Das erste Mal hatte Brad direkt nach seinem Gespräch mit Connor angerufen, noch an demselben Tag, an dem er nach New Hampshire gezogen war. Er erzählte mir, dass er sich in einer Eisdiele in der Nähe von Connors College mit unserem Sohn getroffen hatte. Beim Eisessen hatte er Connor dann gesagt, er sähe sich gerade einen neuen Job in einem Krankenhaus in New Hampshire an, weil er eine Auszeit von Manhattan bräuchte.

Ich war während der Zeit, in der er sich mit Connor treffen wollte, in der stillen Wohnung in Manhattan auf und ab gegangen und hatte an all die Gründe gedacht, die er für seinen Umzug angeführt hatte. Wie viele davon er wohl auch Connor mitteilen würde?

Dass Brad und ich Zeit bräuchten. Zeit für uns selbst.

Zeit zum Nachdenken.

Zeit zum Prüfen.

Zeit zum Entscheiden.

Brad hatte so heftig betont, dass es bei dieser Trennungszeit nicht darum gehe, einfach nur abzuwarten. Aber bei Zeit geht es nun mal eben sehr oft ums Warten.

Ich hatte eigentlich damit gerechnet, dass Connor mich gleich nach seinem Treffen mit Brad anrufen würde, denn wahrscheinlich hätte er ja Fragen an mich. Ob er wohl wütend war? Traurig? Durcheinander? Ob Connor von uns wohl enttäuscht war? Wie viel Zeit würde er brauchen, bis ich mit ihm würde reden können?

An dem besagten Tag hatte Connor dann erst gegen zehn Uhr abends angerufen. Er hatte einen seltsam missbilligenden Tonfall gehabt. So wie ein Polizist, der einem liegen gebliebenen Autofahrer zu Hilfe kommt und durch seinen Tonfall signalisiert, dass es doch klar ist, dass man im Straßengraben landet, wenn man bei Glatteis eine Vollbremsung versucht.

Ich sagte Connor, dass ich schon zurechtkäme und dass am Ende alles gut werden würde. Dass sein Vater sich diesen neuen Job in New Hampshire aus vielerlei Gründen anschauen müsse, von denen aber keiner ein Grund zur Sorge biete. Wir redeten nicht lange. Er hatte eindeutig keine Ahnung, wie er mit diesen neuen Informationen umgehen sollte. Irgendwie fühlte ich mich dadurch bestätigt: Auch Connor hatte es nicht kommen sehen.

Ich hatte ein paar Minuten vor sechs Feierabend gemacht und den Laden verlassen. Es war der Abend, an dem immer Stacy bis zum Ladenschluss blieb und dann abschloss. Ich war gerade in meiner Wohnung angekommen, hatte die Schuhe ausgezogen und ging flüchtig die Post durch, als mein Handy klingelte. Es war Molly, die mich zum Abendessen einlud; Jeff war bei einem Baseballspiel, und nur sie und die Mädchen waren zu Hause. Ich lehnte dankend ab, aber sie setzte mir so lange zu, bis ich schließlich einwilligte. Es gefiel ihr nicht, wenn ich Abend für Abend allein zu Hause aß.

Wir beendeten das Gespräch, und ich zog meine Geschäftskleidung aus und Jeans und Pulli an. Als ich danach die Küche betrat, wollte ich noch kurz meinen Lippenstift aus der Tasche holen, die ich immer zur Arbeit mitnahm, und berührte dabei das Päckchen mit dem Gebetbuch und dem Rosenkranz. Vorsichtig nahm ich es heraus und legte es in die Mitte des Tisches. Während ich mir die Lippen schminkte, betrachtete ich es. Als ich fertig war, nahm ich noch eine Flasche Rotwein aus dem Weinregal und machte mich auf den Weg zu Mollys und Jeffs Wohnung, die sieben Blocks von meinem Apartment entfernt war.

Ich kannte Molly seit meinem ersten Studienjahr an der Universität von Boston. Ihr älterer Bruder Tom hatte Brad schon vor mir gekannt, und auf einer Geburtstagsparty bei Tom hatten Brad und ich uns dann kennengelernt. Molly hatte schon oft gesagt, dass ich ohne sie nie meinen Mann kennengelernt und geheiratet hätte.

Als ich ihr von Brads Umzugsplänen erzählt hatte und dass ich diesen Schritt nicht hatte kommen sehen, hatte sie mir keine Ratschläge erteilt, sondern nur gesagt, Frauen seien schließlich keine Gedankenleser.

„Was für Signale hättest du denn sehen sollen?“, hatte sie mich gefragt.

Ja, was für Signale eigentlich?

Molly und Jeff waren schon kurz nach ihrer Hochzeit, also lange vor Brad und mir, nach Manhattan gezogen. Jeff war Investmentbanker und ein treuer Fan der *New York Yankees*, und er redete kaum über etwas anderes als über Aktien und Baseball. Molly war Direktorin einer Privatschule, die auch ihre zwölf Jahre alten Zwillingstöchter besuchten und an der Connor zwei Jahre zuvor seinen Abschluss gemacht hatte.

Ich glaube, Brad und Jeff waren sich so nah, wie sich zwei Männer nah sein können, die kaum gemeinsame Interessen haben. Brad las gerne Biografien und zog Aktivitäten zu Wasser jeder Sportübertragung im Fernsehen vor. Brad und Jeff standen sich also zwar nicht besonders nah, aber sie hatten Zeit miteinander verbracht; sie hatten geredet. Bisher hatte ich Jeff noch nicht gefragt, ob er gewusst hatte, wie frustriert Brad über unsere Ehe gewesen war, und deshalb war ich auch froh, dass er an diesem Abend nicht zu Hause war. Irgendwie hegte ich die Befürchtung, Jeff könnte vor mir von Brads Plänen gewusst haben. Ich trat aus dem Haus in den Strom von Fußgängern hinein – manche in Anzügen, manche leger in Jeans –, die nach Feierabend aus dem Stadtzentrum zurück in die Wohnviertel strömten.

Brad konnte den Zauber dieses Menschenmeeres von Manhattan nie entdecken. Sich auf das permanente Menschengedränge einzulassen war eines der Zugeständnisse gewesen, die er gemacht hatte, als wir in dem Jahr, in dem Connor dreizehn geworden war, nach Manhattan gezogen waren. Auf meinem Weg zu Molly – auf dem ich immer wieder unterschiedlichste Menschen aller Schichten und ethnischer Herkunft streifte – kam mir in den Sinn, dass Brad in dem Jahr, als Connor dreizehn geworden war, schon einmal eine Entscheidung getroffen hatte, die für uns als Familie alles verändert hatte. Durch die langen Arbeitszeiten im *Memorial*-Krankenhaus und die einstündige – manchmal längere – Fahrtzeit zu uns nach Long Island war Brad viel zu viele Stunden des Tages von Connor und mir getrennt gewesen. Irgendwann hatte er dann entschieden, an die Upper West Side zu ziehen, und zwar ohne zuvor auch nur mit mir darüber geredet zu haben. Es war ja auch ganz einfach gewesen, diesen doch recht schwerwiegenden Schritt vor mir zu rechtfertigen, indem er sagte, er täte es für Connor und mich.

Als ich in die Straße einbog, in der Mollys und Jeffs Apartmenthaus lag, fragte ich mich gerade, ob Brad vielleicht schon damals das Gefühl gehabt haben könnte, dass wir nur noch nebeneinanderher lebten und dass er vielleicht auch deshalb diesen ziemlich spontanen Schritt unternommen hatte, um etwas daran zu ändern.

Mir hatte es damals nichts ausgemacht, nach Manhattan zu ziehen, ja, ich hatte es im Gegensatz zu Brad sogar spannend gefunden. Doch es war schon ein seltsames Gefühl gewesen, meinen Eltern mitzuteilen, dass Brad und ich beschlossen hätten, nach Manhattan zu ziehen, obwohl ich an der Entscheidung an sich gar nicht beteiligt gewesen war. Meine Eltern hatten mich bedrängt, ihnen die Gründe für den Umzug zu nennen, und ich hatte sie alle aufgezählt, so als wäre der Umzug meine Idee gewesen.

Natürlich hatten sie Brad ein großes Lob dafür ausgesprochen, dass er mehr Zeit mit der Familie verbringen wollte, obwohl der Umzug für sie bedeutete, dass wir jetzt sehr viel weiter von ihnen entfernt wohnten.

Meine Eltern waren schon von dem Moment an von Brad begeistert gewesen, als ich ihn zum ersten Mal mit nach Hause gebracht hatte. Sie gratulierten mir praktisch dazu, dass ich mich in einen Medizinstudenten verliebt hatte, der mir einmal Dinge würde bieten können, die meine Eltern mir nie hatten ermöglichen können. Mein Vater beneidete die beiden Ärzte, mit denen er im *Long Island General* auf derselben Etage arbeitete. Er machte, genau wie die Ärzte, viele Überstunden, trug einen Pager am Gürtel und die gleichen hellgelben Namensschildchen am Kittel wie sie. Sie wurden gleichermaßen bei Notfällen morgens um zwei aus dem Bett geklingelt oder vom Weihnachtsessen weggerufen oder mussten bei Schneesturm Auto fahren. Aber die Ärzte taten es, um Leben zu retten, und mein Vater nur, um sich um stehen gebliebene Ventilatoren oder undichte Wassertanks zu kümmern. Mein Vater bekam weder das gleiche Gehalt, noch wurde ihm derselbe Respekt entgegengebracht wie seinen Kollegen in OP-Kleidung oder weißen Kitteln.

Als angehender Radiologe war Brad für meine Eltern wie ein Ritter auf einem weißen Ross gewesen. Er war alles, was mein Vater sich einst für sich selbst erträumt und was sich auch meine Mutter für ihn gewünscht hatte.

Ich hatte vor Brad nur zwei Freunde gehabt, von denen einer mein Highschool-Freund Kyle war, ein lockerer Typ, dessen Wunsch, in der Dritten Welt Häuser zu bauen, meine Eltern so gar nicht beeindruckte. Sie hätten fast eine Party veranstaltet, als Kyle und ich uns nach dem Schulabschluss eher zögerlich darauf einigten, für neue Beziehungen offen zu sein, weil ich zum Studium nach Massachusetts zog und er seine Ausbildung in Virginia machte.

Eigentlich war ich gar nicht auf eine feste Beziehung aus, als ich dann ein Jahr später Brad kennenlernte. Ich bekam immer noch ab und zu Briefe von Kyle, der erst einen Berufsfindungskurs im Schreinern gemacht hatte und inzwischen bei einer Entwicklungshilfeorganisation in Kenia arbeitete.

Brad war in vielerlei Hinsicht so ganz anders als Kyle, dass es schon irgendwie seltsam war, wie ich mich überhaupt zu beiden hingezogen fühlen konnte. Kyle suchte das Abenteuer; Brad mochte Zuverlässigkeit und Stetigkeit. Kyle liebte Überraschungen, Brad wusste immer alles schon gern im Voraus. Kyle war unberechenbar, Brad verlässlich. Der eine Mann gab mir das Gefühl, immer am Rande des Unbekannten zu stehen, der andere gab mir Sicherheit. Am Ende entschied ich mich für die Sicherheit.

Ich fragte mich bis zu dem Tag, an dem ich Brad heiratete, ob so die wahre, romantische Liebe aussah: nicht die beinah gebannte Faszination, die ich für Kyle empfunden hatte und die meinen Puls schon beschleunigt hatte, wenn ich ihn nur sah, sondern eine tiefere, stetigere Anziehung für Brad, die mehr mit dem Kopf zu tun hatte als mit dem Herzen und mit Gefühlen.

Am Abend meines Junggesellinnenabschieds hatte ich Leslie gestanden, dass es mir schwerfiele, auch den letzten Rest dieser Faszination und Anziehung für Kyle ganz loszulassen, obwohl ich ihn schon seit zwei Jahren nicht mehr gesehen hatte, und dass ich mich schon so manches Mal gefragt hätte, ob es nicht ein Fehler war, Brad zu heiraten. Sie hatte mich – ohne von der Bowle aufzublicken, die sie gerade zubereitete – gefragt, ob ich mir vorstellen könne, auch in einer Hütte im afrikanischen Busch glücklich zu sein, wo ich im Gebüsch Pipi machen, vor Giftschlangen flüchten und unter einem Moskitonetz schlafen müsse. Darüber hatte ich lachen müssen.

„Ich meine es ganz ernst", hatte sie gesagt.

Sie hatte zwar auch gelacht, aber dann hatte sie von der Bowle aufgeblickt und gesagt: „Ich meine es wirklich ernst, Jane. So würde dann nämlich dein Leben aussehen."

An dieses Gespräch hatte mich Leslie vor einem Jahr bei der goldenen Hochzeit unserer Eltern erinnert, als sie erneut eine Bowle zubereitet und mich damit geneckt hatte, dass ich mir einmal gewünscht hätte, Kyle und nicht Brad zu heiraten. „Du würdest jetzt mit einem Reisigbesen Tausendfüßler auf deinem Hüttenboden jagen, wenn du Kyle geheiratet hättest", hatte sie gesagt.

Ich hatte zu meinen Eltern hinübergeschaut, die gerade ganz dicht beieinanderstanden, weil ein Fotograf ein Bild von ihnen machte, und hatte zu Leslie gesagt, dass unsere Mutter niemals für Papa Tausendfüßler gejagt hätte, woraufhin sie gelacht hatte. „Nein, ganz sicher nicht." Aber sie hatte auch zu ihnen geblickt, und ihr Lachen ebbte ab.

Unsere Mutter hätte mit Sicherheit eine Möglichkeit gefunden, ihre Hütte in der Dritten Welt fliesen zu lassen.

Nachdem wir und die Mädchen mehrere kleine Schachteln mit chinesischem Essen verputzt und ein paar Folgen *Friends* angeschaut hatten, rief Molly mir ein Taxi. Als wir draußen vor dem Haus auf das Taxi warteten, fragte sie mich, ob ich auch genügend Schlaf bekäme.

„Keine Ahnung."

„Du siehst erschöpft aus, meine Liebe", sagte sie.

Ich zuckte nur wortlos mit den Schultern.

Mollys Stimme bekam einen beinah mütterlichen Tonfall. „Es ist jetzt schon über zwei Monate her, Jane. Meinst du nicht, dass es gut wäre, dir professionelle Hilfe zu suchen? Du kannst doch nicht weiter mit drei, vier Stunden Schlaf pro Nacht auskommen."

Ich schniefte ein bisschen. „Aber ich will keine Schlafmittel nehmen."

„Ich habe ja auch nicht gesagt, dass du Tabletten nehmen, sondern dass du dir Hilfe suchen sollst. Jemanden, der dir dabei hilft, alles zu sortieren, damit du nachts schlafen kannst."

Sortieren. Mich aussortieren.

„Du meinst einen Psychiater?"

„Nein, ich meine einen Therapeuten. Du bist nicht verrückt, Jane. Du bist verletzt. Du bist einsam. Du bist enttäuscht. Du bist verunsichert."

„Vielen Dank auch."

Sie überging meinen lockeren Sarkasmus. „Das ist einfach zu viel, als dass eine einzelne Person damit fertigwerden kann. Kein Wunder, dass du nicht schlafen kannst. Du musst mit jemandem darüber sprechen, Jane. Mit einem Profi."

Ich schwieg. Ich wollte etwas ganz anderes. Ich wollte es nämlich am liebsten einfach aussitzen, nicht verarbeiten. Es gibt Leute, die hassen es zu warten. Zu denen gehöre ich jedenfalls nicht.

Molly beendete das Schweigen zwischen uns. „Hier im Haus gibt es einen Psychologen, der als Therapeut arbeitet."

Ich wandte mich ab von ihr und von dem, was sie sagte. Es kränkte mich.

„Er ist kein Psychiater, Jane, sondern Therapeut, Berater. Wir begegnen uns ständig im Aufzug. Er kommt mir ziemlich klug und ausgeglichen vor, und er hat Humor. Er macht das beruflich, um seinen Lebensunterhalt zu verdienen, Jane."

Sie zog eine Visitenkarte aus der Hosentasche und gab sie mir. *D. Jonah Kirtland. Diplompsychologe, Psychotherapeut.* Sie hatte das also richtiggehend geplant.

„Und du läufst immer mit seinen Visitenkarten in der Hosentasche herum?"

„Du bist meine beste Freundin, Jane. Ich habe ihn heute Morgen im Aufzug um eine Karte gebeten und ihm gesagt, dass ich sie dir geben würde."

Ich strich über die Buchstaben seines Namens. „Jonah. Wie der Wal."

„Nein, Jonah wie der Typ, der von einem Wal verschluckt wurde und wieder herausgekommen ist."

Der breite Streifen in Kornblumenblau über Jonah Kirtlands Namen und auch die unaufdringliche Schrift darunter wirkten irgendwie beruhigend. Und es gab auch kein künstlerisches Logo, mit dem er Eindruck schinden wollte.

„Du hast ihm meinen Namen gesagt?"

Molly atmete leise aus. „Ja."

„Hast du ihm sonst noch etwas erzählt?"

„Ich habe ihm gesagt, dass du gerade eine schwere Zeit durchmachst und dass du nachts nicht schlafen kannst."

Ich rieb mit dem Finger über die glatte Ecke der Karte.

„Und ich nehme an, du hast ihm auch erzählt, warum."

Wieder folgte ein Ausatmen, dieses Mal ein bisschen lauter. „Ja, das habe ich. Ich habe ihm gesagt, dass dein Mann ausgezogen ist und dass das für dich absolut überraschend kam. Es tut mir leid, wenn dir das nicht recht ist. Aber ich habe es getan. Er hat gesagt, er würde dir gern einen Termin geben."

Ich steckte die Karte in die Tasche und spürte, dass ich rot geworden war, weil ich erneut daran erinnert wurde, wie naiv es von mir gewesen war, Brads Entscheidung nicht kommen zu sehen.

„Bist du jetzt sauer auf mich?", fragte Molly.

„Nein."

„Rufst du ihn an?"

Ich nickte.

„Versprochen?"

Ich nickte ein zweites Mal.

Molly lächelte, und an ihrer Miene war abzulesen, wie erleichtert sie war. „Gut." Eine winzige Falte bildete sich über ihren Augen. „Nur noch eins: Er ist …", aber sie sprach nicht weiter.

„Er ist was?"

In dem Augenblick kam ein gelbes Taxi an den Bordstein gefahren und hielt an.

Sie schüttelte den Kopf, und die Falte verschwand. „Ach, ist auch egal. Ich glaube, du machst das Richtige. Das Klügste."

„Ja, wahrscheinlich. Danke für das Essen." Ich umarmte sie zum Abschied und stieg in das Taxi.

„Ruf mich an, und halte mich auf dem Laufenden, ja?", rief sie mir noch nach, als ich die Tür zuschlug. Ich winkte noch kurz zum Abschied.

Ich hatte vergessen, ein Licht anzulassen, sodass die Wohnung dunkel und trostlos vor mir lag, als ich bei meiner Rückkehr die Wohnungstür aufschloss. Ich machte mir eine Tasse Tee und setzte mich an den Küchentisch. Ohne nachzudenken, hatte ich Brads Stuhl gewählt und stellte die Visitenkarte von Jonah Kirtland gegen eine Vase mit Strohblumen, die auf dem Tisch stand. Ich war noch nie bei einem Psychologen gewesen. Der Gedanke, jetzt einen Termin bei einem zu vereinbaren, piekste mich mit kleinen Nadeln des Zweifels. War das die einzige Möglichkeit, um wieder schlafen zu können? Würde ich vor dieser fremden Person jedes Geheimnis preisgeben müssen, um weiterzukommen? Vielleicht war es ja doch einfacher, Tabletten zu nehmen …

Neben der Vase lagen das alte Gebetbuch und der Rosenkranz, die ich dort hingelegt hatte. Ich griff nach den Perlen des Rosenkranzes und rieb die glatten Steine. Es kam mir so vor, als enthielten sie Millionen von Wünschen und Geheimnissen. Meine Finger glitten weiter hinab zu der winzigen Silberfigur des gekreuzigten Jesus.

„Was soll ich nur tun?“, flüsterte ich halb zu mir selbst, halb zum schweigenden Erlöser.

Brad hatte gesagt, wir bräuchten Zeit, um herauszufinden, wie es mit unserer Ehe weitergehen sollte, aber ich hatte in den acht Wochen, seit Brad jetzt weg war, nichts weiter festgestellt, als dass es nirgends hinging. Es gab keinen Impuls, keine Veränderung, die man hätte auswerten können. Ich war in Manhattan, er war in New Hampshire – das war alles.

„Was soll ich nur tun?“, flüsterte ich noch einmal und spürte, wie sich Tränen in meinen Augenwinkeln sammelten, die ich aber wieder zurückdrängte. Mit der freien Hand griff ich nach dem Gebetbuch und ließ es aufklappen. Die verblassten, aber lesbaren Worte in der Mitte des Buches riefen mir zu: *Erhelle unsere Finsternis, wir flehen dich an, o Herr, und in deiner großen Barmherzigkeit bewahre uns vor den Gefahren der Nacht, um der Liebe deines Sohnes, unseres Erlösers Jesu Christi, willen. Amen.*

Ich zog den Text näher heran. Die Wölbung unter dem Vorsatzpapier und unter meinen Fingern störte mich plötzlich so sehr, dass ich, ohne weiter über mögliche Folgen nachzudenken, nach einem Brieföffner griff, der auf dem Küchentresen lag, und seine Spitze unter den oberen Rand des brüchigen Ledereinbands schob. Ich war erstaunt, wie leicht er sich löste – als hätte er seit Jahrhunderten nur auf diesen Moment gewartet.

Ich schob die Klinge behutsam weiter hinein, untersuchte die Wölbung etwas genauer und stellte das Buch auf den Kopf.

Fäden, die einmal miteinander verwoben gewesen waren, fielen heraus wie Konfetti. Und dann landete etwas Rundes blau blitzend mit einem zarten Klimpern auf der Tischplatte.

Es war ein Ring.

Ich legte das Buch und den Brieföffner hin und nahm den Ring in die Hand. Er war zwar angelaufen, aber er war aus Gold. Der einzelne blaue Stein in der Mitte war von zwei roten Steinen und von Gruppen winziger weißer Steinchen eingerahmt. Ich kannte mich zwar nicht besonders gut mit Edelsteinen aus, aber ich war doch ziemlich sicher, dass es sich um Saphire, Rubine und Diamanten handelte. Im Licht der Deckenlampe über dem Esstisch funkelten die Steine, auch wenn ihnen immer noch der Nebel tiefen Schlafes anzuhaften schien.

Atemlos vor Verblüffung und Neugier drehte ich den Ring in meinen Händen. Emma hatte ganz sicher keine Ahnung gehabt, dass sich in der Kassette mit den geschmolzenen Scharnieren und dem fehlenden Schlüssel dieser Ring befunden hatte. Und auch der Vorbesitzer hatte wahrscheinlich nichts davon gewusst.

Als ich den Ring betrachtete, bemerkte ich eine winzige Gravur in seiner Innenseite. Die Zeichen waren jedoch zu klein, um sie mit bloßem Auge zu erkennen. Also kramte ich in meiner Schreibtischschublade fieberhaft nach einer Lupe. Ich fand sie schließlich, knipste meine Schreibtischlampe an und beugte mich vor, um die winzige Inschrift zu entziffern. Als ich die Worte schließlich erkennen konnte, flüsterte ich sie vor mich hin. „*Vulnerasti cor meum, soror mea, sponsa.*" Das sagte mir gar nichts.

Aber dann konnte ich noch etwas erkennen: Direkt hinter den lateinischen Worten stand noch etwas. Ich hielt die Lupe auf diese zweite Gruppe eingravierter Buchstaben.

Mir blieb die Luft weg. Das Wort kannte ich.

Jane.

Lucy

Sudeley Castle, Gloucestershire
England, 1548

Sechs

Jane wartete am Fenster auf mich, den Kopf gesenkt, so als befände sich auf der anderen Seite der Scheibe etwas, dessen Anblick sie nicht ertragen konnte. Ihre kleinen Hände hatte sie auf dem Fenstersims in der entspannten Haltung eines Menschen gefaltet, den nichts drängt. In ihrer Blickrichtung konnte ich die weitläufigen Rasenflächen von Sudeley Castle sehen und die tief in den Boden eingegrabenen Spuren der Kutsche, in der ich gekommen war. Ein leichter Wirbel aus Staub hob sich gegen das Schwarz der Kutsche ab, als diese auf ihrem Rückweg nach Bradgate aus unserem Blickfeld verschwand.

Ich hätte auf meine Anwesenheit aufmerksam machen müssen, aber ich stand wie angewurzelt in der Tür. Die kleine Lady war völlig in ihrer Trauer versunken, das konnte ich sogar von meinem Standort in der Tür aus erkennen, und das war etwas Neues für mich. In den zwei Jahren, die ich jetzt im Dienst der Reichen stand, hatte ich einen so tiefen und ungehemmten Kummer noch nie erlebt. Auf meinen Armen trug ich ein daunenweiches Gewand in pechschwarzer Farbe. Es war das Trauergewand von Lady Jane, das ich auf Geheiß der Marquise während der zweitägigen Reise von Leicestershire bis hierher zum Schloss auf dem Schoß gehalten hatte, damit es in einem Koffer oder einer Truhe nicht zerknitterte. Diesen Befehl hatte ich nicht von der Marquise direkt bekommen, sondern Bridget hatte ihn mir übermittelt, und ihr Blick hatte eindeutig besagt, dass es äußerst unklug von mir gewesen wäre, das Kleid auch nur einen Moment lang aus den Augen zu lassen. Die kleine Lady würde bei der Beerdigung der Königinwitwe Katherine den Trauerzug anführen, also musste das Kleid makellos sein.

Als ich Lady Jane jetzt dort stehen sah, war mir allerdings sofort bewusst, dass ich das Kleid noch würde ändern müssen, damit es der winzigen Jungfer passte. Und ich fragte mich sogleich, ob ich wohl über das dazu notwendige Geschick verfügte. Bridget musste augenscheinlich davon überzeugt gewesen sein, sonst hätte sie mich sicher nicht gesandt.

Ich war erstaunt, dass die Marquise offenbar geglaubt hatte, das Kleid würde ihrer Tochter passen. Viel konnte Lady Jane ja nicht gewachsen sein in den wenigen Monaten, seit sie bei Lord Admiral Seymour und der Königinwitwe hier in Gloucestershire lebte, jedenfalls nicht so viel, wie ihre Mutter angenommen hatte.

Aber vielleicht hatte ja die Marquise von Dorset in der Eile auch das falsche Kleid herausgesucht. Und Bridget hatte sich sogar schon gefragt, ob ihre Herrin das Kleid vielleicht nur geliehen hatte, weil nicht genügend Zeit gewesen war, um ein neues nähen zu lassen. Es hatte ja niemand damit gerechnet, dass die arme Königinwitwe am Kindbettfieber sterben würde. Niemand hätte doch gedacht, dass in Sudeley Castle an diesem Tag Schwarz getragen werden würde. Nicht Schwarz. Irgendwo im Schloss lag die gesunde, neugeborene Tochter der Königinwitwe im Arm einer Amme, aber Bridget hatte mir aufgetragen, mich auf keinen Fall nach dem Säugling zu erkundigen.

Ich trat einen Schritt in den Raum hinein, und das Kleid, das ich auf den Armen trug, raschelte meinen Namen. *Lucy.* Doch trotz des Geräusches drehte sich Lady Jane nicht um. Ich streckte meinen Kopf noch ein wenig in den Raum und ließ meinen Augen Zeit, sich an die gewaltigen Ausmaße des Zimmers und an die Abwesenheit der wärmenden Sonnenstrahlen zu gewöhnen.

Lady Jane und ich waren allein in ihrem Wohnzimmer in Sudeley Castle. Es war ein großes Haus, dessen Außenmauern aus Steinen bestanden, welche die Farbe von geröstetem Brot hatten und mit smaragdfarbenem Wein berankt waren, dessen Blätter sich schon bald kupfern verfärben, schrumpfen und dann davongeweht werden würden. Das Dienstmädchen, das mich in Lady Janes Zimmer geführt hatte, war wieder gegangen, um nach der Truhe zu sehen, die mir die Marquise für ihre Tochter mitgeschickt hatte, und um meine eigene kleine Reisetasche ins Haus bringen zu lassen. Ich war es nicht gewohnt, einen Raum zu betreten, in dem die einzige weitere Person außer mir von Adel war. Ich zögerte.

Bei meinen Vorbereitungen für die Reise hatte ich Bridget gefragt, wie lange Lady Jane jetzt schon von ihren Eltern getrennt lebe, denn als meine Lehrzeit bei Bridget begonnen hatte, war Lady Jane bereits nicht mehr in Bradgate gewesen. In Wirklichkeit wollte ich aber wissen, warum Lady Jane nicht in Bradgate wohnte. Sie war erst elf Jahre alt, also nur ein Jahr älter als meine Schwester Cecily, die zurzeit zu Hause bei meinen Eltern in Haversfield in Devonshire lebte und jetzt Wolle auskämmte und im nächsten Augenblick Schmetterlinge jagte. Ich war überzeugt, dass Lady Jane schon seit vielen Jahren keine Schmetterlinge mehr gejagt hatte – vielleicht noch nie. Ich war bisher nur in einem weiteren Adelshaushalt angestellt gewesen, und dort blieben die Kinder zu Hause, bis sie verheiratet wurden. Auch sie hatten keine Schmetterlinge gejagt, aber sie waren auch nicht plötzlich in andere Haushalte gegeben worden. Bridget hatte mir jedenfalls gesagt, es ginge mich nichts an, warum Lady Jane Bradgate verlassen hatte, um Lord Admiral Seymours Mündel zu werden.

Dann hatte mir Bridget noch mit auf den Weg gegeben, dass es für einen Adeligen wie unseren hochverehrten Marquis von Dorset – den Vater der Lady und meinen Arbeitgeber – viel zu bedenken gäbe, wenn Gott ihm Töchter schenke, dass ich während meines Aufenthaltes in Sudeley nicht auf Bedienstetenklatsch hören solle und dass sie mich, sollte ihr so etwas zu Ohren kommen, auf der Stelle entlassen würde. Dabei hatte sie mir jedoch ein ganz klein wenig zugezwinkert.

Der Grund, weshalb Lady Jane von zu Hause fortgeschickt worden war, um bei Lord Seymour zu leben, war also der, dass sie ein Mädchen war. Die Tatsache, dass sie ein Mädchen war, dessen Heirat ein Politikum war, hatte es mit sich gebracht, dass sie in einem Schloss lebte, welches mehr als eine Tagesreise von ihrem elterlichen Zuhause entfernt war.

Auf der langen Fahrt hierher hatte ich mich gefragt, wie der Lord Admiral wohl in Erfahrung gebracht hatte, welche Heiratspläne der Marquis für seine älteste Tochter hatte. Der Lord Admiral selbst war bei Janes Ankunft in Sudeley verheiratet gewesen. Er hatte der verwitweten Königin Katherine den Hof gemacht und nur skandalös kurze vier Monate nach dem Tod von König Heinrich ihr Jawort bekommen. Und Söhne hatte der Lord Admiral nicht. Ich kannte ihn nicht persönlich, aber ich wusste, dass er der Bruder des Lordprotektors war, des Mannes, der sich um die Angelegenheiten des jungen Königs – Edward, Heinrichs einzigem noch lebenden Erben – kümmerte.

Bridget vermutete, dass der Marquis seine Tochter dem Lord als Mündel anvertraut hatte, weil dessen Bruder diese unmittelbare und enge Verbindung zum König hatte und dadurch ihre Aussichten auf eine gute Partie verbessern konnte. König Eduard war fast elf Jahre alt, genau wie Jane, und er war noch nicht verlobt, ebenfalls genauso wie Jane.

Es wäre nicht das erste Mal gewesen, dass ein Monarch seine Base heiratete, und Bridget hatte mir außerdem erzählt, dass Lady Jane selbst an vierter Stelle der Thronfolge stand, denn ihre Mutter, die Marquise, war eine Nichte von König Heinrich.

Während die Kutsche so dahinrollte, hatte ich mir vorzustellen versucht, wie es wohl war, erst elf Jahre alt zu sein – was nicht besonders schwierig war, denn ich war auch erst fünfzehn. Und wie es war, in geheimen Eheverhandlungen wie ein Wertgegenstand hin und her geschoben zu werden, um dann mit einem Mann verheiratet zu werden, den ich vielleicht gar nicht mochte, dazu gezwungen zu sein, das Bett mit ihm zu teilen und ihm Kinder zu gebären, alles nur um des Erfolges und Wohlergehens des jungen Erben willen, den ich hervorzubringen hatte.

Ich fuhr mit dem Finger über die zarte Perlenstickerei in den Bergen von schwarzem Organza und schwarzer Seide auf meinem Schoß und fragte mich, wie es wohl sein mochte, ein Kleid zu tragen, das mit Perlen und Edelsteinen besetzt war und so teuer, dass die Familie auf einem kleinen Bauernhof einen ganzen Winter lang davon hätte leben können. Ich hätte davon meinem Vater Medizin kaufen und den Arzt bezahlen können, der ihn behandelte. Zurzeit arbeiteten meine Mutter und ich beide – sie in der Schneiderei meines Vaters und ich im Haushalt der Marquise –, damit er mit allem versorgt war. Ich hatte einmal gedacht, dass ich bis ans Ende seiner Tage fröhlich an der Seite meines Vaters nähen würde, dass ich, wenn überhaupt, vielleicht spät heiraten würde. Aber dann war es ganz anders gekommen. Ich war viele Meilen von dem Zuhause meiner Kindheit entfernt in Haversfield, getrennt von meinen Eltern und allem, wovon ich geglaubt hatte, dass mein ruhiges Leben davon bestimmt sein würde.

Alles, was mir wichtig war, wartete an einem anderen Ort auf mich.

Und als ich jetzt dastand und die Jungfer betrachtete, die das Kleid tragen sollte, welches ich hielt – ein winziges Persönchen, dessen Melancholie den gesamten düsteren Raum ausfüllte –, da wog das Kleid in meinen Armen schwer wie Blei. Ich machte noch einen weiteren Schritt in den Raum hinein, und da endlich drehte sich die Lady zu mir um.

Sie hatte die Augen ihres Vaters und die sehr aufrechte Haltung ihrer Mutter. Das Haar unter ihrer Haube war braun wie meines und auch genauso unscheinbar. Das Kleid, das sie trug, war von einem so tiefen Dunkelgrün, dass es fast schwarz wirkte. Nur am Halsausschnitt und an den Ärmeln blitzte ein wenig weiße Spitze hervor. Eine goldene Schärpe um ihre Taille glänzte in dem einzigen bisschen Sonnenlicht, das die dunkle Stille im Raum durchbrach. Um den Hals trug sie eine Kette aus Perlen und kleinen Smaragden. Ihre Wangen waren nass von Tränen.

Ich machte einen tiefen Knicks.

„Entschuldigt, Mylady. Soll ich lieber später noch einmal wiederkommen?“

Als sie nicht antwortete, hob ich langsam meinen Kopf.

Lady Jane betrachtete die Massen von Stoff in meinen Armen, ja, starrte sie förmlich an.

Es schien, als wollte sie aus reiner Willenskraft erreichen, dass sich das Kleid von selbst mit Knochen und Muskeln füllte, dann das Zimmer verließe und sich eine andere Person suchte, die es trug.

„Du kommst aus Bradgate?“, fragte sie schließlich. Ihre Stimme war dünn und weich, kultiviert, aber noch kindlich.

„Ja, Mylady.“

„Sendet meine Mutter das Kleid?“ Ihr Blick ruhte weiterhin auf den Bergen von Stoff, und es war nicht so dunkel in dem Raum, dass ich nicht ihr Unbehagen erkennen konnte.

„Ja, Mylady.“

„Dann kommt sie also nicht.“

Das war keine Frage, aber ich antwortete, als wäre es eine. „Nein, Mylady.“

Da drehte sie sich um und schaute wieder zum Fenster hinaus. Sie hatte mich noch nicht entlassen, also stand ich mit dem gewaltigen Kleid da, das mir aus den Armen zu gleiten drohte wie Wasser, und wartete. Ihr Kopf war auf kindliche Weise seitlich geneigt, so als fragte sie sich, wann sie endlich aus diesem Traum erwachen würde.

Für mich war unbegreiflich, dass jemand, der so jung war, den Trauerzug der Königinwitwe von König Heinrich anführen sollte. Bridget hatte mir erzählt, das Protokoll verböte die Anwesenheit des neuen Ehemanns der verwitweten Königin,

Lord Admiral Seymour, bei dem Begräbnis. König Heinrichs jüngere Tochter, Prinzessin Elisabeth, die in letzter Zeit hier in Sudeley gelebt hatte und die – das besagten zumindest beunruhigende Gerüchte – das Schloss wieder verlassen hatte, würde ebenfalls nicht zugegen sein, ebenso nicht der junge König Eduard und Prinzessin Maria, die älteste Tochter von König Heinrich.

Stattdessen sollte ein elfjähriges Mädchen den Trauerzug zur Kapelle anführen und dabei das geborgte Kleid tragen, das ich in den Armen hielt.

Hinter uns, tief im Inneren des Schlosses, hörte ich sehr leise einen Säugling schreien. In der Ferne wurde eine Tür geöffnet und wieder geschlossen, und dann war das Geräusch nicht länger zu hören. Jane hob den Kopf, und ihr Blick wanderte an mir vorbei zum Korridor und zu den anderen Räumen.

„Sie wird niemanden haben, der sie lieb hat“, flüsterte Jane.

„Wie meinen, Mylady?“

„Das Kind der Königin.“

„Verzeihung, Mylady?“

„Lord Thomas wird sie nicht einmal ansehen.“

„L-Lord T-Thomas?“, stammelte ich.

„Lord Admiral Seymour. Er wird das Baby nicht einmal anschauen.“

Ich verlagerte das Kleid auf meinen Armen. Ich konnte nicht genau sagen, um wen Lady Jane eigentlich trauerte. Einen Moment zuvor noch hatte ich gedacht, sie wäre so traurig, weil sie ihr Zuhause und ihre Familie vermisste. Aber nein, der Grund ihrer Trauer war der noch namenlose Säugling. Und jetzt war es der Kummer des Lord Admirals, der ihr zusetzte?

Ich wusste nicht, was ich sagen sollte, also schwieg ich lieber.

„Ist es notwendig, dass ich das Kleid anprobiere?“, fragte sie teilnahmslos.

„Ja, Mylady. Das muss leider sein.“

„Warum ist denn Bridget nicht gekommen? Dich kenne ich ja gar nicht."

Ich sagte ihr nicht, dass Bridget langsam das Augenlicht verlor und als Damenschneiderin nicht mehr allein reisen konnte. Bridget musste in Bradgate bleiben, wo es zwischen den übrigen Bediensteten, die für die Garderobe verantwortlich waren, nicht weiter auffiel, dass sie nicht mehr gut sehen konnte. Außer mir wusste niemand, wie viel Mühe es ihr bereitete, ihre eigenen Stiche zu erkennen.

„Ich bin neu in Bradgate, Mylady, und Bridget schickt mich. Und die Marquise."

„Wie heißt du?" In ihrer jungen Stimme schwang unterschwellig Autorität mit.

„Lucy Day, Mylady."

„Der Name gefällt mir", sagte sie, aber ihre Stimme war traurig.

„Sollen wir?", fragte ich und hielt meine Arme mit dem Kleid hoch.

Sie nickte, drehte sich um und ging zum Ankleidezimmer, das an ihr Wohnzimmer grenzte.

Ich half ihr, das grüne Kleid auszuziehen. Als ich den Rock des schwarzen Kleides hinhielt, damit sie hineinsteigen konnte, begann Jane zu zittern. Ich hielt das Kleid einfach weiter fest und wartete. Ihre Augen schwammen bereits in Tränen, und das Zittern wurde immer stärker, als sie einen Schritt von den gebauschten Stoffmassen zurücktrat.

„Mylady?", sagte ich fragend.

„Ich kann das Kleid doch nicht mit meinen Tränen beflecken!", meinte sie nach Luft ringend und wischte sich hektisch die heißen Tränen ab, damit diese nicht auf das Kleid fielen.

Sie griff sich an die bebende Brust, die flach und schmal war unter ihrem Mieder, während sich leise ihre Trauer Bahn brach. Sie sank auf die Knie, und heftiges Schluchzen stieg aus ihrem tiefsten Inneren empor.

Ich ließ das Kleid fallen, das ich fast zweihundert Kilometer weit auf dem Schoß getragen hatte, und kniete neben ihr nieder. Aus einer Art schwesterlichem Instinkt heraus war es auch schon passiert, noch bevor ich klar denken konnte. Jane lehnte sich an mich, und ich legte nervös meinen Arm um sie und tätschelte ihre Schulter, wobei mir vage bewusst war, dass ich auf der Stelle entlassen werden würde, sollte in diesem Augenblick jemand den Raum betreten, da man mir meine Geste als Respektlosigkeit vor der Herrschaft ausgelegt hätte.

Lady Janes Tränen und ihre Qual waren unschuldig und hemmungslos.

„Ich vermisse sie so sehr“, flüsterte sie.

„Eure Mutter?“, flüsterte ich zurück. Aber Lady Jane schüttelte den Kopf.

Das Kind trauerte um die Königin.

Sieben

Die Nähte des Mieders waren aufgetrennt, und ich schob die Miederstäbe aus Walbart in die winzigen dafür vorgesehenen Taschen. Mrs Ellen, Lady Janes Kinderfrau, stand über mir und nippte an einem Kräutertee, während ich versuchte, das schwarze Trauerkleid dem kindlichen Oberkörper anzupassen.

Mrs Ellens Anwesenheit bereitete mir Unbehagen.

Sie hatte kurz zuvor das Zimmer betreten, als ich Lady Jane gerade dabei geholfen hatte, sich wieder zu erheben, nachdem sie so geweint hatte. Als sie uns so gesehen hatte, war Mrs Ellen voller Entsetzen an die Seite der Lady geeilt, als hätte ich versucht, ihr etwas anzutun.

„Was hast du getan?“, hatte Mrs Ellen ausgerufen und die Lady von mir weggezerrt.

Bevor ich etwas darauf hatte entgegnen können, hatte Jane bereits das Wort ergriffen. „Sie hat nichts getan, außer mir Freundlichkeit zu erweisen. Ich will, dass sie bleibt.“

Ich hatte erfahren, dass Mrs Ellen schon seit Lady Janes Geburt erst deren Amme und dann später ihre Kinderfrau gewesen war und sich entsprechend beschützend verhielt. Und auch jetzt wich sie ihrem Schützling nicht von der Seite, während ich Lady Janes Maße nahm. Ich glaube, es gefiel ihr nicht, dass nicht sie, sondern ich Zeugin des heftigen Gefühlsausbruchs der Lady geworden war. Immer wieder fragte sie Lady Jane, ob auch wirklich alles in Ordnung sei, bis diese sie schließlich bat, ihr ein wenig Weincreme vom Abendessen am Vortag zu holen.

„Sie macht sich Sorgen um mich“, erklärte Jane, als Mrs Ellen kurz den Raum verlassen hatte, um ein Dienstmädchen in die Küche zu schicken.

Ich fasste den Rock an ihrer Taille zusammen und nickte.

„Sie weiß, dass ich Angst davor habe, wieder zurückzumüssen." Janes Blick schweifte zur Tür, durch die Mrs Ellen verschwunden war. Sie schien niemanden speziell angesprochen zu haben, aber dann drehte sie sich um, sah mich an, und ich wusste, dass sie mit mir geredet hatte. Und sie wartete darauf, dass ich etwas dazu sagte.

„Zurück, Mylady?", fragte ich.

„Nach Bradgate." Jane sprach den Namen ihres Zuhauses gleichermaßen sehnsüchtig und erschrocken aus.

„Ihr ... Ihr mögt Bradgate nicht?"

Sie seufzte leise. „Ich *liebe* Bradgate."

Ich markierte den Stoff an der Stelle, an der ich Abnäher einfügen musste, und wartete. Wieder wusste ich nicht, was ich dazu sagen sollte.

„Aber ich war hier bei der Königin glücklich. Und sie war auch glücklich. Trotz all dessen ... all dessen, was passiert ist." Jane hielt einen Moment lang inne, so als hätte sie schon viel zu viel gesagt. Dann fuhr sie fort: „Die Königin hat den Lord Admiral geliebt, und sie hat dieses Kind geliebt ... und sie hat sogar mich geliebt. In Bradgate ist das ... anders."

Sie senkte leicht den Kopf und sah mich an. „Wie lange bist du schon in Bradgate?"

„Seit Anfang des Jahres, Mylady."

„Und wo warst du vorher?"

„In London, in Whitehall."

Da schien sie im Kopf eine Gleichung aufzustellen und abzuschätzen, wie wahrscheinlich es wohl war, dass ich verstehen würde, wie es war, als Kind einer Adelsfamilie im elterlichen Zuhause zu leben. Und außerhalb davon. Und mir kam es so vor, als redeten wir nicht über das Zuhause an sich, sondern über die Erwartungen für das Leben innerhalb der Mauern eines solchen Zuhauses. Ich weiß nicht, ob sie bei ihren Überlegungen zu einem Ergebnis kam, denn Mrs Ellen betrat wieder den Raum, und Lady Jane verstummte.

„Bist du immer noch nicht fertig, Mädchen?“, fragte mich Mrs Ellen mit finsterem Blick und war eindeutig enttäuscht, dass Jane immer noch umgeben von Stoffmassen dastand, während ich zurechtzupfte, feststeckte und heftete. „Hätte Bridget nicht kommen können?“

Ich straffte mich ein wenig und flüsterte dann der Lady zu, dass ich ihr sofort aus dem Kleid helfen würde. „Miss Bridget fühlte sich verpflichtet, bei den übrigen Garderobenbediensteten in Bradgate zu bleiben“, sagte ich, während ich Lady Jane aus dem Rock half. Mrs Ellen erwiderte darauf nichts weiter, also knickste ich und verließ mit dem Kleid das Zimmer, bevor sie mir noch mehr Fragen stellen konnte.

Jetzt, eine Stunde später, kam Mrs Ellen in die Garderobe, um zu kontrollieren, wie weit ich mit den Änderungen war.

Ich hatte gerade die letzte Korsettstange an ihren Platz geschoben und fädelte jetzt den Faden für die letzte Naht ein.

„Hast du Neuigkeiten aus Bradgate?“, fragte sie mich schließlich.

Weil ich Mrs Ellen nicht kannte, wusste ich nicht, ob sie damit Dienstbotenklatsch meinte, den es sicher reichlich gab. Doch weil ich in den Wohnräumen der Herrschaft arbeitete, hatte Bridget sich stets bemüht, mich von dieser Art Klatsch und Tratsch möglichst fernzuhalten und abzuschirmen, damit mir nicht in Gegenwart der Marquise oder von Janes kleinen Schwestern irgendetwas Unangemessenes herausrutschte. Doch Getuschel unter den Bediensteten gab es natürlich ständig. Diejenigen, die in den Wohnräumen der Herrschaft arbeiteten, taten zwar immer so, als hörten sie das Getuschel nicht, aber die anderen Bediensteten in den Gesinderäumen wussten genau, dass wir es mitbekamen.

Ich antwortete also, dass der Marquis und die Marquise wohlauf seien und gerade eine Jagdgesellschaft zu Gast gehabt hätten.

Mrs Ellen stellte ihre Tasse ab und fragte: „Und wer waren die Gäste?“

Ich stach mir mit der Nadel in den Finger, als ich versuchte, mich zu erinnern, wer im Einzelnen in letzter Zeit in Bradgate zu Gast gewesen war. Es waren etliche Gäste dort gewesen, aber meine Dienste waren nicht benötigt worden, weil Bridget sich um die Garderobenbelange der Gäste gekümmert hatte. Mrs Ellen neigte abwartend den Kopf zur Seite.

„Vorletzte Woche waren Lord und Lady Darlington zu Gast. Und ... und ein Adliger aus Leeds, dessen Name mir entfallen ist." Mrs Ellen schaute hinunter auf ihre Tasse und wirkte gelangweilt.

„Ach ja, und dann war noch der junge Edward Seymour da, der Sohn des Lordprotektors, und seine Mutter."

Da schaute sie auf und stellte ihre Tasse ab. „Der Sohn des Lordprotektors? Bist du ganz sicher?"

„Ja, Ma'am, ganz sicher."

„Er und seine Mutter waren Gäste bei einer Jagdgesellschaft?", fragte Mrs Ellen noch einmal mit gerunzelter Stirn.

„Ja, ich glaube schon."

Ich spürte genau, dass sie mich am liebsten gefragt hätte, was ich von ihren Gesprächen mitbekommen hatte, aber das konnte sie nicht wagen, denn sie kannte mich ja ebenfalls noch nicht.

Ich erzählte ihr nicht, dass sich die Gespräche in der Küche an jenen Tagen fast ausschließlich um die verrückte Geschwisterrivalität zwischen dem Lord Admiral und dem Lordprotektor gedreht hatten. Es war davon die Rede gewesen, dass der Admiral nicht in der Lage gewesen sei, Lady Janes Heiratsaussichten zu verbessern, sodass ihr Vater, der Marquis, jetzt eine Ehe zwischen Jane und dem jungen Edward Seymour, dem Neffen des Admirals, in Erwägung zog.

Die Eifersucht zwischen den beiden Seymour-Brüdern war legendär, das wusste auch Mrs Ellen. Alle wussten es. Und sie ahnte die Gründe für den Besuch des jungen Edward Seymour in Bradgate auch, ohne dass ich ihr erzählte, was die Dienstboten untereinander redeten.

„Arme Jane“, flüsterte sie leise, aber ich hörte es trotzdem. Ich hatte den jungen Edward Seymour während seines Besuches in Bradgate beobachtet. Er war höflich zu den Bediensteten gewesen, liebenswürdig dem Marquis und der Marquise gegenüber und respektvoll zu seiner Mutter. Er schien ein echter Gentleman zu sein. Ich riskierte eine Frage, um Mrs Ellen wissen zu lassen, dass sie offen sprechen konnte, wenn sie es wünschte.

„Ist Edward Seymour nicht ein netter junger Mann?“ Dabei wagte ich es nicht, von meiner Näharbeit aufzublicken.

Mrs Ellen antwortete nicht, und ich blickte mit einem Auge auf, um zu sehen, ob sie wohl vorhatte, mich für meine vorlaute Frage zu tadeln, aber ich sah nicht Zorn, sondern Beunruhigung in ihrer Miene. Es war, als könnte sie bereits sehen, dass wir verbunden waren, sie und ich – verflochten mit dem Leben der jungen Lady Jane, während über ihr Schicksal entschieden wurde –, und dass keine von uns daran irgendetwas würde ändern können.

„Er ist ein feiner junger Mann.“ Ihre Antwort kam langsam und gemessen und lud mich – wenn auch widerstrebend – zu einer gewissen Vertraulichkeit ein. „Aber du und ich, wir wissen beide, dass das selten eine Rolle spielt, wenn eine Frau von königlichem Blut verlobt werden soll.“

Sie wartete auf mein Kopfnicken, die stillschweigende Bestätigung, dass mir natürlich bewusst war, dass, wen auch immer Lady Jane heiraten würde, es weder mich noch sie, ja, nicht einmal Lady Jane selbst etwas anging.

„Ja.“ Ich hielt ihrem Blick einen Moment stand und schaute dann wieder auf meine Näharbeit. Mrs Ellen blieb noch einen Augenblick dort stehen, wo sie stand, und dann hörte ich, wie sie sich umdrehte und das Ankleidezimmer verließ. Ich blickte genau in dem Moment wieder auf, als ihr Rock im Türrahmen verschwand.

Ich betrachtete das Mieder vor mir, dachte an den winzigen Oberkörper, der es ausfüllen würde, und fragte mich, was wohl Jane von den Plänen ihres Vaters hielt, sie erst mit dem König verheiraten zu wollen und jetzt möglicherweise mit dem Sohn des Lordprotektors. Wusste sie überhaupt etwas von diesen Plänen? Bridget hatte mir erzählt, dass Lady Jane immer nur läse, schriebe und Texte übersetze. Ihre Hauslehrer seien brillante Gelehrte. Die junge Lady beherrsche fünf Sprachen und sei sehr klug. Also wusste sie ganz sicher davon.

Meine Gedanken schweiften unwillkürlich zu meiner Schwester Cecily, die im selben Alter war wie Jane und deren Heiratsaussichten für niemanden irgendwelche Folgen hatten.

Und dasselbe galt auch für mich.

Acht

Meine Mutter, die ebenfalls Damenschneiderin ist – und zudem eine sehr gute –, erzählte mir einmal, Schwarz sei eine Farbe, die flüstere. Purpurrot schreie, Gelb lache, Blau und Grün sängen, Weiß verkünde und Violett locke. Aber Schwarz sei immer gedämpft und manchmal auch stumm. Ich fragte sie, was Schwarz denn flüstere, und sie sagte, wenn man siegreich sei, dann flüstere Schwarz Beifall zu, und wenn man trauere, flüstere es Beileid.

„Und was ist, wenn weder das eine noch das andere zutrifft?“, hatte ich sie gefragt.

„Dann trägt man eine andere Farbe“, war ihre Antwort gewesen.

Als die Änderungen am Trauerkleid von Mylady abgeschlossen waren, legte ich es mir wieder über die Arme, damit die Knitterfalten aushingen. Und in dem Augenblick wusste ich, dass meine Mutter recht hatte. Das Kleid flüsterte mir zu: „Sie weint, sie weint, sie weint.“

Als ich endlich die Nadeln weglegte, war die Sonne beinahe untergegangen, und ich war allein im Ankleidezimmer. Ich ging zur Personaltreppe, die zu den Räumlichkeiten der Bediensteten hinunterführte, um zu schauen, ob es noch etwas zu essen für mich gab. Der Essraum für das Personal war beinah leer. Ein paar Diener beendeten gerade ihre Mahlzeit, aber mein Eintreten wurde kaum bemerkt. Die Königinwitwe war im Haus beliebt gewesen. Sogar hier, in einem Raum, den sie wahrscheinlich nie betreten hatte, konnte man Traurigkeit spüren.

Ich setzte mich neben ein Mädchen in meinem Alter, das ich schon zuvor in der Garderobe gesehen hatte, wo es ein paar Männerreithosen geflickt hatte. Eine ältere Frau, die ebenfalls in der Garderobe an einem Stück schwarzem Samt gearbeitet hatte, saß auf der anderen Seite neben dem Mädchen und blickte finster drein, als ich mich setzte. Sie hatten die Garderobe schon lange vor mir verlassen. Mrs Ellen hatte die finster dreinblickende Frau Alice genannt. Ein paar Stühle weiter saß noch eine Frau, die ihren Kopf auf die Handballen gestützt hatte. Sie sah müde aus. Ich bekam eine Schale mit Brühe und einen Teller mit Braten und Kartoffeln hingestellt.

Augenblicklich stand Miss Alice auf und schnalzte mit der Zunge. „Mach ein bisschen hin, Nan!“, sagte sie brummig zu dem jungen Mädchen. „Der Admiral will aufbrechen.“

Das Mädchen namens Nan aß einen winzigen Bissen Kartoffel. „Ja, Ma'am.“

Alice ging weg, und Nan blickte ihr nach und kaute dabei langsam und bedächtig.

Dann wandte sie sich mir zu. „Ich bin Nan Hargrave.“

„Und ich heiße Lucy Day.“

Nan deutete mit dem Kopf in Richtung der Tür, durch die Alice verschwunden war. „Miss Alice kann sich nicht entscheiden, ob sie verärgert oder erleichtert darüber sein soll, dass man nach dir geschickt hat. Sie mag es nicht, wenn ihre Nadeln und Fäden von auswärtigen Schneiderinnen benutzt werden. Aber sie hätte es sicher nicht geschafft, so kurzfristig ein Kleid für Lady Jane zu besorgen. Und das weiß sie auch.“

„Bist du schon lange in Sudeley?“, erkundigte ich mich.

„Ich bin bei den Seymours, seit ich zwölf bin, aber sie verbringen nur die Sommermonate hier in Gloucester. Der Admiral hält sich lieber in Chelsea auf. Er ist gern in der Nähe des Hofes, wenn du verstehst, was ich meine.“

„Seit du zwölf bist?“

„Zuerst bei seiner Mutter, Lady Margaret, dann beim Lord Admiral. Mein Vater war erster Schneider des Admirals. Papa ist vor zwei Jahren gestorben, aber der Admiral hat mich trotzdem behalten. Er mag meine Näharbeiten. Er sagt, meine Nadelstiche sind besser als die von Männern.“

Die Frau in unserer Nähe nahm ihren Kopf von den Händen und sah Nan an. Eine Augenbraue hob sich in einem Bogen nach oben wie ein Katzenbuckel, doch Nan übersah sie einfach.

„Wie lange bist du denn schon in Bradgate?“, fragte Nan mich.

„Erst seit Januar.“

„Ach so, dann hast du also Lady Jane noch gar nicht gekannt. Das süße Ding. So still. So anders als Prinzessin Elisabeth, wie du ja sicher weißt. Sie waren Anfang des Jahres alle in Chelsea zusammen. Die beiden sind so unterschiedlich wie Tag und Nacht.“

Ich wusste, dass sie Elisabeth meinte, die bedauernswerte Tochter von König Heinrichs Frau Anne Boleyn, also nickte ich. Die Frau auf dem anderen Stuhl räusperte sich, aber erneut kümmerte sich Nan nicht darum.

„Es fehlt mir doch sehr, mich um die Kleider der Prinzessin zu kümmern“, sinnierte Nan.

„Hatte denn die Prinzessin keine eigene Schneiderin?“, wollte ich wissen.

„Sie hatte sogar mehrere, aber sie hat es immer irgendwie geschafft, ihre Kleider zu zerreißen.“ Nan lächelte mich an, als ob sie mir gleich ein Geheimnis anvertrauen würde. „Ich habe mehr als nur einmal gerissene Nähte an ihrem Unterkleid repariert“, fuhr sie fort, aber so leise, dass es kaum noch zu verstehen war.

Die Frau, die uns gegenübersaß, schob ihren Teller von sich und stand auf. „Wenn ich heute Abend abreisen müsste, dann würde ich jetzt zu Ende essen und meine Sachen packen“, sagte sie zu Nan. Die drehte sich zwar zu der Frau um und sah sie an, sagte aber nichts. Nach einem kurzen unbehaglichen Schweigen verließ die Frau dann den Raum, sodass wir allein waren.

Jetzt wandte sich Nan wieder an mich. „Die hat die unangenehme Aufgabe, sich um das Kinderzimmer zu kümmern.

Ich habe gehört, dass das Baby der Königin nachts stundenlang schreit und sich nicht beruhigen lässt. Kein Wunder, dass die Frau so unleidlich ist."

„Was … was geschieht denn jetzt mit dem Baby?"

Nan zuckte mit den Achseln. „Der Admiral wird sich nicht darum kümmern, da kannst du sicher sein. Die Kleine wird bestimmt zu irgendwelchen entfernten Verwandten gegeben. Er wollte nämlich einen Jungen, weißt du."

„Und du reist also heute Abend ab?", fragte ich, weil nicht so genau wusste, wie ich unser Gespräch fortsetzen sollte.

„Ja, genau. Der Admiral kann bei der Beerdigung der Königinwitwe nicht dabei sein. Auch wenn er mit ihr verheiratet war, war sie schließlich immer noch die Witwe von König Heinrich. Es wäre unschicklich, wenn er zugegen wäre, das habe ich jedenfalls gehört. Als ob bisher alles schicklich gewesen wäre!?"

Nan schien nur darauf zu warten, dass ich nachfragte. Ich rieb mir das Kinn. „Dann gehst du also wieder zurück nach Chelsea?"

„Ja, natürlich. Auch wenn …", und sie beugte sich ganz nah zu mir hin, obwohl sonst niemand im Raum war, „… ich ganz sicher bin, dass der Admiral sofort nach Jane schicken lassen wird."

„Aber Jane hat mir gesagt, dass sie wieder nach Hause, nach Bradgate, zurückkehren wird", wandte ich ein.

„Ja, aber das heißt ja nicht, dass der Admiral nicht darum bittet, sie weiter als sein Mündel behalten zu können. Oder vielleicht sogar noch als etwas anderes …"

Sie legte den Kopf schräg, als erwarte sie von mir, dass ich ihren Satz beenden könne, aber ich wusste ehrlich nicht, was sie da andeuten wollte.

„Etwas anderes?"

„Na, als seine Frau natürlich!"

Ich schnappte entsetzt nach Luft. „Aber da irrst du dich ganz bestimmt. Lady Jane ist doch erst elf Jahre alt."

Nan nickte. „Ja, aber der Lord Admiral hat sich auch schon an Prinzessin Elisabeth herangemacht, und die ist ebenfalls erst in meinem Alter, also fünfzehn! Sie wollte ihn übrigens nicht."

Ich war so überrascht, dass mein Löffel irgendwo zwischen Teller und Mund ins Stocken geriet. „Der Admiral hat Prinzessin Elisabeth den Hof gemacht? Jetzt schon?"

„Sie musste uns doch verlassen, weil er scharf auf sie war. Hast du das nicht gewusst? Schon bevor die arme Königin gestorben ist, war er hinter der Prinzessin her. Jetzt, wo die Königin tot ist, hat der Lord Admiral niemanden mehr, und sein verhasster Bruder, der Lordprotektor, hat großen Einfluss beim jungen König. Wenn der Admiral Prinzessin Elisabeth nicht haben kann, dann wendet er seine Aufmerksamkeit natürlich seinem Mündel zu. So ist er nun mal. Er will unbedingt Macht haben, glaub mir. Ich habe viel gesehen in den drei Jahren, seit ich seine Kleidung nähe."

Sie trank einen Schluck und machte dann den Mund auf, um weiterzuerzählen, aber ein Schatten huschte an der Tür vorbei, und dann blickte Alice in den Raum.

„Habe ich dir nicht gesagt, dass du dich beeilen sollst, Mädchen? Die Kutsche fährt in zehn Minuten!"

Nun stand Nan auf und wischte sich mit dem Finger einen Krümel aus dem Mundwinkel. Alice machte keinerlei Anstalten, wieder zu gehen. Nan schaute zu mir hinunter und sagte: „Leb wohl, Lucy. Vielleicht sehe ich dich ja in Chelsea wieder. Das heißt natürlich nur, wenn du bei Lady Jane bleibst."

„Also los, nun mach schon!", fuhr Alice sie an.

„Leb wohl", sagte ich.

Nan verließ, gefolgt von Alice, den Raum, sodass ich jetzt allein war. Von dem Feuer auf dem Kaminrost war nur noch ein Häufchen glimmende Asche übrig. Ich trank einen Schluck von meiner Brühe, aber die war mittlerweile längst kalt geworden.

Dann ging ich die Treppe hinauf zur Garderobe und den Unterkünften für die Schneiderinnen, die daran angrenzten, weil ich unbedingt noch meinen Eltern schreiben wollte, wo ich gerade war. Als ich den Treppenabsatz betrat, kam ein Mann, der etwa so alt wie mein Vater war, um die Ecke, und ich trat einen Schritt zurück, um einen Knicks zu machen.

Der Mann war groß, gutaussehend und trug Reisekleidung. Ich wusste sofort, dass dieser Mann Thomas Seymour sein musste, der Lord Admiral. Ich wartete, dass er weitergehen würde, und als er das nicht tat, blickte ich auf.

„Bist du die Schneiderin von Bradgate?“ Seine Stimme war nicht unfreundlich, aber sein Tonfall klang alles andere als nur beiläufig interessiert.

„Ja, Mylord.“

„Hast du diesen Brief mitgebracht?“, fragte er und wedelte dabei mit einem Blatt Pergament vor meiner Nase herum. Ich hatte den Brief noch nie gesehen und wusste nicht, was ich antworten sollte.

„Er befand sich in der Truhe von Lady Jane“, erklärte er.

Ich suchte nach Worten und sagte dann: „Ich … ich habe die Truhe der Lady gar nicht gepackt, Mylord.“

Er sah mich schweigend an, und selbst im dämmrigen Licht der Kerzen an den Wänden des Treppenaufgangs war an seiner Miene deutlich abzulesen, dass er überlegte, ob ich wohl die Wahrheit sagte.

„Du hast also diesen Brief nicht in die Truhe von Lady Jane gelegt?“ Er hielt mir den auseinandergefalteten Brief hin, auf dem ich nur die letzte Zeile und einen Namen erkennen konnte.

Edward.

„Nein, Mylord.“

„Weißt du denn, wer es war?“

„Nein, Mylord.“

Er schwieg, und ich wäre am liebsten weitergegangen, aber er machte keine Anstalten, mich zu entlassen.

„Wie heißt du?“, fragte er schließlich.

„Lucy Day, Mylord.“

„Sind in letzter Zeit Gäste in Bradgate gewesen? Zum Beispiel mein Bruder, der Lordprotektor?“ Er klang wütend, so als würden die Worte, die aus seinem Mund kamen, ihm die Lippen aufschneiden.

„Nein, Mylord.“

Er wedelte wieder mit dem Brief. „Und sein Sohn?“

Ich nickte. „Ja, der war da … und seine Mutter, die Herzogin.“

„Wie lange waren sie zu Gast?“

Ich spürte, wie mein Gesicht heiß und rot wurde. Als ich nicht sofort antwortete, kam er einen Schritt auf mich zu und streckte seine Hand nach meinem Arm aus. Unwillkürlich wich ich einen Schritt zurück.

Als er erneut sprach, war seine Stimme wieder sanft und glatt. Er hob behutsam mein Kinn, sodass ich zu ihm aufblicken musste. Noch nie hatte mich ein Mann so berührt. Ich errötete noch tiefer. Er senkte den Kopf in einer freundlichen Geste und sagte: „Ich mache mir Sorgen um mein Mündel, Lady Jane. Sie hat einen schweren Verlust erlitten, so wie wir alle, und dieser Brief hat sie beunruhigt. Ich frage nur, um herauszufinden, welchen Anlass er hat.“

Der Lord Admiral ließ seine Hand sinken, aber er war noch einen Schritt weiter auf mich zugekommen, sodass ich sein Parfüm riechen konnte. Es roch würzig und hing in der Luft wie Glühweinduft zu Weihnachten. „Wie lange waren denn die Herzogin und mein Neffe da? Und was war der Anlass ihres Besuches?“

Ich wollte wegschauen, aber er ließ mich nicht. „Sie waren zur Jagd da, Mylord.“

Seine Augen wurden größer. „Zur Jagd?“

Ich spürte Feindseligkeit in seiner Frage, aber es war eine Feindseligkeit, die nicht mir galt.

„Ja, Mylord.“

„Und, waren sie erfolgreich?“

Dem Admiral war ganz sicher klar, dass eine Schneiderin nichts über den Erfolg bei einer Jagd in den Wäldern von Bradgate erfuhr. Doch ich hatte das sichere Gefühl, dass es hier um etwas ganz anderes ging als um erlegtes Wild.

„Ich weiß es nicht, Mylord.“

Er stand da, schaute mir direkt ins Gesicht, und ich glaube, er überlegte, ob ich in den kommenden Tagen hinsichtlich seiner Pläne für die Zukunft von Lady Jane eher eine Verbündete oder ein Hindernis für ihn darstellen würde. Dann lächelte er mich an. Nachdenklich und heiter. Seine Haltung war entwaffnend.

„Es war mir ein Vergnügen, dich kennenzulernen, Lucy. Vielleicht sehe ich dich ja an einem fröhlicheren Tag als diesem einmal wieder.“

„Euer Verlust tut mir schrecklich leid, Mylord“, sagte ich und machte einen tiefen Knicks.

„Ja. Es ist wirklich ein schwerer Verlust“, entgegnete er und ging dann an mir vorbei. Ich schaute ihm nach, wie er die Treppe hinuntereilte. An der Wendung der Treppe schaute er noch einmal zu mir hinauf und lächelte. Dann verschwand er in der großen Eingangshalle.

Als ich mich umdrehte, um meinen Weg ins Ankleidezimmer und meine Unterkunft fortzusetzen, sah ich, dass Lady Jane auf der Treppe stand, die zu ihren Räumlichkeiten führte. Vielleicht hatte sie die ganze Zeit dort gestanden und gehört, was der Lord Admiral mit mir gesprochen hatte. Sie sah so traurig aus, und ich konnte förmlich hören, wie ihr Trauerkleid flüsterte: „Sie weint, sie weint.“

„Brauchen Mylady irgendetwas?“, erkundigte ich mich, nachdem ich einen Knicks gemacht hatte. Sie kam auf mich zu, und als sie bei mir war, deutete sie mit einem Nicken in Richtung der Treppe, die der Lord Admiral hinuntergeeilt war.

„Hast du gesehen, von wem der Brief war?“

„Wie meinen, Mylady?“ Mir war gar nicht in den Sinn gekommen, dass sie den Brief noch gar nicht gelesen haben könnte, bevor der Lord Admiral ihn an sich genommen hatte.

„Der Brief, den der Admiral dir gezeigt hat, hast du gesehen, wer der Absender war?“

Ich hatte zwar nicht die Absicht gehabt, etwas zu lesen, das nicht an mich gerichtet war, aber ich hatte tatsächlich den Namen der Unterschrift – Edward – erkannt und die Zeile darüber lesen können. Ich zögerte.

„Ich werde auch bestimmt nicht böse sein“, sagte sie ganz ernst. „Der Lord Admiral war gerade bei mir in meinem Salon, als ich die Truhe geöffnet habe. Er hat den Brief gesehen, bevor ich ihn entdeckt hatte. War er von meiner Mutter?“

Schwang da Furcht oder Hoffnung in ihrer Stimme mit? Ich konnte es nicht sagen.

„Bitte sag es mir“, flüsterte sie.

„Er war nicht von Eurer Mutter, Mylady.“

Ihre Schultern schienen sich ein wenig zu entspannen, vielleicht sackten sie aber auch einfach nur nach unten. „Von wem war er, Lucy?“

„Von … vom jungen Edward Seymour, Mylady. Er und seine Mutter, die Herzogin, waren gerade zu Besuch auf Bradgate, als ich abgereist bin.“

„Edward …“, hauchte sie.

„Ja.“

Sie schaute an mir vorbei zu den dunklen Fenstern, die so hoch waren wie der Gang, auf dem wir standen.

„Edward“, sagte sie langsam. Ihr Tagtraum schien sehr persönlicher Natur zu sein. Ich konnte nicht sagen, was sie über den Besuch des Sohnes des Lordprotektors in Bradgate wusste. Gerede unter den Bediensteten war eben nur Gerede. Und ich konnte nicht einschätzen, was sie von einer Verlobung mit dem Neffen des Lord Admirals oder mit sonst jemandem hielt.

„Wenn Ihr mich jetzt bitte entschuldigen würdet, Mylady.“ Ich knickste und entfernte mich einen Schritt, aber sie streckte ihren dünnen Arm aus und berührte mich am Ellbogen.

„Warte noch. Hast du den Brief gelesen?“

„Nein, ganz gewiss nicht, Mylady.“

„Ich meine nicht während der Fahrt hierher, sondern gerade eben, als er mit dem Brief vor dir stand. Konntest du irgendetwas entziffern?“

Ich musste schlucken. Unbehagen lag in ihrer jungen Stimme. „Bitte!“

„Edward Seymour bekundet Euch sein tiefstes Mitgefühl, Mylady.“

Sie nickte. „Das hast du gesehen? Ist das alles, was du gesehen hast?

„Ja, Mylady.“

Jane ließ meinen Arm los und atmete aus. „Danke, Lucy.“ Dann drehte sie sich um und ging zurück in ihr Zimmer.

Und ich in meines.

Erst als ich ins Bett ging, nachdem ich meinen Eltern geschrieben hatte, wurde mir klar, dass der Admiral mich belogen hatte. Er hatte gesagt, der Brief von Edward hätte Lady Jane beunruhigt, dabei hatte sie ihn noch gar nicht gesehen.

Neun

Das Begräbnis von Katherine Parr, der Königinwitwe, fand am Freitag, dem 8. September, in der Kapelle von Sudeley Castle statt. Lady Jane, die das Kleid trug, welches ich für sie abgeändert hatte, führte den Trauerzug hinter dem Sarg der Königin an, der von sechs Männern in Kapuzenumhängen getragen wurde.

Ich trug die Schleppe von Mylady.

Es war die erste protestantische Beerdigung, an der ich teilnahm. Die anglikanische Kirche war 1534 von König Heinrich VIII. gegründet worden, damit er sich von seiner ersten Frau, Katharina von Aragón, scheiden lassen und Anne Boleyn heiraten konnte. Dr. Miles Coverdale, ein Vertreter der protestantischen Lehre, leitete die Trauerfeier. Rom wurde kein einziges Mal erwähnt, und es fiel auch kein einziges lateinisches Wort. Es wurde gesungen, es wurden Psalmen gelesen, aber wenn ich ehrlich bin, so hatte ich nur Augen für Mylady, deren Trauer größer zu sein schien als ihre winzige Gestalt in dem riesigen zeltartigen Kleid. Als der Leichnam der Königin in die Erde gesenkt wurde, sang der Chor das *Te Deum* auf Englisch. Ich hatte den Text noch nie zuvor in meiner Muttersprache gehört und fand es wunderschön, aber meine Herrin zitterte derart, als der Sarg vor unseren Augen verschwand, dass ich nicht weiß, ob sie die Worte überhaupt gehört hatte.

Mir kam es so vor, als sei die Trauerfeier schon wieder vorbei, kaum, dass sie begonnen hatte. Die Trauergäste stiegen danach sofort wieder in ihre Kutschen und eilten davon, bevor die Sonne auch nur den höchsten Punkt am Spätsommerhimmel erreicht hatte. Ich begleitete Mylady zurück auf ihr Zimmer und half ihr, das flüsternde Trauergewand wieder abzulegen. Sie bat mich, es bitte an einen Ort zu bringen, an dem sie es nicht zu sehen brauchte.

Nan Hargrave war am Abend zuvor mit dem Lord Admiral nach Chelsea aufgebrochen, und die Bediensteten der verstorbenen Königinwitwe hatten sofort nach dem Mittagessen ihre Sachen gepackt. Daher waren die übellaunige Miss Alice und ich auch allein in der Garderobe, als es Nachmittag wurde. Miss Alice saß auf einem Hocker und reparierte einen Reifrock für Lady Margery Seymour, die Mutter des Lord Admirals, die als Anstandsdame für Lady Jane im Haus bleiben sollte, weil es sonst keine weibliche Gesellschaft mehr für die junge Lady gab.

„Du bleibst also bei Lady Jane?", fragte Alice mich, als ich das schwarze Kleid so weit hinten wie möglich an die Kleiderstange hängte.

„Ja, Ma'am."

„Auch wenn sie hier beim Lord Admiral bleibt?"

Es war offenbar kein Geheimnis, dass der Admiral die Absicht hatte, Jane bei sich zu behalten. Ich hatte jedoch in Bradgate von niemandem entsprechende Anweisungen erhalten. Das Letzte, was ich von Lady Janes Mutter, der Marquise, gehört hatte, war, dass ich Lady Jane nach dem Begräbnis der Königinwitwe zurück nach Bradgate begleiten solle. Bisher war jedoch nicht die Ankunft einer Kutsche angekündigt worden, die uns dorthin bringen sollte.

„Das ist mir nicht bekannt, Ma'am", antwortete ich.

„Und was soll ich jetzt mit dir anfangen?", murmelte sie, allerdings so laut, dass ich es hören konnte. Ich war mit dem ausdrücklichen Auftrag nach Sudeley gesandt worden, mich um die Garderobe von Lady Jane zu kümmern, und weil ein elfjähriges Mädchen noch nicht über allzu viel Garderobe verfügte, war es kein umfangreicher Auftrag.

„Also, wenn du mich fragst …", setzte sie an, hielt dann aber abrupt inne. Ich blickte von den Kleidern auf, die vor mir lagen, und sah, dass Lady Jane in der Tür stand. Ich machte einen tiefen Knicks, und Alice, die finster dreinschaute und Mühe hatte, auf die Beine zu kommen, verbeugte sich mit dem sperrigen Reifrock im Arm.

Jane hatte sich umgezogen und trug jetzt ein Kleid aus ockerfarbenem Taft, dessen Oberteil mit Schmetterlingen aus Goldfäden bestickt war. Die einzelnen Abschnitte des Mieders wurden durch gestickte Reihen von indischen Perlen betont. Das Innere ihrer französischen Haube war mit einer wolkenartigen Rüsche aus weißem Batist eingefasst. Sie sah reizend aus und seltsam heiter angesichts der Ereignisse des Vortages.

„Kann ich irgendetwas für Euch tun, Mylady?“, fragte ich.

Sie zögerte kurz, als hätte sie plötzlich Bedenken, mich aufgesucht zu haben. „Möchtest du das Baby sehen?“ Ihre Stimme hatte einen leicht unsicheren Unterton.

Alice, die sich schnaufend wieder auf ihrem Hocker niedergelassen hatte, blickte abrupt auf. Ganz offensichtlich war sie überrascht über diese Einladung von Lady Jane – vielleicht auch eifersüchtig.

„Aber gewiss, Mylady“, antwortete ich.

Jane lächelte sofort, wenn auch verhalten. Sie drehte sich in der Tür wieder um, und ich folgte ihr und überließ Alice ihren eigenen Gedanken.

„Euer Kleid ist wunderschön, Mylady“, sagte ich, während ich ihr einen langen Korridor entlang folgte, den ich bisher noch nicht betreten hatte.

„Das hat mir die Königin geschenkt. Es war ihr Lieblingskleid.“

Ein paar Schritte gingen wir schweigend weiter.

„Ihr wart sehr tapfer heute, Mylady“, meinte ich dann. „Ich kann sehen, wie gern Ihr die Königin gehabt habt.“

„Sie war wie eine Mutter zu mir“, entgegnete Jane und blickte beim Gehen von dem mit Teppichen ausgelegten Boden auf, aber ihr Blick schien ziellos. „Mehr eine Mutter als meine eigene.“

Dann blieb sie plötzlich stehen, drehte sich um und sah mich an. Ihr Kleid raschelte dabei protestierend. „Oh, ich habe mich falsch ausgedrückt! Ich meine, die Königin war sehr freundlich zu mir!“, erklärte sie mit ängstlichem Blick.

Ich hatte bis dahin nur einige wenige Male mit der Marquise zu tun gehabt, aber für mich war stets offensichtlich gewesen, dass sich ihre ehrgeizigen Erwartungen an und für Jane noch nicht erfüllt hatten. Bridget hatte mir erzählt, die Marquise hätte keine Geduld mit ihrer ältesten Tochter, besonders, wenn Jane ausspräche, was sie dachte. Und die Marquise hätte auch keinerlei Hemmungen, Jane sogar zu schlagen, wenn sie sich über sie ärgerte. Gleichzeitig erinnerte mich Bridget aber auch immer wieder daran, dass mich das alles nichts anginge. Ich solle mich einfach um meine eigenen Angelegenheiten kümmern. Sicher war sie davon ausgegangen, dass die Marquise ein paar harsche Worte fallen lassen würde, wenn Jane und ich nach Bradgate zurückkehrten – oder vielleicht sogar Schlimmeres tun würde.

Jane blinzelte ein paar Tränen der Angst fort. Ich konnte förmlich sehen, wie sie sich vorstellte, dass ich ihrer Mutter erzählen würde, was sie gerade gesagt hatte. Dieser Gedanke entsetzte mich.

„Von mir habt Ihr nichts zu befürchten, Mylady. Nicht das Geringste“, versicherte ich ihr. Sie schien einen Moment zu brauchen, um für sich zu klären, ob sie mir glauben konnte.

„Ich habe mich nur falsch ausgedrückt“, wiederholte sie dann noch einmal kategorisch.

„Die Königin war wirklich sehr freundlich zu Euch“, sagte ich. „Ihr trauert sicher nur über Euren Verlust.“ Ich hielt ihrem Blick einen Moment stand, um ihr zu versichern, dass ich keine Spionin ihrer Mutter war.

Das beruhigte sie offenbar, und wir setzten unseren Weg zum Kinderzimmer fort.

„Meine Mutter war zu Lebzeiten des Königs eine der Hofdamen der Königin“, sagte Jane in nachdenklichem Tonfall.

„Sie hat mich mit an den Hof genommen, wo ich dann Königin Katherine kennengelernt habe."

Es kam mir widersinnig vor, dass ein Kind sich am Hof aufhielt, aber das behielt ich für mich. „Und wie hat es Euch am Hof gefallen, Mylady?", fragte ich stattdessen.

Sie schien jedoch etwas anderes verstanden zu haben. „Ich war so froh, als Mama beschloss, dass ich sie begleiten sollte, und meine kleine Schwester Kate war schrecklich eifersüchtig. Wenn ich vorher gewusst hätte, wie schwierig es werden würde, Mutter dort zufriedenzustellen, dann hätte ich ihr vielleicht vorgeschlagen, an meiner Stelle doch lieber Kate mitzunehmen. Du hast meine Schwester ja sicher angekleidet und weißt, wie sie ist. Es hätte ihr am Hof sehr gefallen."

Ich hatte die junge Katherine Grey tatsächlich kennengelernt. Schon mit neun Jahren liebte sie es, im Mittelpunkt zu stehen. Ich nickte also.

Wir näherten uns jetzt der Tür des Kinderzimmers, und Jane blieb stehen, als sie ihre Hand auf den Türknauf legte. „Mama hat mich nicht deshalb mit an den Hof genommen, um mich in ihrer Nähe zu haben. Sie hat mich mitgenommen, damit ich bemerkt werden würde."

„Vom Admiral?"

„Von seiner Majestät, dem König." Und mit diesen Worten drehte sie sich von mir weg und öffnete die Tür. In dem geräumigen Zimmer ging die Frau, die ich im Essraum der Bediensteten gesehen hatte, mit einem Bündel auf dem Arm auf einem Perserteppich auf und ab. Umgeben war sie von einer wahren Pracht aus Spitze und Seide und Samt. Das Kinderzimmer war aufwendig und teuer ausgestattet worden. Die Frau schien irritiert, mich dort zu sehen, aber sie lächelte Jane an, und ihre Augen schimmerten vor Mitgefühl.

„Mylady."

„Guten Tag, Beatrice. Hast du schon Lucy Day kennengelernt? Meine Mutter hat sie mir aus Bradgate hergeschickt." Jane ging auf die Frau mit dem Baby auf dem Arm zu.

Beatrice nickte mir zwar kurz zu, aber ich spürte, dass sie glaubte, ich wäre genau wie Nan Hargrave, die sie ganz offensichtlich nicht ausstehen konnte. Ich konnte nur vermuten, dass das an Nans losem Mundwerk lag.

„Sehr erfreut, dich kennenzulernen", sagte Beatrice in gleichgültigem Tonfall. Dann wandte sie sich wieder Jane zu. „Seid Ihr gekommen, um Miss Mary zu besuchen?"

Jane nickte, streckte ihre Arme aus, und Beatrice übergab ihr das Bündel. Ich sah ein winziges weißes Menschengesichtchen in Janes Armen, das eingerahmt war von Spitze und weißem Batist. Die saphirblauen Augen des Babys waren geöffnet und blickten uns aufmerksam an. Sein Mund sah aus wie eine winzige Rosenknospe, und ein Hauch seidiggoldenen Haares krönte das Köpfchen des Säuglings. Jane beugte sich herab, gab der Kleinen einen Kuss und flüsterte ihr etwas zur Begrüßung zu.

„Du kannst gehen", sagte Jane an Beatrice gewandt, ohne von dem engelsgleichen Gesichtchen des Kindes aufzublicken.

„Wie meinen, Mylady?", fragte Beatrice mit großen Augen.

„Meine Eltern werden kommen, und ich fürchte, dass ich dann bald von hier fortmuss. Wahrscheinlich werde ich die kleine Mary dann nie mehr wiedersehen." Jane hob den Kopf, und ich konnte sehen, dass ihre Augen feucht glänzten. „Ich wäre zu gern noch ein wenig allein mit ihr."

Beatrice sah mit fragendem Blick zu mir.

„Lucy bleibt hier bei mir und holt dich, wenn ich Hilfe brauche." Und dann richtete Jane ihre Aufmerksamkeit wieder voll und ganz auf den Säugling.

Beatrice zögerte noch kurz, machte dann aber einen Knicks. „Wie Ihr wünscht, Mylady."

Ich spürte Beatrice' Blick auf mir, als sie ging, aber ich schaute nicht zu ihr. Als sie fort war, gurrte Jane das Baby an und lachte, als es zurückgurrte. Jane ging zum Kamin hinüber, in dem ein Feuer brannte, welches den riesigen Raum angenehm warm hielt. Ich folgte ihr.

„Hier, nimm die Kleine, während ich mich setze.“ Jane reichte mir den Säugling, kniete dann auf dem dicken Teppich vor der Feuerstelle nieder und ordnete ihr Kleid um sich herum. Dann streckte sie die Hände wieder nach dem Kind aus, und ich reichte ihr die kleine Lady Mary.

„Setzt du dich zu mir?“, fragte sie mich, während sie das Kind wieder an sich nahm.

Ich kniete mich gegenüber von Lady Jane hin. „Sie ist wunderschön.“ Das Kind streckte eine winzige Hand aus den Stoffmassen heraus, von denen es eingehüllt war, fast als würde es uns zuwinken.

Jane nickte und lächelte.

Ich hatte nichts davon gehört, dass der Marquis und die Marquise von Devon kommen würden, also wagte ich es, eine Frage zu stellen.

„Habt Ihr denn heute Nachricht von Euren Eltern bekommen?“, fragte ich.

„Ja. Sie schreiben, dass sie kommen, um mich nach Hause zu holen. Sie … sie sind der Meinung, dass meinen Interessen besser gedient ist, wenn ich wieder in Bradgate lebe, jetzt, wo die Königinwitwe nicht mehr ist. Sie glauben nicht, dass die Pläne des Admirals, eine Verlobung mit dem König für mich zu arrangieren, ohne den Einfluss der Königinwitwe Fortschritte machen werden.“

Sie blickte zu mir auf, und ich spürte, dass sie mich zum Gespräch einlud, zu der Art von Gespräch, wie es Freundinnen in unserem Alter führen, in dem sie sich ausmalen, wie es sich wohl anfühlen mag, von einem Mann in den Armen gehalten, geküsst und geliebt zu werden. In dem Augenblick spürte ich, wie der Abstand zwischen uns zu schwinden begann.

„Wärt ihr denn glücklich über eine Verlobung mit Ihrer Majestät?“, flüsterte ich.

Aber in dem Augenblick, als ich die Worte ausgesprochen hatte, entspannte sie sich merklich, so als hätte sie sich schon lange danach gesehnt, offen darüber zu sprechen.

„Ellen hat mir gesagt, wenn mir jemals jemand diese Frage stellen sollte, dann sei die Antwort darauf immer Ja." Jane beugte sich vor und küsste die kleine Faust des Kindes. „Ich bin die ergebene Dienerin Ihrer Majestät, und ich bin bereit, meine Pflicht zu tun für Gott, den König und England." Sie wandte sich mir zu, so als würde sie gerne meine Fragen dazu hören und auch beantworten.

„Glaubt Mrs Ellen das?"

Jane lächelte. „Ellen will nicht, dass ich irgendetwas sage, das meine Eltern erzürnt. Und genau diese Antwort erwarten sie von mir. Und Ellen rät mir, genauso auch zu antworten, damit meine Eltern keinen Grund haben, über mich unglücklich zu sein."

„Ich verstehe."

„Ich bin gern in der Gesellschaft des Königs", fuhr sie fort. „Er ist ... anders, als es sein Vater war. Stiller. Nachdenklicher. Ich könnte mir vorstellen zu lernen, ihn gern zu haben."

Wir schwiegen, während wir beide demselben Gedanken nachhingen: dass sich zwischen zwei Menschen von adeliger Herkunft die Liebe meist erst lange nach dem Jawort und dem Vollzug der Ehe einstellte – und manchmal auch nie.

Wieder beugte sie sich vor und küsste die winzigen Finger des Säuglings. „Bist du verlobt?", erkundigte sie sich.

Ich schüttelte den Kopf. „Nein, Mylady."

„Gibt es denn jemanden, mit dem du gern verlobt wärest?"

Wieder schüttelte ich den Kopf. Eine Ehe schien mir noch so weit in der Zukunft zu liegen, und der Gedanke beunruhigte mich nicht. Es hatte zwar im Laufe meiner Kindheit und Jugend einen jungen Mann gegeben, der mein Herz hatte höher schlagen lassen, aber er hatte in dem Sommer, als ich dreizehn geworden war, eine andere geheiratet, und seitdem hatte ich ein solches Gefühl nicht noch einmal erlebt. Und ich wollte niemanden heiraten, bei dem das nicht der Fall war.

„Werden deine Eltern jemanden für dich aussuchen?", fragte sie.

Ich zögerte kurz und antwortete dann: „Ich ... natürlich muss der junge Mann, der mich heiraten will, meinen Vater um Erlaubnis fragen." Aber das war nicht dasselbe, und das wussten wir beide.

Sie nickte jedoch einfach nur. Ihr Blick verriet einen Hauch von Neid, und mir kam in den Sinn, dass ihre Frage einen Grund gehabt haben könnte.

„Weißt du, wen ich wählen würde, wenn ich es selbst aussuchen dürfte?" Ihre Wangen verfärbten sich dunkelrot, und sie lächelte, ohne mich dabei anzusehen.

„Nein, gewiss nicht, Mylady."

Sie warf mir einen kurzen schelmischen Blick zu und lachte ein ganz klein wenig. „Rate."

Ich suchte nach einer Antwort. „Jemanden vom Königshof?"

Ihr Lächeln wurde breiter, und sie blickte mich hoffnungs- und erwartungsvoll an.

„Edward Seymour", flüsterte sie. „Den Sohn des Lordprotektors. Den, der den Brief geschickt hat."

Einen Moment sagten wir beide nichts. Ich merkte, dass sie eine Verbindung zu mir spürte, und zwar nicht nur, weil ich sie am Vortag tröstend in den Arm genommen hatte und wir außerdem beide etwa im gleichen Alter waren. Ich hatte den Brief von Edward Seymour gesehen. Ich hatte ihn zwar nicht gelesen, aber ich hatte ihn gesehen. Ich hatte die flüssige Handschrift gesehen, die Form der Buchstaben, den Schwung seiner Feder.

Der Grund für die Unruhe, die ich am Vorabend bei ihr bemerkt hatte, war also nicht der, dass sie den Inhalt des Briefes fürchtete, sondern dass der junge Mann, dessen Aufmerksamkeit sie erröten ließ, ihr einen Brief geschickt hatte und ihr die Freude verwehrt worden war, ihn zu lesen. Und ihn noch einmal zu lesen. Und noch einmal.

„Ich hätte nicht gedacht, dass er sich überhaupt an mich erinnert", sagte sie leise. „Ich bin ihm nur ein einziges Mal begegnet, aber ich erinnere mich gut an ihn. Ich erinnere mich, welche Gefühle er bei mir weckte. Wahrscheinlich denkst du, dass ich noch viel zu jung bin, um diese Gefühle zu kennen, nicht wahr?"

Ich schüttelte den Kopf. „Nein, Mylady. Das denke ich nicht."

„Hast du ihn gesehen, als er in Bradgate war?"

„Ja, Mylady."

„Was hältst du von ihm, Lucy?" Ihr Tonfall war hoffnungsvoll.

„Er ... er scheint ein freundlicher Mensch zu sein. Er war höflich zu Euren Eltern und nett zu Euren Schwestern, und er hat ein gewinnendes Lächeln."

Sie lächelte, und ihr Blick drückte Freude aus, und dann, genauso schnell, wurde sie wieder bange. „Du darfst darüber nicht mit dem Admiral sprechen, Lucy. Es würde ihn sicher verärgern, wenn er wüsste, dass ich Zuneigung für den Sohn seines Bruders empfinde. Er und sein Bruder, der Lordprotektor ... also ... sie ..." Aber mehr konnte sie nicht sagen, denn in dem Augenblick ging hinter uns die Tür auf, und Mrs Ellen kam ins Zimmer gerauscht.

„Ach, da seid Ihr!", sagte Mrs Ellen munter, während sie auf uns zukam.

Und Jane und ich nahmen wieder jede unsere Stellung ein – sie die der Base zweiten Grades des Königs von England und ich die der bescheidenen Tochter eines Herrenschneiders.

Zehn

Der Lord Admiral kehrte schon kurz nachdem Königin Katherine zur letzten Ruhe gebettet worden war nach Sudeley zurück. Er teilte nicht mit, wo er sich während seiner Abwesenheit aufgehalten hatte, aber unter den Bediensteten munkelte man, er habe Zeit mit Prinzessin Elisabeth verbracht, und solches Gerede wurde immer von Gekicher und anzüglichen Gesten begleitet. Der Lord Admiral verkündete dem gesamten Haushalt sogleich nach seiner Rückkehr, dass wir nach Hanworth umziehen würden. Es wurde dafür zwar kein Grund genannt, aber Mrs Ellen erzählte mir, dass der Admiral die Absicht hätte, Janes Eltern davon zu überzeugen, sie unter seiner Obhut zu belassen und dass seine Aussichten, eine Heirat zwischen Mylady und Ihrer Majestät zu arrangieren, immer noch günstig stünden. Hanworth sei besser mit der Kutsche zu erreichen als Sudeley, und so könne man Jane viel einfacher aus Bradgate zurückholen.

Jane war während der Reisevorbereitungen melancholisch und wortkarg, während ich damit beschäftigt war, ihre Kleider, Schleier und Umhänge zusammenzusuchen.

Als ich Mrs Ellen später fragte, ob Mylady krank sei, antwortete sie: „Lady Jane ist hier auf Sudeley glücklich gewesen. Es fällt ihr schwer, von hier fortzugehen, auch wenn die Königin nicht mehr lebt. Und das Baby wird nicht mitkommen."

Das überraschte mich. „Aber wieso denn nicht?"

Sie zuckte nur mit den Achseln. „Der Admiral benötigt das Kind nicht."

„*Benötigt?*"

Mrs Ellen senkte den Kopf und beugte sich verschwörerisch zu mir. „Für den Fall, dass du bei uns bleibst, ist es wohl am besten, wenn du es auch erfährst – je früher, desto besser –, aber wenn du das irgendeiner Menschenseele gegenüber wiederholst, besonders Lady Jane gegenüber, werde ich leugnen, es je gesagt zu haben."

Sie wartete ab, bis ich ihr durch ein Nicken zu verstehen gab, dass ich ihre Worte zur Kenntnis genommen hatte. Aber das Nicken genügte ihr offenbar noch nicht.

„Du sagst von all dem nichts zu Jane", beharrte Mrs Ellen. „Sie ist ganz vernarrt in den Admiral, und ich möchte nicht, dass du ihr diese Schwärmerei verdirbst. Habe ich dein Wort darauf?"

„Ja, Ma'am."

Sie beugte sich noch weiter zu mir vor und sagte dann: „Der Admiral gibt sich nur Mühe mit Angelegenheiten, die ihm selbst Vorteile verschaffen. Hörst du, was ich sage, Mädchen? Es gibt einen Grund dafür, dass er so nett zu ihr ist, aber sie braucht diesen Grund nicht zu erfahren. So viel Freundlichkeit hat sie verdient."

Ich nickte. Durch Janes Anwesenheit hier im Haus wollte der Admiral also nicht nur ihr, sondern auch sich selbst eine großartige Zukunft verschaffen.

„Was geschieht denn mit dem Säugling?", fragte ich.

Mrs Ellen wich wieder ein wenig von mir zurück. „Ich habe gehört, dass er zu einer Familie im Norden kommen soll."

„Wessen Familie?"

Sie schnaubte und stemmte die Hände in die Hüften. „Du stellst genau die gleichen Fragen wie Lady Jane. Ich weiß es nicht. Und es geht uns auch nichts an."

Mit diesen Worten ging sie fort. Das Gespräch war beendet. Ich packte Lady Janes Garderobe fertig ein und sorgte dafür, dass alles auf eine der vielen Kutschen geladen wurde, die nach Hanworth aufbrachen. Ich wurde an jenem Tag nicht noch einmal zu Lady Jane gerufen.

Am nächsten Morgen brachen wir dann auf.

Sobald wir uns in Hanworth eingerichtet hatten, sandte der Admiral einen Boten mit einem Brief an Janes Eltern, in dem er ihnen den neuen Aufenthaltsort ihrer Tochter mitteilte und an sie appellierte, ihm Lady Jane weiterhin als Mündel zu überlassen. Er lud die Marquise und den Marquis ein, ihn in Hanworth zu besuchen, um Janes Heiratsaussichten zu sichern.

Zu Janes großer Erleichterung erklärten sie sich bereit, zu kommen und über die Angelegenheit zu beraten.

Vierzehn Tage später, am Morgen der Ankunft ihrer Eltern, ging Jane auf dem Teppich in ihrem Zimmer auf und ab und rezitierte dabei zur Beruhigung lateinische Verse. Sie wartete mit dem Ankleiden, bis sie von ihren Eltern gerufen wurde, damit ihre Kleidung bei der Begegnung nicht bereits zerknittert war. Ich dachte, dass sie zu diesem Anlass das ockerfarbene Kleid würde tragen wollen, das sie am Nachmittag nach dem Begräbnis der Königin getragen hatte, aber sie bat mich, ihr das purpurne mit der schwarzen Bordüre zu holen, das ich auch sofort in der Garderobe fand. Es war aus tiefrotem Samt mit Manschetten aus goldenem Damast mit Pelzbesatz. Der Rock hatte eine lange ovale Schleppe, und in der Taille war eine Duftkugel aus Goldfiligran befestigt. Der passende Kopfputz sah zu groß aus für Janes Kopf. Als ich ihr das Kleid und den Kopfputz brachte, stand Jane einfach nur da und sagte kein Wort. Das Kleid, das ich ihr geholt hatte, schien ihr nicht zu gefallen.

Ich war plötzlich unsicher und fragte deshalb: „Ist es wirklich das richtige Kleid, Mylady?"

Mrs Ellen folgte mir mit einer Rubinhalskette in der Hand.

„Es ist das richtige Kleid", murmelte sie.

Ich sah Jane an und lächelte. „Ich dachte, dass Ihr vielleicht das Kleid mit den goldenen Schmetterlingen tragen würdet."

„Meine Mutter zieht dieses Kleid vor", entgegnete Jane schlicht und streckte die Arme aus, damit ich ihr in das Mieder helfen konnte.

Erst am Spätnachmittag wurde wieder nach mir gerufen, aber ich war sicher, dass Jane die Erlaubnis bekommen hatte, beim Lord Admiral zu bleiben, denn es hatte mir niemand den Auftrag gegeben, die Sachen von Lady Jane zu packen. Von meinem Dachfenster in der Garderobe aus sah ich, wie gegen Abend der Marquis und die Marquise ohne Jane wieder in ihre Kutsche stiegen. Beim Einsteigen sprach die Marquise mit dem Marquis und sah dabei zornig aus. Ich konnte zwar nicht verstehen, was sie sagte, aber sie schien nicht zufrieden zu sein. Ich war überrascht, dass der Marquis und die Marquise nicht wenigstens für eine Nacht blieben.

Sie jagten in ihrer Kutsche davon, und ich lauschte auf Stimmen auf der Treppe – gleichgültig, von wem –, anhand derer ich erfahren würde, was entschieden worden war. Schließlich wurde nach mir gerufen. Ich traf Jane in ihrem Salon an. Sie sah glücklich, aber müde aus. Mrs Ellen half ihr gerade beim Ablegen ihres Kopfputzes.

„Ich würde gerne dieses Kleid loswerden, Lucy“, sagte sie zu mir, als ich den Raum betrat und einen Knicks machte.

„Aber gewiss, Mylady“, antwortete ich und ging zu ihr hin. „War der Besuch Eurer Eltern angenehm?“, wagte ich zu fragen.

„Sie haben entschieden, dass ich hierbleibe.“

Mrs Ellen stand hinter Lady Jane und war gerade dabei, die Schließe der schweren Halskette zu öffnen. Sie blickte grimmig drein.

Ich begann, die Manschetten zu entfernen. „Da seid Ihr sicher froh.“

„Ja. Bradgate fehlt mir zwar, aber … im Moment bin ich doch lieber in der Nähe des Admirals. Er trauert immer noch sehr um die Königin. Und Papa und Mama möchten mich gerne in der Nähe von London wissen, nah bei Hofe.“

Mrs Ellen fing meinen Blick auf, und ich nahm ein angedeutetes Kopfschütteln wahr, so als sei sie verärgert.

Ich nahm Jane die zweite Manschette ab und fing dann an, die Haken des Mieders zu öffnen. „Und werde ich jetzt bei Euch bleiben, Mylady?", erkundigte ich mich.

Sie drehte sich halb zu mir um. „Mama wollte dich eigentlich wieder zurückholen, aber ich habe sie gefragt, ob du nicht bleiben könntest, weil ich ja auch viel bei Hof sein werde." Sie lächelte mich leicht an.

„Ich bin hocherfreut, bei Mylady zu bleiben", sagte ich.

Wieder drehte sie sich zu mir um. „Ich glaube, Mama war verärgert darüber, dass ich vor ihr erkannt habe, welche Vorteile das hat."

Ich spürte, dass Janes Zufriedenheit über mein Bleiben weniger mit ihrer Garderobe zu tun hatte als mit dem, was sie innerlich beschäftigte. Sie hatte in mir eine Freundin und Vertraute gefunden, was mich zugleich verunsicherte, aber auch freute. Ich hatte bisher nur für einen weiteren Adligen gearbeitet außer für den Marquis, und in dessen Haushalt hatte ich mich mit niemandem angefreundet, aber die Erwartung hatte ich auch gar nicht gehabt. „Möchtet Ihr, dass ich Euch ein neues Kleid nähe, Mylady?"

Wieder drehte sich Jane halb zu mir um. „Das wäre wunderbar", antwortete sie, und ihre Stimme war heiter und glücklich.

Mrs Ellen hielt die Halskette und die Duftkugel in den Händen, und es schien ihr zu gefallen, dass ich das Gespräch von dem, was bei dem Treffen zwischen Jane und ihren Eltern besprochen worden war, abgelenkt hatte. Sie strahlte mich an und sagte: „Ich räume das hier nur rasch weg."

„Und wie geht es Euren Eltern, Mylady", fragte ich, während ich ihr den Rock an der Taille löste.

„Es geht ihnen gut. Sie … sie konnten nicht bleiben."

Ich tat, als wüsste ich das nicht bereits. „Ach, wie schade."

„Sie mussten wieder zurück. Edward Seymour und seine Mutter sind wieder in Bradgate zu Besuch." Jane stieg aus ihrem Rock.

„Habt Ihr … habt Ihr Euch gewünscht, mit ihnen zurückzufahren, Mylady?“ In dem Augenblick, als ich es ausgesprochen hatte, bereute ich es bereits. Es war eine viel zu persönliche Frage. Aber Jane antwortete schon, bevor ich sie um Entschuldigung bitten konnte.

„Doch, das habe ich. Ich hätte Edward gern wiedergesehen, hätte gern gesehen, ob er noch so ist, wie ich ihn in Erinnerung habe. Ich habe sogar gefragt, ob sie wünschten, dass ich auf einen Besuch mit zu ihnen nach Hause käme, aber Mama hat nur entgegnet, welchen Sinn denn das wohl haben sollte.“

Jane sah klein und jung aus, wie sie so in ihrer Unterwäsche dastand. Der Kopfputz hatte an ihren Locken gezupft, sodass diese ganz schlaff herunterhingen und sie verloren wirken ließen.

„Aber das macht nichts“, fuhr sie mit einer Stimme fort, die für ihr Alter viel zu erwachsen klang. „Der Lord Admiral glaubt, dass er bereits nächstes Jahr um diese Zeit meine Verlobung mit dem König arrangiert haben kann. Reich mir doch bitte meinen Morgenmantel.“

Ich nahm einen zartrosa Morgenmantel aus weicher Seide vom Fußende ihres Bettes und half ihr hinein. Sie band die Schleife aus Satin und seufzte leise.

Mrs Ellen kam wieder ins Zimmer zurück, und Lady Jane verkündete, dass sie sich vor dem Essen gerne noch ein wenig hinlegen und ausruhen wolle. Mrs Ellen half ihr ins Bett, und ich vergewisserte mich noch einmal, ob ich auch alle Teile ihres Kleides beisammen hatte.

„Schlaft gut, Mylady“, sagte Mrs Ellen noch, bevor wir uns zum Gehen wandten. Vor der Zimmertür trug mir Mrs Ellen dann auf, eines der Dienstmädchen um einen Kräutertee für Jane zu bitten, was ich gerne tat.

„Gefällt es ihr, hier beim Admiral zu bleiben?“, fragte ich.

Mrs Ellen nickte. „Das hat sie sich gewünscht. Aber ich wünschte, sie wäre nicht in alle Einzelheiten eingeweiht worden. Sie braucht nicht zu wissen, wie viel ihre Eltern dem Admiral dafür bezahlen."

Ich wusste nicht, was sie damit meinte. „Wie bitte?"

„Der Marquis bezahlt den Lord Admiral dafür, dass er Jane als sein Mündel behält."

„Er bezahlt ihn?"

Mrs Ellen verzog das Gesicht. „Ja, zweitausend Pfund."

Die Herbstmonate verbrachten wir dann am Seymour Place in London. Den Admiral bekamen wir nur selten zu Gesicht. Lady Janes Hauslehrer sorgte dafür, dass sie mit Unterricht beschäftigt war, sehr viel beschäftigter, als ich es bei einer jungen Frau ihres Standes vermutet hätte. Ich verbrachte die Wochen damit, Risse zu flicken, Säume herauszulassen, Knöpfe und Haken und Ösen wieder anzunähen, und in meiner Freizeit arbeitete ich an einem Weihnachtskleid für Jane, einer cremefarbenen Robe, die mit Schwänen und Lilien bestickt und mit Hermelin besetzt war. An den meisten Tagen war ich allein in der Garderobe.

Ich schrieb meinen Eltern, dass ich nicht glaubte, über die Festtage nach Hause kommen zu können, weil es den Anschein hätte, dass Jane und ich zum Fest am Seymour Place in London bleiben müssten. Es wäre dann schon das zweite Jahr in Folge, dass ich zum Fest nicht würde zu Hause sein können. Meine Mutter hatte wohl gespürt, wie traurig ich darüber war, und in ihrem Antwortbrief schrieb sie mir, dass es vielleicht Gottes Plan für mich sei, das Weihnachtsfest mit der jungen Lady Jane zu verbringen, die mich ja offenbar in ihr Herz geschlossen hätte und auf meine Freundschaft sehr angewiesen sei. Meine Mutter hatte dem Brief ein Taschentuch beigelegt, das mein Vater in seinem Sessel am Feuer genäht hatte. Ich steckte es gleich in meinen Ärmel, um es immer bei mir zu haben, denn es roch nach ihm und nach zu Hause.

Ich gab mir Mühe, mich nicht weiter um den Dienstbotenklatsch zu scheren, aber das erwies sich als schwierig, denn ein großer Teil davon hatte mit Lord Admiral Seymore zu tun.

Es wurde gemunkelt, er hätte die Königin vergiftet, was ich mich schlicht zu glauben weigerte, denn es hätte gar keinen Sinn ergeben. Ich war erleichtert, dass es Jane erspart blieb, diese haarsträubenden Gerüchte zu hören zu bekommen. Aber es gab andere Gerüchte, die man nur schwer von ihr fernhalten konnte.

Eine der Küchenmägde erzählte mir, dass der Admiral im vergangenen Frühjahr in Hanworth noch vor Sonnenaufgang ins Schlafgemach von Prinzessin Elisabeth geschlichen sei und sie gekitzelt hätte, als sie noch im Bett gelegen hatte. Und das, obwohl er mit der Königinwitwe gerade frisch vermählt gewesen sei.

Und als der Admiral dann im November abgelehnt hatte, am Parlament teilzunehmen, hatte es Gerede gegeben, dass er zu viel Zeit oben im Norden verbrächte, wo er allem Anschein nach zu einem Zweck, den niemand kannte, eine kleine Armee aushob, und dass er, ebenfalls aus unbekannten Gründen, mit Piraten verkehre.

Die Weihnachtsfeiertage verbrachte er zwar bei uns, aber mit den Gedanken war er ganz woanders. Ich sah ihn seltener als Lady Jane, aber sie fragte mich dennoch – ausgerechnet mich –, mit welchen Dingen der Admiral wohl beschäftigt sein könne, die ihn so viel Zeit kosteten.

Das wusste ich natürlich nicht, aber dann hörte ich zufällig ein Gespräch zwischen ihm und seiner Mutter, Lady Margery, mit an. Diese war Janes Anstandsdame, wenn der Admiral nicht zu Hause war. Ich hörte nur ein paar Gesprächsfetzen, als ich zwei Tage vor Weihnachten in der Bibliothek am Fenster saß, wo ich gerade einen Brief an meine Eltern schrieb.

Lady Margery und der Admiral unterhielten sich in gedämpftem Ton, als sie an der offenen Bibliothekstür vorbeigingen und dann kurz dahinter stehen blieben. Sie hatten mich offenbar nicht bemerkt.

Lady Margery sagte: „Aber er ist dein Bruder!“

Worauf der Admiral etwas entgegnete, das ich nicht verstehen konnte.

„Was du da machst, ist Hochverrat, Thomas! Ich bitte dich, überleg es dir noch einmal! Das kannst du nicht ohne die Zustimmung des Thronrates tun, und das weißt du auch!“

„Und Ihr solltet wissen, dass ich dort Freunde habe. Verbündete. Ihr macht Euch zu viele Sorgen, Mutter.“

Dann gingen sie weiter, aber erst nachdem Lady Margery den Lord Admiral noch einmal mit gequälter Stimme daran erinnert hatte, dass der Lordprotektor schließlich sein Bruder sei.

Der Januar kam mit grimmiger Kälte, und das ganze Haus schien den Atem anzuhalten, während wir alle darauf warteten, dass es wieder wärmer wurde. Jane vertiefte sich ganz in das Lernen, um die Zeit herumzubringen, und ich bot an, Lady Margery ein neues Kleid zu nähen, sodass auch ich etwas hatte, um mich von der Anspannung abzulenken, die um mich herrschte.

An einem stürmischen Tag, an dem alle Fenster vereist waren, kam ein Bote zum Seymour Place und bat darum, Lady Margery sprechen zu dürfen. Sie empfing den Boten im Salon, und wir hörten, wie sie kurz nach der Begrüßung in lautes Weinen ausbrach. Diejenigen, die gerade auf der Treppe waren und es gehört hatten, eilten augenblicklich zu ihr.

Lady Margerys Gesicht war aschfahl, und sie presste einen Brief an ihre Brust, als sei er ein Dolch. Wortlos hielt sie den Brief in unsere Richtung, und weil ich am nächsten stand, nahm ich das Schreiben entgegen. In diesem Augenblick war ich unendlich froh darüber, dass mein Vater dafür gesorgt hatte, dass Cecily und ich beide lesen und schreiben gelernt hatten. Ich las laut vor.

Der Lord Admiral war wegen der Verschwörung zur Absetzung seines Bruders und der geplanten Entführung seines

Neffen, des Königs, verhaftet worden. Außerdem hatte er die Absicht gehabt, ohne Zustimmung des Kronrates Prinzessin Elisabeth zu heiraten, und schon das allein galt als Akt des Hochverrates.

Ein entsetztes Keuchen erfüllte den Raum. Während ich die ungeheuerlichen Anschuldigungen verlas, sank Lady Margery auf ein Sofa nieder und begann zu weinen.

Für verurteilte Hochverräter gab es in England nur eine Strafe, das war allen Anwesenden bekannt. Wenn der Admiral all dieser Anklagepunkte für schuldig befunden wurde, dann würde ihn das den Kopf kosten. So einfach war das.

Der Gedanke ließ mich zurückweichen, und ich musste sofort an Jane denken, die gerade oben in ihrem Studierzimmer Cicero übersetzte und keine Ahnung hatte, dass ihr Vormund im Tower saß, dass der Vater des jungen Mannes, für den sie schwärmte, ihn verurteilen würde und dass sich dadurch für sie alles ändern würde.

Alles.

Jane

Massapequa, Long Island

Elf

Auf meiner Zugfahrt nach Massapequa brachte der Sonnenschein, der durchs Abteilfenster fiel, die Steine des alten Rings zum Funkeln, als ich damit an meinem kleinen Finger herumspielte. Der Ring war für den Ringfinger ein wenig zu eng, aber am kleinen Finger passte er, saß dort allerdings ein wenig locker, was dazu einlud, damit herumzuspielen. Meine praktische Seite hatte mir zugeflüstert, dass es doch besser wäre, den Ring lieber in dem mit Samt ausgeschlagenen Kästchen zu transportieren, das Stacy im Laden für mich aufgetrieben hatte. Wilson hatte zwar ebenfalls darauf bestanden, aber als ich mich am Morgen in den Zug gesetzt hatte, war es mir so vorgekommen, als würde mir der Ring aus meiner Handtasche heraus zurufen. Ich hatte ihn mir schon an den Finger gesteckt, bevor wir auch nur *Grand Central Station* verlassen hatten.

Es war schon eine ganze Weile her, dass ich mit dem Zug zu meinen Eltern gefahren war. Brad hatte in den vergangenen vier Jahren unseren Jeep in der Garage von Freunden untergestellt, die im Gegenzug den Wagen benutzen durften, wenn sie ihn brauchten. An den seltenen Wochenenden, an denen Brad keinen Bereitschaftsdienst hatte, fuhr er gern mit seinem Kanu in den *Harriman State Park* oder die *Tivoli Marshes*, und das war auch eigentlich der einzige Grund gewesen, den Jeep überhaupt zu kaufen. Wenn ich oder wir beide zusammen zu meinen Eltern gefahren waren, hatten wir normalerweise ebenfalls den Wagen genommen, aber der stand mir ja jetzt nicht zur Verfügung, weil Brad ihn mitgenommen hatte. Molly und Jeff hätten mir sicher ihren Wagen geliehen, damit ich zur Geburtstagsparty meiner Schwester fahren konnte, aber sie brauchten ihn ausgerechnet an diesem

Wochenende selbst für die Fahrt zur Hochzeit einer ihrer Nichten in Danbury.

Ich fand es jedoch gar nicht so schlimm, mit dem Zug zu fahren, und das sanfte Schaukeln während der Fahrt beruhigte mich. Genau wie der Ring, den ich an meinem Finger spürte.

Zuerst hatte mich der Gedanke, der Ring könnte vielleicht tatsächlich drei- oder vierhundert Jahre alt sein, dermaßen beunruhigt, dass ich Wilson gefragt hatte, ob es nicht auch möglich sei, dass der Ring erst vor zwanzig oder dreißig Jahren in dem Bucheinband versteckt worden sei.

„Glauben Sie das wirklich?“, hatte er gefragt und dabei mit jedem einzelnen Wort diese Vorstellung behutsam infrage gestellt. Also hatte ich erwidert, dass ich es auch nicht glaubte.

Wilson hatte die Gravur im Ring mithilfe meiner Lupe mühelos entziffern können. Er hatte nämlich in den Achtzigerjahren an der Highschool, wo die Schüler, wie er es formulierte, vor nichts und niemandem auch nur einen Funken Respekt hatten, Latein unterrichtet.

Er hatte den Ring unter meine Schreibtischlampe gehalten und beim Entziffern der Worte die Augen zusammengekniffen. Stacy und ich hatten neben ihm gestanden und ungeduldig gewartet.

„*Vulnerasti cor meum, soror mea, sponsa*“, hatte er dann gesagt. „Ich glaube, das ist ein Vers aus dem Hohelied.“

„Aus dem was?“

„Dem Hohelied Salomos“, sagte Stacy. „Das ist das Liebesgedicht im Alten Testament.“

„‚Du hast mir das Herz genommen, meine Schwester, meine Braut‘“, rezitierte Wilson.

„Dann ist das ja so was wie ein Verlobungsring!“, rief Stacy. „Und ich finde es so cool, dass Ihr Name draufsteht, Jane.“

Wilson gab mir den Ring zurück und sagte: „Er ist außergewöhnlich klein. Die Dame, die ihn getragen hat, muss extrem schlanke Finger gehabt haben.“

„Oder sie war noch sehr jung", bemerkte Stacy. „Haben die Leute vor ein paar Hundert Jahren nicht immer sehr jung geheiratet?"

„Die Adeligen ganz sicher", antwortete Wilson. „Sie sollten den Ring auf jeden Fall schätzen lassen und versichern. Wenn er so alt ist, wie ich glaube, dann übersteigt es sogar meine Vorstellung, wie viel er wert sein muss." Dann verzog er das Gesicht. „Es ist gefährlich, ihn einfach so mit sich herumzutragen, als hätten Sie ihn aus dem Kaugummiautomaten gezogen."

„Ich weiß. Ich verspreche Ihnen, dass ich mich darum kümmere, Wilson", sagte ich. „Aber ich bin nicht ... ich weiß noch gar nicht, ob ich ihn überhaupt behalten soll." Ich steckte mir den Ring an den kleinen Finger und betrachtete ihn.

„Wie meinen Sie das?", hakte Stacy nach.

„Wem auch immer Emma diese Kisten abgekauft hat, die Person kann unmöglich etwas von der Existenz des Buches oder des Rings gewusst haben. Was ist, wenn er seit Jahrhunderten in Familienbesitz ist? Wenn ich ihn behalten würde, wäre das wie Diebstahl", antwortete ich.

„Das wäre es ganz sicher nicht", entgegnete Wilson. „Und selbst wenn der Ring jahrzehntelang in Familienbesitz war, was sollte dann wohl die Eigentümer geritten haben, das Gebetbuch und den Ring in einer alten verrosteten Blechschachtel zu verstauen und diese dann im Gebälk eines alten Maschinenschuppens, oder was es auch immer gewesen sein mag, zu lagern? Ich wette, es ist schon ein paar Hundert Jahre her, dass jemand über das Buch und den Ring Bescheid gewusst hat. Außerdem haben Sie den Ring doch völlig legal und fair erworben. Als Sie die Kisten bezahlt haben, waren damit die Bücher bezahlt, und mit der Bezahlung der Bücher ist doch auch der Ring Ihr rechtmäßiges Eigentum."

„Ich weiß, dass es rein rechtlich kein Diebstahl ist, aber irgendwie habe ich das Bedürfnis, wenigstens den Versuch zu unternehmen herauszufinden, was es mit dem Ring auf sich hat und woher er stammt."

Stacy nickte. „Ich glaube, das würde ich auch wollen."

„Ich nicht", sagte Wilson und knipste die Schreibtischlampe wieder aus. „Ich würde ihn schätzen lassen und versichern, und wenn ich ihn dann eine Weile selbst bestaunt hätte, würde ich ihn einem englischen Museum stiften. Dorthin gehört nämlich so ein Ring. Und für das Gebetbuch gilt dasselbe. Das gehört nicht in die Hände von Leuten, die keinen Respekt vor der eigenen Geschichte haben."

„Also, ich finde, wir machen eins nach dem anderen. Ich nehme den Ring jetzt am Wochenende erst einmal mit nach Hause, nach Long Island. Der Juwelier, bei dem ich damals als Schülerin gearbeitet habe, ist Spezialist für alten Schmuck."

Wilson schnaubte. „Ich bezweifle aber ernsthaft, dass ein Juwelier auf Long Island jemals einen Ring wie den hier zu Gesicht bekommen hat. Ich glaube, Sie täten wirklich besser daran, mit dem Ring ins ‚Metropolitan Museum' zu gehen und ihn da von einem Kurator begutachten zu lassen."

„Wahrscheinlich", murmelte ich.

„Wahrscheinlich was?"

„Ich weiß nicht, Wilson", sagte ich, doch in Wirklichkeit kannte ich den Grund und sprach ihn dann auch aus. „Wahrscheinlich möchte ich ihn einfach noch ein Weilchen für mich haben. Wenn ich ihn ins Museum bringe, werden sie ihn mit Sicherheit dabehalten wollen."

„Ja, natürlich werden sie das wollen. Weil es auch der beste Platz für ihn ist."

„Vielleicht."

„Also –", setzte Wilson an, sprach dann aber nicht weiter, denn die Klingel an der Ladentür ertönte, und er sah erleichtert aus, dass er einen Grund hatte, sich zu entschuldigen.

Stacy wandte sich mir zu und sagte: „So ein hübscher Ring." Sie streckte die Hand danach aus. „Darf ich?"

Ich gab ihn ihr, und sie steckte ihn sich auf die obere Hälfte ihres Ringfingers. Der Ring war so klein, dass er nicht einmal über den ersten Fingerknöchel passte.

„Ich frage mich, ob es ein Happy End für sie gegeben hat", sinnierte sie. „Für die Jane, die den hier getragen hat, und den Mann, von dem sie ihn bekommen hat. Soll ich Ihnen ein Ringkästchen holen?"

„Ja, gern", antwortete ich und steckte mir den Ring wieder an meinen kleinen Finger. Dieses Mal an den der rechten Hand.

Mein Handy gab genau in dem Augenblick das Signal für einen Termin von sich, als ich mir den Ring wieder ansteckte. Es war der Termin bei Dr. Kirtland. Ich hatte Glück gehabt. Weil ein anderer Patient einen Termin abgesagt hatte, konnte ich schon drei Tage nach meinem recht nervösen Anruf in der Praxis dessen Termin wahrnehmen.

Eine halbe Stunde später saß ich bereits auf einem der vielen blau gepolsterten Stühle in Jonah Kirtlands Wartezimmer. Ich hatte der Frau am Empfang meinen Namen genannt und dann zwischen einem Dutzend anderer wartender Personen Platz genommen. Niemand blickte auch nur auf, als ich mich auf meinem Stuhl niederließ, wofür ich sehr dankbar war. Ich beschloss, mir das für die Zukunft zu merken: die Anonymität derer zu achten, die genau wie ich den Weg in eine Praxis wie diese gefunden hatten.

Ich stellte meine Handtasche neben meine Füße auf den Boden und schaute mich neugierig im Raum um. Einrichtung und Dekoration waren eindeutig maritim. Gegenstände aus Messing, an den Wänden eine Holzvertäfelung aus breiten Brettern, gerahmte Bilder von Meereslandschaften mit Muscheln und Algen, aber keine Schiffswracks. In einer Ecke des Raumes stand ein glänzender antiker Kompass, und es reizte mich ungemein, ihn aus der Nähe zu betrachten, aber ich wollte nicht die Aufmerksamkeit der anderen Wartenden auf mich ziehen. Außerdem fühlte ich mich außerstande aufzustehen, denn der ganze Raum vermittelte mir irgendwie das Gefühl, als befände ich mich auf einem schwankenden Schiff.

Stattdessen blätterte ich während der Wartezeit in einer Kunstzeitschrift und fragte mich bei jedem Umblättern, ob es überhaupt möglich war, im Wartezimmer einer Arztpraxis seekrank zu werden. Ich wippte unablässig mit dem Fuß und gab mir Mühe, ihn still zu halten, während die Minuten dahinschlichen. Irgendwann klingelte dann mein Handy, und als ich es schließlich nach längerem Herumkramen in meiner Tasche gefunden hatte, sah ich, dass der Anruf von meiner Mutter kam. Ich schaltete das Handy trotzdem aus und ließ es wieder in meine Handtasche gleiten.

Kurz darauf wurde mein Name aufgerufen. Ich folgte einer jungen Frau einen Gang entlang zu einer von mehreren glänzend lackierten Holztüren. Ich war dankbar, dass in dem Augenblick, als ich aufgestanden war, das Schwindelgefühl nachgelassen hatte. Die Frau klopfte kurz an die Tür des Sprechzimmers und betrat dann den Raum. Zunächst konnte ich die Person hinter dem Schreibtisch nicht sehen, weil mir der Rücken der Frau die Sicht versperrte. Das Einzige, das ich sah, waren die Kanten eines Schreibtisches, noch mehr blaue Polstermöbel, noch mehr Bilder mit Meereslandschaften, noch mehr Antiquitäten aus der Seefahrt und ein Glastisch am Fenster, in dessen Mitte eine kleine Holzschale stand.

„Dr. Kirtland, Ihr 15-Uhr-Termin ist da", hörte ich die Frau sagen.

Als ein Mann hinter dem Schreibtisch hervorkam, zuckte ich zusammen. Dr. Kirtland sah keinen Tag älter aus als dreißig. Er trug Jeans, ein rot gestreiftes Oberhemd und rostrote Birkenstocks. Er hatte kurz geschnittenes, lockiges Haar, große stahlgraue Augen, eine große Nase und die jugendliche gebräunte Haut eines Mannes, der immer noch ab und zu unter Akne leidet.

Er kam auf mich zu, streckte mir seine Hand zur Begrüßung hin, und die Frau trat zurück, damit ich ihn ebenfalls begrüßen konnte. „Freut mich, Sie kennenzulernen, Mrs Lindsay. Ich bin Jonah Kirtland."

Ich gab ihm wortlos die Hand.

Hinter uns verließ die Frau den Raum und schloss die Tür.

Jonah Kirtland lächelte mich an. „Bitte, setzen Sie sich doch."

Er deutete dabei nicht auf die Stühle, die auf der anderen Seite seines aufgeräumten, klobigen Schreibtischs standen, sondern zu dem kleinen Glastisch am Fenster. Ich nahm auf einem der Stühle Platz und brachte kein Wort heraus. Da wusste ich, was Molly mir über Dr. Kirtland noch hatte sagen wollen, es dann aber doch nicht getan hatte.

Er ist jung.

Dr. Kirtland setzte sich auf den Stuhl mir gegenüber. Er hatte weder eine Karteikarte noch ein Klemmbrett, ja, nicht einmal ein Blatt Papier dabei, obwohl ich Formulare ausgefüllt und ihm am Tag zuvor per E-Mail zugeschickt hatte. Er schlug die Beine übereinander, nahm sich eine Handvoll ungeschälte Pistazien aus der Holzschale und lehnte sich zurück.

„Pistazien?", fragte er und deutete dabei mit dem Kopf auf die Schale.

„Nein. Nein, vielen Dank."

„Mögen Sie keine Pistazien?"

„Äh … nein. Ich meine ja, ich mag sie. Aber … jetzt nicht, danke."

„Und, wie war Ihr Tag bisher?"

Er warf sich ein paar Pistazien in den Mund, kaute und wartete darauf, dass ich antwortete.

„Ganz okay so weit. Irgendwie sind die Tage zurzeit alle ziemlich gleich." Ich starrte auf die Schale mit Pistazien, ohne mir dessen bewusst zu sein.

„Sind Sie sicher, dass Sie nicht doch ein paar davon möchten?", bot er ungezwungen an.

Ich schüttelte den Kopf. Am liebsten wäre ich weggerannt. Ohne jeden Grund schossen mir Tränen in die Augen.

„Sie müssen das Meer sehr mögen", plapperte ich los und ließ meinen Blick durch den Raum schweifen, um meine innere Spannung abzubauen. Dabei überschlug sich meine Stimme ein wenig, und mir war klar, dass er es bemerkt hatte.

„Die Wahrheit ist, dass wir einen Innenarchitekten beauftragt haben, unsere Praxis freundlich und einladend zu gestalten."

Ich biss mir auf die Lippe, um die Tränen zu unterdrücken, die hier jetzt wirklich nichts zu suchen hatten, und nickte.

„Und, ist es gelungen?", fragte er.

Ich wandte mich ihm wieder zu und sah ihn an. „Bitte, was haben Sie gesagt?"

„Ich habe gefragt, ob es sich hier einladend und freundlich anfühlt, Mrs Lindsay?"

Ich musste schlucken. „Also ... ich bin ehrlich gesagt kein großer Meeresfan. Ich mag die offene See nicht, weil man den Grund nicht sehen kann. Man kann nicht sehen, wo es zu Ende ist." Ich wandte mich wieder von ihm ab und schaute zum Fenster hinaus, wo unter uns eine vielbeschäftigte Welt unbekümmert ihrem Alltag nachging.

„Haben Sie das in Bezug auf offene Gewässer schon immer empfunden?"

Ich wandte den Blick nicht von dem Asphalt dort tief unter uns ab. „Ja", antwortete ich. Aber dann drehte ich mich wieder zu ihm um, und es machte mich plötzlich nervös, dass er schon so früh im Verlauf unseres ersten Gespräches nicht nur von meiner ältesten Angst erfahren, sondern sie auch noch missverstanden hatte. Ich hatte nämlich gar keine Angst vor Wasser. Ich hatte Angst vor dem, was jenseits des Wassers war, nämlich tiefes, finsteres Nichts. Meine Kindheitsängste hatten nichts mit dem zu tun, was ich jetzt gerade erlebte.

„Hören Sie, ich habe keine Angst vor dem Ertrinken. Ich kann ganz gut schwimmen. Ich sehe nur gerne den Boden. Ich sehe gerne, wo es zu Ende ist. Ich mag es nicht ..." Meine Stimme verklang, während Bilder von dunklen Wassern und tiefen Seen mein Denken fluteten; bodenlose Orte ohne Haltegriffe oder auch nur einen Hinweis darauf, wo das Unbekannte endete und die Sicherheit begann.

Bis zu diesem Augenblick war mir nicht in den Sinn gekommen, dass meine alte Aversion gegen offene Gewässer irgendetwas mit dem Grund zu tun haben könnte, weshalb ich jetzt hier in der Praxis des Therapeuten saß.

Dr. Kirtland beugte sich in seinem Stuhl etwas vor. „Mrs Lindsay, Sie sind nicht die erste Person auf diesem Stuhl, die sich fragt, was sie hier eigentlich macht. Mir ist klar, dass es Sie Mut gekostet hat herzukommen. Ich kann Sie beruhigen. Sie brauchen sich keine Sorgen zu machen, dass Sie mir vielleicht die falschen Antworten geben könnten, weil es nämlich keine falschen Antworten gibt. Ich werde nicht Ihre Probleme lösen. Aber ich werde Ihnen helfen. Das verspreche ich Ihnen."

Er faltete seine Hände vor sich auf dem Tisch und wartete darauf, dass ich etwas sagte. An der Wand hinter ihm hingen eingerahmte Urkunden – rechteckige Beweise für seine vielfältigen Leistungen. Die Glasscheibe vor seiner Doktorurkunde, die ihm die *Columbia University* ausgestellt hatte, blendete ein ganz klein wenig, sodass sie hinter seinem Lockenkopf wie ein Heiligenschein wirkte.

„Möchten Sie mir erzählen, was Sie zu mir führt?", fragte er geduldig. Mehrere lange Sekunden vergingen. Er wartete auf mich.

„Aber Sie wissen doch schon, weshalb ich hier bin", murmelte ich.

„Ich weiß, was Molly mir erzählt hat. Und ich weiß auch, was in dem ausgefüllten Formular in Ihrer Karteikarte steht. Aber von Ihnen selbst habe ich noch nichts gehört", entgegnete er.

Er sprach immer noch in demselben geduldigen Tonfall und hielt Blickkontakt mit mir. Wohltuend. Beruhigend. Jung. Mein Blick fiel auf seine linke Hand. Am Ringfinger trug er einen glänzenden, neu wirkenden Goldring.

„Ich ... ich glaube, ich kann das nicht", sagte ich schließlich.

„Sie glauben, dass Sie es mir nicht erzählen können?"

„Ich ... Sie ... Sie kommen mir sehr ... ich meine, ich sehe zwar, dass Sie Ihren Doktor an der ‚Columbia' gemacht haben, und an Ihrer Wand hängen jede Menge andere Urkunden, die Grund genug sein sollten, Sie für kompetent genug zu halten, um mit Ihnen zu reden, aber Sie kommen mir ... Hören Sie, mein Mann hat mich nach zweiundzwanzig Ehejahren verlassen. Und Sie kommen mir ziemlich ... jung vor."

„Ich bin vierunddreißig, Mrs Lindsay", sagte er ganz sachlich, ohne sich zu rechtfertigen oder meiner Einschätzung zuzustimmen. Er sagte es einfach nur.

Nur zehn Jahre jünger. Zehn Jahre. Als ich geheiratet hatte, war er zwölf gewesen. Ob das wichtig war? Vielleicht nicht. Ich wusste es nicht.

Aber ich wusste, dass ich nicht mehr allein und wach in dem Bett liegen wollte, das Brad und ich einmal miteinander geteilt hatten.

Er sah mir die ganze Zeit in die Augen. Ich setzte mich wieder auf dem Stuhl zurück und bat ihn: „Können Sie mich bitte Jane nennen?"

„Wenn Sie das möchten."

Ich nickte.

„Also gut, Jane. Wie wäre es, wenn wir einfach ganz am Anfang beginnen?"

„Am Anfang? Sie meinen, als Brad mich verlassen hat?"

„Nein. Ich meine am Anfang. Erzählen Sie mir von sich. Sollen wir da anfangen? Können Sie das?"

„Von mir erzählen?" Mir standen immer noch Tränen in den Augen, die sich jeden Moment selbstständig zu machen drohten. Ich spürte sie ganz deutlich.

„Ja." Sein Lächeln war freundlich. Er griff nach einer Packung Papiertaschentücher, die auf der Fensterbank zwischen uns lag, und schob sie mir hin. „Manchmal wird alles erst noch ein bisschen schlimmer, bevor es dann besser wird, Jane. Aber es wird besser werden. Ich glaube, dass Sie das möchten, oder?"

Wieder wartete er ab – sein Atem ging stetig und ruhig, seine Beine waren immer noch übereinandergeschlagen. Ich nahm mir ein Taschentuch, und das Knistern der Packung schien an meiner Stelle die Antwort zu flüstern.

Ja.

Zwölf

Als der Zug in den Bahnhof von Massapequa einfuhr, rief mich mein Vater auf dem Handy an und teilte mir mit, er stünde im Stau. Ich sagte, er solle sich keine Gedanken machen, ich würde mir einfach einen Kaffee kaufen und auf ihn warten. Dabei gab ich mir Mühe, so munter und zuversichtlich wie möglich zu klingen, und ich hoffte, dass er es mir abnahm. Meine Eltern würden sicher mit mir darüber reden wollen, wieso Brad wirklich in New Hampshire war, aber ich war zu so einem Gespräch eigentlich noch gar nicht bereit. Meine Mutter hatte am Vorabend am Telefon bereits angedeutet, dass sie und mein Vater den Eindruck hätten, dass zwischen Brad und mir irgendetwas nicht in Ordnung sei und dass sie darüber Bescheid wissen wollten – als ob meine Ehe ihr persönlicher Besitz wäre, eine Art Darlehen an mich, und sie deshalb ein Anrecht darauf hätten, den wahren Grund für Brads Abwesenheit zu erfahren. Nicht seine Abwesenheit auf Leslies Party – dafür hatte ich eine großartige Entschuldigung: Connor hatte an dem Wochenende nämlich einen Leichtathletikwettkampf am College, und Brad wollte hinfahren und ihn anfeuern. Das war auch der offizielle Grund, weshalb er den Wagen hatte und ich mit der Bahn gekommen war.

Außer meinen Eltern wussten nur noch Leslie und ihr Mann Todd von der Stelle in Manchester. Der Rest der angeheirateten Familie wurde in dem Glauben gelassen, dass Brad nur für einen Tag nicht da war, weil er ein guter Vater war – was ja auch wirklich stimmte.

Es waren gar nicht in erster Linie die peinlichen Momente auf der Party, vor denen ich ein bisschen Angst hatte, als ich mich mit einem Becher Kaffee auf einer Bank niederließ. Viel mehr Unbehagen bereitete mir der Gedanke an die ein, zwei Stunden am Sonntagmorgen, in denen ich mit meinen Eltern allein sein würde.

So saß ich also in der Spätvormittagssonne vor dem Bahnhof und übte schweigend die Antworten ein, zu denen mich Dr. Kirtland ermutigt hatte für den Fall, dass meine Eltern unerwünschte Fragen nach Brads Verbleib stellten. Es hatte in jener ersten Sitzung bei Dr. Kirtland nicht lange gedauert, bis wir auf meine Eltern zu sprechen gekommen waren. Dr. Kirtland hatte gesagt, dass das manchmal der Beginn des Weges sei.

Darauf hatte ich erwidert: „Aber ich möchte nicht über meine Eltern sprechen. Das ist nicht das Problem meiner Eltern, sondern meines."

Worauf er entgegnet hatte: „Ja, aber im Moment sprechen wir doch auch gar nicht darüber, was wessen Problem ist. Wir sprechen nicht einmal über das Problem selbst. Im Moment behandeln wir nicht Ihr Problem, dass Sie nicht schlafen können. Wir behandeln auch nicht den Umstand, dass Ihr Mann Sie verlassen hat."

„Und was tun wir dann?"

„Wir werden uns auf Sie konzentrieren. Nicht auf Ihre Ehe. Nicht auf Ihre Eltern. Wir konzentrieren uns darauf, wie Sie sich sehen."

„Aber Sie haben doch gerade selbst gesagt, dass der Weg manchmal bei den Eltern beginnt."

„Ich glaube, dass das bei Ihnen der Fall sein könnte. Vielleicht ist es wichtig zu verstehen, inwieweit Sie von Ihren Eltern Zustimmung und Bestätigung brauchen. Wenn wir das herausgefunden haben, werden wir uns mit der Frage beschäftigen, warum Sie erwarten, dass Ihre Ehe Ihnen die restliche Bestätigung liefert."

Bestätigung. Irgendwie passte mir das Wort nicht. Ich musste dabei an etwas Amtliches denken, etwas, das man von einer Behörde erhielt. Ich wollte ihm sagen, dass mir das

Wort nicht gefiel, aber das kam mir dann auch wieder irgendwie kindisch vor.

An dieser Stelle war unsere Sitzung ohnehin schon beinah zu Ende, und Dr. Kirtland hatte mir nur noch ein paar Möglichkeiten aufgezeigt, wie ich mit den unerwünschten Fragen meiner Eltern umgehen konnte. Bevor ich ging, hatte er mir noch freundlich gesagt, dass ich diesen konkreten Stressfaktor in meinem Leben loswerden könne, indem ich ihnen einfach die Wahrheit sagte. Weil sie es dann wüssten. Auf meinem Heimweg hatte ich dann die Antworten im Stillen eingeübt.

Ich weiß eure Sorge um Brad und mich wirklich zu schätzen, Vater, Mutter, und wenn es etwas gibt, das ihr darüber wissen solltet, dann werde ich es euch sofort erzählen.

Darüber brauchen wir dieses Wochenende nicht zu reden. Dieses Wochenende geht es um Leslie. Lasst es uns dabei bitte belassen, ja?

Brad schaut sich ein Jobangebot in New Hampshire an. Es wäre eine große Veränderung, falls ihm der Job gefallen sollte, und wir möchten nichts überstürzen.

Am Abend vor meiner Abreise hatte Molly mir am Telefon gesagt, dass die eingeübten Antworten perfekt seien und dass ich sie mir zur Übung immer wieder laut vorsagen solle.

„Und was ist, wenn sie mich fragen, wieso ich Brad noch nicht in New Hampshire besucht habe?“, fragte ich sie. „Oder warum er erst ein Mal hier gewesen ist, um mich zu sehen?“

„Dann sagst du ihnen ganz höflich, dass sie das nun wirklich nichts angeht.“

„Das könnte ich niemals sagen, und das weißt du auch.“

„Genau, Jane, und deshalb mischen sie sich auch immer wieder in deine Angelegenheiten ein: weil du sie lässt.“

Es hatte ein bisschen wehgetan, das von ihr zu hören, obwohl ich nach nur einer Sitzung bei Dr. Kirtland bereits wusste, dass das zumindest teilweise zutraf.

„Glaubst du, dass ich zum Teil immer noch auf die Zustimmung und Bestätigung meiner Eltern angewiesen bin?“, fragte ich.

Sie lachte, aber es war ein schnelles, heiteres Lachen. Sie hatte nicht über mich gelacht. „Hat Jonah dir das gesagt?“

„Dr. Kirtland glaubt, dass ich Bestätigung bei meinen Eltern und in meiner Ehe suche. Und weil diese beiden Beziehungen im Moment beide irgendwie durcheinandergeraten sind, bin ich ebenfalls durcheinander. Deshalb kann ich nicht schlafen.“

„Hat er dir gesagt, dass du deshalb nicht schlafen kannst?“

Ich überging ihre Frage einfach. „Ich mag das Wort nicht. Bestätigung. Das klingt so … so unpersönlich.“

„Dann nenn es doch anders. Bestätigung des Selbstwertes. Wie auch immer. Nenn es doch so, wie du willst.“

Die Lockerheit, mit der ihr diese anderen Begriffe über die Lippen kamen, ließ mich einen Moment verstummen. Sie hatte ganz genau gewusst, was Dr. Kirtland gesagt hatte, und sie stimmte ihm zu. Ich verspürte, wie Frust mich durchrieselte, während ich eine Antwort formulierte.

„Jane?“

„Hey, ich weiß nun mal zu schätzen, was andere Leute denken. Das war schon immer so. Ich finde, es ist gut, sich den Rat anderer Leute anzuhören, bevor man wichtige Entscheidungen trifft.“ Meine Stimme klang ein bisschen zittrig, so als glaubte ich selbst meinen eigenen Worten nicht so recht.

Molly hielt nur einen ganz kleinen Moment inne und warf dann ein: „Ich glaube nicht, dass Dr. Kirtland dich darauf hinweisen wollte, dass du dir zwanghaft Rat von anderen Leuten holst, bevor du wichtige Entscheidungen triffst, Jane.“

„Doch, das hat er.“

„Ich glaube eher, er hat gemeint, dass du zwanghaft andere Leute die wichtigen Entscheidungen für dich treffen lässt."

„Was redest du denn da?" Die Worte waren einfach so aus mir herausgesprudelt. „Woher willst du denn wissen, dass er das gemeint hat?"

Genau in dem Augenblick wurde sie von einer ihrer Töchter gerufen, sodass wir unser Gespräch an dieser Stelle abbrechen mussten. Sie sagte, sie würde mich am Sonntag anrufen, wenn ich wieder von Long Island zurück sei. Wir verabschiedeten uns mit einem etwas mulmigen Gefühl, und dann war die Verbindung beendet.

Während ich jetzt auf meinen Vater wartete, kam mir wieder in den Sinn, dass Molly kurz vor dem Ende des Gespräches gesagt hatte, es täte ihr leid, wenn mich ihre Worte verletzt hätten. Aber dafür, *dass* sie sie gesagt hatte, hatte sie sich nicht entschuldigt.

Ich war froh, dass außer meinem Vater noch meine Schwester in dem neuen Volvo meines Vaters saß, als er vor dem Bahnhof vorfuhr. Wenn Leslie dabei war, würde mein Vater sich wahrscheinlich nicht trauen, nach den wahren Gründen für Brads gegenwärtigen Aufenthaltsort zu fragen. Denn meine Eltern waren wenigstens einigermaßen diskret, wenn sie sich mein Privatleben vorknöpften.

Ich warf meinen leeren Kaffeebecher in den Mülleimer, während mein Vater und Leslie aus dem Wagen stiegen und auf mich zukamen. Mein Vater, der das gestreifte kurzärmelige Hemd trug, das ich ihm zum Vatertag geschenkt hatte, gab mir das übliche Küsschen auf die Wange. Das Stahlgrau im Stoff seines Hemdes passte genau zu seinem glatten silbergrauen Haar. Er roch wie gewöhnlich nach Rasierwasser. Leslie hatte ein knallpinkfarbenes, eng anliegendes T-Shirt an und eine Jeans. Dazu trug sie Kreolen, die so groß waren wie Untertassen. Ihr kurz geschnittenes Haar durchzogen Strähnchen in Bronze, Kupfer und Gold.

Wir umarmten einander, und ich gratulierte ihr zum Geburtstag.

„Ist das alles, was du dabeihast?" Mein Vater hatte meine kleine Übernachtungstasche schon in der Hand und schaute sich jetzt suchend um, wahrscheinlich, weil er noch nach einem Koffer Ausschau hielt.

„Ich bleibe doch nur über Nacht, Papa", entgegnete ich lachend.

„Deine Mutter hat gesagt, du würdest das ganze Wochenende bleiben und erst Montag früh wieder fahren."

So etwas hatte ich nie gesagt, und deshalb antwortete ich: „Äh … nein. Ich muss morgen wieder zurück nach Manhattan."

„Sie ist jetzt berufstätig, Papa, schon vergessen?", sagte Leslie, während wir zum Wagen meines Vaters gingen. „Der Antiquitätenladen?"

Mein Vater überging ihren Sarkasmus geflissentlich. „Deine Mutter hat gesagt, du hättest ein neues Mädchen eingestellt und könntest deshalb bis Montag bleiben."

„Stimmt, ich habe zwar jemanden eingestellt, aber nur in Teilzeit, Papa. Und ich habe auch nie gesagt, dass ich zwei Nächte bleibe."

Wir kamen beim Auto an, und als ich meine Hand ausstreckte, um die Tür auf der Beifahrerseite zu öffnen, deutete Leslie auf den Ring an meinem kleinen Finger, dessen Edelsteine von den Sonnenstrahlen liebkost wurden.

„Hey, ist der Ring neu?"

„Nein. Das ist sogar ein ziemlich alter Ring. Er war bei einer Lieferung dabei, die ich vergangene Woche von Emma bekommen habe. Ich möchte ihn gern David Longmont zeigen und fragen, ob er ihn für mich schätzen kann." Während mein Vater meine Tasche in den Kofferraum stellte, beugte ich mich zu meiner Schwester.

„Mein Vorname ist in der Innenseite eingraviert", sagte ich leise.

Ihre Augen wurden ganz groß, während mein Vater den Kofferraumdeckel zuschlug und verkündete, dass David Longmont in Rente gegangen sei.

Ich rief über meine Schulter nach hinten: „Ich habe aber gehört, dass er sich immer noch in der Firma herumtreibt, auch wenn sein Sohn jetzt der Chef ist."

„Kann ich ihn mal sehen?", fragte Leslie, als wir beide eingestiegen waren.

Ich nahm den Ring ab und reichte ihn ihr über die Sitzlehne nach hinten. Sie hielt ihn sofort vor dem Fenster hoch und kniff die Augen zusammen, um die Inschrift zu entziffern.

Auch mein Vater stieg ein und runzelte die Stirn, während er Leslie beobachtete. „Was macht sie da?"

„Der Ring hat eine Gravur", antwortete ich.

„*Vul- ... vil- ...*" Leslie tat ihr Bestes, während sie die Innenseite des Ringes intensiv anstarrte.

„Was ist das? Ich kann es kaum lesen."

„*Vulnerasti cor meum, soror mea, sponsa.* Das ist Lateinisch und heißt ‚Du hast mir das Herz genommen, meine Schwester, meine Braut'."

„Gute Güte", flüsterte Leslie. „Wie alt ist denn dann das Ding?"

„Ich habe es im Einband eines dreihundert Jahre alten Gebetbuches versteckt gefunden, also –"

„Was ist dreihundert Jahre alt?" Mein Vater hatte den Wagen gestartet und schaltete gerade in den Rückwärtsgang, um aus der Parklücke herauszufahren.

„Wow ...", murmelte Leslie. Sie las gerade meinen Namen. *Jane.*

Ich wandte mich meinem Vater zu. „Der Ring könnte so alt sein."

„Und dann läufst du damit in der Gegend herum? Du trägst ihn?"

Ich griff wieder nach hinten, und Leslie gab mir den Ring zurück. „Wenn er die vergangenen dreihundert Jahre in einem

Buch versteckt in irgendeiner Scheune überstanden hat, dann wird er sicher auch eine Reise nach Long Island überstehen."

„David Longmond wird völlig ausflippen!", rief Leslie. „Besonders, wenn er deinen Namen darin sieht."

„Wo steht dein Name?", fragte mein Vater und fuhr langsam vom Parkplatz.

„Der Name ‚Jane' ist in den Ring eingraviert", antwortete ich.

„Wie viel hast du denn dafür bezahlt?" Mein Vater bog vom Bahnhofsvorplatz auf die Hauptstraße.

„Wie viel hast du denn dafür bezahlt?", echote Leslie witzelnd.

„Ich sage nur, dass so ein alter Ring doch ein ganz hübsches Sümmchen gekostet haben muss, mehr nicht. Weil du dann auch entsprechend vorsichtig damit umgehen solltest." Er klang pikiert.

„Wenn du dich dann besser fühlst, Papa, kann ich dich beruhigen. Ich trage den Ring am Finger, damit ich ihn immer im Blick habe."

„Du brauchst gar nicht dafür zu sorgen, dass ich mich besser fühle. Du musst nur –"

Aber Leslie unterbrach ihn. „Ich gehe noch heute mit dir zu David Longmond in den Laden, Jane. Todd will heute Nachmittag mit ein paar alten Schulfreunden Baseball spielen, und Bryce und Paige nimmt er mit. Ich habe keine Lust mitzugehen, also könnten wir doch erst ein bisschen shoppen gehen und dann beim Juwelier vorbeischauen. Danach könnten wir dann noch ein Eis essen gehen und vielleicht als krönenden Abschluss die letzten paar Schläge des Baseballspiels anschauen."

„Eure Mutter hat sicher noch viel zu viel zu tun, um das alles zu schaffen", sagte mein Vater in besorgtem Tonfall. „Sie muss doch die Party für heute Abend vorbereiten."

Leslie verdrehte hinter seinem Rücken die Augen. „Wir werden sie schon nicht von ihren Vorbereitungen abhalten."

Bevor mein Vater darauf etwas entgegnen konnte, begann Leslie, mir zu erzählen, wie ihre Arbeitskollegen am Vorabend in Atlantic City mit ihr in ihren vierzigsten Geburtstag hineingefeiert hatten und dass sie erst um drei Uhr morgens zu Hause gewesen sei. Es war ein lebendiger, anschaulicher und sehr ausführlicher Bericht, sodass ich mich entspannen konnte, während wir in das Wohnviertel fuhren, in dem Leslie und ich aufgewachsen waren.

Dort war alles ruhig und friedlich wie immer. Männer in karierten Shorts mähten die Rasen vor den Häusern, Frauen mit Strohhüten pflanzten Geranien und Margeriten, und Kinder spielten auf den Garagenauffahrten Basketball.

Nach dem langen, grauen Winter leuchtete alles in den strahlenden Farben des Aprils.

Genauso oder wenigstens ganz ähnlich hatte ich mir auch mein Leben immer vorgestellt. Dass ich in einem Haus wie dem meiner Eltern leben würde, mit weiß abgesetzten Mansardenfenstern, einer breiten steinernen Treppe, die zu einer weiß gestrichenen Holzveranda hinaufführte, an einer nach einem Baum benannten Straße in einem beschaulichen Wohnviertel, wie es sie überall gibt.

Ich hatte mir vorgestellt, dass ich Töchter und Söhne haben würde, mindestens zwei von jeder Sorte, dass wir im Sommer lange Familienurlaube machen und an stürmischen Winterabenden Gesellschaftsspiele spielen würden. Dass es in unserer Familie jede Menge Insiderwitze geben würde, die nur wir amüsant fänden. Ich hatte mir große Familienessen vorgestellt, zwischen meinen Töchtern kichernd ausgetauschte Geheimnisse, Gelächter und Gerangel zwischen meinen Söhnen und eine Freundschaft und Nähe zu meinem Mann, über die meine Freundinnen nur staunen würden. Und unser Haus würde dasjenige sein, in dem sich die Teenager träfen.

Aber dann hatten wir die Teenagerzeit unseres einzigen Kindes in einem Stadthaus in Manhattan verbracht, hatten an regnerischen Abenden alte James-Bond-Filme angeschaut und mehr auswärts als zu Hause gegessen.

Während der Zeit in Connecticut, in der ich mir trotz vieler vergeblicher Bemühungen immer noch so sehr ein weiteres Kind gewünscht hatte, hatten wir in einem schicken Haus im Ranchstil in einem Vorort von Stanford gewohnt, wie es in unserer Nachbarschaft viele gab. Meistens war Connor gerade auf dem Weg ins Bett gewesen, wenn Brad endlich von der Arbeit kam. Brad und ich hatten dann gegen acht oder halb neun zusammen zu Abend gegessen, manchmal auch vor dem Fernseher, wo Brad dann nicht selten mit der Gabel in der Hand einfach eingeschlafen war.

Freie Wochenenden waren ausgefüllt gewesen mit Kanufahrten oder Angeln, wobei mir weder das eine noch das andere Spaß machte. Ich war immer glücklich gewesen, wenn es Connor und Brad am Wochenende schon im Morgengrauen ans Wasser gezogen hatte und ich mit Freundinnen in Antiquitätenläden stöbern konnte.

Damals schien es so, als täten Brad und ich beide genau das, was wir gern tun wollten. Jetzt, aus der Perspektive des Beifahrersitzes im Auto meines Vaters betrachtet, sah ich das doch etwas anders.

Während wir uns dem Zuhause meiner Kindheit näherten, wurde mir fast überdeutlich bewusst, dass mein Leben ganz anders verlaufen war, als ich es mir damals als Kind vorgestellt hatte, als diese Straßen noch *meine* Straßen gewesen waren, als noch nichts entschieden war, als ich noch jung war und mir die Welt groß und einladend vorgekommen war.

Jetzt konnte ich schon das Haus meiner Eltern sehen, während Leslie vom vergangenen Abend erzählte, und meine nostalgischen Gedanken endeten abrupt. Meine Mutter war gerade dabei, auf der Veranda die Hängepflanzen zu gießen. Sie drehte sich zu uns um, als wäre sie überrascht, dass wir schon da waren, dabei hatte ich genau gesehen, wie sie sich von der Gartenschaukel auf der Veranda erhoben hatte, als wir in unsere Straße eingebogen waren – ein kurzes Aufblitzen eines blauen Hausanzuges und ihres silbergrauen Haares –, und wie sie die Gießkanne zu ihren Füßen zur Hand genommen hatte.

Dreizehn

Meine Eltern wohnen seit meinem dritten Lebensjahr in diesem Haus. Sie hatten es gekauft, bevor sie wussten, dass meine Mutter mit Leslie schwanger war. Mein Vater hatte damals als Haustechniker in der Klinik vor Ort gearbeitet und die Abendschule besucht, um einen Abschluss als Ingenieur zu machen.

Die Fußböden in dem Haus waren aus Hartholz und die Zimmer geräumig und quadratisch. Sie hatten genau die richtige Größe und Form, dass meine Mutter jeden neuen Wohntrend schon sofort ausprobieren konnte, wenn er sich gerade erst abzeichnete.

Das Haus war in den Fünfzigerjahren erbaut worden und hatte – wie alle Häuser in der Straße meiner Eltern – den architektonischen Charme der von Hoffnung und Zuversicht geprägten Zeit nach dem Zweiten Weltkrieg.

Im Inneren des Hauses hatte meine Mutter trotz seiner wunderlichen Eigenarten immer ihrem Talent für Innengestaltung gefrönt. Von englischem Landhausstil über das karge skandinavische Design, vom Orientalisch-Mystischen bis zum gerade modernen Maurischen – alle diese Stilrichtungen beinhalteten als Grundelement immer die drei weißen Sofas mit den quadratischen Polstern und Kissen.

An diesem Tag waren die Wände in einer Mischung aus Apricot und einem Hauch Bernsteingelb gestrichen. Violette, malvenfarbene und schokobraune Kissen waren auf dem Sofatrio verteilt. Leuchter aus Messing und Spiegel mit Messingrahmen hingen an den Wänden, und ebenholzfarben gebeizte Beistelltische und kleine Bücherregale bildeten einen schönen Kontrast zu den strahlend weißen Sofas und den Bordüren an den Fenstern. Honig- und Fichtenduft lag in der Luft. Vor den Fenstern flatterten hauchdünne Gardinen im Wind.

Als ich den Wohnbereich betrat und an der marokkanischen Wohnlandschaft vorbeiging, von der das Wohnzimmer beherrscht wurde, sah ich, dass meine Mutter das Esszimmer mit breiten korallenfarbenen Stoffbahnen dekoriert hatte. An den Rückenlehnen der Stühle und an den Tischbeinen hatte sie mit Helium gefüllte Luftballons befestigt, und überall standen Vasen mit dunkellila Rittersporn, Iris und Orchideen. Die Dekoration erstreckte sich auch über das Esszimmer hinaus auf die Terrasse hinter dem Haus, wo sich die üppige Fülle von Lila, Koralle und Gischtgrün fortsetzte.

Leslie beugte sich zu mir hinüber und flüsterte mir zu, dass dies ohne die Luftballons ein perfektes Ambiente für einen ziemlich eleganten Leichenschmaus wäre.

Meine Mutter hatte die Hände in die Hüften gestemmt, während sie zuschaute, wie ich die Dekosachen für den Geburtstag hereinbrachte. Mein Vater hatte inzwischen meine kleine Übernachtungstasche in mein altes Zimmer gebracht.

„Und?", fragte sie. „Fehlt noch was?"

„Es sieht … toll aus, Mama. Ich finde nicht, dass noch etwas fehlt. Wirklich. Es sieht fantastisch aus", meinte ich.

„Ach, ich weiß nicht", antwortete sie, als wolle sie unbedingt eine gegensätzliche Meinung hören.

„Hey, Mama, Jane und ich gehen gleich noch ein bisschen shoppen, und danach wollen wir uns den Rest von Todds Baseballspiel ansehen", verkündete Leslie und griff nach meinem Arm.

Meine Mutter drehte sich zu uns um und zog eine Augenbraue hoch.

„Sollen wir noch irgendwas für die Party mitbringen?", fügte Leslie noch rasch hinzu.

„Ihr geht shoppen? Wieso denn das, Leslie, wo du doch heute Geburtstag hast? Die Gäste bringen schließlich

Geschenke mit. Wieso musst du denn da auch noch shoppen gehen?“

„Vielleicht möchte ich ja heute Abend auf der Party eine neue Bluse tragen. Etwas, das zum ... Farbkonzept passt.“

„Ich dachte, du würdest Weiß tragen. Du hast mir doch gesagt, du würdest Weiß tragen.“

„Ach ja, und außerdem wollten wir noch bei David Longmont vorbeischauen. Jane hat einen neuen Ring!“ Leslie hielt meiner Mutter meine Hand hin, und ohne es zu wollen, verkrampfte ich mich auf der Stelle.

Meine Mutter warf einen Blick auf den Ring. „Hat Brad dir den geschenkt?“

„Nein, den habe ich für den Laden gekauft.“

„Hmm, sieht irgendwie überladen aus. Wo hast du den denn aufgetrieben?“

„Den habe ich versteckt zwischen ein paar Büchern gefunden, die mir Emma zum Durchschauen geschickt hat. Er könnte möglicherweise sehr alt sein.“

„Ihr Name steht drauf“, sagte mein Vater, der in diesem Augenblick aus der Diele ins Esszimmer kam.

„Ihr Name steht drauf?“, hakte meine Mutter mit distanzierter Neugier nach.

„Ja, der Name ‚Jane‘ ist eingraviert.“ Ich nahm den Ring ab und gab ihn meiner Mutter. Sie musste die Augen zusammenkneifen, um die Inschrift lesen zu können.

„Ist das nicht cool?“, fragte Leslie.

„Ich kann es nicht lesen. Es ist zu klein. Und was sind das noch für Worte? Sie sehen seltsam aus.“

„Das ist Lateinisch.“ Ich griff nach dem Ring. Mir war nicht danach, ihr die Worte zu übersetzen.

„Was ist nun – sollen wir noch irgendwas für die Party mitbringen?“, fragte Leslie, die mein Unbehagen zu spüren schien.

Meine Mutter gab mir ganz langsam den Ring wieder zurück. „Wieso glaubst du, dass er so alt ist?“

Ich steckte mir den Ring wieder an den linken kleinen Finger. „Weil ich ihn im Einband eines dreihundert Jahre alten Gebetbuches gefunden habe."

„Also siebzehntes Jahrhundert ... guter Gott! Wieso um alles in der Welt trägst du ihn dann, Jane?!", rief sie.

„Eis? Servietten? Sonst irgendwas?", fuhr Leslie völlig unbeeindruckt fort.

„Damit sie genau weiß, wo er ist", antwortete mein Vater an meiner Stelle und wollte an uns vorbei in die Küche gehen, doch Leslie hielt ihn auf.

„Todd hat unseren Wagen genommen, Papa. Können wir deinen haben?"

Er zögerte kurz, griff dann aber in seine Hosentasche, holte die Schlüssel heraus und gab sie ihr. „Parkt bitte im Schatten, wenn's geht."

Leslie nahm die Schlüssel und ging zur Haustür.

„Seid aber bitte auf jeden Fall spätestens um fünf zurück, damit ihr euch noch frisch machen könnt", rief unsere Mutter uns noch nach. „Und nehmt Sonnenschutz für die Kinder mit." Sie war uns gefolgt. Als Leslie die Haustür öffnete, stand meine Mutter direkt hinter mir und berührte mich am Ellbogen.

„Warum kannst du denn nicht auch noch Sonntagnacht hierbleiben, Jane? Wo doch Brad gar nicht zu Hause ist. Dein Vater und ich möchten gern mit dir reden."

Leslie murmelte irgendetwas Unverständliches, trat aus dem Haus auf die Veranda und ging von dort aus weiter zur Garagenauffahrt, wo das Auto meines Vaters geparkt war.

Ich drehte mich zu meiner Mutter um und sagte den Satz, der mir als Erster und Unkompliziertester in den Sinn kam. „Das ist Leslies Wochenende, Mama, es ist ihr Geburtstag. Lass es uns dabei belassen, ja?"

„Aber morgen hat sie nicht mehr Geburtstag."

Ich sagte mir den nächsten Satz noch einmal kurz im Kopf vor, bevor ich ihn dann aussprach. „Wenn ihr mit mir über

Brad reden wollt, dann gibt es da nichts Neues. Er schnuppert immer noch in seinen neuen Job in New Hampshire rein."

Sie runzelte die Stirn und sah verärgert aus. „Irgendetwas stimmt da nicht. Das wissen wir. Wir möchten dir doch nur helfen. Es ist nicht normal, dass zwei verheiratete Menschen in zwei verschiedenen Wohnungen in zwei verschiedenen Bundesstaaten leben."

„Es ist auch nicht normal, dass eine Vierundvierzigjährige mit ihren Eltern über sehr private Dinge reden muss", schrie Leslie über die Motorhaube des Autos zu uns herüber. Dann riss sie die Fahrertür auf und stieg ein.

Meine Mutter warf Leslie einen entnervten Blick zu und wandte sich dann wieder mir zu. „Wir wissen, dass etwas nicht stimmt, Jane. Wird es nicht langsam Zeit, dir das einzugestehen? Man kann nichts wieder in Ordnung bringen, wenn man nicht zugibt, dass es nicht in Ordnung ist."

Ich kramte in meinem Gehirn nach einem der Sätze von Dr. Kirtland, aber in meinem Kopf herrschte plötzlich gähnende Leere, und mir fiel keine der anderen eingeübten Antworten mehr ein.

„Es ist Leslies Geburtstag", murmelte ich deshalb noch einmal. „Und wir gehen jetzt shoppen." Ich ging ein paar Schritte Richtung Auto, aber meine Mutter folgte mir sogar noch die Stufen hinunter.

„Du solltest deine Ehe nicht einfach so aufgeben, Jane. Denk an Connor und was das bei ihm anrichten kann. Du und Brad, ihr solltet euch professionelle Hilfe suchen, statt einfach das Handtuch zu werfen. Ich kann nicht glauben, dass du deine Ehe einfach so aufgibst."

Ich sah, wie Leslie im Wagen den Kopf schüttelte. Ihre Lippen formten lautlos die Worte „Komm schon".

Da kam mir noch ein Gedanke, und zwar einer, den ich ganz genau mit Dr. Kirtland eingeübt hatte. Also drehte ich mich noch einmal zu meiner Mutter um und sagte: „Da bin ich ja froh, dass wir uns wenigstens in dem Punkt einig sind,

Mama. Es ist meine Ehe. Meine. Und du hast wirklich keine Ahnung, wovon du eigentlich redest.“

Und damit ging ich zum Wagen und stieg ein. Leslie fuhr los, und ich winkte meiner Mutter noch einmal zu – ein freundlicher Gruß –, während sie einfach nur dastand und mich anstarrte.

Wir hatte gerade die Garagenauffahrt hinter uns gelassen, als mir Leslie die Hand zum Abklatschen hinhielt. Aber ich schlug nicht ein, sondern fragte mich stattdessen, ob Dr. Kirtland mir jetzt wohl gratulieren oder mir nur noch eine weitere Handvoll Pistazien anbieten würde.

Als Geburtstagsgeschenk für meine Schwester hatte ich eine lange Sautoir-Halskette im edwardianischen Stil gekauft, und zwar in Farben, die an die seltsame Schönheit von Benzin im nassen Rinnstein erinnerten. Ich selbst war kein besonderer Fan des edwardianischen Stils – zu viel Spitze und Federn und viel zu viele Perlen, Schleifen und Troddeln. Aber ich wusste, dass die Kette Leslie gefallen würde. Sie hatte diesen länglichen Art-Deco-Look, der zu Leslies Vorliebe für das Ungewöhnliche passte.

Ich hatte die Halskette auf einer Einkaufstour bei einem Händler in Philadelphia aufgetrieben, etwa drei Wochen, bevor Brad mir eröffnet hatte, dass er ausziehen würde. Brad hatte an jenem Wochenende freigehabt, und ich hatte ihn eingeladen, mich zu begleiten, aber er hatte abgelehnt und gesagt, er wolle lieber mit ein paar Kumpels aus der Klinik segeln gehen. Ich hatte mir zu diesem Zeitpunkt absolut nichts dabei gedacht. Brad ging für sein Leben gern segeln – ich nicht. Ich erinnere mich noch, wie froh ich darüber war, dass er etwas mit Freunden unternahm, was ihm wirklich Spaß machte. Inzwischen fragte ich mich jedoch, ob der Grund, weshalb er mich nicht begleitet hatte, eher der war, dass er zu diesem Zeitpunkt schon gewusst hatte, dass er mich verlassen würde. Das Vorstellungsgespräch in New Hampshire hatte zwar noch nicht stattgefunden, aber er hatte garantiert schon von der freien Stelle gewusst. Und ich fragte mich außerdem, ob irgendeines der Gespräche mit einem der Kumpel damals wohl mit den Worten „Ich habe vor, Jane zu verlassen“ begonnen hatte.

Leslie war es gewesen, die mir später geraten hatte, meine Zeit lieber nicht damit zu vergeuden, mich zu fragen, was wohl wer an jenem Tag gesagt haben könnte. Und es sei doch auch durchaus möglich, dass er gar nichts in dieser Richtung gesagt hätte.

„Brad ist ein stiller Intellektueller, der sehr viel mehr denkt, als er redet. Das war schon immer so. Deshalb hast du dich doch auch in ihn verliebt“, hatte sie gesagt. Ich hatte sie zwei Tage, nachdem Brad ausgezogen war, angerufen und ihr erzählt, was passiert war.

„Mach dich nicht verrückt mit der Frage, warum er eine Auszeit von dir braucht, Jane“, hatte sie fortgefahren. „Das macht nicht besonders anziehend, und das ist auch nicht der Grund, weshalb er sich in dich verliebt hat.“

„Und woher willst du wissen, weshalb er sich in mich verliebt hat?“ Erst als ich es wagte, ihr diese Frage zu stellen, wurde mir vielleicht zum allerersten Mal klar, dass das genau die Frage war, die ich auch mir stellte, seit Brad mir damals einen Antrag gemacht hatte.

Leslie hatte wie aus der Pistole geschossen geantwortet: „Weil du zuverlässig warst und züchtig und ernsthaft und weil du diesen eleganten Audrey-Hepburn-Look hattest.“

„Zuverlässig?“ Ich wusste nicht, ob ich das als Beleidigung oder als Kompliment auffassen sollte. „Du willst also sagen, dass er sich in mich verliebt hat, weil ich zuverlässig war?“

„Ja, zuverlässig. Natürlich zuverlässig. Er stand wahrscheinlich genauso unter Druck wie du, eine passende Ehepartnerin zu finden, bevor er mit dem Studium fertig war. Wo sonst als auf dem College können sich denn ein gutaussehender Intellektueller wie er und eine züchtige Frau wie du kennenlernen und beschließen, dass sie heiraten und Kinder kriegen wollen?"

„Niemand hat Druck auf mich ausgeübt, einen Ehemann zu finden", hatte ich gerufen, gleichzeitig aber gemerkt, dass ich rot wurde. Meine Eltern hatten mir am Tag meines Highschool-Abschlusses gesagt, das College sei für ein eher zurückhaltendes Mädchen wie mich der beste Ort, um den Mann fürs Leben zu finden. Der Druck, den meine Eltern ausübten, kam zunächst immer eher wie Fürsorge daher.

„Doch, du standest unter Druck", hatte sie mir widersprochen.

„Du denn nicht?" Aber das hatte ich ohne große Überzeugung gesagt. Die Erwartungen meiner Eltern an Leslie waren genauso hoch gewesen wie die an mich. Aber Leslie hatte diesem Druck widerstanden und ihm nicht nachgegeben. Und als wir jetzt im Auto meines Vaters davonfuhren, war mir klar, dass sie auch weder meine Eltern noch sonst jemanden brauchte, um Entscheidungen, die sie traf, zu bestätigen. Oder sie sogar für sie zu treffen.

Und das war auch noch nie so gewesen.

Leslie beschloss, unsere Planung umzuwerfen und erst Eis essen zu gehen, bevor wir David Longmond aufsuchten. Während wir unser Eis löffelten, gratulierte sie mir dazu, dass ich es gewagt hatte, meine Mutter daran zu erinnern, dass sie nicht das Recht hatte, sich in das Leben anderer einzumischen.

Ich empfand jedoch absolut kein Triumphgefühl, sondern hätte am liebsten meine Mutter angerufen, um mich bei ihr zu entschuldigen.

„Aber wofür denn entschuldigen?", fragte meine Schwester verständnislos.

„Ich glaube, ich habe dadurch ihre Gefühle verletzt."

„Aber sie verletzt deine doch ständig. Findest du nicht, dass sie ab und zu mal am eigenen Leib erfahren muss, wie sich das anfühlt?"

„Aber sie tut es doch nicht absichtlich."

„Aber sie trifft absichtlich ständig Entscheidungen für dich. Wenn du unbedingt willst, dass sie das auch weiterhin tut, dann ruf sie an."

Ich stocherte in meinem Eis herum.

„Hör mal, Jane, es tut mir leid. Die Art und Weise, wie sie ... das macht mich einfach wütend. Es ist, als hätten die beiden immer noch Angst, wir könnten ein schlechtes Licht auf sie werfen. Das ist albern und macht mich wahnsinnig."

Ich hielt abrupt inne, sodass der Löffel zwischen Eisbecher und Mund schwebte, als ich begriff, was Leslie da gerade gesagt hatte. Dieser Gedanke war mir noch nie gekommen. Meine Eltern machten sich Gedanken darüber, welches Licht die Zukunft meiner Ehe auf sie selbst werfen würde.

Auf die Wahl, die sie für mich getroffen hatten.

Brad.

David Longmond begutachtete den Ring durch die dicke Linse einer Lupe, die er wie eine Motorradbrille um den Kopf trug. Lockige Haarbüschel, die eher an weiße Watte erinnerten, standen ihm zu beiden Seiten oberhalb des Brillengummis vom Kopf ab. Sein Spitzbart bewegte sich stetig auf und ab, weil er einen Kaugummi kaute.

„Und wo, sagten Sie, hat Ihre Einkäuferin den noch mal gefunden?" Seine Stimme war so sanft und leise wie die eines Radiomoderators im Nachtprogramm.

„Sie hat Kisten mit Büchern und Geschirr auf einem Ramschverkauf in Cardiff, Wales, erstanden. Der Ring war im Einband eines Gebetbuches aus dem Jahr 1662 versteckt."

„Was denn für ein Ramschverkauf?", fragte Leslie.

„Na, so was wie ein Trödelmarkt eben."

„Aber das hier ist kein walisisches Muster", fuhr David fort. „Für mich sieht das eher englisch aus, präelisabethanisch." David blickte zu mir auf. „Der ist mindestens hundert Jahre älter als 1662."

„Wow!“, rief Leslie mit einem breiten Grinsen.

„Sie sollten das Alter des Rings von jemandem bestimmen lassen, der davon mehr Ahnung hat als ich, aber soweit ich das feststellen kann, ist das hier ein echtes Stück aus der Mitte des sechzehnten Jahrhunderts.“

„Cool!“, sagte Leslie. „Wie viel ist der Ring dann wert?“

David schob die Lupe hoch auf seinen Kopf und gab mir den Ring zurück. „Nun, die Steine sind hervorragend geschliffen, der Saphir ist klar, die Rubine sind einheitlich in der Farbe und die Diamanten zwar klein, aber ebenfalls einheitlich geschliffen. Ich habe einen Männersiegelring hier im Laden, der etwa aus derselben Epoche stammt, und ich würde ihn nicht für unter dreitausendfünfhundert Dollar hergeben. Bei Ihrem machen das Alter und die Steine den Ring noch wertvoller, also würde ich mal sagen mindestens sechstausend. Vielleicht sogar noch mehr, falls es Ihnen gelingt, herauszufinden, wem er gehört hat.“

„Ach, du liebe Güte ...“, flüsterte Leslie.

„Was meinen Sie mit ‚wem er gehört hat‘?“, fragte ich.

David zuckte mit den Achseln. „Nun, wenn mein Siegelring beispielsweise Oliver Chromwell gehört hätte, dann wäre er natürlich noch sehr viel mehr wert.“

„Glauben Sie, dass er vielleicht einer adeligen Person gehört haben könnte?“ Aus irgendeinem Grund hatte ich jetzt Angst, den Ring wieder an den Finger zu stecken, und zwar nicht nur wegen seines Wertes, also kramte ich in meiner Handtasche nach der Ringschachtel.

„Vielleicht“, antwortete David. „Aufgrund der Gravur würde ich sagen, dass es sich eventuell um ein Verlobungs- oder Hochzeitsgeschenk handeln könnte. Und fest steht auch, dass ein Nichtadeliger sich einen solchen Ring niemals hätte leisten können. Außerdem verwendeten Nichtadelige nicht die lateinische Sprache, also wäre es eigentlich einleuchtend, dass es das Geschenk eines gebildeten Mannes an eine gebildete Frau gewesen ist.“

„Aber wie kann es sein, dass eine Adelsfamilie so einen Ring einfach aus den Augen verliert?", fragte ich. „Ich meine, ich habe ihn in einer Kiste mit Büchern gefunden, die anscheinend seit Jahrzehnten irgendwo völlig vergessen herumgestanden hat."

„Nun, im Laufe der Zeit kann ja so manches passiert sein. Der Ring könnte gestohlen worden oder die Erben der Familie könnten irgendwann in finanzielle Schwierigkeiten geraten und gezwungen gewesen sein, den Ring zu verkaufen. Das ist schwer zu sagen."

„Wo sollte ich denn dann Ihrer Meinung nach überhaupt anfangen zu recherchieren, wem er gehört hat?"

„Nun, Sie könnten da anfangen, wo Ihre Einkäuferin die Kisten herhat. Und dann könnten Sie Experten für diese Epoche dazu befragen."

„Und vielleicht nach adeligen Ehepaaren suchen, die in dem betreffenden Jahr geheiratet haben und bei denen die Braut Jane hieß", schlug Leslie vor.

David verschränkte die Arme vor der Brust. „Also, ich fürchte, Sie landen in einer Sackgasse, wenn Sie es so probieren."

Die Art und Weise, wie er das sagte, ließ mich aufhorchen. „Und wieso?"

„Ich würde nicht davon ausgehen, dass die Frau den Mann, der ihr den Ring geschenkt hat, tatsächlich geheiratet hat."

Wieder verspürte ich eine tiefe Traurigkeit.

„Und wieso nicht?", fragte Leslie.

„Weil der Ring ungetragen aussieht. Er weist keinerlei Gebrauchsspuren an der Innenseite auf, und es gibt keine Abriebspuren an der Gravur."

„Dann haben die beiden also nie geheiratet?", fragte Leslie und klang enttäuscht.

„Ich sage nur, dass es so aussieht, als ob die Frau, die den Ring geschenkt bekam, ihn nicht getragen hat. Und wenn sie ihn nicht getragen hat, dann ist ihrem Verlobten vielleicht etwas zugestoßen oder zwischen den beiden ist etwas vorgefallen. Vielleicht hat sie ihn abgewiesen, oder er ist gestorben, bevor sie heiraten konnten. Wer weiß?“

Der Ring, in dem mein Name stand, fühlte sich warm an, nachdem David ihn in der Hand gehabt, begutachtet und geschätzt hatte.

Ich ließ den Ring in die schwarze Samtauskleidung der Schachtel gleiten und schloss den Deckel.

Vierzehn

Erst als wir bei meiner alten Highschool ankamen, erfuhr ich, dass das Baseballspiel mehr war als nur ein lockeres Freundschaftsspiel zwischen alten Schulfreunden. Es war ein Spiel der Klasse, die an diesem Abend ihr 25-jähriges Abschlussjubiläum feierte. Es war also ein inoffizielles Jubiläumsspiel von Ehemaligen, bei dem Todd da mitmachte. Auch Todds Cousin war in der betreffenden Abschlussklasse gewesen, und Todd spielte mit, weil man ihn als Star-Werfer seiner damaligen Abschlussklasse darum gebeten hatte.

Das Publikum bestand deshalb auch nicht nur aus einem halben Dutzend Ehefrauen und Kindern, sondern die Tribüne war voll besetzt mit Menschen aller Altersstufen. Es mussten an die hundert Zuschauer sein, die die Tribüne bevölkerten, und zahlreiche weitere saßen auf mitgebrachten Campingklappstühlen.

„Mist, wir hätten Stühle mitbringen sollen", sagte Leslie, als wir am Spielfeld ankamen.

Meine Nichte Paige stand in der obersten Tribünenreihe auf und winkte uns zu, also machten Leslie und ich uns auf den Weg nach oben, wobei wir uns immer wieder bei den Leuten entschuldigten, an denen wir uns vorbeizwängen mussten. Ich umarmte meine Nichte kurz, als wir bei ihr ankamen, und begrüßte auch meinen Neffen Bryce. Der lächelte erleichtert, als ich ihn nicht umarmte. Mit dreizehn waren Tantenumarmungen eher peinlich.

„Ziemlich viele Leute hier", bemerkte Leslie, als ich meinen Blick über die Menge schweifen ließ.

„Manche sind schon gegangen, um sich für die Party heute Abend schick zu machen", meinte Paige. „Ich habe gehört, wie sie sich darüber unterhalten haben."

Genau in diesem Augenblick machte sich Todd für seinen Schlag bereit, und Leslie feuerte ihn aus Leibeskräften an. Andere Fans von Todds Team stimmten ein.

Ich lehnte mich gegen das Tribünengeländer hinter mir und merkte, wie meine Gedanken in die Zeit zurückwanderten, als diese Schule *meine* Schule gewesen war und ich fast erwachsen. Ich war damals mit Kyle zusammen gewesen, und das Leben war ziemlich unkompliziert. Kyle spielte nicht Baseball, aber wir hatten gemeinsame Freunde in der Baseballmannschaft gehabt. Zum letzten Mal war ich ein paar Tage vor unserer Abschlussfeier an diesem Spielfeld gewesen. Damals hätte keiner von uns beiden auch nur im Traum daran gedacht, jemals mit jemand anderem zu gehen. Damals war die Tribüne noch aus Holz gewesen; ich hatte ein gelbes Kleid mit Lochstickerei getragen, und er und ich hatten uns ein Eis geteilt.

Kyle war der erste Junge, den ich geküsst hatte. Der erste Junge, dessen Nachnamen ich probeweise auf die Seiten meines Notizblockes geschrieben hatte, wenn wir in der Schule eine Freistunde hatten; der erste Junge, der mir das Gefühl vermittelte, innerlich völlig unruhig und doch richtig lebendig zu sein, wenn wir uns im selben Raum aufhielten.

Meine Eltern mochten Kyle, aber ich hatte schon damals den Eindruck, dass sie meine Beziehung zu ihm für nicht mehr als eine Schulmädchenschwärmerei hielten, die irgendwann von selbst wieder aufhören würde. Sie waren beunruhigt, als das nicht der Fall war, auch wenn ich selbst ihre Reaktion damals nicht als Beunruhigung wahrnahm. Kyle war oft bei uns zu Hause und ich auch bei ihm. Mit seiner Schwester Jenny, die ein Jahr jünger war als wir, freundete ich mich an, und seine Mutter brachte mir das Nähen bei. Kyles Vater war genau wie Kyle – höflich, aber auch jemand, mit dem man Spaß haben konnte, spontan und immer zu einem Abenteuer aufgelegt. Im Sommer vor unserem letzten Schuljahr nahm Kyles Familie mich mit in den Urlaub.

Als ich von der Reise zurückkam, nahmen meine Eltern mich beiseite und teilten mir mir, dass ja jetzt bald mein letztes Jahr auf der Highschool anfinge, dass ich mich an den verschiedenen Colleges bewerben und planen müsse, wie es mit meinem Leben nun weitergehen solle. Ich hätte jetzt die wichtigsten Entscheidungen meines Lebens zu treffen, die von großer Bedeutung für meine Zukunft seien. Es sei jetzt an der Zeit, sich Gedanken darüber zu machen, was nach der Highschool käme.

Ich erinnere mich noch, dass mir der Gedanke, lebenswichtige Entscheidungen zu treffen, eher fremd war. Ich wollte einfach nur das letzte Schuljahr genießen.

Dann fragten sie mich, ob ich vorhätte, eines Tages zu heiraten und Kinder zu bekommen. Ich wurde rot und antwortete: „Ja, klar."

„Dann solltest du vielleicht deine Idee, ins Hotelmanagement zu gehen, noch einmal überdenken", hatte meine Mutter gesagt.

Damals, als ich siebzehn war, in meinem letzten Jahr zu Hause, träumte ich davon, ein Hotel zu führen. Ich wollte mein eigenes schickes Gästehaus auf *Martha's Vineyard* haben und dort so leben, als ob immer Ferien wären. Dabei stellte ich mir Kyle an meiner Seite vor, wie er sich um alles Technische und Handwerkliche kümmerte. Er war ein echter Fachmann, wenn es um handwerkliche Dinge ging, und hatte schon bei Wettbewerben und Ausstellungen Preise für Holzbauprojekte gewonnen, die er selbst entworfen und dann auch umgesetzt hatte.

„Und warum?", fragte ich auf den Einwand meiner Eltern hin.

„Weil du dann nie freihättest. Das bringt das Hotelgewerbe nun mal mit sich. Und die hektischste Zeit des Jahres, in der du am allermeisten zu tun hättest, wäre der Sommer, wenn deine Kinder keine Schule hätten. Du würdest sie also praktisch nie sehen, sie würden im Grunde ohne dich aufwachsen, und am Ende würdest du es schrecklich bereuen, Jane."

„Du solltest dir wirklich überlegen, lieber Pädagogik zu studieren", hatte mein Vater gesagt. „Du hast doch in allen Fächern hervorragende Noten, Jane. Du könntest ohne Weiteres Lehrerin werden, eine sehr gute sogar. Und dann hättest du im Sommer auch frei und könntest selbst nach ‚Martha's Vineyard' reisen und die Zeit mit deiner Familie genießen, statt von ihr getrennt zu sein."

„Ja, wahrscheinlich hast du recht", hatte ich darauf gesagt.

„Und triff bloß keine übereilten Entscheidungen, was das Heiraten angeht, Jane. Du bist doch noch so jung. So viel von dem, wie und wo du den Rest deines Lebens verbringst, hängt davon ab, wen du heiratest. Da gibt es so vieles zu bedenken. Mehr, als du glaubst."

„Ich bin nicht … ich …", aber ich war nicht in der Lage, den Satz zu beenden.

„Denke darüber nach, wo du in fünf Jahren sein möchtest und wo in zehn", hatte mein Vater gesagt. „Glaub mir, die Entscheidungen, die du heute triffst, entscheiden darüber, wo du dann bist."

Kyles Name fiel in diesem Gespräch kein einziges Mal, aber mein Koffer vom Urlaub mit seiner Familie in Maine stand noch offen und unausgepackt auf dem Boden meines Zimmers, und ich hatte von der Reise immer noch Mückenstiche an den Fußgelenken.

Meine Eltern wussten, dass Kyle nicht studieren wollte, sondern vorhatte, eine berufsbildende Schule zu besuchen, danach eine Weile als Freiwilliger in einem humanitären Hilfsprojekt in Afrika und Asien zu arbeiten und sich dann in irgendeinem Job im Baugewerbe in den Vereinigten Staaten niederzulassen. Sie waren sehr für Wohltätigkeit und wohltätiges Handeln, und sie unterstützten sogar Kyles Wunsch, ins Ausland zu gehen und dort an einem größeren Entwicklungshilfeprojekt mitzuarbeiten, aber mich konnten sie sich in einem solch abenteuerlichen Szenario absolut nicht vorstellen.

Später dann, nachdem ich Brad kennengelernt hatte, begriff ich langsam, dass sie sogar froh gewesen waren, als sich Kyle einen Monat vor unserem Schulabschluss für einen Einsatz in Kenia entschieden hatte.

Sie wünschten sich Kyle so weit wie nur möglich weg von mir.

Während des gesamten letzten Jahres an der Highschool, besonders in den faulen Wochen nach dem Abschluss – bevor ich nach Boston ging und Kyle nach Virginia –, ermutigten mich meine Eltern unterschwellig weiterhin, doch Kyle seinen Traum leben zu lassen und ihn nicht festzulegen oder Ansprüche an ihn zu stellen. Und ich solle doch auch meine eigene Zukunft und das Arbeitspensum, das ein Studium mit sich brächte, im Blick behalten.

In der Woche, bevor die Trennung anstand, holte mich Kyle am letzten Tag meines Ferienjobs im Laden von David Longmont ab. Zögerlich brachte ich die Sprache darauf, ob es nicht vielleicht gut sei, uns gegenseitig die Freiheit zu geben, in der Zeit unserer Trennung auch andere Männer beziehungsweise Frauen kennenzulernen.

„Möchtest du das denn?“, hatte er darauf zögerlich entgegnet.

„Meine Eltern halten es jedenfalls für eine gute Idee. Sie sagen, dass ich dich loslassen soll, damit du deinen Traum verwirklichen kannst. Und ich meinen.“

Es dauerte eine ganze Weile, bis er sagte, dass sie vielleicht recht hätten.

Wir hatten es nicht als „Schluss machen“ bezeichnet, sondern als Loslassen, und wir waren als Freunde auseinandergegangen. Im ersten Jahr danach hatten wir noch ab und zu miteinander telefoniert und uns geschrieben, aber nach seiner Abreise nach Afrika waren die Briefe dann immer unregelmäßiger geworden.

Und dann lernte ich ja in meinem zweiten Jahr in Boston Brad kennen, den meine Eltern mit offenen Armen willkommen hießen.

Danach riss dann der Kontakt zu Kyle ganz ab.

Im darauffolgenden Sommer, als Brad und ich heirateten, war Kyle immer noch in Kenia. Bei dem Klassentreffen zu unserem zehnten Abschlussjubiläum hörte ich, dass er in Nepal sei. Beim Zwanzigjährigen wusste niemand mehr, wo Kyle sich gerade aufhielt. Und ich konnte mich kaum noch daran erinnern, wie seine Stimme geklungen hatte ...

Todd schlug einen Ball mit Wucht weit ins linke Feld, und ich wurde aus meinem Tagtraum herausgerissen. Alle Zuschauer um mich herum waren von ihren Sitzen aufgesprungen und fingen an, zu klatschen und zu schreien. Ich stand ebenfalls auf, aber meine Anfeuerungsrufe klangen selbst in meinen eigenen Ohren künstlich.

Mir kam es plötzlich absurd vor, dass all die Männer auf dem Spielfeld und wir anderen auf der Tribüne uns so benahmen, als hätte jemand die Zeit zurückgedreht und wir wären wieder Schüler. Wir versuchten, so zu tun, als hätten wir nicht alle schon ein Vierteljahrhundert in den Spurrillen unserer eigenen Entscheidungen gelebt.

Als brauchten wir nur einen Baseballschläger und einen Ball herauszukramen und könnten dann die Vergangenheit und alles, was damit zu tun hatte, ignorieren und einfach da weitermachen, wo wir damals aufgehört hatten.

Als ob es so einfach wäre. Als ob es das war, was wir wirklich wollten.

Fünfzehn

Leslie war von der Halskette völlig begeistert. Sie hatte mich überredet, ihr das Päckchen schon vor Beginn der Party zu geben, damit sie es auspacken konnte, bevor die anderen Gäste eintrafen. Meine Schwester, Todd und die Kinder waren bei Todds Eltern untergebracht, die am anderen Ende der Stadt wohnten, aber Leslie hatte sich nach dem Baseballspiel im Haus meiner Eltern für die Party zurechtgemacht. Wir waren in meinem alten Zimmer, als sie mein Geschenk auspackte.

„Ist die schön! Sie gefällt mir total!“, sprudelte es aus ihr heraus. Sie ging in ihrem trägerlosen, leicht transparenten weißen Kleid zu dem großen Spiegel hinüber und legte die Kette an, indem sie sie einfach über den Kopf zog. Der Anhänger hing unterhalb ihres Bauchnabels, genau so, wie ich es mir vorgestellt hatte. Aber dann nahm sie die Kette doppelt, sodass sie kürzer wurde und der Anhänger, der wie eine Troddel aussah, etwa mittig auf dem Oberkörper hing. „Sie ist perfekt. Wo hast du die aufgetrieben? Ist die antik?“

„Ich habe sie vor ein paar Wochen in Philadelphia gefunden. Sie ist edwardianisch.“

„Okay ... Und was bedeutet das?“

„König Eduard war der Sohn von Königin Victoria, wir reden also von der Zeit direkt nach der Jahrhundertwende.“

„Dann ist sie also hundert Jahre alt?“ Ihre Augen waren ganz groß geworden. „Muss ich sie im Safe aufbewahren?“

„Nein. Ich möchte, dass du sie trägst.“

Sie grinste, hielt mit der einen Hand die Kette am Hals fest und schwang mit der anderen Hand den Anhänger, wie die Frauen das in den Zwanzigerjahren auch getan hatten. „Ich bin begeistert, Schwesterherz!“

„Das habe ich mir gedacht."

Leslie warf sich vor dem Spiegel in Pose. „Trag du doch bei der Party heute Abend auch den Ring. Die Leute werden dich danach fragen, und dann erzählst du ihnen vom finsteren Mittelalter, und all die Freunde von Papa und Mama werden nach Luft schnappen und sie mit Fragen bombardieren, warum um alles in der Welt du den Ring trägst und nicht im Safe aufbewahrst."

Ich lachte. „Aber er stammt ja gar nicht wirklich aus dem Mittelalter, Leslie. Und ich weiß auch nicht, ob ich ihn weiter tragen soll. Ich weiß ja noch nicht einmal, ob es richtig ist, ihn zu behalten."

„Natürlich ist es richtig, ihn zu behalten! Es steht doch sogar dein Name drin!"

„Aber dadurch gehört er ja noch lange nicht mir."

Sie trat vom Spiegel zurück und streckte sich neben mir auf meinem Bett aus. „Du hast ihn gekauft, Jane, und dadurch gehört er dir."

„Na ja, ich habe ein paar Bücher gekauft, und er befand sich zufällig in einem davon."

„Das heißt?"

„Ich habe für die Bücher und das Geschirr einhundert englische Pfund bezahlt, und der Ring allein ist schon siebentausend Dollar wert.

„Sechs. David hat ‚sechs' gesagt."

„Ich glaube, wenn das Gebetbuch zum Familienbesitz der Person gehört hat, von der Emma es gekauft hat, dann ..."

Leslie setzte sich auf dem Bett auf. „Nein, Jane, so darfst du gar nicht denken. Sie haben das Buch doch bewusst verkauft. Das Buch ist ganz offensichtlich alt, aber sie haben es trotzdem verkauft. So viel liegt ihnen also an alten Sachen aus der Familie. Verschwende gar nicht erst einen Gedanken daran, den Ring zurückzugeben. Wenn du das tust, rede ich nie wieder ein Wort mit dir."

„Na, na, so böse Worte von einem Geburtstagskind."

„Ich meine es ernst“, sagte sie, aber sie lächelte dabei.

Ich nahm das schwarze Kästchen aus meiner Handtasche, öffnete es, und der Ring funkelte mir zur Begrüßung entgegen. „Ich würde aber trotzdem gern herausfinden, wem er gehört hat“, sagte ich.

„Das darfst du ja. Aber du kannst ihn nicht zurückgeben. Niemandem. Ich finde, du solltest ihn auf jeden Fall behalten. Überleg doch mal: Dein Name steht drin! Glaubst du nicht, dass das ein bisschen mehr ist als nur Zufall?“

„Vielleicht“, murmelte ich. „Ich frage mich ... ich frage mich, was wohl mit dieser Jane passiert ist und wieso sie den Ring nie getragen hat. Ich frage mich, ob sie den Mann, von dem sie ihn bekommen hat, vielleicht gar nicht geliebt hat.“

Leslie zögerte einen Moment. Dann nahm sie den Ring aus der Schachtel und schob ihn sich auf ihren kleinen Finger. „Ich wette, sie hat ihn wahnsinnig geliebt, wer auch immer er gewesen sein mag, aber dann ist er am Tag vor der Hochzeit an der Pest gestorben. Und das hat ihr das Herz gebrochen, und sie ist ins Kloster gegangen, hat den Ring im Gebetbuch versteckt und nie wieder einen anderen Mann geliebt!“

„Aber es ist ein protestantisches Gebetbuch, Leslie.“

„Na und?“

„Wie groß ist da wohl die Wahrscheinlichkeit, dass sie ins Kloster gegangen und Nonne geworden ist?“

„Wie auch immer. Sie hat ihn auf jeden Fall geliebt und er sie.“

„Meinst du?“

„Ja. Ich glaube, sie haben sich geliebt. Es ist etwas dazwischengekommen, was sie nicht in der Hand hatten. Wenn es nach ihnen gegangen wäre, hätten sie geheiratet, und die Gravur wäre inzwischen bis zur Unkenntlichkeit abgerieben. Und du wüsstest nicht einmal von diesem Ring, denn diese Jane wäre mit dem Ring am Finger gestorben, weil sie ihn nie abgenommen hätte. Und sie wäre so alt geworden, dass man ihr den Ring nicht mehr hätte vom Finger ziehen können, nachdem sie ihn sechzig Jahre lang getragen hatte." Leslie gab mir den Ring zurück. „Doch, sie haben sich geliebt", wiederholte sie mit großer Gewissheit.

Ich hielt den Ring noch einen Augenblick in der geschlossenen Hand, bevor ich ihn mir wieder an den Finger steckte. Wir sagten beide nichts.

„Was glaubst du, weshalb Brad mich verlassen hat, Leslie?", fragte ich sie kurz darauf.

Sie legte ihren Arm um mich. „Jane, die einzigen Gründe, auf die es ankommt, sind Brads Gründe. Es ist völlig egal, was ich glaube, weshalb er gegangen ist. Es kommt noch nicht einmal darauf an, was du glaubst, weshalb er gegangen ist. Vielleicht gefallen dir seine Gründe nicht, aber du wirst sie verstehen müssen, wenn ihr beide das wieder hinbekommen wollt."

Ich lehnte mich an sie. „Ich ... ich fühle mich so ... so verloren. So als hätte ich die Verbindung zu allem verloren, was mir etwas bedeutet. Ich kann einfach nicht glauben, dass er gegangen ist. Ich vermisse den Geruch seiner Krankenhauskleidung. Ich vermisse es, mit ihm zusammen die Sonntagszeitung zu lesen. Ich vermisse es, ihm etwas zu kochen. Ich vermisse seine blöden Angelwürmer im Kühlschrank. Ich vermisse ... seine Nähe."

Leslie drückte meinen Arm. „Das kann ich mir vorstellen."

„Und ich kann mir einfach nicht helfen ... es fühlt sich an, als ob ..." Eine Träne lief mir die Wange hinunter, und ich wischte sie mit dem Handrücken weg. „Als ob es da eine andere Frau gibt. Als ob es da eine andere Frau geben *muss*. Aber es gibt keine. Er sagt zumindest, es gäbe keine. Manchmal wünschte ich aber, es gäbe eine."

„Nein, das wünschst du dir nicht", sagte Leslie rasch und rieb mir die Schulter. „Das wünschst du dir nicht."

„Dann könnte ich es wenigstens verstehen."

„Nein. Du hättest dann nur jemanden, den du hassen könntest. Und es wäre doch nicht nett, all diese negative Energie auf jemanden zu häufen, der so leicht zu hassen wäre, oder? Komm schon, Jane, das möchtest du nicht.“

In meinen Schläfen machte sich der Beginn einer Kopfschmerzattacke bemerkbar. „Mama und Papa würden ihn nicht mehr so anhimmeln, wenn er eine Affäre hätte, weißt du. Er würde jedenfalls von seinem Podest fallen, auf das sie ihn gestellt haben … Sie glauben, es sei meine Schuld, dass Brad in New Hampshire ist. Sie meinen, dass ich ihn rausgeworfen habe oder so. Oder vielleicht glauben sie ja auch, dass ich eine Affäre habe.“

„Das geht sie doch alles gar nichts an, es sei denn, du gewährst ihnen Einblick. Und wieso reden wir eigentlich über all das? All diese ernsten Themen ruinieren mir nur meinen Geburtstag. Komm, lass uns mal von meiner Geburtstagstorte naschen.“

Sie stand auf.

Ich griff zum Lichtschalter, um das Licht auf dem Nachttisch auszuschalten, und ein seltsames Gefühl von Verlust und Einsamkeit befiel mich, als die Ringe an meinen Fingern im Licht der Lampe funkelten: Janes alter Verlobungsring und mein eigener Verlobungs- und Ehering.

„Geh schon vor. Ich komme sofort nach“, sagte ich.

Leslie zögerte kurz und entgegnete dann: „Gut, aber bleib nicht so lange, sonst fragt Mama bestimmt nach dir, und dann kommt sie hoch.“

Mit diesen Worten ging sie hinaus und schloss die Tür hinter sich.

Ich saß ein paar Minuten einfach nur da und versuchte, die beginnenden Kopfschmerzen noch wegzumassieren. Ich wollte mit Brad reden. Ich wollte seine Stimme hören, wollte ihn meinen Namen sagen hören. Ich wollte, dass er mir Hoffnung machte, so hauchdünn sie auch sein mochte, dass er mich immer noch liebte.

Ich griff in meine Handtasche und nahm mein Handy heraus. Ein Blick darauf verriet mir, dass es kurz nach halb sieben war. Der Leichtathletikwettkampf sollte jetzt eigentlich zu Ende sein. Vielleicht aßen Brad und Connor ja noch etwas zusammen. Vielleicht war Brad aber auch schon wieder auf dem Rückweg nach Manchester. Meine Finger zitterten, als ich durch meine Kontaktliste scrollte und bei Brads Namen ankam. Ich drückte seine Nummer und hörte, wie mir das Herz in der Brust pochte. Ich hatte keine Ahnung, was ich ihm sagen sollte. Ich wollte einfach nur seine Stimme hören.

Als ich mit seiner Mailbox verbunden wurde, erfüllte sich mein Wunsch auf seltsam distanzierte Weise. Ich hörte aber wenigstens seine Stimme. „Hallo. Sie sind mit Brad Lindsay verbunden. Im Augenblick kann ich Ihren Anruf leider nicht entgegennehmen, aber Sie können mir gern eine Nachricht hinterlassen. Ich rufe dann so bald wie möglich zurück."

In Gedanken stolperte ich über die Worte „so bald wie möglich zurück", die ich schon Dutzende Male zuvor gehört hatte, wenn ich meinen Mann angerufen und ihm eine Nachricht auf seiner Mailbox hinterlassen hatte, aber an diesem Tag bekamen sie eine ganz neue Bedeutung. Ich brachte kaum ein Wort heraus. In den ersten paar Sekunden nach dem Piepton sagte ich gar nichts. Dann setzte ich zu einer wortreichen, umständlichen Nachricht an.

„Hallo, ich bin's. Ich wollte nur … Na ja, ich hab gedacht, dass der Wettkampf wohl inzwischen zu Ende ist, und, äh, ich mache mich gerade fertig, um nach unten zu gehen und meiner Mutter noch bei den letzten Partyvorbereitungen zur Hand zu gehen, und ich wollte nur …"

Meine Stimme stockte, und ein dicker Kloß saß mir im Hals, der immer größer wurde. Ich hatte Mühe, weiterzusprechen. „Ich bin … also, ich bin… ich habe keine Ahnung, was ich eigentlich sagen will. Ich … ich vermisse dich heute einfach, Brad. Es tut mir leid, wenn das etwas ist, das du gar nicht hören willst. Ich musste es einfach sagen. Äh … okay. Wahrscheinlich reden wir ja dann später noch mal. Tschüss."

Ich drückte auf die Taste, um das Gespräch zu beenden, und mein Gesicht war ganz heiß vor Verlegenheit. Ich wünschte, es wäre möglich gewesen, meine Nachricht sofort wieder zu löschen, und ich wollte gerade noch einmal anrufen und mich entschuldigen, aber dann beschloss ich, stattdessen Connor anzurufen. Vielleicht war Brad ja noch bei ihm, und ich konnte Brad dann einfach von der Nachricht erzählen, die ich hinterlassen hatte, und ihn überzeugen, sie einfach ungehört wieder zu löschen.

Connor meldete sich nach dem dritten Klingeln.

„Hallo, Mama." Er klang müde.

„Hallo!" Ich täuschte Munterkeit vor. „Und, wie ist es heute gelaufen?"

„Ganz gut. Ich habe bei den vierhundert Metern meine persönliche Bestzeit verbessert, aber für einen Sieg hat's nicht gereicht. Ich freu mich trotzdem darüber und der Trainer auch."

„Das ist ja toll, mein Schatz. Ich gratuliere dir. Ich wünschte, ich hätte dabei sein können."

„Vielleicht kannst du ja nächstes Wochenende kommen, dann haben wir einen Heimwettkampf."

Seine Stimme klang erwartungsvoll. Er wünschte sich, dass ich käme. „Das würde ich wirklich gerne. Ich werde sehen, ob ich es einrichten kann."

„Gut."

„Ist ... ist Papa noch bei dir?"

„Er ist vor ungefähr einer Viertelstunde gefahren."

„Dann ist er also auf dem Rückweg nach Manchester?"

„Ja, wahrscheinlich. Da wohnt er doch jetzt, oder?"

Seine Antwort hatte einen leicht sarkastischen Unterton.

„Na, dann warte ich einfach, dass er zurückruft. Ich hab ihm auch schon eine Nachricht hinterlassen.

„Warum denn das? Wozu?"

Jetzt war Connors Tonfall knapp, fast patzig.

„Wie bitte?"

„Worüber wolltest du denn mit ihm reden?"

„Also wirklich, Connor, das geht nur deinen Vater und mich etwas an." So hatte Connor noch nie mit mir geredet. Er klang verstört.

„Also wollt ihr endlich miteinander reden?"

„Was hast du gerade gesagt?"

„Ich habe gefragt, ob ihr endlich miteinander reden wollt?"

„Akustisch habe ich dich schon verstanden, Connor. Zurzeit macht dein Vater die Ansagen. Er wollte mehr Freiraum, und den versuche ich, ihm zu lassen."

Connor schwieg. Ich hätte jetzt gern sein Gesicht gesehen, hätte gern gewusst, was er dachte. Ich hätte es sofort an seiner Miene ablesen können. Als er noch kleiner gewesen war und noch zu Hause gewohnt hatte, da wusste ich immer, was in ihm vorging. Immer. Wenn er verletzt war oder wütend oder frustriert oder wenn er Angst hatte, ich konnte es immer sagen. Er sagte dann zwar nichts, aber ich wusste es, und dann fragte ich ihn, was los sei, und er erzählte es mir, und dann war seiner Stimme eine stille Erleichterung darüber herauszuhören, dass ich nachgefragt hatte. Aber jetzt schwieg er, und er war dreihundertfünfzig Kilometer von mir entfernt. Jetzt wusste ich nicht, was er dachte.

„Was soll ich denn deiner Meinung nach machen, Connor?", fragte ich ihn. „Sag mir, was ich tun soll!"

Es machte mir selbst Angst, wie sehr ich mir wünschte, dass mein halbwüchsiger Sohn mir sagte, was ich tun sollte. Diese Erkenntnis überrollte mich wie eine zerstörerische Woge mit voller Wucht. Molly hatte recht. Jonah Kirtland hatte recht. Ich wollte einfach keine eigenen Entscheidungen treffen. Oder ich wusste nicht, wie das ging. Oder ich hatte einfach nicht den Mut, es zu versuchen.

Ein paar Sekunden lang sagte mein Sohn gar nichts. Als er dann weitersprach, klang er nicht wie ein Zwanzigjähriger, sondern älter. „Der Mannschaftsbus fährt jetzt gleich ab, Mama. Ich muss los."

Ich verspürte nur ein tiefes Bedauern, das mir durch und durch ging.

„Es tut mir leid, Connor! Ich wollte dich nicht mit dieser Frage belasten. Es tut mir wirklich leid."

„Ist schon okay."

„Ich versuche auf jeden Fall, nächstes Wochenende zu kommen. Ich versprech's dir."

„Gut."

Wir verabschiedeten uns, und ich sagte ihm noch einmal, dass ich ihn lieb hatte. Dann beendete ich das Gespräch und starrte mein Handy an, als wollte ich mit reiner Willenskraft erreichen, dass ein Anruf von Brad angezeigt würde. Ich hielt das stumme Handy immer noch in der Hand, als meine Mutter die Zimmertür öffnete und sagte, die Party habe inzwischen angefangen und die Gäste fragten bereits, wo ich denn bliebe.

Lucy

Bradgate Hall, Leicestershire
England, 1551

Sechzehn

Unsere Kutsche fuhr in Bradgate vor, das still und gelassen dalag, als die Sonne gerade hinter einer Sommerwolkenlandschaft und heraufziehendem Dunst verschwand.

Als wir aus den Kutschen ausstiegen, atmeten alle – vom Marquis bis hin zum Lakaien, dessen Namen ich nicht kannte – tief die frische Landluft ein und verdrängten dadurch die von Krankheit verseuchte Luft aus unseren Lungen. Wir hegten alle die unausgesprochene Hoffnung, dass wir nicht zu lange damit gewartet hatten, die Stadt zu verlassen, wo das Schweißfieber wütete und schon viele Menschenleben gefordert hatte.

Wenn es nach mir gegangen wäre, hätte ich mich schon viel früher mit meiner Familie aufs Land zurückgezogen. Die Krankheit hatte aber auch etwas für alle gleichermaßen Barmherziges – dass es sehr schnell ging. Es gab Menschen, die morgens mit der Krankheit aufwachten und am Abend bereits tot waren, verbrannt vom Fieber, das begleitet wurde von Übelkeit und derart quälenden Kopfschmerzen, dass die Erkrankten den Tod herbeisehnten, welcher ihnen dann auch gewährt wurde.

Meine Eltern schrieben, ich solle nach Hause kommen. Keine noch so gute Arbeitsstelle sei ein solches Risiko wert. Aber das änderte ja nichts an der Krankheit meines Vaters, und meine Mutter und er selbst konnten die hohen Kosten für seine Medikamente nicht allein bestreiten. Ich wusste, dass das Geld, welches ich regelmäßig nach Hause sandte, mit dazu beigetragen hatte, ihn am Leben zu erhalten. Wenn ich jetzt meine Stellung verließ, würde das mit Sicherheit sein Sterben beschleunigen.

Und außerdem hatte ich Mylady lieb gewonnen.

Jeden Tag war ich in Sorge gewesen, weil Lady Jane so viel Zeit bei den zahlreichen Festlichkeiten und Bällen verbrachte, bei denen sie mit vielen Menschen zusammenkam, und das alles nur, weil ihre Eltern darauf bestanden. Jedes Mal, wenn sie ihre Räumlichkeiten im Richmond Palace verließ, lief sie Gefahr, sich anzustecken.

Der Marquis und die Marquise hatten unablässig versucht, die gesellschaftliche Position von Jane noch zu verbessern. Sobald der Aufruhr über die Hinrichtung des Lord Admirals abgeebbt war und die Menschen langsam vergaßen, dass jemals eine Verbindung zwischen Lady Jane und Lord Admiral Thomas Seymour bestanden hatte, bekam ich alle vierzehn Tage den Auftrag, ein neues Kleid für Mylady zu schneidern, damit sie am Hof als besonders gute Partie präsentiert werden konnte.

Von einer Verlobung zwischen Seiner Majestät und der Tochter meines Arbeitgebers war nicht länger die Rede; dieser Plan schien also auf jeden Fall gescheitert zu sein – einer der vielen gescheiterten Pläne des Lord Admirals. Nachdem wir wieder in Bradgate waren, munkelten die Bediensteten des Hauses, dass Prinz Eduard mit einer französischen Prinzessin verlobt worden sei. Dieser Schritt stelle einen Versuch dar, die zänkischen Nachbarn auf der anderen Seite des Kanals ein wenig zu beschwichtigen.

Und solche Gerüchte waren keineswegs nur nichtsnutziges Bedienstetengeschwätz. Der Kronrat, dem mittlerweile auch der Marquis angehörte, hatte wirklich ein solches Arrangement eingefädelt. Wenn Seine Majestät, der zu diesem Zeitpunkt noch nicht ganz vierzehn Jahre alt war, volljährig würde, würde die Hochzeit gefeiert. Jane hatte vom König persönlich von diesen Plänen erfahren, als sie Anfang des Sommers bei ihm zu Gast gewesen war.

Am Morgen des besagten Ereignisses war die Marquise völlig nervös in Janes Zimmer auf und ab gegangen und hatte das Ankleiden für das Treffen mit dem König beaufsichtigt.

Dabei hatte sie im einen Augenblick gescholten und Jane im nächsten Moment Ratschläge erteilt, als ob sie tatsächlich glaubte, dass es immer noch Hoffnung auf eine Eheschließung zwischen dem König und Lady Jane gäbe.

Dabei hatte sogar ich erkannt, dass es dazu nie kommen würde.

Jane tat an jenem Morgen, was sie immer tat: Sie bemühte sich nach Kräften, es ihrer Mutter recht zu machen. Bei jeder Anweisung der Marquise sagte sie artig: „Ja, Madam", außer bei der Aufforderung, ihr später alles zu berichten, was der König gesagt hatte. Als die Marquise das verlangte, schloss ich gerade Janes Mieder und konnte spüren, wie Mylady sich verspannte. Ich spürte ihre Entrüstung über ein solches Ansinnen förmlich unter meinen Fingerspitzen, sodass mich schauderte. Ich war inzwischen seit drei Jahren Lady Janes Schneiderin, und ich wusste, dass sie diese abscheuliche Forderung nicht unkommentiert lassen würde.

„Ich kann den König unmöglich entehren, indem ich ihn ausspioniere", hatte Jane gesagt und dafür von ihrer Mutter einen kurzen, heftigen Schlag gegen den Hals bekommen, der sowohl sie als auch mich straucheln ließ und uns beinah zu Fall gebracht hätte.

„Wie kannst du es wagen, mir so etwas zu unterstellen!", schäumte die Marquise.

Janes Rücken verspannte sich unter meinen Händen, während ich Mühe hatte, mein Gleichgewicht wiederzuerlangen. Dann fuhr ich fort, ihr Mieder zu verschließen. Ich versuchte, Mylady zu beruhigen, indem ich ihren Nacken mit meinem Daumen massierte, weil ich befürchtete, sie würde ihre Mutter gleich fragen, wie denn diese Art von Beobachtung anders zu bezeichnen sei als Ausspionieren. Ich wollte auf keinen Fall, dass sie ihre Mutter mit einer solchen Frage noch mehr reizte, und zu meiner großen Erleichterung unterließ sie es auch.

„Bittet sie um Verzeihung", raunte ich ihr zu.

Jane holte Luft und schluckte. „Bitte vergebt mir, Madam. Ich habe mich falsch ausgedrückt."

Die Marquise trat ganz dicht an uns heran, und ihre Augen funkelten vor Zorn. „Lass uns allein, Lucy", sagte sie zu mir.

Was hätte ich denn anders tun sollen, als einen Knicks zu machen und mich zu entfernen?

Als ich später zu den Kutschen bestellt wurde, um Lady Jane zum Hof zu begleiten, saß ich in der Kutsche bei den anderen Bediensteten, sodass ich Jane erst am Nachmittag wiedersah, als ich in den Warteraum gerufen wurde, wo Jane auf ihr Treffen mit dem König wartete. Ich zupfte ihr die Ärmel ihres Kleides zurecht, glättete die Falten in ihrer Schleppe und zog den Rand ihrer französischen Haube gerade. Bei diesen Verrichtungen sprachen wir beide nicht, denn es waren noch andere Bedienstete im Raum. An Janes Kinnlinie war eine leichte Rötung zu erkennen, dort, wo sich bei dem Schlag einer der Ringe der Marquise in ihr Fleisch gebohrt hatte. Jemand hatte die Wunde mit pfirsichfarbenem Talkumpuder ausgefüllt und geglättet.

Erst viele Stunden später kehrte Lady Jane nach dem Abendessen in das Gästeschlafzimmer zurück. Mrs Ellen half ihr beim Auskleiden und redete beruhigend auf sie ein. Ich stand seitlich hinter Mrs Ellen und nahm die gelbe Satinrobe von ihr entgegen, die ich der Lady nach einem französischen Schnittmuster genäht hatte, um sie wieder in der Garderobe im Nebenzimmer zu verstauen. Jane sah gleichzeitig erschöpft und aufgekratzt aus und auf jeden Fall älter als vierzehn Jahre. Ich glaube nicht, dass Mrs Ellen bemerkte, dass unter der offensichtlichen Müdigkeit von Mylady auch noch ein kaum wahrnehmbares, irgendwie verblüfftes Entzücken vorhanden war. In den Stunden, die Jane beim König verbracht hatte, war irgendetwas geschehen. Etwas, das Jane zu verbergen versuchte, weil sie selbst nicht genau wusste, was sie davon halten sollte. Als sich unsere Blicke im Spiegel begegneten, schaute sie rasch weg.

In dem Augenblick wusste ich, dass an diesem Tag noch jemand am Hof gewesen war.

Der junge Edward Seymour.

In den ersten Tagen nach der Hinrichtung des Lord Admirals hatte Jane Thomas Seymours Tod betrauert, wusste sie doch nicht viel von all dem, dessen er angeklagt und verdächtigt gewesen war. Sie wusste, dass er versucht hatte, seinen Bruder, Edward Seymour, zu stürzen, den Beschützer und Berater des Königs. Sie wusste, dass er vorgehabt hatte, den König bei Nacht und Nebel zu entführen, weil dieser, so behauptete er, vom Kronrat wie ein Gefangener behandelt würde. Was Lady Jane nicht wusste, war, dass er auch geplant hatte, heimlich und ohne Zustimmung des Kronrates Prinzessin Elisabeth zu heiraten. Sie wusste auch nichts von dem Gerede darüber, dass die Prinzessin ein Kind erwartet hatte – sein Kind –, während seine Frau, die Königinwitwe, im Sterben lag. Jane wusste nicht, dass er sogar mit dem Gedanken gespielt hatte, sie selbst zu heiraten, als klar gewesen war, dass er die Prinzessin nicht bekommen würde – und das alles nur, weil er unbedingt wieder Macht und Einfluss bei Hofe erlangen wollte.

Und als dann der Admiral verhaftet worden war, hatte Jane eigentlich erwartet, dass ihre Eltern ihn öffentlich verteidigen würden, aber nichts dergleichen war geschehen. Sie hatte erwartet, dass der Lordprotektor stellvertretend für seinen Bruder um Vergebung bitten würde, aber auch das war nicht geschehen.

Monatelang wusste Jane nicht, wie sie mit der Zuneigung umgehen sollte, die sie für den Sohn des Lordprotektors empfand. Der Vater des jungen Edward hatte die Hinrichtung des Admirals abgesegnet, des Mannes, der sie in seine Obhut genommen, sie mit Geschenken überhäuft und ihre geliebte Königin Katherine glücklich gemacht hatte. Ab und zu sprach Jane mit mir über ihre widerstreitenden Gedanken und Gefühle, aber ich glaube, ich war die Einzige, die davon wusste. Meist widmete sie sich mit aller Kraft ihren Studien, um ihre Angst davor zu unterdrücken, dass sie vielleicht nie wieder Glück erleben würde. Sie schrieb viele Briefe an gelehrte Freunde ihres Hauslehrers Mr Aylmer, eines leidenschaftlichen Protestanten, der sie dazu stets ermutigte.

Durch ihre Korrespondenz und das Lernen war Mylady immer beschäftigt. Mir kam es so vor, als ob der neue Glaube sie ganz und gar erfasst und durchtränkt hatte und dass ihre Trauer über den Tod des Lord Admirals davon völlig abgetrennt war. Bei einem meiner Besuche zu Hause erzählte mir mein Vater, dass der Marquis und Dutzende andere Adlige sich der neuen Religion, dem protestantischen Glauben, zugewandt hätten, weil ihnen das Vorteile am Hof König Heinrichs verschafft hätte. Er und meine Mutter hatten den neuen Glauben angenommen, als ich noch ein Kind gewesen war. Ursprünglich aus denselben Gründen. Aber für Lady Jane hatte politisches Kalkül nichts zu tun mit ihrer eigenen Ergebenheit für die Kirche Christi, die keinen Papst hatte. Sie war von der neuen Lehre wirklich überzeugt und glaubte daran.

Jane bezweifelte nicht im Geringsten, dass das Haus der Seymours ebenfalls protestantisch war und mit Rom nichts zu tun haben wollte.

In den Monaten vor der Hinrichtung des Admirals, als der junge Edward Seymour bei öffentlichen Anlässen meist zugegen war, vertraute mir Jane hinterher an, dass sie nichts gegen die Bewunderung tun könne, die sie für ihn empfände, trotz der Rolle, die sein Vater beim Tod des Admirals gespielt hätte.

Obwohl sie die Gesellschaft des jungen Edward mied, sorgten ihre Eltern dafür, dass sie oft an denselben Anlässen teilnahm wie er. Und das, obwohl der Lordprotektor nach Unstimmigkeiten zwischen ihm und John Dudley, dem Earl of Warwick, von seinem Posten entfernt worden war. Jane hatte Gesprächen zwischen ihren Eltern entnommen, dass John Dudley eine gewichtige Stimme im Kronrat hatte und dass er offenbar ein Auge auf die beneidenswerte Position Seymours als Protektor, als Vertreter und Beschützer der Interessen des jungen Königs, geworfen hatte.

Offenbar wünschte Jane sich von mir die Bestätigung, dass ihre Bewunderung für den jungen Edward Seymour keine Sünde sei. Ich sagte ihr, man könne ja nichts dafür, wenn sich das eigene Herz zu jemandem hingezogen fühle. Mit reiner Willenskraft unsere Herzensneigungen umleiten zu wollen sei, als würde man versuchen, die Richtung des Ostwindes zu ändern, indem man mit den Armen in Richtung Westen zeige.

An diesem Abend – nachdem sie vom König empfangen worden war und ich nun ihr Kleid wieder in der Garderobe verstaute – hörte ich, wie Lady Jane Mrs Ellen entließ, weil sie sich auf ihr Zimmer zurückziehen wolle. Es sei ein anstrengender Tag gewesen. Ich hatte noch eine Weile in der Garderobe zu tun und wollte mich dann bald in den angrenzenden Bedienstetenunterkünften in mein Bett begeben, als ich hörte, wie sich auf der anderen Seite der Tür etwas regte.

Jane öffnete die Tür zur Garderobe und fragte, ob ich ihr ein anderes Nachthemd bringen könne. Das, welches sie gerade trüge, kratze. Mit einem weicheren Nachthemd auf dem Arm, das im Grunde genauso war wie das, welches sie trug, folgte ich ihr zurück in ihr Zimmer und half ihr beim Umziehen.

„Ich habe ihn heute gesehen“, sagte sie, ohne mich dabei anzusehen.

„Ich weiß.“

Sie drehte sich mit einem Ruck zu mir um. „Von wem hast du es erfahren?“

„Von niemandem, Mylady. Ich habe mit niemandem darüber gesprochen, und es hat auch niemand mit mir darüber gesprochen. Ich erkenne es an Eurem Blick. Das ist alles. Und ich wage zu behaupten, Mylady, dass es sonst niemand sehen kann. Nicht einmal Mrs Ellen. Und Ihr könnt versichert sein, dass ich niemandem etwas davon sage.“

Jane entspannte sich wieder und reichte mir die Haarbürste. Sie saß auf dem Sofa, und ich begann, die weichen Borsten durch ihr langes, braunes Haar zu ziehen.

„Ich habe gesehen, wie er mich quer durch den Bankettsaal angesehen hat. Ich saß am Tisch des Königs, und während des gesamten Essens hat Edward Seymour mich angesehen. Ich habe wirklich versucht, meine Aufmerksamkeit ganz dem König zu widmen und mich um ihn und seine Bedürfnisse zu kümmern, aber ich habe immer wieder zum anderen Ende des Raumes zu Edward geschaut."

„Hat Edward Seymour … wütend ausgesehen, Mylady?"

„Nein. Ich würde sagen, er sah eher … gereizt aus."

„Konntet Ihr mit ihm sprechen?" Meine Bürstenstriche waren lang und behutsam.

„Beim Tanz gab es einen Moment, in dem ich ihn angesprochen habe."

Ich beugte mich über sie und lächelte. „Er hat Euch zum Tanz aufgefordert?"

Sie lächelte zurück. „Ja, das hat er. Nur zu dem einen Tanz."

Ich wartete darauf, dass sie noch mehr erzählte, denn ich konnte sie ja nicht ganz direkt ausfragen.

„Edward hat gefragt, wie ich denn das Interesse des Königs geweckt hätte, und seine Frage klang so … als wäre er eifersüchtig, Lucy."

„Vielleicht war er das ja auch tatsächlich."

Sie lächelte, wodurch die kleine rote Wunde an ihrem Kinn breiter wurde. Sie berührte die Stelle, schien sich dessen aber gar nicht bewusst.

„Und?", fragte ich weiter.

„Ich habe ihn daran erinnert, dass der König und ich Cousin und Base zweiten Grades sind. Und er würde doch sicher nicht den König um die Zeit beneiden, die dieser mit seiner Base verbringt."

„Gut gemacht", erwiderte ich munter.

Jane drehte ihren Kopf zu mir um. „Und dann hat er zu mir gesagt: ‚Vielleicht habt Ihr und Euer Cousin zweiten Grades ja über seine anstehende Heirat mit Prinzessin Elisabeth von Valois gesprochen?'"

„Hat er das denn?"

„Ja, das hat er wirklich! Und ich habe gesagt, dass ich nicht befugt sei, Einzelheiten meines persönlichen Gespräches mit dem König weiterzugeben!"

Ich lachte. „Ihr seid so schlau, Mylady."

Sie wandte sich wieder von mir ab, lächelte, und ich fuhr mit dem Bürsten fort.

„Es ist wahr", sagte sie, nachdem sie eine Weile geschwiegen hatte. „Es ist wahr, dass der König die französische Prinzessin heiraten wird. Das hat er mir selbst erzählt."

Es war unmöglich einzuschätzen, was sie von diesen Plänen hielt. „Und, sind Mylady mit dieser Regelung zufrieden?"

„Ich mag meinen Cousin, ich meine, den König. Aber ich glaube nicht, dass ich ihn heiraten würde, wenn ich selbst die Entscheidung zu treffen hätte. Ich hege nicht den Wunsch, Königin zu werden. Und er ist ... so ungeduldig. Ich glaube auch nicht, dass er sich besonders viel aus Büchern und Lernen macht wie ich. Er beschäftigt sich nicht mit den vielen Schriften der neuen Religion. Wir konnten kaum ein gemeinsames Gesprächsthema finden."

„Vielleicht ist er ja mit den Angelegenheiten der Krone so beschäftigt, dass er gar nicht die Zeit und Muße hat, all die Bücher zu lesen, die Ihr lest."

Einen Moment wirkte sie nachdenklich. „Wahrscheinlich."

Wieder Schweigen.

„Mit Edward Seymour war es anders", fuhr sie dann fort.

„Wie meinen, Mylady?"

„Wir hatten vieles, worüber wir reden konnten. Ich war traurig, als die Musik aufhörte und der Tanz zu Ende war. Ich bin wieder zum König zurückgegangen und habe erneut versucht, ein Gesprächsthema zu finden."

„Ich verstehe. Also habt Ihr und der König nicht viele Worte gewechselt?“, fragte ich.

Sie nickte.

Ich beugte mich zu ihr hinunter und flüsterte: „Dann werdet Ihr ja der Marquise kaum etwas zu berichten haben!“

Da brach Jane in ein heftiges Lachen aus, so süß und kindlich und so heftig, dass ihr die Tränen die Wangen hinunterliefen und auf den dunkelroten Spuren der Wut ihrer Mutter landeten.

Nicht einmal vierzehn Tage später begann dann das Schweißfieber, die Straßen und Paläste von London heimzusuchen – Paläste und Bauernhöfe gleichermaßen.

Jane sah den König nicht noch einmal wieder, aber auch Edward Seymour nicht, bevor der Marquis schließlich davon überzeugt werden konnte, seine Familie in Bradgate vor der Krankheit in Sicherheit zu bringen.

Mylady hatte nichts zu mir gesagt, aber ich wusste, dass sie sich fragte, wann sie den jungen Seymour wiedersehen würde. In Bradgate schienen London und alles, was damit zu tun hatte, sehr weit weg.

Aber nicht lange nach unserer Ankunft in Bradgate erhielten wir Nachrichten, die für den Haushalt der Familie Grey alles verändern sollten.

Die beiden Halbbrüder der Marquise, zwei junge Söhne ihres verstorbenen Vaters, des Herzogs von Suffolk und seiner zweiten Frau, waren innerhalb weniger Stunden beide am Schweißfieber gestorben. Die Stiefmutter der Marquise, die Herzogin Katherine Willoughby, war jetzt die Witwe eines Adeligen ohne Erben, eine Mutter mit einem Adelstitel, aber ohne Söhne.

Dadurch wurden der Marquis und die Marquise von Dorset über Nacht Herzog und Herzogin von Suffolk.

Siebzehn

Jane schien sehr froh darüber, wieder in Bradgate zu sein, weg von den endlosen Feiern und Festen, den Sportveranstaltungen und Zeremonien, bei denen sie ständig den Blicken der Öffentlichkeit ausgesetzt war, was für mich bedeutet hatte, ständig mit Nadel und Faden in der Hand bereitzustehen.

Auch ich war froh, jetzt wieder in der ländlichen Idylle zu sein, näher an meinem Zuhause und nur anderthalb Kilometer von dem Anwesen entfernt, auf dem meine Schwester Cecily eine Anstellung bei einem reichen Kaufmann und seiner Frau angenommen hatte.

Ich war inzwischen auch nicht mehr Bridgets Lehrmädchen. Sie hatte sich endlich zur Ruhe gesetzt, als sich ihre nachlassende Sehkraft nicht mehr länger hatte verbergen lassen, und lebte jetzt in bescheidenen Verhältnissen bei ihrer Tochter in Leeds.

Doch die Herzogin vertraute natürlich nicht die gesamte Garderobe des Haushaltes einer achtzehnjährigen Schneiderin wie mir an, und ehrlich gesagt wollte ich auch gar nicht so gern für die Garderobe der Herzogin verantwortlich sein. Sie stellte also anstelle von Bridget zwei erfahrene Schneiderinnen ein sowie ein halbes Dutzend neue und versierte Bedienstete, wie es angesichts ihres neuen Titels angemessen war. Und während ich fürchtete, dass ich zurückgestuft werden und wieder Risse in Reithosen flicken und in irgendwelchen Turmzimmern Reifröcke würde nähen müssen, ließ mich die Herzogin bleiben. Mrs Ellen erzählte mir, Jane hätte ihre Mutter gefragt, ob sie mich nicht behalten könne, weil sie am Hof immer wieder auf ihre schönen Kleider angesprochen worden sei, die ich für sie genäht hatte. Schon allein diese Aussage hatte genügt, die Herzogin davon zu überzeugen, mich an Janes Seite zu belassen.

Da es in jenem Sommer keine Aufwartungen bei Hof zu machen gab, hatten Janes Eltern Zeit und auch die Absicht, sich mit Janes Zukunft zu befassen, mit anderen Worten: mit wem sie ihre Tochter verloben sollten.

Jane wusste von diesen Gesprächen ihrer Eltern genauso wenig etwas wie ich. Es gab jedoch immer Bedienstete, einen Diener oder eine Magd, die Wein nachschenkten oder ein Fenster öffneten oder eine Lampe anzündeten und dabei Bruchstücke solcher Gespräche aufschnappten. Wenn es abends kühler wurde und die Bediensteten zu Abend aßen, wurden solche belauschten Gesprächsfetzen gründlich auseinandergenommen und kommentiert, wahrscheinlich, weil auch wir Bediensteten an jenen langen Sommerabenden fern von der Hektik des Londoner Lebens genügend Zeit und Muße für so etwas hatten.

Ich beteiligte mich nicht an solchen Gesprächen, auch wenn ich unterschwellig oft dazu aufgefordert wurde. Sicherlich hätte ich, die ich ja so viel Zeit in den Ankleidezimmern der Herzogin und ihrer Töchter verbrachte, vieles weitererzählen können, besonders auch Dinge, die Bedienstete betrafen, aber ich wurde nie direkt darum gebeten, etwas zu bestätigen oder zu bestreiten, denn auch unter den Bediensteten gab es eine Art Klassenbewusstsein. Wegen meiner Nähe zu unserer Herrschaft wäre es unschicklich gewesen, mich direkt auszufragen. Aber oft waren alle Blicke im Raum auf mich gerichtet, eine stumme Aufforderung zu einem Kommentar. Gewöhnlich jedoch vergebens. Manchmal konnte ich die Gespräche der anderen Bediensteten ausblenden, was gar nicht so unklug war, denn oft ging es um Themen, über die niemand genug wusste, um angemessen darüber reden zu können.

Aber an dem Abend, als sich das Gespräch nach dem Essen um Janes Heiratsaussichten drehte, blieb ich noch eine Weile am Tisch sitzen, stocherte in einem Teller mit Kartoffeln und lauschte auf jedes Wort.

Laut Aussage einer der Kammerdiener des Herzogs hatte es an besagtem Nachmittag zwischen dem Herzog und der Herzogin viel zu besprechen gegeben. Es war um die Dringlichkeit gegangen, Jane endlich standesgemäß zu verheiraten und ihr eine gute Partie zu sichern.

„Wenn sie ihre hübsche Nase nicht ständig in irgendein Buch stecken würde, dann wäre sie vielleicht einfacher zu verkuppeln", sagte einer der Pagen. „Sie ist ja insgesamt kein unschöner Anblick. Aber Männer mögen Mädels, die Spaß verstehen und gern lachen, die immer ein Lied auf den Lippen haben und auch mal kokett sein können, oder?"

„Is doch wurscht, was der Mann, der Lady Jane mal heiratet, von ihr hält", sagte ein Diener. „Der Mann heiratet doch jede, die ihm von seinen Eltern vorgeschlagen wird. So ist es doch immer."

„Nee. Wahrscheinlich bleibt sie mit irgendeinem alten Lord sitzen, der schon drei Frauen überlebt hat, aber immer noch keinen Erben hat", warf ein anderer Mann ein. „Einen, der wahrscheinlich einen Krückstock braucht, um es bis zum Altar zu schaffen."

„Und einen Liebestrank, um in der Hochzeitsnacht ins Ehebett zu kommen!", witzelte der Page.

Der ganze Raum brach in Gelächter aus, und ich war kurz davor, den Tisch zu verlassen, als der Kammerdiener sich räusperte. „Der Herzog und die Herzogin haben keinen alten Mann für Lady Jane ausgesucht", sagte er.

Alle Blicke, auch meiner, richteten sich auf ihn.

„Erzähl schon!", sagte die erste Kammerzofe.

„Sie haben einen Boten mit einer Depesche zum Herzog von Somerset entsandt."

Mein Löffel bebte ein wenig in meiner Hand. Somerset, das war doch Edward Seymour der Ältere, der ehemalige Lordprotektor, der Vater des jungen Edward Seymour.

„Somerset?“, fragte der Page. „Aber der ist doch verheiratet!“

„Aber er hat ’nen Sohn, du Depp!“, rief die zweite Kammerzofe.

„Genau, den jungen Edward Seymour“, fuhr der Kammerdiener fort.

Da hielt ich es nicht mehr länger aus und machte den Mund auf.

„Was für eine Depesche haben sie denn versandt?“, wollte ich wissen.

Alle Köpfe drehten sich in meine Richtung.

„Ja, weißt du das denn nicht, Lucy?“, antwortete der Kammerdiener, der von meiner Unwissenheit offenbar wirklich überrascht war.

„Was für eine Nachricht?“, wiederholte ich meine Frage noch einmal, ohne auch nur einen Hauch von Interesse zu zeigen, das über leise Neugier hinausging.

„Der Herzog hat Somerset gebeten, unverzüglich nach Bradgate zu kommen, um über einen Ehevertrag zwischen Lady Jane und seinem Sohn zu verhandeln.“ Der Kammerdiener sah mich an.

„Aber Somerset ist doch gar nicht mehr der Protektor des Königs“, wandte eine der älteren Haushälterinnen ein. „Der ist doch verdrängt worden von diesem ... wie hieß der noch gleich?“

„John Dudley“, sagte eine andere.

„Ja, genau, Dudley. Das überrascht mich doch, dass der Herzog eine Verlobung zwischen Somersets Sohn und seiner ältesten Tochter in Betracht zieht. Überlegt doch mal! Es ist noch gar nicht lange her, da hat Somerset noch im Tower gesessen.“

„Aber jetzt ist er wieder frei“, entgegnete der Kammerdiener etwas hoheitsvoll. „Am Hof kann sich doch das Schicksal eines Menschen vom einen auf den anderen Augenblick wenden.“

„Ja, aber er hat nun mal im Tower gesessen. Wenn du der Herzog wärst, würdest du dann deine Tochter, die an – wievielter? –, an vierter Stelle der Thronfolge von England steht, mit dem Sohn eines Mannes verheiraten, der abgesetzt und ins Gefängnis geworfen wurde? Ich kann darin keinen Sinn erkennen."

„Das Glück kann sich von jetzt auf gleich wenden", beharrte der Kammerdiener. „Du verbringst zu viel Zeit damit, auf dem Landsitz des Herzogs die Kissen aufzuschütteln. Ich habe selbst gesehen, wie sich Schicksale am Hof wenden können. Im einen Augenblick bist du noch in Ungnade gefallen und im nächsten wirst du bejubelt."

„Ja, und mit einem Wimpernschlag kann auch genau das Gegenteil passieren!", sagte die Haushälterin. „Im einen Moment hochgejubelt, im nächsten auf Knien vor dem Scharfrichter."

„Denkt, was ihr wollt, auf jeden Fall wurde die Depesche losgeschickt." Dann wandte sich der Kammerdiener mir zu. „Und es wird damit gerechnet, dass Somerset in Begleitung des jungen Edward unverzüglich nach Bradgate kommt."

Er schaute mich weiter unverwandt an, so als wollte er mich auffordern, etwas zu seinem Wortwechsel mit der Haushälterin zu sagen. Alle Blicke waren auf mich gerichtet, während alle Anwesenden gespannt warteten, was ich über die Verbindung zwischen einem jungen Mädchen, dessen Gestalt mir so vertraut war wie meine eigene, und dem Sohn eines in Ungnade gefallenen Anführers sagen würde. Ich war mehr mit Jane zusammen und verbrachte mehr Zeit mit ihr als all die anderen zusammen.

„Es wäre klug, wenn wir alles gut vorbereiten würden, um Somerset und seine Familie mit der Ehrerbietung und Achtung willkommen zu heißen, die der Herzog von uns erwartet", sagte ich. Dann stand ich auf und verließ den Raum.

Im Weggehen hörte ich leises Gelächter, dann, wie jemand meine Worte nachäffte und sie mir spottend hinterherrief, worauf dann wieder Gelächter folgte. Ich drehte mich jedoch nicht noch einmal um.

Am liebsten wäre ich sofort mit der Neuigkeit zu Jane gelaufen, dass Edward nach Bradgate kommen würde, weil ihr Vater vorhatte, sie mit ihm zu verloben. Aber ich konnte mich nicht auf reines Hörensagen verlassen. Ich konnte nicht zweifelsfrei wissen, ob das, was der Kammerdiener gesagt hatte, auch wirklich stimmte – dass ein Brief auf den Weg gebracht worden war und er den Inhalt dieses Briefes kannte. Und ich konnte auch nicht einfach Gesindeklatsch in die Gemächer der Tochter meines Arbeitgebers weitertragen. Mrs Ellen hätte mir den Kopf abgerissen, wenn ihr so etwas zu Ohren gekommen wäre. Und auch meine eigene Mutter hätte das getan, wenn sie davon erfahren hätte. Ich war die Tochter eines Herrenschneiders und kein Waschweib.

Außerdem machte ich mir Gedanken über das, was die Haushälterin gesagt hatte. Die Hoffnungen auf eine gute Partie für Jane waren ganz und gar auf den Herrscher Englands gerichtet gewesen. Und jetzt zog ihr Vater den Sohn eines Herzogs in Betracht, dessen politischer Absturz ihn erst kürzlich in den Tower gebracht hatte.

Wie viel von all dem wusste Jane? Und wie viel musste sie wissen?

Ich wollte nicht auf mein Zimmer zurückgehen, jetzt nicht allein sein mit all diesen Gedanken, die mir durch den Kopf gingen. Das Zwielicht der Abenddämmerung, das im englischen Sommer immer besonders lange anhält, lockte mich hinaus in den Garten.

Die Hitze des Tages war gewichen, und der Abendgesang der Vögel erfüllte den purpurnen Dunstschleier der herannahenden Nacht. Tief atmete ich die nach Lavendel und Rosen duftende Luft ein, und die Schönheit der anbrechenden Nacht beruhigte mich. Ich ging eine Steintreppe hinunter an den Rand eines Reflexionsbeckens. Der aufgehende Mond begann sich auf der Oberfläche des Beckens zu spiegeln, und ich sang ganz leise ein altes walisisches Wiegenlied, das mir meine Mutter früher immer vorgesungen hatte.

An einem lauschigen Sommerabend wie diesem vermisste ich mein Elternhaus und mein Heimatdorf Haversfield besonders. Ich hatte meine Eltern das letzte Mal zu Weihnachten besucht, und da auch nur für ein paar Tage, weil man sich in Adelskreisen die kalten Wintermonate durch zahlreiche Festlichkeiten erträglich machte. Und solche Feste erforderten ständig neue Kleider, sodass ich in dieser Zeit des Jahres immer viel zu tun hatte. Meine Eltern, besonders mein Vater, waren immer sparsam gewesen, wenn es darum ging, meine Fähigkeiten zu loben, damit ich nicht stolz oder undankbar würde. Außerdem weckten sie dadurch den Wunsch in mir, mich der Gaben und Fähigkeiten, die mein Schöpfer mir gegeben hatte, als würdig zu erweisen. Immer, wenn ich meine Eltern sah, erinnerten sie mich auch daran, dass die Vorsehung mir eine sehr wichtige Stellung als Schneiderin von Lady Jane zugedacht hatte und dass ich immer loyal und dankbar sein müsse, nicht nur Lady Jane, sondern auch ihren Eltern gegenüber. Ich müsse versuchen, in meinem gesamten Umgang mit der adligen Familie Gott zu gefallen.

Das Wiegenlied, das ich sang, und die Sehnsucht nach meiner Mutter und meinem Vater bewirkten, dass mir die Tränen kamen, und ich merkte, dass ich nicht weitersingen konnte. Die Melodie erstarb mir auf den Lippen, und für einen Augenblick war es völlig still um mich. Und dann ertönte plötzlich die Stimme eines Mannes.

„Ich wünschte, Ihr würdet weitersingen."

Ich stolperte seitwärts und drehte mich mit einem Ruck um. Hinter mir auf einer Bank saß ein junger Mann, der die glänzende Oberfläche des Teiches betrachtete. Er hatte ein Buch auf dem Schoß, das aber zugeschlagen war. Im schwindenden Licht des Tages sah ich, dass er eine dunkle Jacke trug und ein weißes Rüschenhemd. Er war nicht von Adel, aber ein Gärtner oder sonstiger Bediensteter war er auch nicht.

Er sprang von der Bank auf, um mich zu stützen, damit ich nicht fiel, nachdem ich mich so erschrocken hatte.

„Ich bitte um Vergebung!", rief er aus. „Ich wollte Euch nicht erschrecken, Miss."

„Ich-ich habe Euch gar nicht bemerkt!", stammelte ich, als er seinen Arm auf meinen legte, um mich zu stützen.

„Bitte vergebt mir. Ist alles in Ordnung?"

„Ja. Ja, natürlich." Mein Blick fiel auf seine Hand, die auf meinem Arm lag, und er ließ sie augenblicklich sinken.

„Ich bitte Euch ein weiteres Mal um Vergebung. Ich war einfach so begeistert von Eurer kleinen Melodie. Ich habe sie seit meiner Kindheit nicht mehr gehört. Meine Großmutter hat mir dieses Lied immer als Schlaflied vorgesungen."

Seine Stimme war freundlich, und es schien ihm ehrlich leidzutun, dass er mich so erschreckt hatte. Er war etwa zwanzig Jahre alt, hatte dunkelbraunes Haar, dunkle Augen und drückte sich gebildet aus.

„Ja, ich ..." Ich merkte, dass ich meinen Blick nicht von ihm abwenden konnte, merkte, wie ich errötete, und war froh, dass er es in der Dämmerung nicht sehen konnte. „Guten Abend." Ich trat einen Schritt zurück und wollte nur noch rasch einen Knicks machen, um dann zu flüchten.

„Wartet! Bitte!", sagte er schnell und berührte mich erneut am Ellbogen. „Seid Ihr auch zu Gast hier?"

„Wie meinen?", flüsterte ich, schaute auf seine Hand, die er daraufhin sofort wieder wegnahm.

„Seid Ihr auch zu Gast hier in Bradgate?"

Ich erstarrte vor Verlegenheit und Beschämung. Eine solche Frage konnte nur ein Gast stellen. „Nein", sagte ich schnell, knickste dann und wandte mich zum Gehen.

„Mein Name ist Nicholas Staverton", fügte er rasch hinzu und trat vor mich. „Ich bin hier als Gast von John Aylmer, dem Hauslehrer."

„Willkommen in Bradgate, Sir", entgegnete ich höflich und versuchte erneut, mich zu entfernen.

Aber er stand vor mir, während der Mond weiter am Himmel aufstieg, und seine Miene drückte Sorge aus. „Habt Ihr Kummer?"

Auf eine solche Frage konnte ich keine passende Antwort geben, also stand ich einfach nur da und starrte ihn an. Ich war erstaunt über dermaßen seltsame und persönliche Fragen.

Er deutete mit seinem Finger auf meine Wange. „Ihr ... Ihr habt geweint."

Instinktiv strich ich mir mit der Hand über die Wange. Nur Augenblicke zuvor hatte ich aufgehört zu singen, weil mich beim Gedanken an meine Eltern die Gefühle übermannt hatten und mir die Tränen gekommen und die Wangen hinuntergelaufen waren. Und da waren sie nun immer noch und glänzten zweifellos in dem schimmernden Mondlicht.

„Mir geht es ganz gut. Danke der Nachfrage", flüsterte ich und wollte nur weg von ihm, blieb aber dennoch wie angewurzelt stehen.

„Ihr seid also kein Gast?", fragte er noch einmal.

„Ich bin die Schneiderin von Lady Jane, der Tochter des Herzogs von Suffolk."

Jetzt strahlte er mich an. „Dann seid Ihr Lucy! Lady Jane hat mir schon viel von Euch erzählt!"

Wieder fing ich an zu wanken, aber dieses Mal gelang es mir, auch ohne Nicholas' Hilfe mein Gleichgewicht wiederzuerlangen. „Was sagt Ihr da?"

„Ich war heute zugegen, als Mr Aylmer Lady Jane und Lady Katherine Unterricht gab. Ich bin Student in Oxford und zurzeit bei Mr Aylmer zu Gast. Lady Jane hat von Euch gesprochen."

„Sie ... sie hat von mir gesprochen?" Meine Stimme klang sogar in meinen eigenen Ohren dünn und mäuschenhaft.

Er lachte. „Aber nicht doch! Kein Grund zur Sorge. Lady Jane hat nur gut von Euch gesprochen. Sie hat gesagt, Ihr wäret eine der wenigen im ganzen Haus, die sich ihre

Gedanken über die Schriften der Reformatoren anhören würde, natürlich abgesehen von Mr Aylmer. Sie hält Euch für sehr gescheit."

„Ich ... das ist natürlich sehr freundlich von ihr."

Wir standen beide schweigend da, schauten einander an, und ich war völlig verwirrt. Er dagegen sah heiter und gelassen aus und hatte es allem Anschein nach nicht eilig, unseren Wortwechsel zu beenden. Mein Herz begann heftig zu pochen.

„Dieses Lied, das Ihr da gesungen habt, kennt Ihr den ganzen Text?", fragte er schließlich.

„Ich ... ja, ich kenne den Text."

„Ich habe es schon so lange nicht mehr gehört. Vielleicht könntet Ihr mir ja den Text diktieren, bevor ich wieder nach Oxford abreise. Ich würde die Worte gerne aufschreiben. Meine Großmutter ist gestorben, als ich noch ganz klein war. Ich vermisse sie sehr, und das Lied erinnert mich an sie. Also ... könnte ich Euch vielleicht wiedersehen?"

Mein Herzklopfen wurde noch heftiger.

„Vielleicht", erwiderte ich.

Mr Staverton lächelte. „Würdet Ihr mir die Worte vielleicht auch aufsagen?"

„Ja", antwortete ich und merkte, wie ich auch selbst nicht aufhören konnte zu lächeln. Um uns herum wurde es jetzt dunkel. Schnell machte ich einen Knicks. „Gute Nacht, Mr Staverton."

Über die Treppe, auf der ich zum Teich gelangt war, eilte ich jetzt wieder davon.

„Dann sehe ich Euch also morgen, Miss Lucy ...?"

„Day!", rief ich noch, ohne jedoch stehen zu bleiben.

„Day?"

Ich drehte mich noch einmal um. „Mein Name ist Miss Day. Lucy Day."

Und ich ging weiter die Steintreppe hinauf, aber jetzt hatte mein Herzklopfen einen anderen Rhythmus.

Als ich oben angelangt war, drehte ich mich um, um ihn noch einmal anzusehen. Er stand immer noch am Teich und blickte mir nach.

An diesem Abend dauerte es Stunden, bis ich endlich einschlafen konnte.

Achtzehn

Am Tag nach meiner Begegnung mit Nicholas Staverton am Teich wurde Jane in den Empfangssalon ihrer Eltern zitiert. Da ich mir dachte, dass sie über die unmittelbare Ankunft von Edward Seymour unterrichtet werden würde, ermutigte ich sie, ein fröhliches Kleid anzuziehen, eines, das besonders ihrer Mutter gefallen würde. Jane erlaubte mir, ihr ein Kleid aus rotem Damast zu bringen, mit Ärmeln, die mit silbrig weißem Satin eingefasst waren, welcher wie Mondschein glänzte, und perlenbesetzte Nähte hatte.

Während ich Lady Jane ankleidete, sah sie mich mit gerunzelter Stirn an. „Was weißt du, Lucy Day?“, fragte sie mich. „Warum willst du, dass ich dieses Kleid trage, wenn ein schlichtes schwarzes Samtkleid für meine Eltern durchaus genügen würde?“

Ich hielt inne. „Dieses Kleid steht Euch besonders gut, Mylady“, sagte ich nur.

„Aber wieso soll ich für meine Eltern besonders hübsch aussehen? Was weißt du?“

„Bitte fragt mich nicht, Mylady“, murmelte ich und spürte dabei, wie mir vor Verlegenheit ganz heiß wurde, sodass sie natürlich sofort wusste, dass ich etwas vor ihr verbarg.

Sie griff nach meinem Arm. „Schicken sie mich fort? Schicken sie mich wieder an den Hof?“

„Nein, Mylady. Ganz und gar nicht.“

„Was ist es dann? Ich sehe doch an deinen Augen, dass dich etwas bewegt. Was ist es? Ich befehle dir, es mir zu sagen.“

„Mylady, bitte.“

„Sag es mir.“

„Was ich weiß, ist nur das, was ich in der Gesindeküche gehört habe, Mylady. Es ist vielleicht gar nicht wahr.“

„Was hast du gehört? Haben sie jemanden für mich ausgewählt? Ist es das? Weißt du, wen sie ausgesucht haben?" Ihre Stimme bebte.

Ich ging um sie herum, damit ich ihr in die Augen sehen konnte, und nahm ihre Hände in die meinen. „Ich weiß gar nichts mit Sicherheit, Mylady, versteht Ihr? Ich habe nur Gerede gehört. Und ich werde Euch keinen Gesindetratsch erzählen. Bitte dringt nicht weiter in mich!"

Ich wollte ihr meine Hände entziehen, aber sie hielt sie fest.

„Lucy, bitte! Haben sie jemanden für mich ausgesucht?"

„Mylady ..."

„Kenne ich ihn? Ist er sehr alt? Hat er schon eine Frau gehabt? War er nett zu ihr?"

Ihre Fragen kamen ihr so schnell über die Lippen, wie die Samenschoten einer Distel entflohen. Ich sah Furcht in ihren Augen, und es hatten sich kleine Schweißperlen auf ihrer Stirn gebildet. Da packte mich Mitleid.

Ich beugte mich vor, damit mich niemand hören konnte für den Fall, dass ihre panischen Fragen jemanden herbeigerufen hatten, der jetzt vor der geschlossenen Tür stand.

„Ihr dürft es aber niemandem weitersagen, Mylady", flüsterte ich.

Mit weit aufgerissenen Augen nickte sie hektisch.

„Der Mann, den sie gewählt haben, ist keiner, vor dem Ihr euch fürchten müsstet", erklärte ich.

„Woher weißt du das?", hakte sie nach. „Woher weißt du, dass ich mich nicht vor ihm zu fürchten brauche?"

„Weil Ihr ihn kennt. Ihr habt ihn gern."

Die ganze Zeit sah sie mir unverwandt in die Augen. „Gern?", flüsterte sie.

„Ja. Sehr gern, Mylady."

Es verging eine Sekunde. „Edward", hauchte sie.

Ich nickte und trat zurück.

Sie schloss die Augen und holte tief Luft, so als wollte sie diesen Augenblick festhalten und irgendwo tief in sich verbergen. „Woher weißt du das?“, fragte sie, immer noch mit geschlossenen Augen.

„Einer der Kammerdiener Eures Vaters hat gesagt, er hätte den Brief gesehen, den Euer Vater an den Herzog von Somerset geschrieben hat. Angeblich bittet Euer Vater darin den Herzog, nach Bradgate zu kommen, um über die Verlobung zwischen Euch und Edward zu verhandeln.“

Jane riss die Augen auf. „Edward kommt hierher?“

„Das hat jedenfalls der Kammerdiener gesagt, Mylady. Ich weiß nicht, ob es wahr ist. Ich weiß nicht einmal, ob überhaupt etwas von all dem wahr ist.“

Jane tastete nach dem Sofa hinter sich und setzte sich. „Ich hätte mir niemals träumen lassen, dass sie jemanden aussuchen könnten, an dem mir etwas liegt. Und ich kann es auch immer noch nicht glauben.“

Ich kniete neben ihr nieder. „Und es wäre auch klug, damit zu warten, bis Eure Eltern davon sprechen. Bitte sagt nichts, bevor sie es nicht tun!“

Jane legte mir eine Hand auf die Schulter. „Mach dir keine Sorgen, Lucy. Ich werde nichts sagen.“

Trotz ihrer Zusicherung war jetzt ich diejenige, die zitterte. Wenn ich mich irrte, dann hatte Jane eine doppelte Enttäuschung zu verkraften. Wenn ihre Eltern jemand anderen ausgesucht hatten als Edward Seymour, würde sie nicht nur diesen Verlust zu verschmerzen haben, sondern sich auch noch in eine Ehe mit einem Mann fügen müssen, den sie nicht liebte. Ein Dilemma, mit dem sie sich eigentlich längst abgefunden hatte, das ich ihr aber gerade eben mit einem einzigen Wort wieder vor Augen geführt hatte.

„Wenn ich mich irre … wenn der Kammerdiener sich getäuscht hat –“, setzte ich noch einmal an, aber sie schnitt mir einfach das Wort ab.

„Welchen Grund sollte denn der Kammerdiener haben, derlei Lügen zu verbreiten? Ich wage zu behaupten, dass er dadurch keinerlei Vorteile hätte.“

Ich kniete mich hin und wünschte, ich könnte die letzten Minuten zurückdrehen. Sie musste gespürt haben, wie sehr ich es bereute, geredet zu haben, denn sie legte mir beide Hände auf die Schultern und sagte: „Ich werde dir ewig dankbar sein, dass du es mir verraten hast, Lucy. Wenn sie es mir sagen –"

„Wenn!"

„... dann werde ich die würdevolle und passende Antwort einer feinen jungen Dame darauf haben, die bereit ist zu tun, worum sie von ihren Eltern gebeten wird." Dann fing sie an zu lachen. „Über alle Maßen bereit!"

Ich lachte ebenfalls, allerdings war es ein etwas nervöses Lachen. „Aber Ihr seid erst vierzehn, Mylady! Da werdet Ihr sicher noch nicht so bald heiraten."

„Vielleicht im Frühjahr!", rief sie fröhlich, stand dann auf und zog mich ebenfalls auf die Füße. „Stell dir doch nur vor, Lucy! Kannst du dir das vorstellen? Edward!" Sie kicherte.

„Ihr müsst aufhören zu kichern!", flüsterte ich.

„Ich werde es versuchen!" Aber sie brach nur in noch heftigeres Gelächter aus.

„Mylady!"

„Ich gebe mir ja Mühe!" Sie wirbelte einmal durch den gesamten Raum und griff dann nach meinen Händen, um mich ebenfalls herumzuwirbeln.

„Ihr versucht es nicht im Geringsten!", warf ich ihr vor.

„Ach, Lucy, ich bin so glücklich!"

„Mylady, bitte!"

In diesem Augenblick klopfte jemand an die Tür, und Jane hielt inne. Wir stießen gegeneinander, und sie lachte.

„Ja?", sagte sie.

Mrs Ellen öffnete die Tür, sah uns flüchtig an und nickte dann Jane zu.

„Eure Eltern werden Euch jetzt empfangen."

Jane drehte sich abrupt zu mir um. „Komm mit!", rief sie.

„Aber das geht doch nicht!"

„Dann geh wenigstens mit mir bis zum Empfangssalon und trage meine Schleppe.“

Mrs Ellen runzelte die Stirn und fragte sich offenbar, welches Geheimnis Jane und ich wohl miteinander hatten. Ich erklärte mich bereit, Jane zu begleiten, einfach nur, damit sie Ruhe gab.

„Wie Ihr wünscht“, entgegnete ich, hob ihre Schleppe auf und folgte ihr zur Tür. Auf der Schwelle steckte Mrs Ellen Jane mit ruhiger Hand noch eine verirrte Locke wieder unter die Haube zurück, die sich gelöst hatte.

„Da seid Ihr sicher wieder mal in dem schönen Kleid in Eurem Zimmer herumgesprungen, oder?“, sagte Mrs Ellen zu Jane, warf dabei aber mir einen kritischen Blick zu.

„Ach, scheltet nicht mit Lucy, Ellen. Ich war es ja, der so nach Tanzen zumute war.“

„Gebt dem Herzog und der Herzogin jetzt aber keinen Grund, ärgerlich mit Euch zu sein, Mädel“, riet Mrs Ellen, während Jane und ich auf den Gang hinaustraten. „Achtet darauf, was Ihr sagt.“

„Ja, ja“, entgegnete Jane hastig, und ich hörte unterdrücktes Lachen in ihrem Tonfall. Mrs Ellen bedachte uns erneut mit einem langen, nachdenklichen Blick, aber sie stellte uns keine Fragen, wofür ich ihr sehr dankbar war.

Wir gelangten in den Hauptkorridor und kamen bald am Schulzimmer vorbei, in dem Jane und ihre Schwester unterrichtet wurden. Ohne dass ich es wollte, schweifte mein Blick im Vorbeigehen in den Raum, und ich sah Nicholas Staverton dort über ein Schreibpult gebeugt stehen. Er sah auf und lächelte, als er mich entdeckte. Dann kam er schnell zur Tür gelaufen, aber ich konnte nicht stehen bleiben, sondern musste Mylady weiter folgen. Obwohl ich Nicholas Staverton nicht sehen konnte, spürte ich, wie er mir von der Tür des Schulzimmers aus nachsah.

„Du hast Nicholas Staverton schon kennengelernt?“, fragte Jane leise, als wir ein paar Schritte weitergegangen waren.

„W-wie bitte?“, stotterte ich, obwohl ich sie genau verstanden hatte.

„Du hast Nicholas Staverton kennengelernt“, wiederholte sie und blickte über ihre Schulter zum Schulzimmer zurück. Ohne nachzudenken, tat ich dasselbe, und da stand er immer noch am Türrahmen und schaute uns nach. Janes Hauslehrer Mr Aylmer stand neben ihm und sah verärgert aus, aber Mr Staverton lächelte.

Ich drehte mich mit einem Ruck wieder nach vorn, und meine Wangen wurden heiß, weil ich errötete.

„Mr Aylmer sieht ausgesprochen unzufrieden aus“, sagte ich rasch und wollte das Gespräch auf ein anderes Thema lenken.

„Ihm gefällt ganz sicher dieses leuchtend rote Kleid nicht. Prinzessin Elisabeth trägt nur Schwarz und Grau, wie es sich für ein pflichtbewusstes protestantisches Mädchen ziemt. Ich sollte das hier ganz sicher nicht tragen. Und ich weiß, dass du Mr Staverton kennengelernt hast, weil er es mir heute Morgen selbst erzählt hat, während Mr Aylmer meine Lateinübersetzung durchgesehen hat.“

Sie drehte sich über die Schulter zu mir um. Ein kaum wahrnehmbares Lächeln lag auf ihren Lippen.

„Ach ... ja, ja, das habe ich“, brachte ich heraus. „Eher zufällig. Ich war gestern Abend nach dem Essen noch draußen, um ein wenig frische Luft zu schnappen. Er ... ich ... ich war am Teich. Ich hatte ihn gar nicht bemerkt.“

„Ja, das hat er mir auch erzählt. Er hat mir erzählt, du hättest gesungen, und er fand es wunderschön.“

„Er wollte sicher nur nett sein.“ Ich hätte beinah die Schleppe fallen gelassen.

„Nein. Er hat gesagt, es sei wunderschön gewesen. Engelsgleich. Du hättest ein Wiegenlied gesungen, das seine Großmutter ihm früher immer vorgesungen hat.“

„Dass es engelsgleich war, wage ich zu bezweifeln“, wandte ich ein und versuchte zu lachen, was mir jedoch misslang.

„Er war fasziniert von dir, Lucy. Sehr fasziniert sogar. Heute Morgen war ich noch eifersüchtig auf dich."

„Aber, Mylady, ich –"

„Er möchte dich gern noch einmal sehen, bevor er morgen früh wieder abreist. Damit du ihm den Text des Wiegenliedes vorsagen kannst. Obwohl ich zu behaupten wage, dass das nur ein Vorwand ist, um dich wiederzusehen."

„Aber ich –"

„Vielleicht solltest du dich jetzt mit ihm treffen, Lucy, während ich bei meinen Eltern bin."

„Ich weiß nicht, Mylady, ich bin nicht –"

Aber Jane blieb abrupt stehen, drehte sich um und hob eine Hand. Irgendwo in der Ferne hörte ich Schritte auf dem Gang, aber ich hatte nicht den Mut, mich umzudrehen. Ein paar Augenblicke später stand Mr Staverton neben uns.

„Mylady", sagte er und verbeugte sich. „Miss Day."

Ich machte einen Knicks, konnte ihm aber nicht in die Augen sehen.

„Mr Staverton, vielleicht könntet Ihr und Lucy, ich meine Miss Day, im Musikzimmer auf mich warten, während meine Eltern mich empfangen?"

„Es wäre mir ein Vergnügen!", antwortete Mr Staverton rasch.

„Dann wird Miss Day in Kürze bei Euch sein. Vielleicht möchtet Ihr ja inzwischen noch Pergament und Feder aus dem Schulzimmer holen."

Jane nickte als Zeichen, dass er entlassen war, drehte sich rasch wieder um und machte einen Schritt vorwärts.

Ich schaute nur noch ganz kurz zurück, bevor ich mit ihr weiterging, und da verbeugte sich Nicholas Staverton vor mir.

Ich war bereits vor Mr Staverton im Musikzimmer, und dafür war ich sehr dankbar. Mein Herz pochte wie wild. Ich stand an einem Fenster mit Blick auf den riesigen Park von Bradgate, zählte langsam auf Lateinisch, so wie Jane es mir beigebracht hatte, um mein Herzklopfen ein wenig zu beruhigen. Es war schon lange her, dass ein Mann mein Interesse geweckt hatte, sehr lange, und ich hatte schon ganz vergessen, wie verwirrend das war.

Ich hörte gar nicht, wie er den Raum betrat.

„*Quindecem*“, flüsterte ich.

„Fünfzehn?“

Ich wirbelte herum.

„Ich scheine ja ein echtes Talent dafür zu haben, Euch zu erschrecken, Miss Day. Ich versichere Euch aber, dass das ganz gewiss nicht meine Absicht ist.“

„Ich habe nur gezählt“, sagte ich ein wenig benommen.

„Und was habt Ihr gezählt?“

„Wie bitte?“

Nicholas trat neben mich ans Fenster und blickte in den Park hinaus, offenbar in der Annahme, dass ich Hirsche oder Gänse oder Wölkchen am Himmel gezählt hatte.

„Was habt Ihr gezählt?“, fragte er noch einmal.

Seine Nähe war faszinierend, und ich wusste, dass es völlig sinnlos war, weiterhin so zu tun, als wäre es nicht so. Ich war keine gute Lügnerin. Das war ich noch nie gewesen.

„Nichts“, flüsterte ich.

Nicholas wandte sich mir mit ebenso fragendem wie zärtlichem Blick zu.

„Und wieso habt Ihr nichts gezählt? Und dazu auch noch auf Lateinisch?“ Seine Stimme war leise und einladend.

„Um mich selbst zu beruhigen.“

„Um Euch zu beruhigen? Seid Ihr denn unruhig?“ Er lachte.

„So etwas in der Art.“ Ich spürte, dass mein Gesicht inzwischen so rot geworden war wie Janes Kleid, aber ich ließ es einfach geschehen. Was hätte ich denn auch sonst tun sollen? Ich war nicht in der Lage, ihn anzusehen.

Er legte seine Hand auf die Fensterbank, so nah an meine, dass sich unsere Fingerspitzen beinah berührten.

„Vielleicht sollte ich dann ebenfalls anfangen zu zählen. Ich bin auch irgendwie unruhig.“

„Ihr macht Euch über mich lustig“, murmelte ich.

„Nein, wirklich nicht. Habt Ihr schon einmal versucht, auf Griechisch zu zählen?“

„Lady Jane hat mich Griechisch noch nicht gelehrt“, entgegnete ich.

„Ach so, dann war sie es also, die Euch das Zählen auf Latein gelehrt hat? Vielleicht solltet Ihr jemand anderem erlauben, Euch das Zählen auf Griechisch zu lehren.“

Mein Herzklopfen wurde jetzt wieder heftiger. „Aber wozu denn?“

„Um absolut gar nichts auf Griechisch zu zählen.“

Ich konnte nicht verhindern, dass sich ein Lächeln auf meinem Gesicht ausbreitete.

„Miss Day, darf ich Euch nach meiner Rückkehr nach Oxford schreiben? Und würdet Ihr mir vielleicht sogar die Ehre erweisen, mir zurückzuschreiben? Ihr seid doch noch nicht versprochen oder verlobt, oder? Gehört Euer Herz bereits jemandem?“

„Nein“, antwortete ich und errötete erneut.

„Ich würde gerne alles über Euch erfahren, Miss Day.“

„Ich glaube nicht, dass es da viel zu erzählen gibt, Mr Staverton“, sagte ich und entfernte meine Hand vom Fenster und aus der verwirrenden Nähe seiner Finger. „Ich bin die Tochter eines Herrenschneiders und nähe Kleider für die Tochter des Herzogs von Suffolk.“

„Und Ihr singt Wiegenlieder“, sagte Mr Staverton.

„*Ein* Wiegenlied“, berichtigte ich ihn.

„Ihr interessiert Euch für die Menschen, die Gott Euch über den Weg schickt“, fuhr er fort. „Ihr seid höflich zu Fremden und gnädig gegenüber Menschen, die keine Gnade verdient haben. Ihr seid neugierig in Bezug auf die tieferen Dinge, die mit Gott zu tun haben, und Ihr hört zu, wenn andere es nicht tun. Ihr verbreitet keinen Klatsch und redet nicht schlecht über Menschen, die falsche Entscheidungen getroffen haben. Ihr seid geduldig, intelligent und freundlich."

„Wer …? Was …?", aber ich konnte keinen vollständigen Satz formulieren, weil ich so überrascht war.

„Lady Jane spricht in den höchsten Tönen von Euch", erklärte Nicholas. „Das habe ich Euch doch bereits gestern Abend gesagt, als ich Euch leider bei Eurem sehr schönen Wiegenlied unterbrochen habe."

In diesem Augenblick erinnerte ich mich daran, dass Jane Nicholas ja aufgefordert hatte, seine Feder mitzubringen und ein Stück Pergament, damit ich ihm den Text des Liedes diktieren konnte.

„Ihr habt die Feder und das Pergament vergessen", sagte ich deshalb.

Er schaute auf seine leeren Hände hinunter. „Tatsächlich."

„Aber Ihr seid doch zurück ins Schulzimmer gegangen, um beides zu holen."

„Ja, das bin ich."

„Und?"

Er lachte. „Und ich hatte Feder und Pergament auch bereits in der Hand, um sie mit ins Musikzimmer zu nehmen, aber dann habe ich mir überlegt, dass es vielleicht klüger wäre, die Sachen zu vergessen, weil dann noch ein weiteres Treffen mit Euch nötig wäre, bevor ich Bradgate wieder verlasse."

Nicholas wollte gerade noch etwas hinzufügen, als Jane mit strahlender Miene in den Raum gerauscht kam.

„Mylady!", rief ich und fürchtete schon, sie könnte alles gehört haben, auch wenn ich wusste, dass das eigentlich unmöglich war. „Ihr seid ja schon so bald wieder zurück!"

„Lucy! Es stimmt. Es ist wahr!"

Sie kam zu mir, ergriff meine Hände und zog mich zur Tür. „Mama sagt, du musst dich sofort um meine Garderobe kümmern. Er kommt schon morgen. Guten Tag, Mr Staverton."

„Mylady", sagte Nicholas und machte – nicht ohne Erheiterung – eine tiefe Verbeugung.

„Morgen schon?“, fragte ich nach.

„Ja, ja!“ Sie ließ meine Hände wieder los. „Komm, wir müssen meine Kleider vorbereiten!“

Jane flog förmlich aus dem Zimmer, und die Schleppe, die ich zuvor getragen hatte, wehte hinter ihr her wie eine Woge auf stürmischer See.

Ich wandte mich Nicholas zu und machte einen Knicks. „Auf ein andermal, Mr Staverton.“

Er kam einen Schritt auf mich zu. „Werde ich Euch morgen noch sehen, bevor ich abreise?“

Ich nickte.

Er deutete mit dem Kopf in Richtung Tür. Janes Schritte verhallten auf dem Gang. „Was ist wahr?“

Ich hätte es ihm gern gesagt. Ich hätte ihm gern gesagt, dass einem das Schicksal manchmal hold ist und man den einen heiraten darf, für den das eigene Herz schlägt.

„Ich bin leider nicht befugt, Euch das zu verraten, Mr Saverton“, antwortete ich stattdessen. Aber ich lächelte ihn dabei an und hielt seinem Blick stand, bevor ich mich umdrehte und den Raum verließ, um Jane zu folgen.

Ich glaube, er wusste, dass ich mir wünschte, es ihm sagen zu können.

Neunzehn

Jane war schon vor Tagesanbruch wach. Ich war gerade fertig angezogen, als ein Dienstmädchen nach mir geschickt wurde. Ich folgte dem jungen Mädchen stille Gänge entlang zu Janes Schlafzimmer. Das ganze Haus schlief noch.

Ich traf Lady Jane vor dem Kleid stehend an, das sie auf Wunsch ihrer Mutter tragen sollte – eine wunderhübsche Robe in Nachtblau, eingefasst mit Hermelin und Florentiner Goldfiligran, mit einem passenden mit Edelsteinen besetzten Haarnetz für ihr langes braunes Haar.

Jane verzog das Gesicht. Als sie mich sah, machte ich einen tiefen Knicks, und sie bedeutete mir, näher zu treten.

„Ich finde, ich sollte Grün tragen", sagte sie und stupste gegen den dunkelblauen Stoff.

„Ja ... aber die Herzogin ...", setzte ich an.

„Ich weiß ja, aber Edward mag Grün. Ich habe einmal gehört, wie er es gesagt hat."

Ich schaute mich im Zimmer nach Mrs Ellen um, die immer in der Lage war, Jane dazu zu bringen, die Anweisungen ihrer Mutter zu befolgen. Das Kleid, das da vor uns hing, war auf jeden Fall und unter allen Umständen das Kleid, das Jane tragen würde. Ich war noch bis nach Mitternacht auf gewesen und hatte dafür gesorgt, dass jede Verzierung, jedes Stück Spitze und jedes Band fest an Ort und Stelle saß.

Aber Mrs Ellen war nicht zugegen.

„Dieses Kleid ist so prachtvoll, Mylady. Ich wage zu behaupten, dass der junge Lord gar nicht merken wird, dass es nicht grün ist."

„Glaubst du, Edward freut sich darüber, dass ich seine Braut bin?", fragte Jane abwesend und strich geistesabwesend über das Kleid.

„Aber natürlich, Mylady."

„Das sagst du doch nur, weil du es musst."

Ich machte einen Schritt auf sie zu. „Aber erinnert Ihr Euch denn nicht mehr, wie Ihr im Frühsommer bei seiner Majestät wart? Erinnert Ihr Euch, wie Ihr mir erzählt habt, dass Edward Euch über den Tisch hinweg angestarrt hätte? Erinnert Ihr Euch, wie er Euch darauf hingewiesen hat, dass der König eine französische Prinzessin heiraten würde?"

Janes Mundwinkel bewegten sich ein ganz klein wenig aufwärts. „Er hat mich wirklich angestarrt, nicht wahr?"

„Ja", sagte ich, obwohl ich mich an dem Abend, an dem Jane beim König gewesen war, in einer Dachkammer des Richmond Palace aufgehalten hatte. „Er war verärgert, dass Eure Aufmerksamkeit dem König galt und nicht ihm."

„Ja, wirklich", sagte Jane und fuhr mit dem Finger an dem edelsteinbesetzten Mieder entlang.

„Und was ist, wenn mein Vater und Edwards Vater sich nicht einig werden? Was, wenn –"

„Ich würde nicht an Dinge denken, die keinen einzigen Gedanken wert sind, Mylady."

„Es ist noch nicht offiziell, weißt du. Mein Vater hat gesagt, dass er mit dem Herzog von Somerset bezüglich einer Vermählung im Gespräch ist." Jane blickte zu mir auf und lächelte. „Meine Mutter hat gesagt, ich solle mich dem jungen Edward gegenüber zuvorkommend und liebenswürdig verhalten, gleichgültig, was ich von ihm als künftigem Ehemann halten würde, sonst würde sie mir das Leben zur Hölle machen. Da musste ich mich selbst kneifen, um nicht laut loszulachen!"

Jane kicherte leise, obwohl ich genau merkte, dass sie immer noch sehr aufgewühlt war.

In diesem Augenblick betrat Mrs Ellen das Zimmer, sah uns beide und schnalzte missbilligend mit der Zunge. „Was ist denn hier los?" Sie wandte sich an mich. „Du wirst sie auf keinen Fall jetzt schon ankleiden. Dann ist doch das Kleid später völlig zerknittert."

„Ich habe sie auch noch gar nicht gebeten, mich anzukleiden, Ellen."

„Und warum ist Lucy dann schon hier? Die Sonne geht ja gerade erst über dem Park auf!"

„Weil ich sie hergebeten habe. Ich dachte, dass ich vielleicht lieber mein grünes Kleid tragen sollte, das Kleid, das Lucy mir im vergangenen Oktober für die Geburtstagsfeier des Königs genäht hat."

Mrs Ellen deutete auf das blaue Kleid. „Die Herzogin wird sowohl meinen als auch Lucys Kopf fordern, wenn Ihr heute Mittag nicht genau in diesem Kleid erscheint!"

„Aber Edward mag Grün."

„Der junge Graf wird aber nicht mit Eurem Kleid verlobt, Mädchen", sagte Mrs Ellen lächelnd, aber entschlossen. „Kommt jetzt. Ich habe Euch ein schönes Bad vorbereitet. Lasst Lucy erst einmal nach unten gehen und frühstücken, bevor das ganze Haus wach ist."

Jane wandte sich noch einmal an mich. „Aber du kommst doch gewiss wieder, wenn es Zeit zum Ankleiden ist, nicht wahr?"

„Aber gewiss doch, Mylady", versicherte ich ihr.

Der Morgen ging rasch vorüber, weil ich nach dem Frühstück zu Janes jüngerer Schwester Katherine gerufen wurde, um einen Riss in dem Kleid zu flicken, das sie am Nachmittag zum Empfang des Herzogs von Somerset und seiner Familie tragen sollte. Ich zuckte innerlich ein wenig zusammen, als ich sah, dass Katherines Kleid von einem beruhigenden Meergrün war.

Ich konnte nur hoffen, dass Jane mit dem Protokoll für den Tag zu beschäftigt sein würde, um es zu bemerken.

Als ich schließlich wieder in Janes Zimmer kam, traf ich sie dort seltsam ruhig und gelassen an.

„Ist alles in Ordnung, Mylady?" Ich schloss die Tür hinter mir, damit sie sich ankleiden konnte.

„Ja, Lucy. Mach dir nur keine Gedanken um mich, sonst verliere ich noch vollständig die Fassung, und ich habe den ganzen Morgen um nichts anderes gebetet als darum, sie nicht zu verlieren. Und jetzt bring mir bitte diesen Albtraum von einem Kleid."

Ich holte das nachtblaue Kleid und brachte es ihr. „Das ist aber kein Albtraum von einem Kleid, Mylady. Es ist ein Traum auf dem Meer bei Mitternacht."

„Findest du wirklich?", fragte sie, während sie in den Rock schlüpfte.

„Ja, das finde ich."

Während ich sie weiter mit Mieder, Ärmeln, Schärpe und Haarnetz ankleidete, übte Jane flüsternd die Begrüßung ein.

„Mylord, wie wundervoll, Euch zu sehen. Ich hoffe, Ihr hattet eine angenehme Reise nach Bradgate. Mylord, wie wundervoll, Euch zu sehen. Ich hoffe, Ihr hattet eine angenehme Reise nach Bradgate", flüsterte sie.

Als sie fertig angekleidet war, drehte ich sie um, sodass sie in den Spiegel schauen und selbst sehen konnte, wie elegant sie aussah.

„Seht Ihr? Ihr schaut aus wie eine Prinzessin", sagte ich.

Sie fingerte an ihrer Saphirhalskette herum, die ihr eng um den Hals lag, und drehte den Kopf ein wenig nach hinten, um auch das Haarnetz sehen zu können, das ihr bis tief in den Nacken reichte und mit funkelnden, filigran gearbeiteten goldenen Rosetten und winzigen Perlen übersät war.

Es klopfte an der Tür. Auf Janes Aufforderung hin betrat Mrs Ellen das Zimmer.

„Was für ein Anblick, mein süßes Mädchen!", gurrte sie.

Jane lächelte sie an, sagte aber nichts.

Einen Moment lang herrschte Stille, und dann fragte Mrs Ellen behutsam, ob Jane bereit sei. Ihre Eltern hätten bereits nach ihr gefragt.

Jane drehte sich zu mir um. „Hast du heute Morgen deine Gebete gesprochen, Lucy?"

„Ja, gewiss, Mylady.“

„Hast du auch für mich gebetet?“

Ich griff nach ihrer Hand und drückte sie. „Ich bete jeden Morgen für Euch, Mylady.“

Jetzt drückte sie meine Hand, holte einmal tief Luft, hob das Kinn ein wenig und bat mich, doch so freundlich zu sein, ihre Schleppe zu tragen.

Unser Weg zum Empfangszimmer des Herzogs in Begleitung von Mrs Ellen war ganz und gar anders als am Vortag, als sie nicht dabei gewesen war. Weder Jane noch ich sagten ein Wort.

Einmal hörte ich, wie Jane flüsterte: „Mylord, wie wundervoll, Euch zu sehen. Ich hoffe, Ihr hattet eine angenehme Reise nach Bradgate.“

An der Tür zum Empfangssalon drehte sie sich noch einmal zu mir um und sagte: „Ich sehe dich dann in meinem Schlafzimmer, wenn ich zurück bin, Lucy.“ Dann öffnete Mrs Ellen die Tür, Jane trat in den Raum, und alles, was ich sehen konnte, war der Rücken eines jungen Mannes mit vollem Haar, das die Farbe von Weizen hatte.

Ich ging zurück in Janes Zimmer, um dort nach dem Ankleiden die Garderobe wieder aufzuräumen. Auf dem Weg dorthin begegnete ich auf der Treppe Mr Staverton. Er trug Reisekleidung und hatte ein Cape über dem Arm. Ich machte einen Knicks.

„Ach, Miss Day!“ Seine Stimme klang freudig und hoffnungsvoll. „Ich hatte schon befürchtet, Euch nicht mehr wiederzusehen, bevor ich mich auf die Rückfahrt nach Oxford mache.“

„Ihr verlasst Bradgate schon, Mr Staverton?“ Eigentlich war seine Abreise erst für den Abend vorgesehen gewesen, und jetzt war es erst gerade Mittag. Ein seltsam winzig kleines Band der Traurigkeit bahnte sich einen kurzen Moment lang den Weg von ihm zu mir.

„Jetzt, wo der Herzog von Somerset und seine Familie hier sind, hielt Mr Aylmer es für ratsamer, dass ich mich schon am Mittag auf den Weg mache, um Lady Janes Eltern nicht zu stören. Ich habe gehört, dass dies heute ein sehr wichtiger Tag für die junge Lady Jane ist."

„Ja. Ja, das ist es in der Tat."

Er schwieg einen Moment. Dann: „Möchtet Ihr mich noch bis zur Kutsche begleiten, Miss Day?"

„Aber gern."

In unbehaglichem Schweigen gingen wir weiter die Treppe hinunter. „Und wie geht es Lady Jane heute Morgen?", erkundigte er sich schließlich.

„Es geht ihr gut", antwortete ich. „Sie ist nervös."

„Natürlich. Mr Aylmer hat mir erzählt, dass sie mit dem jungen Edward Seymour verlobt werden soll."

Ich nickte.

„Sind sie schon miteinander bekannt?"

„Ja. Janes Vormund war Edwards Onkel.

„Ach ja, der unglückselige Lord Admiral."

Ohne es zu wollen, versteifte ich mich ein wenig. „Lady Jane hat ihren Vormund sehr gern gehabt. Aber es gab auch vieles, das sie nicht über ihn wusste."

„Ich wollte keinesfalls respektlos sein", entgegnete Nicholas daraufhin schnell. „Was ihm widerfahren ist, war wirklich bedauernswert."

„Das stimmt. Aber ich fürchte, vieles davon hat er sich auch selbst zuzuschreiben gehabt."

„Ich ... ich mache mir Gedanken um den älteren Edward Seymour. Er besitzt nicht die gleiche Arroganz wie Thomas Seymour, und er ist ausgesprochen beliebt bei den Menschen, aber er scheint im gleichen Dilemma zu stecken wie sein Bruder. Er hat die Gunst und das Wohlwollen des Kronrates Seiner Majestät des Königs verloren."

„Aber er ist doch schon vor zwei Monaten wieder aus der Haft im Tower entlassen worden", hielt ich dem entgegen.

„Das stimmt zwar, aber er ist nicht wieder als Protektor des jungen Königs eingesetzt worden, und dadurch ist seine Position geschwächt, glaube ich. John Dudley mag ihn nicht besonders.“

„John Dudley?“

„Er ist zurzeit ein sehr mächtiger Mann, Miss Day. Der König hört auf ihn.“

Wir waren inzwischen am Fuß der Treppe angelangt und gingen weiter zum Haupteingang von Bradgate Hall.

„Und was will John Dudley?“, fragte ich. „Wenn doch der König bereits auf ihn hört, was will er denn dann noch mehr?“

„Den König für seine eigenen Interessen nutzen, nehme ich an. Er will unbedingt, dass Seine Majestät eine Protestantin heiratet, damit Rom sich nie wieder in die Angelegenheiten der Krone einmischt. John Dudley möchte, dass König Eduard heiratet und schnellstens protestantische Erben hervorbringt, da Prinzessin Maria theoretisch die Nächste in der Thronfolge ist. Wenn Maria auf den Thron käme, würde die katholische Kirche wieder an Einfluss gewinnen, und das will John Dudley auf gar keinen Fall.“

„Der König wird im Oktober erst vierzehn und wird schon jetzt gedrängt, einen Erben hervorzubringen?“

„Alles zu gegebener Zeit, da bin ich sicher. Aber dennoch ... So heißt es zumindest in Oxford. Seine Majestät war schon immer anfällig für Krankheiten. Das ist beunruhigend für die Protestanten, für diejenigen, die sich gegen Rom stellen. Dudley ist besorgt, dass der Thron wieder katholisch werden könnte.“

„Wäre das denn so furchtbar, Mr Staverton? Es ist doch derselbe Gott, der von beiden angebetet wird.“

„Ja, aber es ist ja nicht der Teil, bei dem es um Gott geht, über den sich die Menschen hier uneins sind. Es ist der Teil, bei dem es um die Menschen geht. Und um Macht. Und um die Ausübung von Macht.“

Wir traten hinaus in den herrlichen Sommermittag. In den Bäumen sangen die Vögel, und die Pferde vor der wartenden Kutsche scharrten ungeduldig mit den Hufen. Eine warme Brise zupfte an meinen Haaren. Ein Page öffnete die Kutschentür für Nicholas und wartete dann.

„Jetzt habe ich Euch immer noch nicht die Worte des Wiegenliedes diktiert“, sagte ich.

Nicholas streckte seine Hand aus, und einen Moment später reichte ich ihm meine. Dabei drückte er mir ein Stück Pergament in die Hand.

„Das ist meine Adresse in Oxford. Vielleicht könnt Ihr mir den Text ja senden, Miss Day?“

Als ich das Stückchen Pergament entgegennahm, berührten sich unsere Fingerspitzen, und ein Schauer ging mir durch den ganzen Körper. Nicholas nahm meine Hand, verbeugte sich und gab mir einen Handkuss.

„Ich werde jeden Tag darauf warten, von Euch zu hören, Miss Day.“

Dann wandte er sich ab, stieg in die Kutsche und nahm darin Platz. Er sah mir in die Augen, während die Tür geschlossen wurde und die Kutsche sich in Bewegung setzte, und er wandte den Blick nicht ab, bis die Kutsche schon ein ganzes Stück von der Treppe entfernt war.

Die Kutsche hatte bereits gewendet, bevor mir bewusst wurde, dass ich zum Abschied weder einen Knicks gemacht noch ihm eine gute Reise gewünscht hatte. Meine Hand prickelte immer noch an der Stelle, an der er sie geküsst hatte.

Erst lange nach dem Abendessen wurde ich wieder in Lady Janes Gemächer gerufen. Ich war während der Ereignisse des Tages nicht gebraucht worden, sodass ich viele Stunden Zeit gehabt hatte, darüber nachzusinnen, wieso ich mich so stark zu Nicholas Staverton hingezogen fühlte. Nachdem ich mich um Janes Garderobe gekümmert hatte, war fast nichts mehr zu tun gewesen. Ich hatte nur noch ein Stückchen zerrissener

Spitze an Lady Katherines Kleid flicken müssen und hatte dann Janes jüngerer Schwester Mary – die nur am Nachmittag in Erscheinung getreten war – ein sonnengelbes Kleid angezogen, in dem das kleine Mädchen aussah wie eine hüpfende Narzisse. Danach wurde ich von der Dienerschaft der Herzogin in die Garderobe entlassen, um den Nachmittag dort nach eigenem Gutdünken zu verbringen.

Das tat ich, indem ich über die seltsamen Gefühle nachdachte, die Mr Staverton in mir geweckt hatte. Es ärgerte mich ein wenig, dass er durch Janes freundliche, aber sehr offene Rede schon so viel über mich erfahren hatte, ich aber im Gegenzug nur sehr wenig über ihn wusste. Und seine Bewunderung für mich war beunruhigend. Der junge Mann, nach dem ich damals vor vielen Jahren geschmachtet hatte, hatte nicht einmal von meinen Gefühlen gewusst. Ich merkte, wie traurig ich darüber war, dass Mr Staverton so schnell wieder hatte abreisen müssen, obwohl seine Anwesenheit im Haus auch beunruhigend gewesen war – wenn auch für niemanden außer mir. Ich vermisste seine Anwesenheit bereits in dem Augenblick, als er Bradgate verlassen hatte.

Ich sah den Herzog von Somerset, seine Frau und seinen Sohn Edward nur vom Fenster im dritten Stockwerk aus, als die beiden Familien im Rosengarten ein Nachmittagseis zu sich nahmen. Von meinem eingeschränkten Blickwinkel aus schien es mir ganz so, als verbrächten die beiden Familien einen wunderschönen Sommernachmittag miteinander, auch wenn die beiden Herzöge überaus wachsam und nachdenklich wirkten. Keiner von ihnen lachte oder lächelte auch nur.

Der junge Edward und Lady Jane entfernten sich zu einer Bank im Garten, allerdings so, dass sie dabei von ihren Eltern sowie von mehreren Bediensteten gesehen werden konnten. Irgendwann sah ich, dass Edward Jane etwas gab, aber dies geschah verstohlen und sollte offenbar weder von mir noch von sonst jemandem bemerkt werden. Ich wandte deshalb den Blick ab, bis ich aus dem Augenwinkel bemerkte, dass die beiden wieder zu den anderen gestoßen waren, die sich unter einem gestreiften Baldachin aufhielten, wo ein Trio von Musikern leichtfüßige Melodien spielte.

Als schließlich nach mir gerufen wurde, traf ich Jane auf einem Polster auf dem Fenstersims ihres Schlafzimmers an, von wo aus sie in den sternenübersäten nachtblauen Himmel schaute. Sie hatte die anderen Bediensteten bereits weggeschickt, und nicht einmal Mrs Ellen war noch da. Wir waren allein.

„Lucy!“, rief sie, als ich den Raum betrat.

Ich knickste und ging zu ihr hin. Sie klopfte auf das Kissen neben sich, und instinktiv drehte ich mich um, um nachzuschauen, ob vielleicht sonst noch jemand da war, der neben ihr hätte Platz nehmen sollen, obwohl wir allein im Raum waren.

„Keine Sorge. Ich habe die anderen schon weggeschickt. Und Mrs Ellen ist gegangen, um mir etwas aus der Küche zu holen. Ich war die ganze Zeit so aufgeregt, dass ich erst jetzt etwas essen kann.“

Ich nahm wortlos Platz, setzte mich aber so, dass ich rasch aufspringen konnte, falls die Tür aufging und Mrs Ellen hereinkam. Jane schien zufrieden, aber irgendwie auch unruhig. Ich wartete, dass sie zu erzählen begann.

„Du hattest recht“, sagte sie leise.

„Mylady?“

„Edward ist ziemlich glücklich, dass unsere Eltern über einen Ehevertrag verhandeln!“ Ihr Lächeln wurde breiter, und sie schaute in die unendliche Abenddämmerung vor dem Fenster.

„Ihr habt also mit ihm gesprochen?“

„Oh ja, wir haben geredet!“

„Dann ist es also offiziell? Ihr seid mit ihm verlobt?“ Ich konnte nicht anders, als mich zu ihr zu beugen, so aufgeregt war ich ihretwegen.

Jane neigte ihren Kopf zur Seite, sodass ihre Stirn an einer der diamantförmigen Scheiben lag. Auf ihrer Stirn bildete sich eine Sorgenfalte. „Es gibt nichts Schriftliches. Zumindest noch nicht."

„Vielleicht kommt das ja später noch", sagte ich.

„Vielleicht. Ich glaube, Papa wartet noch, bis die Angelegenheiten des Herzogs geregelt sind. Ich habe gehört, wie mein Vater und Edwards Vater über John Dudley und den Kronrat gesprochen haben und über die Schwierigkeiten, die Edwards Vater gehabt hat. Es hat ein Zerwürfnis zwischen dem Herzog von Somerset und John Dudley gegeben, weißt du? Ich mag ihn nicht."

„Was meint Ihr?", fragte ich, obwohl ich sie genau verstanden hatte.

„Ich mag John Dudley nicht. Ich traue ihm nicht."

Ich sagte dazu nichts.

„Aber die Menschen lieben Edwards Vater", fuhr sie fort. „Sie nennen ihn den ‚guten Herzog'."

Wieder hörte ich kaum hin.

„Aber ich will mir über all das jetzt keine Gedanken machen." Jane beugte sich zu mir. „Edward will mich heiraten, Lucy. Wirklich. Er hat mir gesagt, dass sein Herz für mich schlägt, seit sein Onkel mein Vormund wurde! Und ich habe gelacht und ihm gesagt, dass es bei mir genauso war."

„Ich freue mich so für Euch, Mylady", entgegnete ich.

Dann beugte sie sich noch weiter zu mir. „Er hat mir ein Geschenk gemacht, Lucy!" Jane streckte mir ihre Hand entgegen. Am Ringfinger ihrer linken Hand trug sie einen schlichten Goldring, auf dem ein wunderschöner Saphir glitzerte, der von Rubinen und winzigen Diamanten umgeben war.

„Der ist ja wunderschön", hauchte ich.

„Sieh mal, was drinsteht." Jane nahm den Ring vom Finger und gab ihn mir. Ich hielt ihn ins Mondlicht und erkannte Janes Namen, der in einer wunderschönen Schrift hineingraviert worden war. Aber da waren noch mehr Worte, winzig und mir unbekannt.

Jane merkte, dass ich nicht lesen konnte, was Edward eingravieren lassen hatte.

„Es ist lateinisch“, sagte sie. „Aus dem Hohelied Salomos. Es heißt übersetzt: ‚Du hast mein Herz gefangen, meine Schwester, meine Braut.‘“

Zwanzig

Mit den ersten Frösten im Oktober ebbte das Schweißfieber langsam ab, und die Adeligen, die sich aufs Land zurückgezogen hatten, kehrten nach London zurück. Janes Eltern, die ja neuerdings Herzog und Herzogin von Suffolk waren, hatten es eilig, wieder an den Hof zurückzukehren, um dort ihren neuen Titel zu präsentieren. Sie schmiedeten also Pläne, sobald wie möglich wieder nach London zu gehen – und Jane mitzunehmen.

Bevor wir jedoch dorthin aufbrachen, bekam ich einige Tage frei, damit ich meine Eltern besuchen konnte.

Nicholas hatte mir sofort geschrieben, nachdem er wieder in Oxford eingetroffen war, und ich hatte ihm unverzüglich einen Brief mit dem Text des Wiegenliedes zurückgesandt. Der nächste Brief von ihm traf dann nur wenige Tage später ein. Wir stellten fest, dass wir ganz ähnlich dachten und glaubten, was uns beide überraschte, vielleicht mich mehr noch als ihn. Als sich die Blätter verfärbten und dann das Laub zu fallen begann, hatten wir uns bereits ein Dutzend Briefe geschrieben. Ich hatte Angst vor dem Gedanken, dass unsere Freundschaft vielleicht enden könnte oder, was noch schlimmer gewesen wäre, dass unsere Beziehung vielleicht nie über Freundschaft hinausgehen würde. Ich sollte jedoch erfahren, dass er genau das Gleiche empfand. Er fragte, ob er meinen Vater um Erlaubnis bitten dürfe, mir den Hof zu machen, zunächst nur in Form von Briefen. Ich gebe zu, dass mein Hauptgrund, die Herzogin um ein paar freie Tage für einen Besuch zu Hause in Haversfield zu ersuchen, darin bestand, meinem Vater dieses Anliegen vorzutragen, bevor der ganze Haushalt des Herzogs und der Herzogin wieder nach London zog.

Mein Vater verbrachte die Tage in eine Decke eingehüllt am Feuer – sogar im Sommer –, wo er zwischen seinen zahlreichen Nickerchen Hosentaschen flickte. Ich war noch keine Stunde zu Hause, da kniete ich bereits neben seinem Sessel und sagte, dass es etwas gäbe, das ich unbedingt mit ihm besprechen müsse.

„Ich habe einen Mann kennengelernt, Papa. Einen Studenten aus Oxford. Er ist ein Freund von Lady Janes Hauslehrer Mr Aylmer und heißt Nicholas Staverton. Er möchte mir den Hof machen, allerdings nur in Form von Briefen."

Papas lange Krankheit hatte ihn ausgezehrt, ihm seine Kraft und Vitalität geraubt, aber jetzt lächelte er und legte seine Hand an meine Wange. „Erzähl mir von ihm."

Ich berichtete ihm, was ich über Nicholas wusste, wie wir uns kennengelernt hatten, von seiner freundlichen Art und seinem vornehmen Benehmen.

„Und welche Pläne hat Mr Staverton nach dem Studium, Lucy?"

Ich erzählte Papa, dass Nicholas vorhatte zu unterrichten, dass sein Onkel Direktor der *King's School* in Worcester sei und dass er nach seinem Abschluss vielleicht dort anfangen könne.

„Und wo steht dieser junge Mann, was den Glauben angeht, mein Kind?", fragte Papa weiter.

Seit sich Heinrich VIII. mit der katholischen Kirche überworfen hatte, war es gesetzlich verboten, die katholische Messe zu feiern. Es gab Menschen – zu ihnen gehörte auch die verbannte Prinzessin Maria –, die sich diesem Verbot widersetzten und heimlich nach Priestern suchten, um sich von ihnen Oblaten und Messwein segnen zu lassen. Das war sehr gefährlich.

Aber Nicholas verband nichts mit der katholischen Kirche, und zwar nicht nur, weil er sich an das Gesetz des Königs hielt. Mir war wichtig, dass Nicholas das, was er glaubte, wirklich aus Überzeugung glaubte und nicht nur, weil es sicherer war oder es von der Mehrheit so geglaubt wurde. Und ich wusste, dass genau das auch meinem Vater wichtig war.

„Mr Staverton ist ein Anhänger des Glaubens Ihrer Majestät – und auch deines Glaubens, Papa."

Mein Vater berührte mein Gesicht. „Würde es dir denn gefallen, wenn Mr Staverton dir den Hof machen würde? Würde es dich glücklich machen?"

Ich nickte und war selbst überrascht darüber, wie sehr.

„Dann richte Mr Staverton bitte aus, dass er mir schreiben darf", sagte mein Vater. „Ich würde mich sehr freuen, wenn er mir schreiben würde."

Im Nebenzimmer hörte ich, wie meine Mutter rief, das müsse gefeiert werden und dass sie einen Ingwerkuchen backen werde. Da erst wurde mir klar, wie sehr meine Eltern für meine Zukunft gebetet hatten. Es gab keinerlei Anzeichen dafür, dass eine Besserung des Gesundheitszustandes meines Vaters zu erwarten war, und sie hatten sich meinetwegen Sorgen gemacht. Meine Schwester Cecily war bereits verlobt und würde somit ebenfalls bald versorgt sein.

Meine Ankündigung – meine Bitte – war deshalb für meine Eltern eine echte Gebetserhörung. Ich schrieb Nicholas noch in derselben Stunde.

Es war gleichzeitig schwer und auch schön, Haversfield wieder zu verlassen und zu Lady Jane zurückzukehren. Ich betete, dass Gott das Leben meines Vaters noch so lange erhalten möge, bis ich verheiratet war.

In den Wochen nach dem Besuch von Edward Seymour und seiner Familie in Bradgate warteten sowohl Jane als auch ich sehnsüchtig auf die Postkutschen, die uns Nachrichten von den Männern brachten, denen unsere Zuneigung galt. An vielen Abenden fanden Jane und ich ein ruhiges Plätzchen, wo wir die Neuigkeiten aus den Briefen austauschten, die wir erhalten hatten. Und manchmal schrieben wir auch gleichzeitig zurück, Jane in ihrem Schlafzimmer und ich in meinem, und wenn ich dann morgens ihre Garderobe für den Tag bereitlegte, tauschten wir uns darüber aus, was wir geschrieben hatten.

Janes Eltern versuchten zwar nicht zu unterbinden, dass ihre Tochter so oft an Edward schrieb, aber sie ermutigten sie auch nicht. An manchen Tagen trug Jane den Ring, den Edward ihr geschenkt hatte, aber meist lag er in dem Schmuckkästchen auf ihrer Kommode. Weshalb sie ihn dann nicht trug, verriet sie mir nicht. An solchen Tagen war sie traurig und in sich gekehrt und verbrachte viele Stunden mit dem Übersetzen von Passagen aus dem Italienischen oder Arabischen, und das aus keinem anderen Grund – so jedenfalls schien es mir –, als sich die Zeit zu vertreiben.

Als die Herzogin verkündete, dass die Familie an den Hof zurückkehren werde, hob sich Janes Stimmung. Wenn die Lords und Ladys wieder an den Hof zurückkehrten, dann würden es Edward Seymour und seine Familie ebenfalls tun. Ich packte sorgfältig Janes Garderobe, ganz so, wie die Herzogin es mir befohlen hatte, und an einem kühlen Herbstmorgen brachen wir endlich nach London auf.

Ich schrieb Nicholas, dass ich Jane inzwischen sehr lieb gewonnen hätte, dass sie aber wahrscheinlich im Laufe des nächsten Jahres heiraten werde und ich nicht wisse, ob ich weiter im Dienst des Herzogs bleiben wolle, wenn Jane nicht mehr da sei. Ich sei zwar auch gern mit ihrer Schwester Katherine zusammen, aber wir hätten keinerlei Gemeinsamkeiten. Es sei überdies sowieso wahrscheinlich, dass ich entlassen würde, wenn Jane geheiratet hätte.

Die Herzogin hatte viele Schneiderinnen und Schneider in ihren Diensten, und ich glaube, sie hatte mich ohnehin nur deshalb behalten, weil Jane sie darum gebeten hatte.

Es gab also keinen Grund, davon auszugehen, dass Jane die Freiheit haben würde, mich anzustellen, wenn sie die Frau des jungen Grafen war. Seymour hatte sicher seine eigenen Bediensteten.

Obwohl Nicholas nachempfinden konnte, dass ich es als Verlust empfinden würde, aus dem Haushalt des Herzogs und der Herzogin auszuscheiden, schien er doch erleichtert darüber, dass ich mir offenbar auch eine Zukunft ohne Anstellung beim Herzog von Suffolk vorstellen konnte. Weil ich wusste, dass der Weg, der vor mir lag, ganz anders sein würde als der, welcher schon hinter mir lag, fing ich an, mich innerlich Stück für Stück von Jane zu lösen. Sie würde zu Seymour ziehen und ich wieder zurück nach Hause, nach Haversfield, und dann, so Gott wollte, nach Nicholas' Abschluss zu ihm. Ich musste Lady Jane bei den Vorbereitungen auf ihr neues Leben als Edwards Frau helfen, so gut es ging, aber ich musste auch an meine eigenen Vorbereitungen denken.

Es sah alles danach aus, dass in einem Jahr alles anders sein würde.

Wir waren inzwischen schon seit fast einem Monat wieder in London, aber es hatte immer noch kein Besuch des jungen Edward Seymour stattgefunden. Jane bekam zwar immer noch Briefe von ihm, aber er sprach darin stets nur von einer fernen Zukunft, nie von einer aufregenden Gegenwart. Sein Vater schlug weiterhin eine politische Schlacht gegen John Dudley, der inzwischen Herzog von Northumberland war, und dessen zahlreiche Unterstützer. Die Probleme des älteren Seymour waren alles andere als behoben, denn er war ein zweites Mal verhaftet und im Tower gefangen gesetzt worden. Für Jane war es schwierig, auf den vielen Festlichkeiten und Veranstaltungen, zu denen ihre Eltern sie mitnahmen, eine heitere Haltung zu wahren, weil bei solchen Festlichkeiten oft auch John Dudley anwesend war.

Eines Abends wurde ich in Janes Zimmer gerufen, um ihr beim Ankleiden für eine Abendeinladung zu helfen. Die Herzogin hatte für den Anlass eine besonders elegante Robe ausgewählt – aus kapuzinerrotem Samt mit Ärmeln, die pfauenblau gefüttert waren, und einem eingewebten Kornblumenmuster in Gold. Die Innenseite des offenen Kragens und die Ärmelaufschläge hatten spanische Verzierungen. Ein zweiter Kragen aus weißem Batist war mit roter Seide bestickt. Jane warf einen Blick auf das Kleid und verkündete dann, sie wünsche, Schwarz zu tragen.

„Bitte, Mylady", drängte ich. „Die Herzogin –"

„Prinzessin Elisabeth würde niemals ein so schamloses Kleidungsstück tragen." Sie starrte das Kleid, das ich ihr hinhielt, an, als ob es eine widerliche Schlange wäre.

„Aber Ihr werdet in dem Kleid wunderschön aussehen", wandte ich ein.

Sie wendete sich jedoch von mir ab und sagte: „Ich will nicht schön aussehen."

„Aber warum um alles in der Welt denn nicht?", fragte ich.

Sie unterdrückte ein Schluchzen. „Ich will nicht schön sein."

„Was quält Euch denn heute Abend so sehr, Mylady?", wollte ich wissen.

Einen Moment lang sagte sie nichts, aber dann flüsterte sie: „Ich habe Angst."

Ihr Blick lag wie gebannt auf dem Kleid in den grellen Farben.

„Aber wovor denn, Mylady?"

Doch darauf antwortete sie nicht.

Ich sagte nichts und betete um Weisheit. Ich wusste nicht, was ich ihr erwidern sollte, und war sehr dankbar, als sie sich einen Augenblick später dann doch wieder umdrehte und ihre Arme nach dem Mieder des Kleides ausstreckte. Dabei sah ich, dass sie Edwards Ring am Finger trug, aber die Steine waren nach innen zur Handfläche gedreht.

Eine halbe Stunde später war sie fertig angekleidet und trug das farbenfrohe Kleid. Ich trug ihre Schleppe auf dem Weg zu dem Boot, das sie auf der Themse zu einem Fest bringen sollte, bei dem, da war ich ganz sicher, Edward nicht zugegen sein würde.

Als sie gegen Mitternacht zurückkehrte, half ich ihr beim Ablegen der Robe, die sie nicht hatte tragen wollen. Auch Mrs Ellen war da, wuselte um Jane herum und fragte sie, wer denn der gutaussehende junge Lord gewesen sei, der den ganzen Abend versucht hätte, ihre Aufmerksamkeit auf sich zu ziehen.

Jane zuckte nur mit den Schultern. „Das ist gleichgültig."

„Ein gutaussehender junger Herr?", fragte ich Mrs Ellen.

„Oh ja. Lady Katherine hat auf der Barke auf dem Heimweg von nichts anderem gesprochen, als dass ein gutaussehender Gentleman nur Augen für Jane gehabt hätte."

Jane ging zu ihrem Bett, und ihr weißes Nachthemd flatterte dabei um ihren Körper wie ein Engelsgewand.

„Aber ... aber Mylady ist verlobt", flüsterte ich.

„Vielleicht wird das ja die Dinge ein wenig beschleunigen", flüsterte Mrs Ellen zurück. „Die Vereinbarung mit Somerset ist immer noch nicht offiziell. Vielleicht wird das die Sache ein wenig beschleunigen."

Am nächsten Morgen erfuhr ich, dass der gutaussehende junge Herr John Dudleys Sohn Guildford gewesen war.

Weihnachten rückte näher, und ich wollte unbedingt freibekommen, um die Feiertage bei meiner Familie verbringen zu können. Nicholas wollte ebenfalls kommen, um meine Familie kennenzulernen, und ich konnte kaum an etwas anderes denken. Ich wusste, dass unsere Verlobungszeit lang sein würde, denn Nicholas hatte noch ein Jahr in Oxford vor sich, aber ich stellte mir oft vor, wie ich selbst einem eigenen Haushalt vorstehen würde, als Frau von Nicholas Staverton, und wie ich Kinderkleidchen statt Ballkleider nähen würde.

Ende November bekam Jane ein Paket von Prinzessin Maria, die in Herfordshire in der Verbannung lebte. Es gab Pläne, dass Jane und ihre Mutter das Weihnachtsfest bei Prinzessin Maria verbringen sollten, und das Paket war ein verfrühtes Geschenk, damit Jane etwas Schönes anzuziehen hatte, wenn Prinzessin Marie de Guise in der kommenden Woche London besuchen würde. In der Schachtel lag ein erlesenes Kleid, wie es gerade in Frankreich Mode war. Das stark taillierte Mieder mit einem kleinen Koller aus besticktem Batist mit Stehkragen war in winzige Plisseefalten gelegt. Es hatte Puffärmel, die mit Bändern aus Gold, mit winzigen Perlen und edelsteinbesetzten Knöpfen verziert waren.

Der Rock war aus cremefarbenem Satin und der Mantel aus blauem, mit Lilien besticktem Samt. Überall, an jeder Naht und Falte, glitzerten Edelsteine. Die Robe schien dem Betrachter zuzurufen: „Endlich! Wir sind siegreich!"

Lady Jane schnappte nach Luft, als sie es sah. „Was um alles in der Welt soll ich mit so einem Kleid?", rief sie.

„Na, es tragen, mein kleines Mädchen!", antwortete Mrs Ellen. „Das Kleid ist schöner als das jeder Königin."

„Ich ... ich kann unmöglich." Alle Farbe war aus Janes Gesicht gewichen, und sie betrachtete das Kleid beinah panisch. „Keine aufrechte Protestantin würde so etwas tragen, ja, nicht einmal Elisabeth würde es anziehen. Ich werde es auf keinen Fall tragen."

„Im Unterschied zu Euch besucht Elisabeth ja auch zu Weihnachten nicht Prinzessin Maria."

„Aber warum schickt sie mir das? Will sie sich über mich lustig machen?" Jane drehte sich zu mir um. „Macht sich Prinzessin Maria über mich lustig?"

Bevor ich antworten konnte, dass ich keine Ahnung hatte, warum Prinzessin Maria eine so kostspielige Robe sandte, ergriff Mrs Ellen das Wort. Sie hatte die Hände in die üppigen Hüften gestemmt. „Sie hat Euch eben gern, Mylady. Oder braucht sie mehr Gründe?"

Doch Jane wandte sich trotzdem von dem Kleid ab.

„Ihr werdet Prinzessin Maria noch heute Nachmittag schreiben, um Euch für das großzügige Geschenk zu bedanken, oder die Herzogin wird davon erfahren, und das wollt

Ihr ganz sicher nicht, Mylady“, fügte Mrs Ellen hinzu und nahm das Kleid aus der Schachtel heraus.

„Wann reist du ab, Lucy?“, erkundigte sich Jane abwesend. Mrs Ellen schnalzte mit der Zunge, flüsterte irgendetwas vor sich hin und rauschte dann mit dem glitzernden Kleid im Arm aus dem Zimmer.

„Erst in ein paar Wochen, Mylady.“

„Ich wünschte, du würdest uns zu Prinzessin Maria begleiten.“

„Ich werde doch nur für ein paar Tage fort sein.“

„Wird Mr Staverton kommen, um dich zu besuchen?“ Sie fingerte an dem Ring von Edward herum.

„So Gott will“, antwortete ich.

„So Gott will“, sagte auch sie, aber nicht zu mir.

Eine Woche später half ich Jane die Treppe hinunter zum Abendessen, als ein Bote mit furchtbaren Nachrichten in die Eingangshalle gestürmt kam. Der Herzog von Somerset, Edward Semours Vater, war gerade in Westminster Hall der völlig überzogenen Anklage des Hochverrats für schuldig befunden und zum Tode verurteilt worden.

Jane hastete in ihre Gemächer zurück und flehte Mrs Ellen immer wieder an, ihr doch zu sagen, was das für sie und Edward bedeute. Janes Eltern hatten sie nicht zu sich gerufen, ja, sie waren nicht einmal zu Hause, als die Nachricht eintraf.

Und Mrs Ellen konnte Janes Frage nicht beantworten.

Keine von uns konnte das.

Es blieb Jane nichts anderes übrig, als auf die Rückkehr ihrer Eltern zu warten, und dabei drehte sie unablässig Edwards Ring an ihrem Finger.

Jane

Upper West Side, Manhattan

Einundzwanzig

Molly saß mir gegenüber und strich immer wieder am Henkel ihrer Kaffeetasse entlang. Jeff und ihre beiden Töchter waren im Central Park und genossen dort an diesem Sonntagnachmittag das strahlende Aprilwetter. Ich war erst seit knapp einer Stunde wieder in Manhattan, nachdem ich, sehr zum Unwillen meiner Eltern, kurz nach Mittag bei ihnen aufgebrochen war. Leslie war noch vorbeigekommen, um mit uns zusammen zu frühstücken, und war auch geblieben, bis ich aufbrechen musste. Meine Eltern hatten also keine Gelegenheit mehr gehabt, ein ausführliches Gespräch mit mir zu führen, wie sie es sich gewünscht hatten. Als ich wieder in New York angekommen war, war ich vom Bahnhof aus direkt zu Molly gefahren.

Ich trank einen Schluck aus meinem Wasserglas.

„Wir sind doch immer noch Freunde, oder?", sagte Molly.

Ich lächelte sie an. „Ich bin nicht sauer auf dich, wenn du das meinst."

„Ich hab mich wirklich mies gefühlt, weil ich das gesagt habe ... ich meine, dass du immer andere für dich entscheiden lässt. Und es war schrecklich, dass du weg warst und ich dir nicht persönlich sagen konnte, wie schlecht ich mich deshalb gefühlt habe."

„Ist schon in Ordnung, Molly. Mir war wahrscheinlich sowieso klar, dass du im Grunde recht hast." Eine leichte Brise wehte über ihren Balkon und bauschte die geblümte Tischdecke auf dem Tisch zwischen uns. Die gedruckten Rosenblüten darauf schienen zu applaudieren. „Ich habe meine Eltern auswählen lassen, was ich studiere. Ich habe sie entscheiden lassen, dass Kyle nicht der richtige Mann für mich war. Brad habe ich entscheiden lassen, wo wir wohnen, und meine Mutter hat meine derzeitige Arbeitsstelle ausgesucht. Und sogar Brad habe ich von meinen Eltern aussuchen lassen. Und jetzt lasse ich Brad entscheiden, ob es sich lohnt, unsere Ehe zu retten oder nicht."

Eine Weile herrschte Schweigen am Tisch. Die Brise legte sich wieder.

„Haben du und Brad am Wochenende überhaupt miteinander reden können?", meinte Molly schließlich.

Ich hatte während Leslies Party mein Handy immer bei mir gehabt, denn ich wollte bereit sein, mich kurz zu entschuldigen, wenn Brad anriefe. Als das nicht passiert war, hatte ich daraus geschlossen, dass er wahrscheinlich meine Nachricht auf der Mailbox zu spät abgehört hatte, um noch anzurufen, und dass er sich dann sicher am nächsten Morgen melden würde.

Als auch das nicht geschah, dachte ich, dass er damit vielleicht warten wollte, bis ich wieder zu Hause in Manhattan war oder zumindest auf der Rückfahrt im Zug saß und nicht mehr zu fürchten brauchte, dass meine Mutter lauschte.

„Ich habe ihn gestern Abend vor Leslies Party angerufen und ihm eine alberne Nachricht auf die Mailbox gesprochen."

„Was denn für eine alberne Nachricht?"

„Ich habe herumgestottert und ihm dann gesagt, dass ich ihn vermisse. Er hat aber nicht zurückgerufen."

Molly blickte unter sich, als wüsste sie nicht, was sie dazu sagen sollte. Irgendetwas daran beunruhigte mich.

„Wieso fragst du eigentlich, ob Brad und ich am Wochenende miteinander geredet haben?", fragte ich.

Und dann wusste ich es plötzlich.

Sie hatte ihn getroffen. Er war hier gewesen, hier in Manhattan.

Am Vortag sicher nicht, denn da war er ja bei Connor in Massachusetts gewesen. Wenn er in Manhattan gewesen war, dann musste es an diesem Nachmittag gewesen sein.

Und von Manchester nach Manhattan brauchte man mit dem Auto vier Stunden.

„Ist Brad noch hier?“, fragte ich. „Ist er bei Jeff und den Mädchen?“

Molly hob langsam den Blick und sah mich an. „Wahrscheinlich nicht.“

Ich zwang mich, ruhig zu bleiben, damit mir meine Stimme nicht entglitt. „Wahrscheinlich nicht mehr hier oder wahrscheinlich nicht bei Jeff und den Mädchen?“

„Jane –“, setzte sie an, aber ich schnitt ihr das Wort ab.

„Sag's mir einfach, Molly.“

„Er wollte eigentlich heute Nachmittag gegen zwei wieder nach Manchester aufbrechen. Da bist du vermutlich hier um die Ecke gerade aus der U-Bahn gestiegen.“

„Um zwei? Er ist schon um zwei wieder gefahren? Er ist vier Stunden gefahren, um nur etwa eine Stunde hierzubleiben und sich dann wieder auf den Rückweg zu machen?“

„Er ist schon letzte Nacht hier angekommen. Gegen elf war er in eurer Wohnung, hat er zumindest gesagt.“

„In *meiner* Wohnung?“

„Meine Güte, Jane, es ist eure gemeinsame Wohnung!“

Ich wollte meine Wut und Enttäuschung nicht an Molly auslassen, aber ich hatte mich nicht mehr beherrschen können. „Entschuldigung“, entgegnete ich deshalb leise.

„Also, wenn du mich fragst, sieht er ziemlich fertig aus.“

„Das meinst wahrscheinlich nur du.“

„Nein. Jeff fand das auch.“

Es wurmte mich, dass Jeff und Molly Brad gesehen, mit ihm gesprochen hatten und ich nicht. Ich fand es unfair.

„Ist er einfach so gekommen und hat plötzlich vor der Tür gestanden?“

„Er ist hergekommen, weil er einfach ein bisschen mit Jeff reden wollte. Er hat nach dir gefragt, Jane. Er hat gefragt, ob du zurechtkommst. Und er hat gefragt, ob wir wüssten, wann du heute wieder da bist.“

„Wieso hat er mich denn nicht einfach selbst angerufen?“, platzte es aus mir heraus. „Ich habe auf der Rückfahrt das Handy die ganze Zeit griffbereit gehabt!“

„Und warum hast du dann nicht einfach *ihn* angerufen?“

„Ich hab ihn doch angerufen! Gestern Abend schon! Das habe ich dir doch gesagt. Diese ganze Geschichte mit Freiraum und Abstand, das war doch seine Idee. Er wollte das, und ich habe mir wirklich große Mühe gegeben, seinen Wunsch zu respektieren!“

„Vielleicht solltest du dir nicht so große Mühe geben.“

„Was soll denn das jetzt schon wieder heißen?“, entgegnete ich heftig.

„Ich finde, dass du ihm mehr Freiraum lässt, als er verdient hat oder braucht. Ich finde nicht, dass du dich so anstrengen musst, ihm alles recht zu machen.“

„Hat er gesagt, dass er das will?“

„Na ja, Menschen wissen ja gar nicht immer so genau, was sie wollen.“

„Warum erzählst du mir das alles? Hat er etwas zu dir gesagt?“

„Das ist genau das, was er nicht gesagt hat, Jane. Ich weiß nicht, wie ich es dir erklären soll, aber er wirkt irgendwie rastlos. Ich finde einfach, du solltest dir den Raum zurückholen, den du ihm gelassen hast.“

„Du hast leicht reden.“ Ich nahm mein Glas und trank den letzten Schluck Mineralwasser. Es war warm geworden und schmeckte irgendwie metallisch.

„Du solltest ihn heute Abend anrufen.“

„Ja, klar.“

„Das meine ich wirklich. Er hat erzählt, Connor möchte gerne, dass du nächsten Samstag zu seinem Wettkampf nach Dartmouth kommst.“

„Das hat er erzählt? Hat er denn auch verraten, wie ich dahin kommen soll? Er hat nämlich den Wagen, schon vergessen?“

„Ich glaube, deshalb war er hier. Er hat uns gefragt, ob wir dich nächsten Samstagmorgen nach Newark zum Flughafen bringen können, damit du von da aus einen Pendlerflug nach Manchester nehmen kannst."

„Einen Pendlerflug."

„Er hat gesagt, er fühlt sich mies dabei, dass er den Wagen hat und du deshalb bei keinem von Connors Wettkämpfen dabei sein kannst. Ich glaube, er will dir auch dein Flugticket bezahlen."

„Mein Flugticket", echote ich tonlos.

„Ich glaube, er möchte dich sehen, und ich glaube, dass er dich auch vermisst."

Abrupt stand ich auf. Es waren einfach zu viele Informationen, die da auf mich niederprasselten. Die Möglichkeit, dass Brad mich vermissen könnte, erfüllte mich mit einem Prickeln.

„Ich bin noch gar nicht zu Hause gewesen. Ich muss Emma anrufen, bevor es zu spät wird. In England ist es jetzt schon nach acht."

„Hast du gehört, was ich gesagt habe?"

„Ja, ich habe dich verstanden, aber ich muss jetzt los."

„Und du bist nicht sauer auf mich."

„Ich bin nicht sauer auf dich." Ich beugte mich vor, um meine Handtasche vom Boden aufzuheben.

„Und du rufst heute Abend noch Brad an, ja?", fragte sie.

„Zuerst Emma."

Molly stand ebenfalls auf, und wir gingen mit unseren Gläsern in der Hand vom Balkon zurück in die Wohnung. „Willst du sie wegen des Rings anrufen?"

„Ja. Der Juwelier, bei dem ich früher mal gearbeitet habe, sagt, dass er ein echtes Schnäppchen ist, aus der Zeit vor Elisabeth I., soweit er das beurteilen kann. Er meint, dass der Ring sechstausend Dollar wert sein könnte."

„Wow, das ist ja fantastisch."

„Ja, sieht ganz so aus. Ich wünschte, ich wüsste, woher er stammt. Ich glaube nicht, dass der Vorbesitzer eine Ahnung gehabt hat, was in der Kiste war, in der ich das Gebetbuch gefunden habe. Irgendwann hat jemand den Ring darin versteckt, und ich wüsste zu gern, warum."

„Nur aus reiner Neugier?"

„Ja. Nein. Ich meine: Ja, ich bin neugierig. Aber der Ring hat auch irgendetwas, das mich fasziniert."

„Na ja, schließlich steht dein Name drin", entgegnete Molly.

Ja.

Mein Name.

Jane.

An der Wohnungstür nahm ich wieder meine kleine Übernachtungstasche an mich, und Molly umarmte mich zum Abschied.

Als ich die Hand schon am Türknauf hatte, drehte ich mich noch einmal zu ihr um und fragte: „Hast du mit Brad sonst noch über etwas geredet? Und hat Jeff mit ihm gesprochen?"

Sie zögerte kurz. „Er hat sonst wirklich nichts weiter zu mir gesagt. Und ich weiß nicht, worüber er mit Jeff gesprochen hat. Jeff wollte mir nichts sagen. Sie haben nicht lange geredet. Brad ist ja nicht gerade eine Plaudertasche. Aber ich sag dir, dass er für mich verändert aussah."

Ich stieß einen Seufzer aus. „Okay, bis dann."

Ich ging zu Fuß nach Hause, weil ich die Gelegenheit nutzen wollte, um Emma anzurufen und mich zu erkundigen, wo genau in Cardiff sie die Kisten aufgetrieben hätte. Wenn sie nachhakte, wieso mich das interessiere, wollte ich ihr sagen, dass ich in einem der Bücher einen Ring gefunden hätte und mich jetzt fragte, wie alt der wohl sein mochte. Wenn sie mich dann drängen würde, mehr zu erzählen, würde ich ihr am Ende wahrscheinlich doch alles erzählen.

Sie ging nach dem vierten Klingeln an ihr Telefon.

„Emma, hier ist Jane. Rufe ich zu spät an?"

„Jane! Nein, gar nicht. Ich komme gerade von einer sehr schlechten Generalprobe von Shakespeares ‚Was ihr wollt' zurück. War wirklich furchtbar. Ich hatte nicht damit gerechnet, vor nächsten Monat von dir zu hören. Was gibt's denn?"

„Ich hätte auch nicht gedacht, dass ich dich schon so bald anrufen würde, und ich werde mich auch kurz fassen. Ich muss mit dir nur kurz über die Kisten reden, die du mir geschickt hast ..."

„Aber ich habe dir doch schon vergangene Woche gesagt, dass sie in einem schrecklichen Zustand sind. Erinnerst du dich nicht? Ich hatte hier so viel Hektik, dass ich es nicht geschafft hatte, die Sachen zu sichten."

„Nein, nein, deshalb rufe ich nicht an. Ich ... ich wollte nur fragen, wo genau du die Kisten aufgetrieben hast. Besonders die mit den Büchern."

„Sie stammen alle von demselben Trödelmarkt in Cardiff, Jane. Das habe ich dir doch auch schon gesagt, Schätzchen. Aus Cardiff in Wales."

„Ja, aber hast du sie von einer Privatperson erworben oder von einem Händler mit Laden in der Stadt?"

„Fehlt denn etwas?" Ihr lockerer Tonfall verschwand und machte Besorgnis Platz.

„Nein, es fehlt nichts. Ich habe ... nur etwas gefunden, das hinten im Einband von einem der Bücher steckte, einem sehr alten Buch."

„Und was hast du gefunden?"

Ich zögerte kurz, sagte aber dann: „Einen Ring."

„Einen Ring? Ist er denn hübsch? Hast du vielleicht noch einen verdammten Hope-Diamanten gefunden, Jane?"

„Nein, nein, nichts in der Art. Er ist zwar ziemlich hübsch, aber ..."

„Wie alt?"

Ich betrat gerade eine belebte Kreuzung. „Alt."

„Wie alt, Jane?" Ich wusste, dass sie jetzt lächelte.

Als ich zögerte, lachte sie. „Also wirklich, Jane. Was denkst du eigentlich von mir? Er gehört dir, Schätzchen. Ich werde schon keinen Anwalt beauftragen, ihn mir zurückzuholen.

Außerdem habe ich deinen Scheck schon eingelöst. Also wie alt?"

„Schätzungsweise Mitte des sechzehnten Jahrhunderts."

Emma nahm den Hörer vom Mund, und ich hörte ein paar höchst blumige Ausdrücke. Aber dann war sie wieder da und beinah atemlos vor Staunen.

„Du unverschämtes kleines Ding! Im Bucheinband also! Suchst du immer in Bucheinbänden nach vierhundert Jahre alten Ringen?"

„Sehr witzig. Und außerdem ist es noch gar nicht amtlich. Ich habe ihn bis jetzt nur von einem befreundeten Juwelier begutachten lassen. Er sagt, dass ich ihn noch einem Fachmann zeigen soll, um ganz sicherzugehen."

„Ich kann gar nicht glauben, dass du einen vierhundert Jahre alten Ring in einer Kiste voller altem Kram gefunden hast. Ich glaub's einfach nicht."

„*Vielleicht* vierhundert Jahre alt. Und außerdem ist auch noch mein Name in den Ring eingraviert, Emma."

„Nein ...", flüsterte sie. „Wirklich?"

„Es sind ein paar lateinische Worte eingraviert und dann mein Name. Jane."

„Du machst mich echt fertig, Janie."

„Interessant, was?"

„Jetzt fragst du dich natürlich, wie viel er wohl wert ist?"

„Ja, irgendwie schon."

„Was meinst du mit ‚irgendwie'?"

„Na ja, ich ...", aber ich sprach meinen Gedanken nicht aus, weil ich mir einfach nicht vorstellen konnte, dass Emma mein Gefühl, der Ring wäre durch einen sonderbaren Winkelzug des Schicksals in meine Hände gelangt, würde nachvollziehen können. Und das auch noch ausgerechnet zu diesem Zeitpunkt, an dem die Räder meines Lebens knirschend zum Stillstand gekommen waren und sich mir die Frage stellte, was um alles in der Welt ich tun sollte und ob es überhaupt noch etwas gab, das ich selbst aktiv entscheiden konnte.

„Ich möchte so viel wie möglich über die Herkunft des Rings in Erfahrung bringen“, sagte ich zum Abschluss. „Der befreundete Juwelier vermutet, dass der Ring ein Verlobungsgeschenk gewesen sein könnte. Ich wüsste gern, wer ihn von wem bekommen hat.“

Emma schnalzte mit der Zunge. „Es ist aber ziemlich unwahrscheinlich, dass du die Antwort auf so eine Frage auf einem Flohmarkt bekommst, meinst du nicht, Schätzchen?“

„Ich weiß, aber irgendwo muss ich ja anfangen. Kommst du denn in nächster Zeit noch mal nach Cardiff?“

„Vielleicht könnte ich einen Tripp dorthin einschieben. Es gibt in Bristol einen Laden, in dem man Klamotten auf Kommission kaufen und verkaufen kann. Da wollte ich mich schon immer mal umschauen. Vielleicht könnte ich dabei einen kleinen Abstecher nach Cardiff machen und schauen, ob ich den Mann wiederfinde, dem ich die Kisten abgekauft habe. Es war ein ziemlich abgerissen aussehender alter Mann, Jane, mit höchstens noch einem Zahn im Mund. Ein Händler war es jedenfalls nicht, so viel kann ich wohl sagen.“

„Aber du versuchst herauszubekommen, wer er ist?“

„Ja, ich werde noch einmal zu dem Parkplatz fahren, auf dem der Flohmarkt stattfand. Ich habe gehört, dass dort im Frühjahr und im Sommer jeden Samstag Flohmärkte stattfinden. Vielleicht ist der Mann ja regelmäßig da. Was soll ich ihn denn eigentlich fragen, falls ich ihn finde?“

„Frag ihn, ob ich ihn anrufen kann. Sag ihm, dass ich ein paar Fragen zur Herkunft der Kisten mit Büchern habe.“

„Gut, das mache ich, Schätzchen. Aber mach dir keine allzu großen Hoffnungen. Wahrscheinlich wirst du dich damit zufriedengeben müssen, dass das Schicksal einen seltsamen Sinn für Humor hat.“

„Vielleicht.“

„Und? Gibt es etwas Neues von Brad?“

„Nein, nichts Neues.“

„Ist er immer noch in New Hampshire?“

Ich konnte mir gerade noch einen Seufzer verkneifen. „Ja."

„Wahrscheinlich wohnt sie ja da oben."

„Was willst du damit sagen?"

„Na, die andere Frau. Wahrscheinlich wohnt sie da."

Ich merkte, wie mir das Blut in den Kopf schoss. „Es gibt keine andere Frau, Emma."

„Ach, Jane, sei doch nicht albern. Natürlich gibt es die."

„Er hat mir versichert, dass es keine gibt."

Sie schwieg einen Moment. „Also gut, wie du meinst. Hey, du solltest herkommen und mich besuchen, Jane. Dann nehme ich dich mit in meinen Lieblingspub für Singles."

„Ich bin aber kein Single."

„Stimmt."

„Auf Wiedersehen, Emma."

Wir legten auf, und ich schaute zum vierten Mal an diesem Tag nach, ob Brad versucht hatte, mich zurückzurufen. Doch es wurde kein Anruf in Abwesenheit angezeigt.

Ich hatte nichts verpasst.

Ich bog um die Ecke in meine Straße ein und ging die Steintreppe zu meinem Apartmentgebäude hinauf. In Gedanken war ich immer noch mit Brads Besuch bei Jeff und Molly an diesem Vormittag beschäftigt und mit seiner Bitte, mich zum Flughafen zu bringen. Brad wollte dafür sorgen, dass ich am nächsten Wochenende wirklich nach New Hampshire kam. Es war fast so, als wollte er ein Treffen inszenieren.

Ich drehte den Schlüssel in der Eingangstür zu meiner Wohnung und stellte meine kleine Reisetasche einfach auf dem Boden ab, während ich die Tür aufstieß und sie dann wieder hinter mir schloss.

Als ich vor mir auf dem Sofa eine Bewegung wahrnahm, erschrak ich so sehr, dass ich zurückwich und mit dem Hinterkopf gegen die Wohnungstür stieß.

Da saß Brad und wartete auf mich.

Zweiundzwanzig

„Hallo, Jane." Brad trug eine Chinohose und ein hellgelbes Poloshirt. In der einen Hand hielt er eine halb leere Wasserflasche, die andere Hand steckte in der Hosentasche. Sein Gesicht war sonnengebräunt – wahrscheinlich vom Paddeln und dem Leichtathletikwettkampf –, und sein Haar war noch nie so lang gewesen wie jetzt.

„Brad!" Meine Stimme klang beinah kindlich. „Molly hat gesagt, du wärst schon wieder auf dem Rückweg nach New Hampshire."

„Ach so, dann bist du also schon bei Molly und Jeff gewesen?"

„Ja, ich habe auf dem Rückweg von Long Island noch kurz bei den beiden vorbeigeschaut. Jeff war nicht da, aber Molly hat mir erzählt, dass du da gewesen bist und dass du gegen zwei wieder loswolltest."

Er zögerte, allerdings nur einen ganz kleinen Moment. „Ich habe es mir anders überlegt und beschlossen, hier auf dich zu warten, aber als du nicht gekommen bist, habe ich gedacht, dass du vielleicht doch noch einen Tag länger auf Long Island bleiben würdest." Er stellte die Wasserflasche auf dem Couchtisch ab.

„Tut mir leid, dass du warten musstest", murmelte ich, weil ich nicht wusste, was ich sonst sagen sollte.

„Nein, ist schon okay. Hat Molly dir gesagt, dass ich dir gerne helfen würde, am nächsten Wochenende zu Connors Wettkampf zu kommen? Es gibt einen Flug, der um halb elf Uhr vormittags in Manchester ankommt. Wenn du möchtest … also, ich könnte dich dann dort am Flughafen abholen. Wir könnten es sogar rechtzeitig zum ersten Wettkampf schaffen, wenn der Flieger pünktlich landet. Ich weiß, dass Connor es toll fände, wenn du kämst."

„Ja. Mir hat es auch wirklich leidgetan, dass ich bei seinem ersten Wettkampf nicht dabei sein konnte."

„Es ist also in Ordnung, wenn ich alles in die Wege leite?"

„Ja, ich denke schon."

Einen Moment standen wir in unserem Wohnzimmer und sahen einander verlegen schweigend an. Dann erhob er sich, kam auf mich zu und streckte mir seine Hand hin. „Kann ich mit dir reden?"

Ich gab ihm zögerlich meine Hand, und er legte seine Hände darum. Sie waren groß und warm. Brad zog mich zum Sofa. Er wartete, bis ich mich gesetzt hatte, und ließ dann meine Hand los. Dann setzte er sich auf den Sessel neben mir und beugte sich vor, so wie es Ärzte tun, wenn sie einem eine schlechte Nachrichten mitteilen müssen.

Ich wäre am liebsten aufgestanden und weglaufen.

Er blickte auf seine Schuhe hinab und hob dann wieder den Kopf, um mich anzusehen.

„Es tut mir wirklich leid, dass ich dich gestern nicht mehr zurückgerufen habe, Jane."

„Mir tut es auch leid, dass du es nicht getan hat." Ich brachte kaum ein Flüstern heraus, aber ich wusste, dass er mich verstanden hatte.

„Ich wusste ehrlich gesagt nicht, wie ich auf deine Nachricht reagieren sollte. Ich wollte nicht am Telefon darüber reden, auch weil du gerade bei deinen Eltern warst."

In diesem Augenblick zerbrach irgendetwas in mir – oder vielleicht war es auch nur abgeknickt. Er klang so ruhig und so selbstsicher, während ich mich so ängstlich und unsicher gefühlt hatte. Das machte mich wütend. Und es machte mir Angst.

„Reden? Aber worüber reden?"

„Du weißt genau, was ich meine."

Mein Frust, der von meiner Angst herrührte, gewann schließlich die Oberhand. „Über die Tatsache, dass ich dich vermisse? Dass ich keine Ahnung habe, wie wir die

Eheprobleme, die wir deiner Meinung nach haben, lösen sollen, wenn du nie da bist? Worüber wolltest du nicht am Telefon mit mir reden?"

„Jane. Bitte."

„Also wirklich, Brad. Ich warte tagelang auf ein Lebenszeichen von dir, warte darauf, dass ich erfahre, was du eigentlich willst und ob du überhaupt weiter mit mir verheiratet sein willst. Wolltest du darüber nicht am Telefon mit mir reden?"

Er wandte den Blick ab und schaute den Flur entlang zu unserem Schlafzimmer. „Ich wusste doch gestern Abend nicht, was du mir sagen wolltest."

„Du hast gestern Abend nicht zurückgerufen, weil du nicht wusstest, was *ich* sagen wollte?"

„Du hast gesagt, dass du dich einsam fühlst, Jane. Was hätte ich denn dazu sagen sollen? ‚Tut mir leid, dass du dich meinetwegen einsam fühlst?' Wolltest du das hören?"

In meinem Inneren machte sich eine Mischung aus Enttäuschung und Angst breit. Und ein ganz kleiner Teil in mir verspürte den Wunsch, ihm wehzutun. „Ich wollte von dir hören, dass du mich auch vermisst. Tust du das nicht? Vermisst du mich denn gar nicht?"

Brad schaute mich wieder an. „Doch, manchmal schon."

Ich zuckte zusammen, als hätte er mich mit einem spitzen Stock gepiekt. „*Manchmal*?"

„Es fehlt mir nicht, wie es in letzter Zeit zwischen uns war, Jane. Das fehlt mir nicht."

Ich spürte, wie meine Augen feucht wurden. Brads brutale Ehrlichkeit nach wochenlangem höflichem Schweigen traf mich sehr. „Warum hast du nichts gesagt? Wenn du unglücklich warst, warum hast du dann nichts gesagt? Wir hätten uns einen Eheberater suchen können."

„Ich ... ich wusste ja gar nicht, dass ich unglücklich war. Und ehrlich gesagt wollte ich auch keine Beratung."

Seine Antwort verblüffte mich. „Und warum nicht?"

„Weil ich gar nicht wusste, ob ich überhaupt wollte, dass unsere Beziehung wieder in Ordnung kommt."

Das sagte er auf eine Weise, als betrachte er gerade einen Trümmerbruch auf einem Röntgenbild und verspüre nicht den geringsten Wunsch, ihn zu richten.

„Wie kannst du nur so einfach aufgeben?" Die Worte waren heraus, bevor mir bewusst war, dass meine Mutter am Morgen zuvor genau das Gleiche zu mir gesagt hatte, bevor Leslie und ich shoppen gegangen waren und ich ihr mitgeteilt hatte, sie hätte keine Ahnung, wovon sie eigentlich spräche.

„Ich habe nie gesagt, dass ich aufgebe. Ich habe gesagt, dass wir beide mehr Raum brauchen. Als ich gegangen bin, hatte ich weder die Energie noch die Motivation, an etwas zu arbeiten, aber ich sage nicht, dass das auch so bleiben muss."

Schmerz loderte in mir auf. Ich barg den Kopf in den Händen. „Und wieso glaubst du, dass ich die Energie habe, hier allein zu leben und jeden Abend in eine leere Wohnung zu kommen? Wie kommst du darauf, dass ich die Motivation habe, weiter zu hoffen und zu beten und darauf zu warten, dass du wieder zu mir zurückkommst?"

Darauf antwortete Brad nicht.

„Was ist mit dem, was *ich* möchte? Was ist mit dem, was *ich* bei alldem empfinde?" Ich blickte auf und sah ihn an. „Ich habe dir deinen Raum gegeben. Ich habe dich in Ruhe gelassen. Ich habe mich nicht beschwert oder herumgenörgelt. Ich habe alles getan, worum du mich gebeten hast!"

Ich war richtig außer Atem, und meine Tränen flossen jetzt ungehemmt. Aufgewühlt erhob ich mich.

„Ich weiß, dass es nicht nur um mich geht", erwiderte er schließlich, und seine Stimme war nur noch ein Flüstern.

Brad wandte erneut den Blick ab und sah zu den halbtransparenten Vorhängen, die sich in der Zugluft unserer offenen Balkontür bewegten. Er antwortete nicht.

Ich hockte mich schließlich vor ihn hin. „Liebst du mich denn noch?"

Er ließ sich viel Zeit mit der Antwort. „Ich liebe die Vorstellung von uns beiden. Ich liebe die Vorstellung von der Ehe, vom gemeinsamen Altwerden mit jemandem, der mich ergänzt, die Vorstellung, mein Leben mit einer Seelengefährtin zu teilen. Ich liebe die Vorstellung von all dem."

„Aber mich liebst du nicht?"

Er wandte seinen Blick jetzt wieder von den Vorhängen ab und sah mich an. „Liebst du mich denn?"

„Ja, natürlich tue ich das."

„Ich weiß, dass du glaubst, du liebtest mich, Jane. Aber was ist, wenn du, genau wie ich, auch nur die Vorstellung von der Ehe liebst? Wenn auch du nur die Vorstellung liebst, mit jemandem alt zu werden, der dich perfekt ergänzt? Du liebst die Vorstellung."

„Ich liebe *dich*, Brad."

Er sah mir in die Augen, so als warte er nur darauf, mich bei einer Lüge zu ertappen.

Ich sagte ihm noch einmal, dass ich ihn liebe.

Er holte tief Luft, schaute dann wieder einen Moment weg und wandte sich mir dann wieder zu.

„Ich habe dich gehört, Jane. Ich habe gehört, wie du dich letztes Jahr auf der goldenen Hochzeit eurer Eltern mit Leslie unterhalten hast. Ich habe gehört, was du da gesagt hast."

„Was denn?"

„Ich habe euch gehört! In der Küche. Als ihr gedacht habt, ihr wärt allein. Ich habe euch gehört!"

Die Luft um uns her schien stillzustehen und zu erstarren. Mir stieg die Röte ins Gesicht, während ich in Gedanken wieder zur goldenen Hochzeit meiner Eltern im vergangenen Jahr zurückreiste. Leslie und ich hatten in der Küche eine Bowle zubereitet. Sie hatte mich damit geneckt, dass ich doch eigentlich wünschte, ich hätte damals Kyle und nicht Brad geheiratet, und sie hatte mich daran erinnert, dass ich bei meinem Junggesellinnenabschied gestanden hätte, dass ich vielleicht drauf und dran sei, den falschen Mann zu heiraten.

Oh Gott.

Vielleicht sagte ich es sogar laut. Aber noch nie zuvor hatte ich so intensiv um göttlichen Beistand gebetet.

„Ich habe euch gehört, Jane."

„Also, das hatte doch nichts zu bedeuten", flüsterte ich. „Das war doch nichts als albernes Geflachse."

„War es das? Wirklich? Sind wir es uns nicht nach all den Jahren schuldig, wenigstens ehrlich miteinander zu sein?"

„Ich habe es nicht so gemeint", wimmerte ich.

„Denk doch mal nach, Jane: Wir haben geheiratet, weil es vernünftig war. Es waren doch deine Eltern und meine Mutter, die uns zur Verlobung gedrängt haben. Ich habe damals mitgemacht, weil ich keine Lust mehr hatte, immer wieder neue Mädchen zu daten, und du hast mitgemacht, weil du nicht allein sein wolltest. Und wir haben uns damals das Gleiche gewünscht: einen loyalen Ehepartner, ein schönes Heim, Kinder, Sicherheit, Freundschaft, Gemeinschaft, körperliche Nähe. Wir haben bekommen, was wir wollten. Wir haben bekommen, was andere Leute für uns wollten."

„Du hast mich also nie geliebt?" Es fiel mir schwer, diese Worte herauszubringen. Sie fühlten sich an wie scharfe, spitze Splitter auf meiner Zunge.

Er dachte kurz nach, bevor er antwortete. „Das habe ich nicht gesagt, Jane. Und mir liegt sehr viel an dir. Du bist eine wunderbare Mutter und ein freundlicher, mitfühlender Mensch. Aber bei allem anderen bin ich mir nicht mehr sicher. Und ich glaube, du hast die gleichen Zweifel wie ich und hast sie auch schon immer gehabt."

Mir war so schwindelig, dass ich mich wieder auf die Couch setzen musste. „Wie lange hast du diese Zweifel schon?", fragte ich.

„Und wie lange hast *du* sie schon?", antwortete er mit einer Gegenfrage.

Das tat er mit großer Behutsamkeit. So wie er alles andere auch behutsam gesagt hatte.

„Es hat schon vor der goldenen Hochzeit deiner Eltern angefangen, oder?“, fuhr er fort. „Schon lange davor. Und ich habe mich mit denselben Fragen herumgeschlagen, Jane.“

Bei mir war auch der letzte Rest von Kraft und vernünftigem Denken erschöpft. Sosehr ich mir wünschte, dass er blieb, ich wollte gleichzeitig auch, dass er ging.

„Hör mal, ich bin eigentlich gar nicht hergekommen, um dir das alles zu sagen“, schloss er. „Wirklich nicht. Ich habe hier auf dich gewartet, weil ich das Gefühl hatte, ich bin dir eine Erklärung dafür schuldig, dass ich dich gestern Abend nicht mehr zurückgerufen habe. Ich wollte mich bei dir entschuldigen. Und ich wollte sicher sein, dass du am Wochenende wirklich zu Connors Wettkampf kommen kannst. Du hast recht gehabt: Unsere Trennung setzt ihm zu. Es ist wichtig, dass er uns mal wieder zusammen erlebt und merkt, dass wir, wenn es um ihn geht, nicht getrennt sind. Es bleibt doch dabei, dass ich dich, also, dass ich dich am Samstagmorgen am Flughafen abhole, oder?“

Wie betäubt nickte ich.

Brad stand auf, zögerte kurz und griff dann nach seiner Wasserflasche. „So, ich muss mich jetzt wirklich auf den Weg machen.“

Wieder nickte ich nur stumm.

Er beugte sich zu mir herunter und gab mir einen Kuss auf die Stirn. Ich hätte ihn am liebsten geschlagen. Ich hätte ihn am liebsten umarmt. Ich schloss die Augen, als seine Lippen meine Haut berührten. Das Gefühl war zärtlich. Und zugleich schmerzlich.

Er trat wieder zurück, und obwohl meine Augen immer noch geschlossen waren, wusste ich, dass er mich ansah.

„Kommst du zurecht? Ist alles in Ordnung?“

„Für Mitgefühl ist es ja jetzt wohl ein bisschen zu spät“, flüsterte ich, aber dieses Mal so leise, dass er es nicht hörte.

„Jane?“

„Alles in Ordnung.“

Wieder hielt Brad inne. „Denkst du mal über das nach, was ich gesagt habe?“

Ich öffnete die Augen. „Spielt es denn überhaupt noch eine Rolle, was ich denke?“

„Das hat immer eine Rolle gespielt“, antwortete er, drehte sich um und verließ den Raum. Einen Augenblick später fiel die Wohnungstür ins Schloss, und er war weg.

Seine Wasserflasche hatte einen Ring auf dem Couchtisch hinterlassen. Ich fuhr mit dem Finger durch die Nässe und zerstörte den vollkommenen, glänzenden Kreis.

Dreiundzwanzig

Als ich am Montagmorgen die Amsterdam Avenue entlangging, regnete es leicht. Jedes Mal, wenn ein Auto an mir vorüberfuhr, wurde ich mit einer kleinen Sprühdusche berieselt. In der rechten Hand hielt ich meinen Schirm, und in der Beuge meiner Faust glänzte in der Nässe des Regens der Ring an meinem kleinen Finger. Selbst bei diesem Aprilnieselregen bettelte der Ring um Beachtung, funkelte, obwohl die Sonne gar nicht schien. In meiner anderen Hand hielt ich einen Thermosbecher mit Kaffee, den ich an diesem Morgen besonders stark gemacht hatte.

Ich war noch lange auf gewesen und hatte mit Leslie geredet und danach natürlich schlecht geschlafen.

Leslie hatte gesagt, dass ja schon etwas dran sei an dem, was Brad über mich und meine Zweifel darüber gesagt hätte, ob wir damals aus den richtigen Gründen geheiratet hatten.

„Wenn er wirklich unser ganzes Gespräch auf der goldenen Hochzeit damals mit angehört hat, dann wird er dir kaum abnehmen, dass du wirklich so überrascht bist über das, was gerade zwischen euch passiert", hatte Leslie mir vorgehalten, nachdem wir etwa zehn Minuten telefoniert hatten.

„Das ist unfair."

„Jane, er hat dich sagen gehört, dass du dich manchmal fragst, warum ihr beide überhaupt geheiratet habt und ob du nicht statt seiner lieber Kyle hättest heiraten sollen – wenn du dich nur getraut hättest, dich gegen Mama und Papa durchzusetzen."

„Aber ich habe damals doch gar nicht von dem Thema angefangen, das warst doch du! Ich habe nur Wein in die Bowle geschüttet! Du hast davon angefangen!"

„Und du hast mir nicht widersprochen."

„Du meine Güte, das war doch nur eine blöde Bemerkung. Wir haben doch nur miteinander herumgealbert. Ich hatte mir gar nichts dabei gedacht, und es hatte auch nichts zu bedeuten."

„Das sieht Brad aber offenbar ganz anders. Und ich übrigens auch."

„Leslie!" Ich konnte es nicht fassen. Es war ja nicht so gewesen, dass ich auf dem Fest nur auf eine Gelegenheit gewartet hätte, Leslie allein zu fassen zu bekommen, um ihr von meinen Zweifeln bezüglich meiner Partnerwahl zu berichten. Es war einfach eine spontane, flapsige Bemerkung gewesen.

„Was?"

„Ich habe mir wirklich nichts dabei gedacht."

„Brad hat recht."

„Was soll das heißen?"

„Du hast Zweifel, aber du tust so, als hättest du keine."

„Hallo?! Ich bin hier nicht diejenige, die gegangen ist."

„Ja, aber wir reden hier gerade gar nicht über das, was er getan hat, Jane. Wir reden über dich."

„Du glaubst also, ich hätte wirklich Zweifel, ob ich den richtigen Mann geheiratet habe?", fragte ich nach.

„Neeeiiin", sagte sie gedehnt und locker. „Ich glaube, du liebst Brad, aber vielleicht weißt du gar nicht, warum. Eine sehr lange Zeit musstest du es auch gar nicht wissen, aber jetzt schon."

Ihre Worte gingen mir noch lange, nachdem wir uns voneinander verabschiedet hatten, durch den Kopf. Aber beim Schlafengehen war mir Brads Abwesenheit dann wieder so stark bewusst wie am ersten Abend, nachdem er gegangen war. Fünf- oder sechsmal wachte ich in dieser Nacht mit dem Gefühl zu fallen auf, griff nach der Sicherheit starker Arme, fand aber nur ein leeres, kaltes Kissen vor.

Als ich mich dem Laden näherte, wartete Wilson bereits unter der lila-weiß gestreiften Markise und schaute in den Regen.

In dieser Woche trug ich den Ring jeden Tag zur Arbeit. Wilson und Stacy fragten mich im Laufe der Woche mehrmals, ob ich von Emma schon etwas über die Herkunft des Rings gehört hätte, wobei ihr Interesse sehr zugenommen hatte, nachdem ich ihnen David Longmonts Schätzungen hinsichtlich des Alters mitgeteilt hatte.

Wilson hatte leise gepfiffen, als ich es gesagt hatte. „Na, dadurch ist es ja dann wohl ein ziemlich teurer Ring, oder?"

Ich hatte einfach nur genickt.

„Dann werden Sie ihn also verkaufen?", hatte Stacy gefragt.

„Also, eigentlich möchte ich erst einmal versuchen herauszubekommen, woher er stammt, und vielleicht auch, wem er gehört hat. Blöde Idee, oder?"

„Nein, gar nicht", hatte Wilson darauf erwidert. „Vielleicht wäre es etwas anderes, wenn der eingravierte Name ‚Beatrice' oder ‚Katherine' wäre. Aber es ist schließlich Ihr Name."

Und dann teilte ich ihnen Davids Vermutung mit, dass der Ring höchstwahrscheinlich kaum oder gar nicht getragen worden sei, da er fast keine Gebrauchsspuren aufweise. Weder Wilson noch Stacy wagten, eine Vermutung über den möglichen Grund dafür anzustellen. Offenbar waren wir uns alle darin einig, dass es nichts Schönes gewesen sein konnte.

Am Ende dieser Woche hatte ich meinen zweiten Termin bei Jonah Kirtland. Als ich an dem Glastisch in seinem Sprechzimmer Platz nahm, war die Schale darauf leer und sauber.

„Heute keine Knabbereien?", fragte ich, als ich mich hinsetzte.

Er lächelte. „Haben Sie Appetit auf etwas?"

Nein, hatte ich nicht.

Ich begann damit, dass ich ihm von dem Wochenende bei meinen Eltern erzählte und dann von Brads Überraschungsbesuch in meiner Wohnung. Und dann berichtete ich ihm von Brads Behauptung, ich hätte die gleichen Zweifel an unserer

Ehe wie er, weil er damals das Gespräch bei der goldenen Hochzeit mit angehört hatte.

„Und dabei war das nichts als albernes Geflachse unter Schwestern“, schloss ich meinen Bericht ab. Ich lehnte mich auf meinem Stuhl zurück.

„Wieso finden Sie, dass es nur albernes Geschwätz war?“, erkundigte sich Dr. Kirtland.

„Weil es so war! Und außerdem habe ich doch auch gar nicht davon angefangen, sondern Leslie. Und ich hätte das alles niemals gesagt, wenn ich gewusst hätte, dass Brad uns zuhört.“

Jetzt lehnte sich Dr. Kirtland auf seinem Stuhl zurück. „Nein, das hätten Sie wahrscheinlich nicht.“

„Es hatte gar nichts zu bedeuten“, beharrte ich.

Er zuckte mit den Schultern. „Aber warum haben Sie es dann gesagt? Denken Sie immer noch an Kyle?“

„Ich denke *nie* an ihn!“

„Also steht Kyle vielleicht für das, was Sie sich fragen, wenn Sie darüber nachdenken, weshalb Sie Brad geheiratet haben? Vielleicht fragen Sie sich, inwieweit Ihr Leben anders verlaufen wäre, wenn Sie andere Entscheidungen getroffen hätten? Das ist doch gar nichts Ungewöhnliches.“

Ich starrte auf die leere Schale auf dem Tisch.

„Was glauben Sie, wen Sie enttäuschen würden, wenn Sie ganz ehrlich wären, Jane?“

Ganz kurz zog ich in Erwägung, dabei zu bleiben, dass das Gespräch bei der goldenen Hochzeit nur albernes Gerede gewesen sei. „Natürlich Brad.“

„Sind Sie ganz sicher, dass es Brad ist?“

„Wahrscheinlich auch meine Eltern.“

„*Wahrscheinlich*?“

Ich blickte auf und sagte: „Ich habe nicht auf alles eine Antwort. Deshalb bin ich ja hier.“

Dr. Kirtland rutschte auf seinem Stuhl ein bisschen weiter nach vorn. „Ich möchte gern, dass Sie darüber einmal nachdenken. Wen riskieren Sie zu enttäuschen, wenn Sie ehrlich sind in Bezug darauf, wie sich Ihr Leben gerade darstellt?"

Und plötzlich kam mir zu all dem anderen, was in meinen Gedanken ohnehin schon herumwirbelte, auch noch das in den Sinn, was Molly über mein Dilemma gesagt hatte.

„Hören Sie, ich weiß, was Sie denken. Sie glauben, dass ich all die wichtigen Entscheidungen in meinem Leben anderen überlassen habe, und ich gebe sogar zu, dass Sie damit recht haben. Und ehrlich gesagt bin ich sogar froh darüber, dass Sie das herausgefunden haben, aber ich kann die Vergangenheit nicht ungeschehen machen –"

Er unterbrach mich. „Wie kommen Sie denn darauf?"

„Worauf?"

„Wie kommen Sie darauf, dass ich glaube, Sie hätten alle wichtigen Entscheidungen anderen überlassen?"

Ich würde ihm auf keinen Fall verraten, dass ich das von Molly hatte. „Stimmt es denn etwa nicht?"

„Hat Ihnen jemand gesagt, dass es so ist?"

Ich merkte, wie ich rot wurde. Ich hatte eigentlich gedacht, ich hätte schon einen Meilenstein erreicht, indem ich diese unangenehme Wahrheit über mich selbst annahm, und dass Dr. Kirtland jetzt richtig stolz auf mich sein würde, weil ich es sogar eingestehen konnte. Aber er ging einfach mit ruhiger Stimme und entwaffnenden Fragen über diesen Gedanken hinweg.

„Aber-aber es stimmt doch", sagte ich. „Es gefällt mir zwar nicht, dass es stimmt, aber es ist so. Wollten Sie denn nicht genau darauf hinaus, als ich das letzte Mal hier war? Dass ich auf die Zustimmung und Bestätigung von meinen Eltern und von Brad angewiesen bin und dass ich deshalb Entscheidungen ihnen überlasse, die ich eigentlich selbst treffen müsste?"

Einen Moment sagte Dr. Kirtland gar nichts. Dann: „Ich habe eine kleine Hausaufgabe für Sie, Jane. Eigentlich sind es sogar mehrere Aufgaben. Ich möchte, dass Sie eine Liste aller Eigenschaften erstellen, die Sie an Ihrem Mann schätzen. Und bitten Sie dabei niemanden um Tipps oder Anregungen, in Ordnung? Niemanden. Nicht Molly und auch nicht Ihre Schwester, ja?“

Ich nickte.

„Ich möchte außerdem, dass Sie eine Liste all der Dinge erstellen, die Sie gern tun oder ausprobieren oder lernen würden. Und auch hier wieder: bitte keine Hilfe von außen. Würden Sie das tun?“

„Sie werden also meine Frage nicht beantworten“, hakte ich nach.

Er lächelte. „Das werden Sie selbst tun.“

„Indem ich Listen erstelle.“

„Die Listen sind ein Anfang, ja.“ Und mit diesen Worten stand er auf.

„Dann sind wir also fertig?“

„Für heute, ja.“

„Und was ist mit dem Wochenende, an dem ich nach New Hampshire fahre und Brad treffe? Was soll ich da tun?“

„Sie haben mir doch gesagt, dass Sie nach New Hampshire fahren, um sich zusammen mit Brad den Leichtathletikwettkampf Ihres Sohnes anzuschauen.“

„Ja schon, aber –“

„Immer eins nach dem anderen, Jane.“

In dem Moment kam mir die leere Schale auf dem Tisch wie eine Herausforderung vor. Als ob es bei mir läge, sie zu füllen.

Am Freitagabend schloss ich den Laden abends um acht ab und machte mich auf den Weg zu Molly und Jeff. Ich würde bei ihnen übernachten, damit es für sie am nächsten Morgen möglichst wenig Aufwand war, mich zum Flughafen zu bringen. Das zumindest war Mollys Begründung dafür gewesen, mich einzuladen. Und ich hatte ihre Einladung auch so angenommen, aber in Wirklichkeit wusste sie, dass ich wegen des nächsten Tages sehr nervös war. Brad hatte mir ein Hin- und Rückflugticket gebucht, und ich würde am Sonntag zurückfliegen. Er hatte mich Mitte der Woche angerufen und gefragt, ob ich auch über Nacht bleiben könne, denn der letzte Flug am Samstag ginge so früh, dass wir keine Gelegenheit mehr haben würden, nach dem Wettkampf noch ein wenig mit Connor zusammen zu sein. Ich hatte Brad gesagt, ich könne bleiben, aber ich wusste nicht, ob er meinte, dass wir in einem Hotel in der Nähe vom College übernachten würden, und wenn ja, ob in getrennten Zimmern oder ob wir in seine Wohnung zurückfahren würden, und wenn ja, in welchem Zimmer ich dort dann schlafen würde.

Inzwischen hatte ich auch in der Mittagspause bei einem Salat mit Dr. Kirtlands Listen angefangen. Zu dem Zeitpunkt sah meine Brad-Liste folgendermaßen aus:

Brad
liebenswürdig
klug
guter Vater
gewissenhaft
stark
rücks

Ich hatte angefangen, das Wort „rücksichtsvoll“ zu schreiben, denn Brad war schon immer ein aufmerksamer, umsichtiger Mensch gewesen. Er war sogar freundlich und höflich zu Leuten, die es nicht verdient hatten. Ich schrieb das Wort jedoch nicht zu Ende. Seine sanften Grausamkeiten in letzter Zeit hielten mich davon ab.

Auf der anderen Liste, der über mich, stand bis jetzt nur ein Punkt. Mir war nur eine Sache eingefallen.

Dinge, die ich gern tun möchte:
Herausfinden, woher der Ring stammt

Ich hatte beide Listen bei mir, als ich jetzt die sieben Blocks zu Molly und Jeff zu Fuß zurücklegte, und ich fragte mich, was wohl Brad auf seine Liste setzen würde, wenn er eine über mich schreiben müsste.

Molly sah sich die Kleider an, die ich für den Tag bei Connors Wettkampf eingepackt hatte – Jeans und einen blauen Strickpullover, den Brad mir im vergangenen Jahr zu Weihnachten geschenkt hatte –, und dann nahm sie mich prompt mit in ihr Schlafzimmer, um etwas anderes zum Anziehen herauszusuchen.

„Aber diesen Pullover hat Brad mir geschenkt", protestierte ich.

„Ja, aber überleg doch mal, wann er ihn dir geschenkt hat. Sechs Monate nachdem er mit angehört hatte, wie du zu Leslie gesagt hast, du wüsstest eigentlich gar nicht, wieso du ihn überhaupt geheiratet hast."

Ich ließ mich auf ihr Bett plumpsen und fragte: „Wieso müssen Leslie und du eigentlich immer wieder davon anfangen?" Ich hatte bereits beschlossen, nicht zu erwähnen, dass sie und ich beide irgendwie falschlagen mit unseren Vermutungen darüber, was Dr. Kirtland für mein grundlegendes Problem hielt.

Aber Molly ignorierte meine Frage einfach. „Du willst doch etwas tragen, das ihn kein bisschen an das vergangene Jahr erinnert – oder eigentlich sogar an die gesamten vergangenen zweiundzwanzig Jahre, oder?"

„Sie waren ja nicht alle nur furchtbar."

„Das habe ich ja auch gar nicht gemeint. Ich sage nur, dass du vielleicht lieber etwas anziehen solltest, das ihn nicht an die Vergangenheit erinnert. Irgendetwas Neues. Das hier zum Beispiel."

Sie warf mir eine seidige, beigefarbene Caprihose zu und ein rosafarbenes Shirt, das die Farbe von Kirschblüten hatte. Während ich beides auffing, kam noch eine weiße, eng anliegende Jacke hinterher und ein gestreifter Schal in hellem Blaugrün, Rosa und Creme.

„Es ist ein Leichtathletikwettkampf, Molly, und kein Poloturnier."

Molly drehte sich nachdenklich zu mir um. „Nein, das ist es nicht."

Und dann ließ sie mich mit der Anweisung allein, die Sachen anzuprobieren.

Später, als Molly, Jeff und ich uns einen Film ansahen, klingelte Mollys Handy. Es lag neben ihr auf dem Sofa, und als sie nachschaute, von dem der Anruf kam, sagte sie: „Es ist meine Mutter." Dann stand sie auf und ging mit dem Handy in die Küche.

Da sich die Zwillinge in ihrem Zimmer einen anderen Film anschauten, war außer Jeff und mir jetzt niemand mehr im Raum. Seit Brads Auszug war dies das erste Mal, dass ich mit Jeff allein war, und ich hatte das Gefühl, dass es ihm unangenehm war. Als ich zu ihm hinschaute, sah ich, dass er gerade Molly panisch nachblickte, die mit dem Rücken zu uns in der Küche stand. Ich beschloss, ganz direkt und ehrlich zu sein, denn ich hatte nichts zu verlieren.

„Soll ich dir die Frage stellen, damit wir es endlich hinter uns bringen?"

Er wandte sich zu mir. „Was denn?"

„Soll ich einfach fragen, worüber ihr, Brad und du, geredet habt, als er letztes Wochenende hier war?"

„Ich ... äh ..." Er stockte.

„Weiß Molly, worüber ihr geredet habt?"

Er erinnerte mich ein bisschen an das Kaninchen vor der Schlange. „Jane, ich glaube nicht ... ich glaube nicht, dass ich der Richtige bin, um darüber zu reden."

Ich richtete meine Aufmerksamkeit wieder ganz auf den Fernseher. „Sie weiß es also nicht?"

„Ich ... das ist eine Sache zwischen dir und Brad, Jane. Wirklich. Ich möchte da nicht zwischen die Fronten geraten. Und ich möchte auch nicht, dass Molly zwischen euch steht. Dazu mögen wir Brad und dich viel zu sehr."

Ich wandte mich ihm wieder zu. „Ich habe einfach nur Angst, dass es schon zu spät sein könnte. Ist es schon zu spät?"

Jeff zögerte ganz kurz, bevor er antwortete. „Ich glaube nicht, dass es zu spät ist. Aber ich glaube auch nicht, dass sich etwas ändern kann, wenn ihr beide euch nicht zusammensetzt und euch darüber einig werdet, was ihr eigentlich von eurer Ehe erwartet. Genau das habe ich ihm gesagt. Und so viel kann ich auch dir sagen. Ich glaube, es ist gut, dass du zu ihm fährst. Ihr habt einfach beide zu viel in diese Beziehung investiert, um sie einfach so ... enden zu lassen."

„Ich weiß nicht, was ich tun soll, wenn er sagt, dass es aus ist", murmelte ich, eigentlich eher zu mir selbst als zu Jeff. „Was mache ich dann?"

Molly verabschiedete sich gerade von ihrer Mutter, und Jeff lehnte sich wieder in seinem Sessel zurück. „Ich glaube nicht, dass diese Entscheidung ausschließlich bei ihm liegt, Jane."

Im nächsten Moment kam Molly mit einer Tüte scharfer Kartoffelchips ins Wohnzimmer zurück, der Sorte, bei der man nicht mehr aufhören kann zu essen, weil es sonst hinten in der Kehle brennt und dieses Brennen gar nicht wieder aufhören will.

Vierundzwanzig

Als ich am Flughafen in Manchester von meinem Ankunftsgate zum Gepäckband ging, merkte ich, dass mir Mollys Schuhe doch ein bisschen zu groß waren. Obwohl ich nur Handgepäck dabeihatte und noch einen Schuhkarton voller Kekse für Connor, die Molly und ich noch bis Mitternacht für ihn gebacken hatten, waren Brad und ich am Gepäckband verabredet.

Er wartete vor der ersten automatischen Tür auf mich. Ich konnte sehen, wie er mich musterte, als ich auf ihn zukam. Vielleicht fiel ihm auf, dass ich Sachen trug, die er noch nie an mir gesehen hatte, und vielleicht war er auch einfach ein wenig irritiert wegen meines ungewohnten Ganges, der darauf zurückzuführen war, dass mir Mollys Schuhe eine halbe Nummer zu groß waren.

Er trug Jeans und ein Henleyshirt und hatte die Hände in den Taschen vergraben, aber als ich nur noch wenige Schritte entfernt war, zog er sie heraus, als wollte er mich in die Arme schließen. Ich stutzte kurz. Ich war bereit, mich in diese Arme fallen zu lassen, wenn er es wollte, aber auch bereit, ihm einfach nur meine Tasche zu geben, falls er danach greifen würde.

„Hallo“, begrüßte er mich, kam den Schritt auf mich zu, der uns noch trennte, gab mir einen Kuss auf die Wange und nahm mir meine Tasche ab. Seine andere Hand lag locker in meinem Nacken, während er mich aus dem Gedränge all der Menschen im Ankunftsbereich hinausdirigierte. „Guten Flug gehabt?“

„Ja, lief alles gut.“

Er wandte sich mir zu und sah mich an. „Hübsch siehst du aus.“

Ich errötete ein wenig. „Danke.“ Ich nahm eine Ecke des Schals in die Hand, und dann überkam mich ein plötzlicher Anfall von Plaudertasche. „Molly.“

„Molly?“

Die Röte vertiefte sich. „Ihr haben die Sachen nicht gefallen, die ich eigentlich für heute eingepackt hatte, und da hat sie mich eingekleidet. Ich glaube, dabei hat sie nicht daran gedacht, dass Connor in einem Leichtathletikteam ist und nicht in einer Polomannschaft.“

Halt den Mund, halt den Mund, halt doch den Mund!

„Du siehst jedenfalls toll aus.“

Du auch.

Wir verließen das Ankunftsterminal und gingen zu den Kurzzeitparkplätzen.

„Gehören die Schuhe auch Molly?“

Ich suchte verzweifelt nach einer passenden – und nicht peinlichen – Antwort, als ich merkte, dass er gar nicht auf meine Füße schaute, sondern auf den Schuhkarton, den ich trug. „Ach! Nein. Das sind Plätzchen, die ich für Connor gebacken habe.“

„Da wird er sich aber freuen.“ Er deutete mit dem Kopf auf meine Hand. „Der Ring ist neu, oder?“

Ich schaute hinab auf Janes Ring an meinem kleinen Finger und war überrascht, dass Brad ihn überhaupt bemerkt hatte.

„Der ist sogar ziemlich alt. Ich habe ihn in einer Kiste mit alten Büchern gefunden, die ich von Emma gekauft hatte. Er war im Einband eines alten Gebetbuches versteckt.“

„Das ist ja ein merkwürdiger Platz für einen Ring“, kommentierte er.

Wir waren noch ein paar Schritte von unserem Jeep entfernt, und ich wollte ihm gerade zustimmen, dass es in der Tat eine merkwürdige Stelle sei, als er sich räusperte und sagte: „In der Klinik ist etwas dazwischengekommen, Jane. Ich kann leider nicht mit dir zu dem Wettkampf fahren. Es tut mir wirklich leid.“

Erst dachte ich, ich hätte mich verhört.

„Ich fühle mich wirklich schlecht dabei", fuhr er fort, „aber der Arzt, der eigentlich dieses Wochenende Bereitschaft hatte, ist krank geworden, und ich muss für ihn einspringen."

Ich empfand sofort eine seltsame Mischung aus Erleichterung und Enttäuschung. Ich hatte zwar vor der langen gemeinsamen Autofahrt nach Hanover Angst gehabt, aber trotzdem wollte ich auch mit Brad zusammen sein.

„Und was soll ich jetzt machen?", fragte ich.

„Du kannst mit dem Jeep nach Hanover fahren. Ich hab das Navi schon programmiert. Du setzt mich einfach an der Klinik ab und kannst mich dann heute Abend auf dem Rückweg wieder dort einsammeln."

Ich stellte mir gerade vor, wie ich allein zum Wettkampf fahren, allein auf der Tribüne sitzen und allein in Mollys sorgfältig ausgesuchten Sachen etwas essen gehen würde, als Brad schon weitersprach.

„Ich habe Connor schon eine SMS geschrieben. Du brauchst dir also keine Sorgen zu machen, dass du ihm erklären musst, weshalb ich nicht da bin."

In dem Moment ging selbst ihm die Ironie des letzten Halbsatzes auf, und er wandte verlegen den Blick ab.

Ich seufzte hörbar, weil ich nicht wusste, was ich von dieser neuen Entwicklung halten sollte. Als wir beim Jeep ankamen, sagte er: „Es tut mir wirklich leid, Jane."

Ich sah ihm an, dass er das wirklich so meinte.

Es tat ihm wirklich leid.

Ich würde auf meiner Liste noch „aufrichtig" hinzufügen müssen.

Eine Viertelstunde später bogen wir auf den Parkplatz von Brads neuer Klinik ein, einem Gebäude, das mir völlig fremd war. Ich blickte an der hohen Backsteinfassade empor und fand, dass es wie ein Hotel aussah, nur dass Leute in weißen

Kitteln oder grüner OP-Kleidung durch die Automatiktüren kamen und gingen.

„Willst du noch mit reinkommen?“, fragte Brad, aber sein Tonfall war eher zögerlich.

„Irgendwann sicher gern, aber es muss nicht unbedingt heute sein.“

Da lächelte er und wirkte beinah erleichtert darüber, dass er mir nicht die Klinik zeigen und mich seinen Kollegen als seine Frau aus New York vorstellen musste – und so tun musste, als wäre es eine Dauerlösung und völlig normal, dass man verheiratet war, aber in zwei verschiedenen Bundesstaaten lebte.

„Es tut mir wirklich leid“, sagte er jetzt noch einmal.

„Ist schon in Ordnung.“

Brad deutete auf das Navi. „Wenn du heute Abend wieder zurückfährst, musst du einfach nur auf ‚nach Hause‘ drücken.“ Fast hätte ich gelacht und gefragt, ob das wirklich alles wäre, was ich zu tun bräuchte, um ihn wiederzufinden. Aber ich verkniff mir diese Bemerkung dann doch lieber. Stattdessen stellte ich die Frage, die ich stellen musste, um einigermaßen entspannt und in Ruhe Connors Wettkampf genießen oder ihm auch nur zuschauen zu können.

„Wo werde ich denn heute übernachten?“ Ich konnte ihn dabei nicht ansehen, sondern starrte aufs Navi.

Brad zögerte ein, zwei Sekunden, bevor er antwortete.

„Also, wenn du willst, kannst du bei mir übernachten. Ich wollte dir anbieten, dass ich im Gästezimmer schlafe. Aber ich kann … ich kann mir auch ein Hotelzimmer nehmen … wenn dir das lieber ist.“

Er klang unsicher und zögerlich.

„Das ist mir nicht lieber“, antwortete ich rasch und starrte weiterhin aufs Navi.

Brad nickte und speicherte meine Antwort offenbar in dem Ordner ab, in dem er jetzt seine Entscheidungen traf. Er schien mit meiner Antwort zufrieden. Nicht unbedingt erfreut, aber doch zufrieden.

„Dann sehe ich dich also heute Abend“, sagte er, die Hand schon an der Tür.

„Ja, genau.“

Ich stieg ebenfalls aus dem Jeep aus, um auf die Fahrerseite zu wechseln, während er eine Sporttasche aus dem Kofferraum holte. An der Fahrertür standen wir uns dann gegenüber.

Er schüttelte noch einmal wortlos den Kopf, eine weitere entschuldigende Geste dafür, wie das Wochenende bislang gelaufen war. Ich sagte, er solle sich keine Gedanken machen. Fast hätte ich hinzugefügt, Connor und ich seien es ja schließlich gewohnt, dass sich seinetwegen Pläne oft in letzter Minute änderten, aber ich konnte es mir noch gerade rechtzeitig verkneifen. Mir war schließlich klar gewesen, auf was ich mich einließ, als ich einen Arzt geheiratet hatte. Wenigstens das war etwas gewesen, das mir von Anfang an klar gewesen war.

„Rufst du mich heute Abend an, kurz bevor du kommst?“, fragte er.

„Ja, klar.“

Er schwang sich die Sporttasche über die Schulter und stand dann einen Moment einfach da und sah mich an. Ich fragte mich, ob er wohl darüber nachdachte, mir zum Abschied noch einen Kuss zu geben.

„Ich ... Können wir heute Abend reden?“, fragte er.

Ich wusste, dass Brad und ich reden mussten. Alle sagten, dass wir reden müssten. Sogar Connor sagte, dass wir reden müssten. Deshalb überraschte es mich, dass ich jetzt, da Brad es auch wollte, zögerte. Dr. Kirtland hatte mich ermutigt, es dieses Wochenende dabei zu belassen, mir Connors Leichtathletikwettkampf anzuschauen.

Als ich schließlich „Ja“ murmelte, senkte er sein Kinn, als hake er einen weiteren Punkt auf seiner Tagesordnung ab.

„Dann sehen wir uns also, wenn du wieder zurück bist. Sag Connor, dass ich versuche, bei einem der nächsten Wettkämpfe wieder dabei zu sein.“

„Klar, mach ich."

Dann drehte er sich um und ging eilig davon. Ich stieg in den Jeep und griff nach dem Türgriff. Als ich die Tür zuschlug, bauschte sich durch den Luftzug Mollys Schal und versperrte mir den Blick auf meinen Mann.

Obwohl ich rechtzeitig vor dem ersten Wettkampf, dem 400-Meter-Lauf, da war, bekam ich Connor nicht mehr zu sehen, da er noch eine Teambesprechung hatte. Also suchte ich mir einen schattigen Platz auf der Tribüne, um mich dort den Tag über zu vergnügen.

Ich hätte mich zwar zu den anderen Eltern gesellen können, aber mir war nicht nach Gesellschaft zumute, sodass ich die ganze Zeit ziemlich für mich war. Ich feuerte Connor an, wenn er lief, und stimmte in die Anfeuerungsrufe der anderen Fans von Dartmouth ein. Connor erreichte schließlich einen zweiten Platz im 400-Meter-Lauf, wurde Vierter auf den 200-Metern – was nicht seine Lieblingsstrecke war –, und seine Staffel machte dann noch den zweiten Platz in den 4x400-Metern.

Wenn Connor nicht am Start war, las ich in einem Buch, das ich mir eingesteckt hatte, und gelegentlich sah ich zu, wie die Stabhochspringer in den Himmel emporflogen, dann ihren Körper wie Tänzer durchbogen, um schließlich wie Stoffpuppen wieder auf den riesigen Matten darunter zu landen.

Es war halb sieben, als die letzte Disziplin beendet war, und schon fast sieben, als Connor schließlich über den Platz auf mich zukam.

Wie ähnlich er Brad doch sah! Als er bei mir ankam, schloss ich ihn in die Arme.

„Ich bin doch total verschwitzt, Mama", sagte er und versuchte, sich mir zu entziehen.

„Das ist mir egal", murmelte ich, weil ich ihn nicht loslassen wollte. „Du warst toll."

„Ja, war ganz okay.“ Er entzog sich mir trotzdem. „Hast du den Typen gesehen, der die Zweihundert gewonnen hat?“

„Ich hab ihn gesehen, aber –“

„Ich bin noch nie gegen einen Typen gelaufen, der so schnell war.“

„Ich fand, du warst großartig.“

„Ich freue mich, dass du gekommen bist“, sagte Connor.

„Ich auch.“

Mein Sohn wischte sich mit dem Unterarm den Schweiß von der Stirn, und ich staunte, wie kräftig er geworden war. Die Sehnen und Muskeln in seinem Unterarm traten deutlich hervor.

„Ich bin echt traurig, dass Papa heute nicht kommen konnte“, meinte er.

„Ja, ich auch. Und er selbst auch. Er wäre wirklich gern dabei gewesen.“

Connor runzelte die Stirn. „Ich bin nicht meinetwegen deprimiert.“

Er sah neben mich, dorthin, wo wahrscheinlich Brad gestanden hätte, wenn er da gewesen wäre. An seinem Blick konnte ich ablesen, dass ihn unsere Trennung mit Unbehagen erfüllte. Er sah irgendwie verloren aus.

„Papa und ich werden reden, wenn ich wieder in Manchester bin“, versicherte ich ihm.

Als sich unsere Blicke trafen, fragte er: „Worüber wollt ihr denn reden?“

Ich konnte Connor unmöglich sagen, dass ich gar nicht wusste, worüber Brad mit mir reden wollte. Ich sah meinem Sohn an, dass er sich schon jetzt Sorgen darüber machte, wir könnten anfangen, unser Hab und Gut aufzuteilen, um eine Scheidung vorzubereiten. Und mit diesem Gedanken wollte ich mich genauso wenig beschäftigen wie er. Connor brauchte Sicherheit, also gab ich sie ihm.

„Na ja, ich nehme mal an, darüber, was wir besser machen können.“

Mein Sohn wog schweigend meine Worte ab und beschloss dann offenbar, dass er damit fürs Erste würde leben können.

Dann schwang er sich seine Sporttasche über die Schulter und sagte: „Ich habe einen Bärenhunger."

„Pizza?"

„Klar."

Er verabschiedete sich noch von ein paar Freunden, lehnte höflich deren Angebot ab, mit ihnen etwas essen zu gehen, und dann gingen wir zum Wagen.

Ich mied das Thema meiner Ehe, während wir bei einem Italiener Pizza mit Pilzen und Oliven verzehrten. Stattdessen erzählte ich ihm von dem Ring. Er schien echt fasziniert, als ich ihm zeigte, dass mein Name in die Innenseite eingraviert war.

Es war schon nach neun, als ich ihn später wieder am Wohnheim absetzte. Ich umarmte ihn, bis er sich lachend von mir löste, überreichte ihm zum Schluss noch den Schuhkarton mit Plätzchen und sagte, ich würde ihn in ein paar Tagen anrufen.

Connor schaute mir mit dem Schuhkarton in den Händen nach, als ich in Brads Jeep davonfuhr. Wie er so dastand, erinnerte er mich an mich selbst.

Auf der Rückfahrt nach Manchester hörte ich abwechselnd Radio, drehte Janes Ring an meinem Finger und sagte all die Dinge auf, die ich an Brad schätzte. Ich wünschte, ich hätte einen Rosenkranz gehabt. Ich merkte, wie ich Gebete zu Gott flüsterte, dass Brad mich wieder lieben möge, dass er die Fragen, die mich nicht losließen, zum Schweigen bringen würde. Ich betete um eine schnelle und einfache Lösung.

Dabei konnte ich Stacy – die ohne Rosenkranz betete – förmlich sagen hören, dass es so nicht läuft.

Als es noch etwa fünf Minuten bis zur Klinik waren, rief ich Brad wie vereinbart an. Er wartete schon, als ich auf den Parkplatz gefahren kam.

Ich rutschte auf den Beifahrersitz hinüber, und während der zehnminütigen Fahrt zu dem Stadthaus, das er angemietet hatte, redeten wir über den Wettkampf, über Connor und über seinen Tag in der Klinik. Wie in alten Zeiten.

Ich wurde still, als wir in eine von Bäumen gesäumte Straße einbogen. Ein schwarzer schmiedeeiserner Zaun verlief quer vor der Einfahrt zu dem Wohnkomplex, in dem Brad jetzt wohnte. Die Gebäude lagen im Mondlicht da, und alte Eichen raschelten im Wind. Brad drückte auf den Knopf eines Öffners, woraufhin das Tor aufschwang, so als würden wir mit offenen Armen willkommen geheißen.

Ich sagte nichts, während wir zu einer der Wohneinheiten am Ende einer Sackgasse fuhren. Brad drückte einen weiteren Knopf, und ein Stück weit vor uns öffnete sich langsam ein Garagentor. Brad fuhr in eine so makellos aufgeräumte und saubere Garage, wie ich sie noch nie zuvor gesehen hatte. Es befand sich darin nichts außer der Mülltonne, einem Besen und Brads Kanu.

Schweigend stiegen wir aus. Außer dem Geräusch des Garagentores, das hinter uns langsam wieder nach unten glitt, war nichts zu hören.

Brad schloss eine Tür auf, vor der eine rote Fußmatte mit dem Aufdruck „Willkommen" lag, stieß sie auf und drehte sich dann zu mir um.

„Komm rein. Ich hole noch deine Tasche."

Ich schwieg weiterhin, während wir das möblierte Haus betraten, in dem Brad jetzt seit neun Wochen ohne mich wohnte.

Die Küche hatte einen Terrazzofußboden, die Arbeitsflächen waren aus Granit, und unter indirekter Beleuchtung glänzten Edelstahlarmaturen. Die Wände waren in einem warmen Ziegelrot gestrichen. Ein leeres Saftglas, eine Kaffeetasse und ein Teller standen auf dem Abtropfbrett neben der Spüle. Vor dem Fenster hingen cremefarben und schwarz gestreifte Vorhänge. Eine Keramikschüssel mit Holzäpfeln darin schmückte eine Insel in der Mitte der Küche, wo zwei hohe Hocker bereits auf uns zu warten schienen.

„Ja, das ist also die Küche", sagte Brad hinter mir. Er kam mit der Sporttasche in der einen und meiner Reisetasche in der anderen Hand an mir vorbei.

Ich folgte ihm.

Wir betraten das Wohnzimmer, das in Grüntönen gehalten war. Die Sofabezüge hatten einen gelblichen Cremeton, sodass der Gesamteindruck beruhigend war. Die Holzelemente der Einrichtung waren allesamt aus Mahagoni. An den Wänden hingen impressionistische Bilder. Eine große Vase mit Callas aus Seide stand auf dem Sims des weißen Marmorkamins. Rechts von der Stelle, an der wir standen, befand sich ein offener Essbereich mit einem Tisch für acht Personen und acht Stühlen, die alle ordentlich daruntergeschoben waren.

„Dort ist noch ein Arbeitszimmer", erklärte Brad und deutete auf eine geschlossene Glastür aus mattiertem Glas. „Die Schlafzimmer sind oben. Das Ehepaar, dem das Haus gehört, ist für ein Jahr in Saudi-Arabien. Er arbeitet dort als Bauingenieur oder so."

Ich konnte nichts sagen. In Brads Haus zu sein war so, als würde ich gerade aus dem Koma aufwachen und könnte mich an nichts mehr erinnern. Brad beobachtete mich, und ich nahm an, dass er sich fragte, was ich wohl von dem Ort hielt, den er sich zum Wohnen ausgesucht hatte. Er schlenderte zu einer L-förmigen Treppe und ging hinauf. Schweigend folgte ich ihm. Er deutete auf einen Raum rechts vom Treppenabsatz.

„Das ist das, äh, Gästezimmer." Dann betrat er ein anderes Zimmer oben am Ende der Treppe. „Und das hier ist das Schlafzimmer."

Sein Zimmer also.

Ich ging hinein und bekam noch mehr Mahagoni und noch mehr Landhausfarben zu sehen und noch mehr französische Impressionisten. Der Raum war mir fremd. Ich sah Brads

Schuhe auf dem Fußboden stehen, sein Lieblingsrasierwasser auf der Kommode und auf der Stuhllehne den Hut, den er immer zum Angeln trug. Aber dieses wunderschöne Zimmer war mir völlig fremd.

Brad stand mit meiner Tasche in der Hand neben mir und fragte sich wahrscheinlich gerade, wohin er sie stellen sollte.

„Sollen wir wieder nach unten gehen?“, fragte er. „Ich mache uns noch einen koffeinfreien Kaffee.“

Ich hörte ihn zwar, aber ich antwortete nicht, sondern griff nach dem einen Bettpfosten am Fußende. Das Holz fühlte sich unter meiner Berührung glatt und kühl an. Das Bett war zwar gemacht, aber die Tagesdecke lag ganz schief darauf und die Kissen einfach irgendwie da, ohne jegliche Symmetrie.

Brad hatte noch nie ein Händchen für Deko gehabt. Er wusste nicht, wie man ein Bett macht und die Kissen hübsch arrangiert. Und ich hatte das immer liebenswert gefunden.

Noch etwas, das ich auf die Liste setzen musste.

Ich machte den Mund auf, um zu lachen, aber das, was herauskam, war kein Lachen, sondern ein ersticktes Schluchzen. Ich hörte, wie Brad hinter mir einen Schritt machte und dann stehen blieb. Im nächsten Moment lagen die Taschen auf dem Boden, und Brad nahm mich in die Arme, zögerlich und sehr langsam.

„E-es tut mir leid…“, stammelte ich unter Tränen, denen ich offenbar nicht Einhalt gebieten konnte.

„Ich bin derjenige, dem es leidtut“, widersprach er.

Er streichelte mein Haar und meinen Rücken, sagte, dass er mir nicht wehtun wolle, mir nie hatte wehtun wollen.

„Ich weiß“, flüsterte ich. Und das meinte ich auch wirklich so.

Brad war doch rücksichtsvoll.

Nach einer Weile hob ich meinen Kopf wieder von seiner Brust, wischte mir die Tränen von den Wangen und entschuldigte mich für meinen Ausbruch.

Er strich mir mit dem Daumen am Kinn entlang, wo sich eine Tränenspur gebildet hatte. Und während er mich so ansah, mit einer Mischung aus Reue und Zärtlichkeit, da beugte er sich zu mir vor.

Und küsste mich.

Der nächste Moment war ein Durcheinander aus Verlangen, Hoffnung, Nostalgie, Kleidung und dem Miteinander zweier Körper, die einander vertraut waren.

Mollys Schal war das erste Kleidungsstück, das zu Boden flatterte.

Fünfundzwanzig

Ich wachte in einem fremden Bett auf. Allein. Meine erste Reaktion war Panik – ich wusste nicht, wo ich war. Ich schlug die Augen auf und erkannte meine Umgebung nicht wieder. Es dauerte eine ganze Weile, bis ich mich erinnerte, in wessen Bett ich lag und was passiert war.

Ich setzte mich in Brads Bett auf und schaute hinüber ins Bad.

Die Tür stand offen, und durch das Oberlicht fiel Sonnenschein. Ein nasses Handtuch hing schief über der Glastür der Dusche. Ich streckte die Hand nach Brads Seite des Bettes aus, aber dort war es kühl.

Ich stand auf, nahm meine kleine Übernachtungstasche und ging ins Bad. Ich hatte keine Ahnung, was ich jetzt am Morgen von Brad zu erwarten hatte, wusste nicht, ob wir am vergangenen Abend einen gewaltigen Schritt vorangekommen waren oder ob wir einfach unserer Einsamkeit und unserem Verlangen nachgegeben hatten. Wir hatten nicht geredet, aber ich hatte den Eindruck, dass wir auf einer bestimmten Ebene auf eine Weise wieder miteinander in Verbindung getreten waren, wie wir es schon seit Jahren nicht mehr erlebt hatten. Ich hatte Angst zu glauben, dass das, was da zwischen Brad und mir passiert war, mehr war als Sex. Ich hätte gern geglaubt, dass es mehr war, aber ich hatte auch Angst davor.

An diesem Morgen zog ich meine eigenen Sachen an – einen Jeansrock und eine rote Bluse. Ich sprühte mir ein bisschen von Mollys Parfüm auf und fuhr mir mit einem nassen Kamm durchs Haar. Mein Make-up vom Vortag besserte ich aus, weil ich mich am Abend nicht mehr abgeschminkt hatte. Dann zog ich weiße Ballerinas an und war gespannt, wie die Begegnung mit Brad verlaufen würde.

Als Letztes nahm ich noch Janes Ring vom Nachttisch und steckte ihn in die Tasche. Dann ging ich nach unten.

Brad war nicht in der Küche, aber auf dem Tresen standen eine Kanne Kaffee und eine schwarze Tasse. Ich schenkte mir ein und warf einen Blick ins Wohnzimmer. Dort war Brad nicht. Im Esszimmer war er auch nicht, aber von der Esszimmertür aus konnte ich eine geöffnete Doppeltür sehen, die hinaus auf die Terrasse führte. Die Gardinen davor bauschten sich in der Morgenbrise.

Als ich an der Tür ankam, sah ich Brad auf der Terrasse an einem Tisch sitzen, eine Tasse Kaffee vor sich. Er saß zurückgelehnt mit ausgestreckten Beinen da, die Zeitung lag neben seinem Kaffeebecher auf dem Tisch, aber sie war noch zusammengefaltet und ungelesen. Ich trat hinaus, ohne dass er mich bemerkte.

„Kann ich mich zu dir setzen?“, fragte ich.

Brad sah mich an und lächelte, aber es war ein zerknirschtes Lächeln.

„Klar.“

Ich setzte mich auf den Stuhl ihm gegenüber und atmete einmal möglichst unauffällig tief durch. Ich stellte meine Tasse ab und wartete, dass Brad etwas sagte.

Kurz darauf beugte er sich vor und faltete die Hände vor sich.

„Ich muss mich bei dir entschuldigen“, sagte er. „Es tut mir wirklich sehr leid, was gestern Nacht passiert ist.“

„Mir tut es nicht leid.“

Er hielt eine Hand hoch. „Nein, du sollst wissen, dass ich nicht die Absicht hatte ... also, ich habe dich nicht hergeholt, um ...“ Er beendete den Satz nicht, sondern brach mittendrin einfach ab, wie ein Schauspieler, der seinen Text vergessen hat.

„Brad?“

Es folgte ein kurzes Schweigen.

„Ich wollte, dass du herkommst, damit wir reden können“, entgegnete er schließlich. „Ich hätte gestern erst gar nicht mit nach oben kommen, sondern einfach hier unten bleiben sollen."

Seine leise Entschuldigung tat ein bisschen weh, weil sie in gewisser Weise eine Zurückweisung bedeutete, auch wenn das nicht beabsichtigt war. Seine Sicht der ganzen Situation ließ mich schweigen.

„Es gibt da etwas, das ich dir sagen muss", fuhr Brad dann fort, ohne mich dabei anzusehen.

Ich atmete ein und aus wie ein routinierter Sportler. „Was denn?", fragte ich ganz ruhig, obwohl ich innerlich zitterte.

Oh Gott, oh Gott.

„Dass du eine Affäre hast?" Die Worte schmeckten wie Metall auf meiner Zunge.

„Nein, habe ich nicht."

Ich atmete aus.

„Aber ich hätte beinah eine angefangen."

Einen Moment saß ich wie versteinert auf meinem Stuhl. „Was hast du gerade gesagt?"

Er räusperte sich und wiederholte sein Geständnis mit anderen Worten. „Ich wollte eine Affäre anfangen."

Ich sprang auf und ging einmal bis ans andere Ende der Terrasse, unfähig, wirklich zu begreifen, was ich da gehört hatte. Das konnte einfach nicht wahr sein. Unmöglich. Die Stiefmütterchen in einem großen Blumentopf nickten mit den Köpfchen, als ich daran vorbeiging, und ich hätte sie am liebsten bei ihren dünnen Hälsen gepackt und aus der Erde gerupft.

„Du hast mich angelogen." In meiner Stimme schwang harsche Zurechtweisung mit.

„Du hast mich gefragt, ob ich ein Verhältnis habe, und ich habe dir gesagt, dass ich keins habe. Und ich habe auch keins. Und was auch immer das war, was ich gehabt habe, es ist vorbei. Und ich habe nie mit ihr geschlafen, Jane."

Das Wort „geschlafen" zerriss mich beinah, und ich schloss die Augen.

„Hör auf.“

„Ich hab’s nicht getan. Ich habe nie mit ihr geschlafen!“

Wut und Übelkeit purzelten in meinem Magen durcheinander. Ich wollte an Brad vorbei zur Tür stürmen, die wieder ins Wohnzimmer führte, aber er stand auf und packte mich am Arm, sodass ich stehen bleiben musste.

„Du musstest es erfahren, weil es dir gegenüber einfach nicht fair war, dass du es nicht wusstest.“

„Nicht fair mir gegenüber?“ Ich drehte mich abrupt zu ihm um. „Du machst dir Gedanken darüber, was mir gegenüber fair ist? Aha, so fühlt es sich also an, wenn man fair behandelt wird?“

Dazu sagte er nichts.

„Wer war sie?“

„Du kennst sie nicht.“

„Wer war sie?“

„Ich habe im ‚Memorial‘ mit ihr zusammengearbeitet. Sie heißt Dana. Sie ist einer der Gründe, weshalb ich wegmusste. Ich konnte nicht mehr mit ihr zusammenarbeiten.“

Ich wandte mich von ihm ab und blickte jetzt auf einen Zaun und eine Hecke aus fröhlich blühenden Forsythien. Ich fühlte mich dumm, ignorant, betrogen. Leslie hatte recht. Es war besser, nicht zu wissen, dass es eine andere Frau gab – oder gegeben hatte. Ich musste sofort zurück nach New York. Aber wie sollte ich zum Flughafen kommen? Ich brauchte ein Taxi. Ich musste ein Taxi rufen.

„Wir haben uns vergangenes Jahr in einem OP-Team kennengelernt und uns angefreundet.“

Ich brauchte ein Taxi. Wo war meine Handtasche? Wo war mein Handy? Ich ging wieder zur Terrassentür, die ins Haus führte. Meine Handtasche war im Schlafzimmer.

„Ich wollte nicht, dass so etwas passiert, Jane. Ich wollte mich nicht zu ihr hingezogen fühlen.“ Er suchte meinen Blick. „Ich wollte es wirklich nicht! Als ich gemerkt habe, dass es schon so ist, da wusste ich, dass zwischen uns schon länger etwas nicht mehr stimmte. Die Zweifel waren schon längst da."

„Na, wie praktisch", murmelte ich und ging an ihm vorbei ins Esszimmer. Er folgte mir. Ich brauchte ein Taxi. Ich brauchte mein Handy. Ich musste hier weg.

Er griff nach meinem Arm. „Schon als ich bei der goldenen Hochzeit deiner Eltern dieses Gespräch zwischen dir und Leslie mit angehört habe, hat mich die Frage beschäftigt, was zwischen uns nicht stimmt. Genau wie du. Diese Sache mit Dana hat erst danach angefangen, erst ein paar Wochen später."

Ich entriss ihm meinen Arm. „Das ist nicht meine Schuld! Ich kann einfach nicht glauben, dass du dieses alberne Gerede mit meiner Schwester über einer Bowle gleichsetzt mit dem, was du gemacht hast. Wie kannst du das, was ich zu Leslie gesagt habe, mit dem vergleichen, was du mir hier gerade erzählst?"

„Ich habe doch gar nicht gesagt, dass es dasselbe ist! Und ich habe keine Affäre gehabt, Jane. So weit ist es nie gegangen."

„Na, da habe ich ja offenbar noch mal richtig Glück gehabt." Ich drehte mich von ihm weg und ging zur Treppe. Ich brauchte mein Handy.

Wieder kam er hinter mir her. „Ich weiß auch nicht, wie es passiert ist. Wir waren nur gute Freunde. Man konnte einfach gut mit ihr reden, sie hat mich zum Lachen gebracht, hat mir gute Ratschläge gegeben, hat mich nach meinen Kanutouren gefragt. Ich wollte nicht, das ich mich immer mehr auf die Zeit freute, die ich mit ihr zusammen verbringen konnte, aber es war so."

Ich wollte mir die Ohren zuhalten. Ich wollte nichts mehr davon hören. Irgendwie kam mir das Ganze so vor, als würde er mich anklagen. Ich war auf der ersten Treppenstufe nach oben, als er mich wieder am Arm packte und mich so zu sich drehte, dass ich ihn ansehen musste.

„Es war sehr einseitig, Jane. Es ging nur von mir aus, nicht von ihr. Eines Abends habe ich sie dann geküsst. Auf dem Parkplatz. Ich hatte es gar nicht geplant. Es ist … einfach so passiert.“

Ich griff nach dem Treppengeländer. Taxi. Handy. Ich nahm die nächste Stufe.

„Aber sie wollte nicht, dass ich sie küsse.“ Brad hatte mich immer noch fest am Arm gepackt. „Sie war über meinen Annäherungsversuch empört, denn sie wusste, dass ich verheiratet war. Sie hat gesagt, dass wir mehr Abstand voneinander bräuchten, dass nichts Gutes dabei herauskäme, wenn wir weiter so viel zusammen wären. Aber ich habe sie ja trotzdem fast jeden Tag gesehen. Sie hat versucht, mir aus dem Weg zu gehen, aber wir sind uns trotzdem andauernd irgendwo begegnet. Ich musste weg aus der Klinik. Ich musste da weg. Und das habe ich dann ja auch durchgezogen.“

Wieder kamen mir die Tränen, und diesmal liefen sie mir ungebremst die Wangen hinunter. „Aber du hast nicht nur sie verlassen, Brad! Du hast *mich* verlassen.“

Der Schmerz in seiner Miene zerriss mich förmlich. Ich musste den Blick abwenden.

„Ich konnte nicht so tun, als wäre nichts passiert, Jane. Ich musste da raus. Ich musste weg. Ich brauchte Zeit zum Nachdenken.“

„Liebst du sie?“, flüsterte ich.

„Nein … Ich weiß nicht.“

Ich atmete ein und wieder aus. „Du weißt es nicht?!“

Er zögerte nur ganz kurz. „Ich bin nicht in sie verliebt. Ich … ich vermisse nur, wie es sich angefühlt hat, mit ihr zusammen zu sein.“ Brad beugte sich vor. „Das alles tut mir wirklich schrecklich leid.“

„Tut es dir leid, dass wir letzte Nacht miteinander geschlafen haben?“, fragte ich und sah ihn dabei nicht an.

„Jane …“

Ich sah ihn trotzdem nicht an.

„Ich wusste, dass ich dir das hier heute erzählen würde. Ich hätte es nie so weit kommen lassen dürfen. Das war falsch von mir."

Es verstrichen ein paar lange Minuten. Vogelgezwitscher vor der geöffneten Terrassentür füllte die Stille.

„Ich möchte nach Hause", sagte ich.

„Es tut mir so leid, Jane. Ich … ich möchte einfach nicht, dass es wieder so wird, wie es war. So, dass ich mich zu einer Frau hingezogen fühle, mit der ich nicht verheiratet bin, und mir das auch noch gefällt."

Die Wirkung dieser Worte ließ mich schaudern. Ich spürte, wie Janes Ring sich in meine Hüfte bohrte.

Ich wollte nur noch nach Hause. Ich machte einen Schritt.

„Und was letzte Nacht angeht –", setzte er an.

Aber ich unterbrach ihn. „Bitte lass mir wenigstens diese kleine Illusion, dass du wirklich *mich* wolltest."

„Jane …"

Ich löste mich aus seinem Griff und ging die Treppe hinauf zu seinem Schlafzimmer. Ich warf meine Sachen wahllos in die Reisetasche und war keine zwei Minuten später schon wieder unten.

Dort zerrte ich mein Handy aus der Handtasche, aber irgendwie schaffte ich es nicht, mir ein Taxi zu rufen. Ich fühlte mich wie betäubt und völlig orientierungslos, stand einfach da, starrte auf mein Handy und weinte.

Brad bat darum, mich doch bitte zum Flughafen fahren zu dürfen. Ich bat ihn darum, mir doch bitte ein Taxi zu rufen.

Während wir schweigend auf das Taxi warteten, holte Brad unsere beiden immer noch randvollen Kaffeetassen von der Terrasse herein und stellte sie nebeneinander ins Spülbecken.

Molly und Jeff holten mich am Flughafen Newark ab. Als wir auf der Brücke nach Manhattan waren und sie erfuhren, dass ich noch gar nicht gefrühstückt hatte, luden sie mich zum Brunch ein. Aber ich wollte einfach nur nach Hause und mich für eine Weile unsichtbar machen.

Molly drehte sich vom Beifahrersitz zu mir nach hinten um, und ihre Miene war sehr besorgt. Sie wollte fragen, wie es gelaufen war, aber ich spürte, dass sie Angst hatte, ich würde nichts sagen, weil Jeff dabei war.

Mir war das ehrlich gesagt egal. Wirklich. Und ich hatte ohnehin das Gefühl, das Jeff schon längst von Dana gewusst hatte.

„Die Sachen, die du für mich ausgesucht hast, haben Brad gefallen", bot ich ihr als Antwort auf ihre unausgesprochene Frage an. Der sarkastische Unterton in meiner Stimme klang selbst in meinen Ohren beißend.

„Ach, Jane, so schlimm?"

Ich konnte im Rückspiegel sehen, dass Jeff mich ansah. Als er merkte, dass ich es bemerkt hatte, schaute er schnell wieder nach vorn auf die Straße.

„Ach, das würde ich gar nicht sagen." Ich atmete aus. „Es ist eigentlich eher eine Erleichterung, endlich zu wissen, weshalb Brad diese Entscheidung getroffen hat."

„Wie ... wie meinst du das?", fragte Molly.

Jeff weiß wahrscheinlich sehr wohl, was ich meine, hätte ich am liebsten gesagt. Ich merkte, wie er mich erneut durch den Rückspiegel fixierte.

Ich erzählte den beiden das meiste von dem, was Brad mir gesagt hatte. Den Teil über die vergangene Nacht ließ ich dabei aber ebenso aus wie Brads Bemühungen, sich dafür zu entschuldigen. Als ich fertig war, sah Molly am Boden zerstört aus. Um meinetwillen. Jeffs Blick im Rückspiegel war nicht zu deuten.

Als wir vor meinem Apartmenthaus anhielten, fragte Molly, ob ich Lust hätte, später ins Kino oder shoppen zu gehen oder sonst irgendwas zu unternehmen, aber ich lehnte dankend ab. Ich umarmte sie zum Abschied und bedankte mich noch dafür, dass sie mir ihre Sachen und das Parfüm geliehen hatte. Als sie wieder in den Wagen stieg, standen ihr Tränen in den Augen. Jeff begleitete mich noch die Treppe hinauf bis zum Eingang und reichte mir dann meine Tasche.

„Danke fürs Bringen.“ Ich täuschte einen munteren Ton vor.

„Mir tut das alles sehr leid“, sagte er.

„Mir auch. Aber jetzt brauchst du dieses Geheimnis wenigstens nicht länger mit dir herumzuschleppen, nicht wahr?“ Ich lächelte ihn an.

Sein Schock hielt nur einen kurzen Moment an. „Er hätte es dir schon viel früher erzählen müssen.“

Ich zuckte nur mit den Achseln und blinzelte neuerlich lauernde Tränen weg.

„Aber Molly hat wirklich nichts davon gewusst“, fügte er hinzu.

Ich nickte stumm. Wenn ich jetzt meinen Mund aufmachte, um etwas zu sagen, würde ich die Fassung verlieren. Also sagte ich lieber nichts.

„Ruf an, wenn du was brauchst.“

„Mach ich“, flüsterte ich.

Ich winkte, als die beiden davonfuhren, und dann betrat ich die sehr stille Wohnung. Als ich drinnen war, merkte ich, dass das Handy in meiner Handtasche vibrierte. Ich fragte mich, ob Brad wohl versucht hatte, mich anzurufen, und kramte es mit zitternden Fingern aus der Handtasche. Es zeigte zwei Anrufe in Abwesenheit an. Einer kam von Emma. Sie hatte mir eine Nachricht auf die Mailbox gesprochen. Der andere stammte von Wilson, er hatte allerdings keine Nachricht hinterlassen. Ich wählte die Mailbox an, um Emmas Nachricht abzuhören.

„Hallo, Schätzchen. Also, ich habe den Mann gefunden, der mir die Bücherkisten verkauft hat. Er heißt Edgar Brownton. Er hat die Sachen von der Enkelin eines alten Rentners gekauft, der letzten Winter gestorben ist. Der alte Mann hatte einen Schuppen bis zur Decke mit Kisten voll gestapelt, die seine Enkelin dann einfach so kistenweise versteigert hat, wie sie waren, ohne die Sachen erst zu sichten. Brownton weiß nicht, wie die Frau heißt. Sie lebt nicht einmal in England. Er glaubt, dass sie in Kanada lebt. Er hat die Kisten jedenfalls in Swansea gekauft. Das ist alles, was ich dazu herausbekommen habe, Schätzchen. Du wirst einfach eine gute Geschichte darüber erfinden müssen, woher das wunderschöne Schmuckstück stammt. Also ruf mich an, wenn du wieder zu Hause bist. Mein Angebot, mich besuchen zu kommen, steht."

Danach rief ich erst einmal Wilson an, bevor ich mich dann daranmachte, die Enttäuschung über das Ergebnis von Emmas Recherchen zu verdauen.

Wilson meldete sich schon beim ersten Klingeln.

„Ich bin es, Jane. Ist alles in Ordnung?"

„Ach, Sie sind es. Aber ja, Jane, alles in Ordnung. Ich bin da nur auf etwas gestoßen und wollte nicht bis morgen damit warten, es Ihnen zu erzählen. Es ist wirklich seltsam. Passt es Ihnen jetzt gerade?"

Er klang aufgeregt. So nett es auch war, eine fröhliche Stimme zu hören, es wäre wirklich einfacher gewesen zu sagen, dass es gerade ein lausiger Zeitpunkt sei. Dennoch ließ ich mich in einen Sessel fallen, schüttelte meine Schuhe von den Füßen und sagte, dass es gerade gut passe.

„Also, mein Enkel Eric ist heute zu Besuch. Er studiert Politik als Hauptfach, wissen Sie. Und ich habe ihm von dem Ring erzählt, den Sie gefunden haben."

„Ja?"

„Er hat gesagt, dass die Verlobungen adeliger Personen damals beurkundet wurden. Es müsste also Aufzeichnungen darüber geben."

„Ja, aber diese Jane hat ja vielleicht die Person, von der sie den Ring bekommen hat, gar nicht geheiratet. Der Ring war ja, wie wir beide wissen, fast ungetragen."

„Das ist genau der Punkt, auf den ich hinauswill."

„Ich weiß jetzt nicht so genau, was Sie meinen, Wilson."

„Eric hat in eine Suchmaschine im Internet mal die Begriffe ‚Jane', ‚Verlobung' und ‚sechzehntes Jahrhundert' eingegeben.

Ich hielt vor Spannung die Luft an. „Und?"

„Dabei sind zwei Namen immer wieder aufgetaucht. Der eine ist ‚Jane Seymour'. Sie war die dritte Frau von Heinrich VIII. Sie und Heinrich wurden innerhalb von vierundzwanzig Stunden nach Anne Boleyns Hinrichtung miteinander verlobt und haben nicht einmal einen Monat später geheiratet. Es ist also eher unwahrscheinlich, dass Heinrich ihr damals einen Verlobungsring geschenkt hat. Und es ist eher unwahrscheinlich, dass der Verlobungsring einer englischen Königin in einem zerfledderten Gebetbuch landet."

„Stimmt. Erzählen Sie weiter."

„Der andere Name, der mehrfach auftauchte, ist ‚Jane Grey'. Können Sie sich erinnern, wer sie war?"

Der Name kam mir irgendwie bekannt vor, aber ich konnte ihn nicht zuordnen. „Nein, kann ich nicht. Wer war sie?"

Wilson schien pikiert darüber, dass ich nicht wusste, wer diese andere Jane war.

„Wirklich nicht? Na ja, sie war ebenfalls nur ganz kurz verlobt. Weniger als einen Monat, genau wie Jane Seymour."

„Vielleicht haben ja junge adelige Frauen ihre Verlobungsringe grundsätzlich nicht lange getragen."

„Sie haben wirklich keine Ahnung, wer Jane Grey war, oder?"

„Nein, Wilson, ich weiß es nicht."

„Warten Sie mal kurz." Ich hörte, wie Wilson mit jemandem redete, aber ich konnte nicht verstehen, was gesprochen wurde. „Eric sagt, dass er Ihnen den Link schickt. Wie lautet Ihre private E-Mail-Adresse?"

Ich stand von dem Sessel auf und gab meine E-Mail-Adresse durch, während ich zum Schreibtisch hinüberging. Dort schaltete ich den Computer ein, setzte mich und wartete.

„Ist sie angekommen?“, fragte er nach einer Weile.

„Während er sprach, ertönte das Signal für eingegangene Nachrichten. „Ja, ich hab's. Glauben Sie, dass der Ring ihr gehört hat, Wilson?“

„Es würde mich jedenfalls nicht wundern, wenn es so wäre. Aber eigentlich nein. Macht aber doch Spaß, es sich das vorzustellen, oder? Na ja, wenigstens haben Sie jetzt etwas zu lesen. Wir können ja dann morgen weiterreden. Tschüss, Jane.“

„Auf Wiedersehen, Wilson. Und vielen Dank.“

Ich legte auf, nahm den Ring aus meiner Rocktasche und legte ihn so auf den Schreibtisch, dass ich die Steine funkeln sehen konnte.

Dann hockte ich mich im Schneidersitz hin und öffnete den Link zu einer Biografie von Lady Jane Grey.

Dann begann ich zu lesen.

Lucy

London, England, 1553

Sechsundzwanzig

Die Räume im Richmont Palace dufteten nach Mairosen, aber Lady Jane schien den belebenden Duft gar nicht wahrzunehmen.

Sie ging zwar in majestätischer Schönheit nervös auf dem Teppich in ihrem Zimmer auf und ab, aber sie ging eben nervös auf und ab. Während ich auf dem Boden zu ihren Füßen eine zerrissene Reitjacke flickte, rezitierte sie Verse aus dem Johannesevangelium; zunächst auf Englisch, dann auf Latein, danach auf Griechisch und schließlich in einer Sprache, die ich nicht verstand. Sie steckte mich mit ihrer Nervosität so sehr an, dass ich mir beim Nähen in den Finger stach.

Ich zuckte zusammen und steckte den Finger in den Mund, aber Jane bemerkte es gar nicht. Es war der Tag, an dem ihre Eltern endlich eine Entscheidung darüber treffen würden, mit wem sie verlobt werden sollte. Sie möge sich bitte bereithalten, man werde sie irgendwann vor dem Mittagessen rufen, hatten ihre Eltern ihr ausrichten lassen. Endlich, nach all den langen Monaten des Wartens, würde eine Entscheidung bezüglich Edward Seymours fallen.

Ich an ihrer Stelle wäre ganz sicher ebenfalls nervös auf und ab gegangen.

Mit fast sechzehn Jahren war sie bereits eine richtige Dame. Damals, als ich sie kennengelernt hatte, war sie elf Jahre alt gewesen und hatte gerade den Tod einer geliebten Königin betrauert, ganz allein in dem wunderschönen Palast, umgeben von Menschen, die über jeden Schritt in ihrem Leben bestimmten. Heute befand sie sich in einem anderen Palast und war von noch mehr Menschen umgeben, die über jeden ihrer Schritte entschieden.

Die vergangenen Monate waren voller schlechter Nachrichten gewesen, angefangen bei der Hinrichtung von Edwards Vater an einem grauen Januarmorgen.

Ich war nach den Weihnachtstagen des Jahres 1551, in denen mein lieber Nicholas und ich uns verlobt hatten, nach London zurückgekehrt und hatte die schockierende Entwicklung miterleben müssen, dass die Strafe des ehemaligen Lordprotektors nicht aufgehoben wurde, wie wir alle gehofft hatten. Jane war bereits schlecht gelaunt von den Feiertagen bei Prinzessin Maria zurückgekehrt, denn sie und ihre königliche Base hatten nicht denselben Glauben. Die Nachricht vom Schicksal des ehemaligen Protektors verstärkte ihre Melancholie zusätzlich.

Dem Dienstbotenklatsch und sogar den Gesprächen der Lords und Ladys beim Frühstück zufolge, hatte John Dudley, der Herzog von Northumberland, den Sturz des älteren Edward Seymour angezettelt, um sich die Freundschaft und Loyalität mächtiger Männer zu sichern, denen Seymour völlig gleichgültig war. Weshalb John Dudley unbedingt so viele einflussreiche Freunde haben wollte, war mir nicht bekannt. Nicholas erklärte mir, dass diese Art von Machtgebaren bereits Königreiche hatte entstehen und wieder untergehen lassen. Das alles wäre jedoch gar nicht so beunruhigend gewesen, wäre Seine Majestät, der König, nicht ernsthaft erkrankt. Es gab Gerüchte, denen zufolge Dudley, der auch der engste Vertraute des jungen Königs war, sich oft im Krankenzimmer Seiner Majestät aufhielt und dem König immer wieder Urkunden und Dokumente zur Unterschrift vorlege, und zwar zu jeder Tages- und Nachtzeit. Und mancherorts wurde gemunkelt, dass John Dudley, der Herzog von Northumberland, den König vielleicht sogar langsam vergiftete.

Aus welchem Grund, das wusste ich nicht.

Wenn Jane zu Hause war, bekam sie solche Gerüchte gar nicht mit, wohl aber, wenn sie ihre Eltern zu Festen und anderen Anlässen begleiten musste. Es war kein Geheimnis, dass es John Dudley gewesen war, der Seymour in die hoffnungslose Lage manövriert hatte, des Hochverrats angeklagt und für schuldig befunden zu werden. Diese Anklage gegen ihn war für uns alle, die wir nicht in Verbindung zum Hof standen, schwer zu glauben.

Und Jane glaubte ganz sicher nicht daran.

Ihre Abneigung gegen John Dudley und seine politischen Machenschaften trieb sie zur Weißglut, und Mrs Ellen und ich durften seinen Namen in ihrer Anwesenheit nicht aussprechen, was allerdings auch nie vonnöten war. Gespräche zwischen ihr und ihrem geliebten Edward – die paar Male, die sie überhaupt stattgefunden hatten – waren beherrscht gewesen von Gefühlen, die sie vor anderen verbergen mussten und die nur ich verstand. Wenn Edward bei Jane zu Besuch war, sprach ich natürlich nicht mit ihm, aber ich sah ja seine Miene von der anderen Seite des Raumes aus oder im Garten oder wenn er aus der Kutsche stieg.

Es war eine sorgenvolle Miene; die Miene eines Mannes, der an Gegebenheiten gebunden ist, über die er selbst keine Kontrolle hat.

Ich rechnete fest damit, dass Janes Eltern die inoffizielle Verlobung ihrer Tochter mit Edward nach der Hinrichtung von Edwards Vater wieder lösen würden, auch wenn ich darüber zu Jane natürlich kein Wort sagte. Nicholas erzählte mir, dass der junge Edward ein reicher Mann und immer noch eine gute Partie wäre, wenn die Ländereien und Besitztümer des Herzogs bei dessen Tod auf seinen Sohn übergingen. Da aber monatelang ungeklärt blieb, wie mit dem Vermögen des Herzogs verfahren werden sollte, gab es auch immer noch keinen offiziellen Ehevertrag zwischen Jane und dem Mann, den sie liebte.

Ein ganzes Jahr war inzwischen vergangen, und immer noch gab es keinen offiziellen Vertrag. Währenddessen verschlechterte sich der Gesundheitszustand des Königs stetig. Nicholas und ich machten inzwischen Pläne für unsere eigene

Hochzeit, die im Juni stattfinden sollte. Jane hatte bereits beschlossen, dass ich bei ihr bleiben sollte, wenn sie und Edward heirateten, und dass Nicholas dann der Hauslehrer ihrer Kinder werden sollte. Ich hatte gelacht und ihr gesagt, es werde sicher noch einige Jahre dauern, bis die Kinder in einem Alter wären, in dem sie Lesen, Schreiben und Rechnen lernen könnten, worauf Mylady geantwortet hatte, dass Nicholas ja dann uns unterrichten könne, sie und mich. Jane liebte es zu lernen. Wenn sie nicht ihre Bücher und Übersetzungen und ihre Briefwechsel mit Gelehrten auf dem Kontinent gehabt hätte, wäre sie in diesen vielen Monaten, in denen sie auf eine Entscheidung bezüglich ihrer Heirat wartete, sicher schier verrückt geworden.

Es blieb also abzuwarten, wie es nach meiner Hochzeit mit Nicholas mit mir weitergehen würde. Eine Anstellung als erste Damenschneiderin im Haushalt einer verheiraten adeligen Dame war verlockend, und Nicholas würde zweifellos einen hervorragenden Hauslehrer für die künftigen Kinder von Jane und Edward abgeben. Aber noch gab es keine Kinder, und deshalb würde mein künftiger Mann bis dahin noch eine andere Stellung brauchen. Und dafür, dass er eine Stelle an der Schule seines Onkels in Worcester bekommen würde, gab es keine Garantie.

In diesem Augenblick betrat Mrs Ellen den Raum und schaute sich das Auf und Ab von Mylady mit strengem Blick an. Sie stemmte die Hände in die Hüften und sagte: „Ihr tretet ja den Teppich völlig ab, Mädchen." Trotz ihrer gestrengen Haltung war ihr Tonfall jedoch besänftigend.

„Der Teppich ist mir gleichgültig", sagte Jane und rezitierte unmittelbar darauf die erste Seligpreisung auf Englisch.

„Vielleicht hättet Ihr ja Lust, ein paar Briefe zu schreiben. Ihr schreibt doch so gern Briefe."

„Keine Briefe heute", erwiderte Jane, seufzte und ließ sich dann mir gegenüber auf dem Sofa nieder. „Beschreibe mir doch noch einmal, wie dein Kleid aussieht, Lucy."

„Nicht schon wieder“, murmelte Mrs Ellen nur völlig entnervt und entfernte sich in Janes Salon.

Mein Brautkleid, an dem ich jeden Abend bei Kerzenlicht nähte, bevor ich ins Bett ging, hatte ich selbst entworfen. Es war noch nicht so weit, dass ich es jemandem zeigen konnte, nicht einmal der lieben Jane, aber ich hatte versprochen, es ihr zu zeigen, sobald es fertig war. In der Zwischenzeit beschrieb ich ihr, wie ich es mir vorstellte.

Also begann ich einmal mehr mit meiner Beschreibung.

„Es hat einen langen, fließenden Rock aus weichem goldenem Batist, der hier und da in bauschigen Falten gerafft ist. Das Mieder werde ich mithilfe von Silberfäden mit winzigen Disteln besticken, die wie Diamanten glitzern. An den Schultern wird der Stoff zu Puffärmeln aus weißer und silberner Gaze gebauscht. Und es hat einen Kragen, der ebenfalls mit Silberfäden bestickt ist und mit venezianischer Spitze eingefasst.“

„Und dein Schleier?“, fragte Jane lächelnd.

„Der wird wie ein Wasserfall aussehen, und es werden winzige weiße Rosen und rosa Astern und Rittersporn von oben bis hinunter zur Schleppe wie Streublumen darauf gestickt sein.“

„Ich wünschte, du würdest etwas von meinem Schmuck tragen.“ Janes Stimme klang sehnsüchtig. „Meine Kette mit den Diamanten und Amethysten würde sicher wundervoll zu dem Kleid passen.“

Das sagte sie, um mich zu necken, denn Jane wusste natürlich, dass ich unmöglich bei meiner Hochzeit ihren Schmuck würde tragen können. Wahrscheinlich würde sie nicht einmal die Erlaubnis bekommen, überhaupt an der Hochzeit teilzunehmen.

Jane erhob sich vom Sofa. An diesem Tag trug sie eine Robe aus schlichtem Samt mit wenig Spitze am Hals. So schlicht kleidete sie sich schon, seit sie fünfzehn war, es sei denn, ihre Eltern gingen mit ihr aus und bestanden auf etwas Prunkvollem. Ansonsten trug sie Schwarz, Grau und Dunkelbraun. Als ihre Schneiderin hatte es mich lange Zeit traurig gemacht, sie ständig in so düstere Töne gekleidet zu sehen, und das auch noch freiwillig. Aber Jane war immer stiller und in sich gekehrter geworden, während ihr Schicksal weiter ungeklärt blieb und wie ein zerbrochenes Pendel über ihr hing, das weder in die eine noch in die andere Richtung ausschlug. Dieser Zustand spiegelte sich in ihrer Kleidung wider. Die Herzogin kümmerten Janes Bemühungen um extreme Bescheidenheit nicht weiter, aber es gab ganz offensichtlich vieles, das die Herzogin nicht kümmerte, wenn es um Jane ging. Obwohl sie auch selbst Protestantin war, verstand die Herzogin den Wunsch ihrer Tochter nicht, frei zu sein von allem Eitlen und Gottlosen und Überheblichen. Ich verstand es ehrlich gesagt auch nicht richtig, denn für mich war auch Schönheit etwas, das von Gott geschaffen war und ihm gefiel – doch Jane und ich lebten ja auch in unterschiedlichen Welten. Das war mir sehr bewusst, und deshalb respektierte ich ihre Entscheidungen und bewunderte sie sogar dafür.

„Ich wünschte, du könntest mein Hochzeitskleid nähen“, sagte Jane und wandte sich mir zu. „Du solltest es sein, aber meine Mutter wird ganz sicher auf ihrer eigenen Schneiderin bestehen.“

„Es wird gewiss ganz wunderschön werden, Mylady. Ganz bestimmt. Wie soll es denn aussehen?“

Sie atmete schwer aus. „Wie sähe es denn aus, wenn du es nähen würdest, Lucy?“

Ihr Blick auf mich war gleichermaßen verzagt und sehnsüchtig. Es war ein Blick, der so gar nicht zu einer jungen Frau passen wollte, die bald heiraten würde. Sorgfältig wählte ich meine Worte.

„Vielleicht ein Kleid nach der italienischen Mode, hmmm? Ein Rock aus silbernem Gewebe mit einem Mieder, das mit silbrigem Netzgewebe überzogen ist und mit euren Lieblingsedelsteinen besetzt. Passende, leicht geraffte Ärmel –“

„Und kein Reifrock“, unterbrach Jane mich. „Ich will schließlich nicht wie ein Zwiebelturm aussehen.“

Ich lachte. „Also kein Reifrock. Stattdessen soll Euer Rock aus schmalen Streifen von Silberstoff sein, eingefasst mit goldener Spitze und verschnürt mit Perlenschnüren.“

„Und keine Rüschen. Ein schlichter Schleier. Mit Blumen, so wie deiner?“

„Natürlich.“

Jane nahm wieder auf dem Sofa Platz. Ich machte mich wieder an meine Flickarbeit und wartete darauf, dass sie mir jetzt erzählen würde, was Edward tragen sollte. Ich wartete eine Weile, aber es blieb still. Als ich schließlich zu ihr aufblickte, starrte sie mich an.

„Hast du Angst?“, fragte sie mich.

„Angst?“

Ich errötete ein wenig. Jetzt, wo der Augenblick näher rückte, dass Nicholas und ich endlich zusammen sein würden, rang ich mit einer seltsamen Art von Ängstlichkeit, die aber mehr mit Sehnsucht als mit Furcht zu tun hatte. Doch ich spürte, dass Jane wirklich Angst hatte, mit einem Mann das Bett zu teilen, selbst wenn sie sich zu dem Mann hingezogen fühlte.

„Meine Mutter sagt, es ist ganz natürlich, dass man Angst vor dem Unbekannten hat, Mylady. Macht Euch darüber keine Sorgen. Es ist doch Gott, der es so gemacht hat zwischen Mann und Frau, nicht wahr?“

Sie nickte. „Ja.“ Aber in Gedanken schien sie weit weg zu sein.

„Was ist denn, Mylady?“

Jane zögerte kurz und schaute sich dann in ihrem Zimmer um. „Ich habe nie ein anderes Leben kennengelernt als dieses hier. Mama und Papa haben immer alles für mich entschieden – mit wem ich zusammen bin, mit wem nicht, ja, sogar, wo ich nachts mein Haupt zur Ruhe bette. Ich bin nie mit einem Mann hinter einer geschlossenen Tür allein gewesen.

Ich bin meinen Eltern gegenüber immer folgsam gewesen und habe mich immer ihren Wünschen gefügt. Mir kommt es sehr seltsam vor, dass ich schon so bald nicht mehr mit ihnen unter ihrem Dach leben werde. Oder unter ihrer Fuchtel."

Sie schwieg kurz, bevor sie dann fortfuhr.

„Ich frage mich, wie es wohl sein wird, selbst solche Entscheidungen zu treffen, wie Mama sie jetzt trifft. Und sie trifft viele Entscheidungen, weißt du. Sie ist eine Frau, genau wie ich, und so, wie ich mich dem Willen meines Mannes unterwerfen werde, tut sie es auch. Aber sie trifft dennoch Entscheidungen. Sie trifft jeden Tag Entscheidungen. Ich frage mich, wie das wohl sein wird."

Mehr sagte sie darüber nicht und ich auch nicht. Und das erwartete sie auch gar nicht. Weil ich inzwischen schon eine ganze Weile für Jane arbeitete, kannte ich viele ihrer innersten Gedanken. Die meisten davon hatte sie mir gar nicht bewusst mitgeteilt, sondern sie hatte sie einfach laut für sich selbst ausgesprochen, um sie zu hören. Und damit sie gehört wurden.

Einen Moment später kam Mrs Ellen wieder ins Zimmer gerauscht. Janes Eltern hatten einen Pagen gesandt. Sie waren jetzt bereit, ihre Tochter zu empfangen.

Jane erhob sich langsam vom Sofa und glättete ihren Rock. Ich stand ebenfalls auf. Sie schloss die Augen und holte einmal tief Luft. Während sie wieder ausatmete, öffnete sie die Augen und sagte die sechste Seligpreisung auf Lateinisch auf.

„*Beati mundo corde, quoniam ipsi Deum videbunt.*"

Die Übersetzung ging mir durch den Kopf. *Selig sind, die reinen Herzens sind, denn sie werden Gott schauen.*

Sie ging zwei Schritte zur Tür, drehte sich dann aber noch einmal zu mir um und sagte: „Warte hier auf mich."

Ich machte einen Knicks, und noch bevor ich wieder aufgestanden war, hatte sie sich schon wieder zur Tür umgewandt und machte sich, begleitet von Mrs Ellen, auf den Weg zu ihren Eltern.

Unfähig, mit meiner Näharbeit fortzufahren, wartete ich auf dem Sofa auf sie. Mir kam es so vor, als würde auch gerade über meine Zukunft entschieden, zumindest über meine nähere Zukunft.

Mrs Ellen und Jane waren nicht lange fort. Als ich hörte, wie sich schnelle Schritte der Tür näherten, stand ich auf. Ich war so gespannt, dass mir fast das Herz stehen blieb.

Dann flog die Tür auf, und Jane kam tränenüberströmt hereingestürzt und fasste sich an die Brust. Sie stürmte an mir vorbei, und ihr raschelnder schwarzer Rock war das einzige Geräusch, das von ihr kam. Sie ging in ihr Schlafzimmer, schloss die Tür hinter sich, und erst da war der erste Laut von ihr zu hören: ein schmerzerfülltes Schluchzen voller Zorn und Hoffnungslosigkeit.

Auch mir standen Tränen des Mitgefühls in den Augen, obwohl ich noch gar nicht wusste, was geschehen war. Ich wandte mich von Janes geschlossener Schlafzimmertür ab und sah, dass inzwischen auch Mrs Ellen das Zimmer betreten hatte. Sie biss sich auf die Lippe, schüttelte den Kopf und versuchte, gegen ihre Gefühle anzukämpfen, die ebenso gut Kummer, wie Wut oder auch Verzweiflung sein konnten.

„Was ist passiert?“, fragte ich.

Mrs Ellen schloss die Tür hinter sich und lehnte sich dann von innen dagegen.

„Der Herzog und die Herzogin haben nicht Edward für sie ausgewählt“, sagte sie.

„Jemand anderen?“

Sie schloss die Augen und nickte.

„Wen?“

Sie sagte den Namen so langsam, als hinterließe er einen bitteren Geschmack auf ihrer Zunge. „Guildford Dudley.“

John Dudleys Sohn.

Siebenundzwanzig

Zwei Tage lang bekam ich Jane nicht zu Gesicht. Sie blieb in ihrem Schlafzimmer und ließ nicht nach mir rufen. Dafür wurde ich zu ihrer Schwester Katherine geschickt. Die flatterhafte Dreizehnjährige war zur selben Stunde wie Jane ebenfalls verlobt worden, und jetzt war das Mädchen ganz aufgeregt wegen seiner Garderobe für die Zeit bis zur Hochzeit.

„Hat Jane es dir schon erzählt?", sprudelte es aus ihr hervor, als ich an dem Morgen, nachdem die schlechten Neuigkeiten im gesamten Haus die Runde gemacht hatten, ihr Zimmer betrat.

Ich hatte einen Knicks gemacht und antwortete: „Ja, Mylady."

„Ist das nicht aufregend?"

„Ja, in der Tat, Mylady."

„Hast du Lord Herbert schon einmal kennengelernt? Er ist älter als ich, weißt du, schon neunzehn, aber er sieht ziemlich gut aus, findest du nicht auch?"

Ich war Lord Herbert noch nie begegnet, aber ich wusste, dass er der Sohn des Grafen von Pembroke war und dass Katherine ihn kaum kannte. Gerüchten unter den Bediensteten zufolge war die Verlobung von Lady Katherine genau wie die von Jane ein hastig in die Wege geleiteter politischer Schachzug.

„Ja, Mylady", war daher alles, was ich darauf entgegnen konnte.

„Könntest du bitte diese Nähte auslassen, Lucy?", fragte Katherine und zeigte mir ein pfirsichfarbenes Mieder aus Satin und Pelz. „Es ist zu eng für mich, jetzt, da ich eine Frau bin!"

Sie drückte ihre noch winzige Mädchenbrust heraus, und ich antwortete ihr, es sei mir ein Vergnügen, die Nähte auszulassen, und ob ich zu diesem Zweck ihre Maße nehmen dürfe.

„Jane ist gar nicht glücklich", plapperte sie, während sie die Arme hob, damit ich Brust- und Taillenumfang messen konnte. „Aber ich nehme an, das ist dir bekannt, oder? Dabei bräuchte sie gar nicht so verdrossen zu sein. Wenn du mich fragst, ist Guildford der bestaussehende Mann in ganz London, und er hat schon seit Langem ein Auge auf sie geworfen."

Ich wusste nicht, inwieweit Jane damit einverstanden gewesen wäre, dass ich ihre Verlobung mit ihrer Schwester erörterte, aber ich wollte nicht weiter zu allem, was sie vorbrachte, immer nur „Ja, Mylady" sagen. Jane hatte wirklich ein bisschen Mitgefühl von ihrer Familie verdient, besonders von Katherine.

„Sie hat eben jemand anderen gern", wagte ich mich also vor.

Katherine, die mit dem Rücken zu mir stand, drehte den Kopf zu mir um und sagte: „Meinst du Edward Seymour? Eigentlich wollte ich Edward heiraten, und das hat sie auch ganz genau gewusst. Hat sie dir das nicht erzählt? Ich war schon in Edward verliebt, bevor sein Vater all die Schwierigkeiten bekam. Lange vorher."

Jane hatte Katherines Schwärmerei für Edward nie erwähnt. Das sah ihr ähnlich. Ich sagte nichts dazu.

„Aber die Seymours stecken ja wirklich in allergrößten Schwierigkeiten", fuhr Katherine fort. „Ich wage zu behaupten, dass sie sich davon nie wieder erholen werden. Und wenn ich Edward nicht bekommen kann, dann kann ich von Glück sagen, dass Lord Herbert mich nimmt, und Jane hat noch mehr Glück, mit Guildford verlobt zu werden. Sein Vater ist Berater Seiner Majestät. Hast du das gewusst?"

„Ja, Mylady. Er ist in der Tat ein mächtiger Mann."

„Oh!", rief Katherine plötzlich und drehte sich wie ein Wirbelwind zu mir um. „Hast du schon gehört, dass Seine

Majestät unsere Hochzeitskleider nähen lässt? Janes und meines? Ist das zu glauben? Und wir werden am selben Tag heiraten, und zwar in Durham House."

Mir sank der Mut, als Katherine das sagte, obwohl ich mir ohnehin keine Hoffnungen gemacht hatte, Janes Brautkleid nähen zu dürfen.

„Wann werdet Ihr denn heiraten?", erkundigte ich mich, da keiner der Bediensteten den Tag erfahren hatte.

„Am Pfingstsonntag, also in drei Wochen!", antwortete sie fröhlich.

Dabei sank mir das Herz bis zu den Füßen. Nur noch drei Wochen.

Katherine plapperte munter weiter, während ich mich daranmachte, die Nähte des Mieders aufzutrennen, sie auszulassen, anzupassen und dann wieder zu schließen. Sobald ich damit fertig war, erkundigte ich mich, ob ich sonst noch etwas für die Lady tun könne, und ich betete, dass das nicht der Fall sein möge.

Ich war dankbar, dass sie mich tatsächlich entließ und ich wieder hinauf in meine Dachkammer gehen konnte, um darauf zu warten, dass Jane mich rufen ließ, was an diesem Tag bisher noch nicht geschehen war. Während ich wartete, schrieb ich einen Brief an Nicholas und berichtete ihm von den jüngsten Ereignissen. Ich hatte immer noch keine Ahnung, was ich in Bezug auf meine Anstellung zu erwarten hatte. Außerdem schrieb ich meinen Eltern, dass ich wahrscheinlich Ende Mai, also einen Monat vor meiner Hochzeit, zu ihnen nach Hause zurückkehren würde, wenn ich keine andere Anstellung in London fände.

Ich verspürte nicht den Wunsch, im Dienst der Familie Dudley zu stehen. Ich traute John Dudley nicht.

Ich wusste, dass es Jane genauso ging, und es schmerzte mich, dass sie schon so bald mit seinem Sohn verheiratet sein und seinen Namen tragen würde.

Ich jedoch würde nicht für ihn arbeiten.

Allerdings war ich auch keinen Moment auf den Gedanken gekommen, dass er mich fragen könnte.

Am dritten Tag rief mich dann die Herzogin zu sich. John Dudley, der Herzog von Northumberland, und sein Sohn Guildford kämen noch am selben Tag, um ihre Aufwartung zu machen, und ich möge dafür sorgen, dass Jane zu deren Begrüßung angemessen gekleidet sei.

„Und ich will kein Schwarz sehen", befahl sie. Ihr harscher Tonfall war begleitet von Augenrollen und einem abschätzigen Winken mit der Hand.

Ich machte einen Knicks und ging, um ihre Anordnung auszuführen.

Jane traf ich in ihrem Salon an einem runden Tisch sitzend an. Manchmal nahm sie an diesem Tisch ihre Mahlzeiten ein, aber an diesem Tag war die Tischplatte mit Briefen und Brocken von Siegelwachs übersät. Als ich das Zimmer betrat, stocherte sie an einem gebrochenen Siegel herum.

Ich machte einen Knicks. „Guten Morgen, Mylady."

„Ich kann von jedem diesen gönnerhaft-mitleidigen Tonfall ertragen, Lucy, außer von dir."

Ich suchte nach den passenden Worten für eine Erwiderung, aber nichts schien mir angemessen. Nachdem wir beide eine Weile geschwiegen hatten, bat sie mich, an den Tisch heranzutreten.

„Diese Briefe", sagte sie, „sind alle an eine Jane gerichtet, die niemand kennt. Nicht einmal du. Ja, ich glaube, dass nicht einmal du diese Jane kennst."

Ich schaute auf die verstreuten Pergamentbögen herab, sah die fließenden Handschriften, die ellenlangen Seiten und ein paar Unterschriften wie zum Beispiel die von Heinrich Bullinger und John ab Ulmis. Dabei handelte es sich um Theologen vom Kontinent, mit denen sich Jane bereits seit ihrem vierzehnten Lebensjahr schrieb. Ich hatte die Briefe, die Mylady an solche Gelehrten geschrieben hatte, nie gelesen. Und auch die Briefe, die sie erhalten hatte, kannte ich nicht, aber ich wusste, dass Jane an einem Punkt angelangt war, an dem ihr bewusst geworden war, dass sie nicht etwa deshalb an Gott glaubte, weil man es in ihrer Stellung von ihr erwartete, sondern dass ihr Glaube der Mittelpunkt und Kern ihrer Seele war. Glaube war für Jane nicht etwas, das man zum Feilschen benutzte oder um Druck auszuüben. Der eigene Glaube musste so selbstverständlich sein wie der eigene Herzschlag.

„Ich fürchte, dass es diese Jane bald nicht mehr geben wird“, flüsterte sie.

„Sagt doch so etwas nicht, Mylady“, flüsterte ich zurück.

„Wie kann ich denn Gott ehren und dennoch diesen Mann heiraten?“

„Ihr werdet sicher einen Weg finden.“

Eine Träne quoll aus ihrem rechten Auge und rann ihr die Wange hinunter, gefolgt von einer weiteren aus dem anderen Auge.

„Und was ist mit Edward?“

Darauf hatte ich keine Antwort.

„Er verlangt zu viel von mir“, murmelte sie.

Ich wusste nicht so genau, wen sie meinte, und fragte: „Euer Vater?“

Sie nahm ein bisschen gehärtetes Siegelwachs zwischen die Finger und zerbrach es.

„Gott“, flüsterte sie.

Eine Stunde später hörten wir Kutschen draußen im Hof. Mrs Ellen erschien, um Jane mitzuteilen, dass es Zeit sei, ihre Gäste zu empfangen. Jane verließ den Raum in einem Kleid, das sie selbst ausgesucht hatte; einer Brokatrobe in Grasgrün – Edward Seymours Lieblingsfarbe.

Ich beobachtete an jenem Nachmittag aus der Ferne, wie der Herzog und die Herzogin ihre Gäste empfingen, und war ein ganz klein wenig eifersüchtig darauf, dass die Diener alle Gespräche bei Tisch im Garten mithören konnten. Ich konnte von meinem Fenster aus nur zuschauen, wie Guildford mit

Jane sprach, ohne jedoch etwas verstehen zu können. Ich sah, dass er wirklich sehr ansehnlich war, aber er schien Jane gegenüber unaufmerksam und abgelenkt, so als gelte sein eigentliches Interesse dem Gespräch zwischen seinem Vater und dem von Jane. Immer wieder schweifte seine Aufmerksamkeit zu Gesprächen zwischen den beiden Herzögen ab, die ein wenig abseits stattfanden. Jane blickte kaum von ihrem Schoß auf. Einmal sah ich, wie sie zu den Fenstern des Hauses aufblickte, zu meinem Fenster. Ich hob meine Hand und drückte sie an die Scheibe. Sie wandte den Blick wieder ab.

In den Tagen unmittelbar vor Janes Hochzeit mit Guildford Dudley erfuhr ich, dass meine Anstellung im Haushalt des Herzogs von Somerset zu einem guten Abschluss kommen und ich bei meinem Ausscheiden ein Empfehlungsschreiben allerersten Güte erhalten würde. Ich rechnete damit, den Monat Mai noch bei Lady Jane zu bleiben, um mich darum zu kümmern, dass ihre Garderobe sicher und unversehrt im Haushalt ihres Mannes, in Syon Park am Ufer der Themse, ankam. Danach wäre ich dann frei, mir eine neue Anstellung zu suchen.

Meine Eltern waren froh, mich bei den Vorbereitungen für meine eigene Hochzeit zu Hause zu haben und mich noch ein paar Tage lang als ihre letzte unverheiratete Tochter verwöhnen zu können. Cecily hatte nämlich bereits im Jahr zuvor den Sohn des Vogelfängers in dem Herrenhaus geheiratet, in dem sie als Schneiderin angestellt war.

Nicholas hatte eine Stelle als Lehrer an einer Jungenschule in Whitechapel bekommen, das etwas außerhalb von London lag, aber ohne mein Einkommen würden wir uns keine eigene Wohnung leisten können und würden deshalb in den Schülerunterkünften wohnen müssen. Ich begann, Bewerbungsschreiben zu verfassen in der Hoffnung, dass eine Schneiderei in Whitechapel vielleicht noch eine Schneiderin brauchte, bis Gott uns einen Adelshaushalt bescheren würde, in dem sowohl ein Hauslehrer als auch eine Schneiderin gesucht wurden.

Da ich nicht am Entwurf der Hochzeitskleider von Jane und Katherine beteiligt war, beschäftigte ich mich mit einem Kleid für ihre kleine Schwester Mary, die bei der Hochzeit nicht dabei sein würde, weil dem Herzog und der Herzogin die körperliche Gebrechen ihrer jüngsten Tochter zunehmend peinlich waren. Nachts nähte ich an meinem eigenen Brautkleid.

Wenn ich bei Jane war, bemühte ich mich, sie von dem abzulenken, was ihr bevorstand, aber sie hatte es immer vor Augen und im Sinn, drohend wie eine Verabredung mit dem Kerkermeister.

Während der Hochzeitsvorbereitungen hatte ich einmal die Gelegenheit, Lord Guildford zu begegnen, und wieder fiel mir auf, dass er wirklich blendend aussah, aber ich merkte auch sofort, dass es ihm an Nicholas' Bescheidenheit und an Edwards Eleganz mangelte und dass er seinem Vater offenbar sehr ähnlich war. Er war ehrgeizig, selbstsicher und gerissen. Und zu meiner Schande und meiner Abscheu schweifte sein Blick über meine Körperrundungen, als er mir auf der Treppe hinterherblickte.

Ich rang um Fassung, als ich am Treppenabsatz angekommen war, und musste meine Abscheu zügeln. Jane erzählte ich davon nichts.

Pfingstsonntag, der Tag der Hochzeit, dämmerte mit strahlendem Sonnenschein und wolkenlos. Ich ging schon sehr früh mit einem kleinen Andenken in Janes Zimmer. Es war ein Unterkleid aus Spitze, das ich mit silbernen Röschen, Astern und Rittersporn bestickt hatte, weil sie keinen Schleier mit Blumen bekommen hatte. Alles andere, was sie an dem Tag tragen würde, war von den Schneidern Seiner Majestät genäht worden. Ihr Kleid war prächtig – es war aus

Gold und königlichem Weiß und an jeder Naht mit Perlen und Edelsteinen besetzt. Der Reifrock, dem Jane nicht hatte entfliehen können, war glockenförmig und gewaltig.

Ihr traten Tränen in die Augen, als ich ihr das Unterkleid reichte, das sie unter der großen Stofffülle des Hochzeitskleides tragen konnte.

„Es ist wunderschön, Lucy." Mit Erfolg kämpfte sie gegen die Tränen an. Ich staunte, wie tapfer sie war.

„Ich bin ... ich bin froh, dass er das Unterkleid nicht sieht. Jedenfalls nicht heute", sagte Jane und betastete eines der silbrigen Röschen.

Ihre Worte verwirrten mich. „Wie meinen, Mylady?"

„Meine Ehe wird heute noch nicht vollzogen und die von Kate auch nicht."

Ich errötete. „Das ist eine Gnade, Mylady, nicht wahr?", meinte ich nach einer kurzen Pause.

„Ja, für heute ist es das. Es wird bald genug geschehen. Dafür werden meine Eltern schon sorgen. Und seine ebenfalls."

Bei diesen Worten errötete ich noch tiefer, und ich wusste nicht, was ich dazu sagen sollte.

„Seine Majestät kann nicht zur Hochzeit kommen", fuhr Jane fort, schluckte ihre Gefühle hinunter und wechselte das Thema. „Er ist zu krank."

„Wir müssen für ihn beten, Mylady."

„Ja."

Vor uns tat sich ein langes Schweigen auf.

„Mama sagt, dass du Ende des Monats gehen wirst", sagte Jane schließlich und sprach damit aus, was wir beide wussten und was ich nicht anzusprechen gewagt hatte – dass wir uns würden trennen müssen.

„Ja."

„Aber sie sagt auch, dass du nach deiner Hochzeit mit Mr Staverton in London bleiben wirst." Sie blinzelte ihre Tränen zurück.

„Ja, Mylady."

„Vielleicht werde ich dich ja dann doch noch wiedersehen, liebe Lucy."

„Gewiss, Mylady."

Sie seufzte. „Vielleicht könntet ihr ja doch eine künftige Anstellung in Erwägung ziehen, du und Mr Staverton, wenn … wenn dieses Arrangement, dem ich verpflichtet bin, mich mit Kindern tröstet."

Ich konnte nur nicken. Die junge Lady musste an diesem Tag träumen dürfen. Wenigstens das konnte ich ihr schenken.

Sie stand auf und hielt mir das Unterkleid hin. „Hilf mir bitte beim Anziehen, Lucy", sagte sie, und ich gehorchte wortlos.

Achtundzwanzig

Nicholas und ich heirateten am 8. Juni in meinem Heimatdorf im Kreise meiner Familie. Strahlender Sonnenschein vertrieb den Nebel, der in den frühen Morgenstunden jungfräulich-weiß aus den Wiesen aufgestiegen war, und die Luft war erfüllt von Vogelgezwitscher und Lavendelduft. Die Gesundheit meines Vaters hatte sich Ende des Frühjahrs verbessert, und er hatte wieder Farbe im Gesicht, auch wenn es nur für ein paar Wochen anhielt.

Es gab auf meiner Hochzeit viele Augenblicke, in denen meine Gedanken zu Jane schweiften, obwohl das einzige Ereignis, das ich mir genau vorstellen konnte, ihr Ankleiden vor der Trauung war, denn das war das einzige Ereignis von Janes Hochzeit gewesen, bei dem ich hatte dabei sein dürfen. Danach hatte ich sie an jenem Tag nicht noch einmal zu Gesicht bekommen.

Als ich das Hochzeitskleid anzog, das ich mir genäht hatte, wenn im Haushalt der Greys alles schlief, waren mir mehr die Unterschiede als die Ähnlichkeiten der beiden Hochzeiten bewusst geworden.

Ich war geradezu atemlos vor Glück, als ich in die Kirche einzog, und konnte kaum meine Freudentränen unterdrücken, als ich gelobte, Nicholas zu lieben und zu ehren, bis dass der Tod uns schied. Jane hatte ihre Gemächer entschlossen und ohne eine erkennbare Gefühlsregung verlassen. Nur ein paar verirrte Tränen auf ihren Wangen waren ein stummes Zeugnis für ihre Trauer über den Verlust eines gemeinsamen Lebens mit Edward Seymour gewesen, das nie das Ihre sein würde.

Ich dachte an sie, als Nicholas und ich niederknieten und zu Gott beteten, bevor dann der Pastor unseren Bund segnete.

Ich dachte an sie, als wir als Mann und Frau wieder aus der Kirche auszogen, und dann noch einmal, als Nicholas mich in dieser Nacht in die Arme nahm und wir gemeinsam die unaussprechliche Schönheit und Herrlichkeit der Hochzeitsnacht erlebten.

Ich wusste, dass nichts an meinem Hochzeitstag auch nur annähernd dem von Lady Jane ähnelte. Mich hatte die Liebe vor den Traualtar geführt, sie die Pflicht.

Wir waren beide verheiratet, aber aus völlig unterschiedlichen Gründen.

Niemals zuvor war ich dem allmächtigen Gott so dankbar gewesen, als Bürgerliche geboren worden zu sein, als an dem Tag, an dem ich den Mann heiratete, den ich liebte und der mich liebte.

Es machte mir nichts aus, dass Nicholas und ich wieder nach London zurückkehrten und uns dort unter dem Dach eines Jungenwohnheimes einrichten mussten, dass ich meine Tage damit verbrachte, die zerrissenen Hosen kleiner Jungen zu flicken, Schrammen an Kinderknien zu verarzten, der Köchin in der Küche zu helfen und heimwehkranke Jungen zu beruhigen, die sich nach ihren Müttern sehnten.

Wenn Nicholas abends die Arbeiten seiner Schüler weggeräumt hatte und ich ihre geflickte Kleidung, gingen wir im mondbeschienenen Garten, der von einer Mauer umgeben war, spazieren, lasen uns Gedichte vor, lachten, träumten und gingen dann wieder zurück in unser winziges Zimmer und unser gemeinsames Bett.

In meine Gebete nahm ich auch immer wieder die Fürbitte für Jane auf; ich konnte nur erahnen, wie wohl die ersten Wochen ihrer Ehe waren. Ich wusste nicht, ob die Ehe mittlerweile vollzogen war, aber ich wusste, dass dies nur eine Frage der Zeit war. Für mich war es unvorstellbar, mit jemandem das Ehebett zu teilen, den ich nicht liebte, und es gab Augenblicke, da weinte ich um Jane. Nicholas wusste nicht, warum Janes Ehe nicht bereits in der Hochzeitsnacht vollzogen worden war, aber er vermutete, dass, da diese Ehe aus politischen Gründen geschlossen worden war, es ebenso politische Gründe gab, weshalb der Vollzug der Ehe zunächst aufgeschoben worden war. Janes Alter war sicherlich nicht der Grund dafür, denn sie war fünfzehn und damit auf jeden Fall alt genug, um verheiratet zu werden.

Ich fragte Nicholas, was wohl für Janes Eltern der Grund für die hastige Entscheidung gewesen sein mochte, ihre Tochter kaum drei Wochen nach der Verlobung mit John Dudleys Sohn zu vermählen, während sie die offizielle Verkündigung von Janes Verlobung mit Edward Seymour über ein Jahr lang hinausgezögert hatten.

Er glaubte, dass das möglicherweise darauf zurückzuführen sei, dass sie lange auf die offizielle Entscheidung darüber hatten warten müssen, ob Edward das Land und die Besitztümer seines Vaters erben würde.

Aber warum Guildford Dudley?, fragte ich mich. Jane war eine Tudor und stand in der Thronfolge an vierter Stelle. Guildford war nicht von königlichem Blut, sondern der Sohn irgendeines Herzogs.

Nicht irgendeines Herzogs, hatte Nicholas gesagt. John Dudley war nicht irgendein Herzog.

Nicholas war mittlerweile bereits seit drei Wochen in Whitechapel, und es war schon Ende Juni, als ich den ersten Brief von Jane bekam.

Meine liebe Mrs Staverton,

wäret Ihr so freundlich, mich diesen Freitagnachmittag in Syon House aufzusuchen? Ich würde gerne in der Angelegenheit der Herstellung eines neuen Kleides mit Euch sprechen.

Ihr werdet um ein Uhr von einer Kutsche abgeholt.

Mit freundlichen Grüßen,

Lady Jane Dudley

Ich zeigte den Brief sofort Nicholas. „Ich würde sehr gerne hingehen", meinte ich.

Wir waren allein in seinem Klassenzimmer, und er gab mir einen Kuss auf den Scheitel.

„Ich glaube, dass es dich traurig machen wird, sie zu sehen."

„Aber ich bin ihretwegen auch so schon traurig."

Er nahm mich in die Arme. In dem Augenblick schmerzte es mich für Jane, dass sie wahrscheinlich nicht wusste, wie es sich anfühlte, von einem Mann umarmt zu werden, der einen nicht traurig sehen mochte.

„Wenn ich den Auftrag bekäme, ein Kleid zu nähen, hättest du dann etwas dagegen?", fragte ich.

„Nicht, wenn du es wirklich willst. Aber dein Zuhause ist hier bei mir, Lucy."

„Ich möchte auch nirgends sonst sein. Ich werde es hier zu Hause nähen oder gar nicht."

In den darauffolgenden Tagen unmittelbar vor meinem Besuch bei Jane war ich rastlos, und als es endlich Freitag war, stand ich bereits eine Stunde vor Ankunft der Kutsche bereit. Nicholas half mir hinein, obwohl zu diesem Zweck extra ein Lakai mitgeschickt worden war.

„Du kannst nicht ändern, was Gott bestimmt hat", erinnerte Nicholas mich noch einmal, als er zum Abschied meine Hand küsste. „Sie ist Dudleys Frau in guten wie in schlechten Zeiten. Hüte dein eigenes Glück, Liebes!"

Ich legte meine Hand an seine Wange. „Ich werde schon achtgeben."

Er schloss die Tür der Kutsche und lächelte mir zu, als der Kutscher die Zügel klatschen ließ und das Gefährt losrollte. Eine Stunde später hielten wir vor der Residenz des Herzogs von Northumberland, Syon House, einem stattlichen Anwesen aus honiggelbem Stein am Ufer der Themse, das umgeben war von leicht abschüssigen Rasenflächen und riesigen alten Eichen.

Als ich aus der Kutsche stieg, wartete Mrs Ellen bereits an der Eingangstreppe auf mich. Ihre Miene war sorgenvoll, und sie schien gleichermaßen erfreut und verärgert darüber, mich zu sehen. Ich fand es seltsam, dass sie es war, die mich in Empfang nahm, denn sie war Janes Kinderfrau und jetzt Kammerzofe, kein Hausmädchen. Doch ich ging mit einem freundlichen Lächeln auf sie zu.

„Mrs Ellen! Wie schön, Euch zu sehen."

„Ja, in der Tat, Mrs Staverton." Sie nickte mir nervös zu. „Wenn Ihr mir bitte folgen würdet."

Schon in dem Augenblick, als wir die große Eingangshalle betraten, kam eine in rote Seide gekleidete, mit Schmuck behangene Frau durch eine zweiflügelige Tür aus einem vergoldeten Salon auf uns zu. Sie war etwa im Alter meiner Mutter. Ich machte einen Knicks.

„Was ist denn das?", donnerte die Frau los, als ich mich wieder erhob.

„Mylady, das ist Lady Janes ehemalige Schneiderin, Mrs Lucy Staverton", antwortete Mrs Ellen und befeuchtete sich nervös die Lippen mit der Zunge. „Lady Jane hat jetzt, da ihre Krankheit vorüber ist, nach ihr geschickt. Sie möchte gern ein neues Kleid für ihre Einführung als neue Ehefrau bei Hofe."

Guildfords Mutter, die Herzogin von Northumberland, musterte mich mit zusammengekniffenen Augen. Ich hatte bis zu diesem Augenblick nichts davon gehört, dass Jane krank gewesen war, aber ich sagte nichts.

„Wir haben unsere eigenen Schneiderinnen", sagte die Frau. „Schickt sie nach Hause."

Aber dann kam eine Stimme vom Kopf der Treppe und sagte: „Ich habe nach ihr geschickt."

Dort stand Jane.

Sie sah blass aus. Und älter.

Die Herzogin blickte finster drein. „Wir haben hier unsere eigenen Schneiderinnen", wiederholte sie in Janes Richtung.

Diese kam langsam die Treppe herunter. „Aber keine wie Lucy. Ihre Entwürfe sind außergewöhnlich.“

Die Miene der Herzogin verfinsterte sich noch mehr. „Aber Seine Majestät hat Eure Truhen durchgesehen. Es sind Kleider darin, die Ihr noch nicht einmal getragen habt.“

„Und seit meiner Krankheit hängen sie alle nur noch an mir herunter.“

Jane hatte jetzt den Treppenabsatz erreicht, und ich machte einen tiefen Knicks. „Mylady.“

„Bitte begleitet Lucy in meine Gemächer, Mrs Ellen.“ Janes Stimme klang müde und unsicher, obwohl sie die Worte entschieden hervorgebracht hatte. Sie war tatsächlich schmaler geworden.

Mrs Ellen bedeutete mir mitzukommen, also machte ich erst einen Knicks in Janes Richtung und dann einen in Richtung ihrer Schwiegermutter, aber die beiden schauten gar nicht zu mir hin, sondern sahen nur einander an.

„Auf ein Wort, bitte“, sagte die Herzogin mit falscher Höflichkeit zu Jane, während ich an den beiden vorbei hinter Mrs Ellen herging.

Die beiden Frauen verschwanden hinter der geschlossenen Tür, und ich hörte noch den Anfang ihres Gespräches. Es begann damit, dass die Herzogin eine Erklärung von Jane verlangte, weshalb sie ohne ihre Einwilligung jemanden in das Herrenhaus geholt hätte.

Janes gedämpfte Antwort konnte ich nicht verstehen.

Mrs Ellen sagte nichts, während wir weiter die Treppe hinauf in ein Schlafzimmer gingen, das in üppigen Grün- und Rottönen gehalten war. Sie führte mich in einen separaten Raum – Janes Ankleidezimmer – und schloss dann die Tür hinter sich.

„Ist Mylady krank gewesen?“, erkundigte ich mich, noch bevor Mrs Ellen sich auch nur zu mir umdrehen und mich ansehen konnte.

„Ja.“

„Geht es ihr wieder gut?“

Mrs Ellen zuckte mit den Achseln. „So gut, wie man es eben erwarten kann. Das Fieber ist weg, und sie hat wieder mehr Appetit.“ Sie neigte leicht den Kopf und dabei trat ein sorgenvoller Ausdruck auf ihr Gesicht. „Und ihr Mann hat seine Besuche bei ihr wieder aufgenommen.“

„Besuche?“ Aber ich wusste, was sie meinte. „Hat … ist Mylady …? Aber ich konnte nicht weitersprechen. Mein Gesicht war tiefrot.

„Ja, die Ehe ist vollzogen worden.“ Mrs Ellen schüttelte den Kopf, und ihr Blick war tränenverschleiert. „Armes kleines Ding. Es ist nicht so, wie es sein sollte.“

So etwas wie weibliche Loyalität flammte in mir auf. „War er grob zu ihr? Hat er ihr wehgetan?“

Mrs Ellen riss die Augen auf. „Natürlich hat er ihr wehgetan.“

„Ist … war sie deshalb krank?“

„Ihre Krankheit war ein Segen Gottes, um ihn von ihr fernzuhalten, bis sie annehmen kann, was ihr widerfahren ist. Es war alles zu viel für das kleine Mädel. Sie wusste nicht, wie die Männer sind. Ihre Mutter hat ihr nichts gesagt! Wenn ich sie nicht darauf vorbereitet hätte …“

Sie hielt inne. Wir hörten Geräusche vor der Tür, und dann betrat Jane den Raum. Wieder machte ich einen Knicks.

„Ellen, könntest du mich bitte ein paar Minuten mit Lucy allein lassen?“, fragte Jane.

Mrs Ellen ermahnte mich mit Blicken, bitte alles in meiner Macht Stehende zu tun, um die junge Lady aufzumuntern.

„Selbstverständlich“, sagte sie, verließ den Raum und schloss die Tür hinter sich.

Einen Moment standen wir einfach schweigend da und versuchten beide zu begreifen, wie anders jetzt alles zwischen uns war. Ich wusste nicht, welche Position ich jetzt eigentlich ihr gegenüber innehatte, wusste weder, was ich tun sollte, noch, was sie von mir erwartete.

Sie sah genauso traurig aus wie an jenem Tag, als ich sie kennengelernt hatte, damals, als sie sich an mich geklammert und sich in ihrem Kummer und ihrer Trauer an mir festgehalten hatte. Beinah rechnete ich schon damit, dass sie jetzt wieder dasselbe tun würde.

Aber sie wandte sich von mir ab, ging zu einem Sekretär hinüber, öffnete ihn und nahm ein Kästchen heraus, das ich wiedererkannte. Er stammte aus ihrem Schlafzimmer im Haus ihrer Eltern. Sie öffnete es, und ich sah, dass sie Edwards Ring herausnahm. Ungebetene Tränen liefen ihr übers Gesicht, als sie wieder auf mich zukam. Ich hatte nicht den Mut, sie wegzuwischen.

„Du musst etwas für mich tun, Lucy", sagte sie, und ihre Stimme war brüchig, da es ihr nur mit Mühe gelang, die Gefühle irgendwie im Zaum zu halten. „Du musst diesen Ring für mich aufbewahren."

„Aber das kann ich doch nicht!", hauchte ich erschrocken.

„Doch, das kannst du."

„Mylady!"

„Bitte bewahre ihn für mich auf. Ich kann ihn nicht hierbehalten. Wenn Guildford ihn findet oder sein Vater ihn zu Gesicht bekommt, werden sie ihn mir wegnehmen. Ich möchte nicht, dass einer von ihnen den Ring auch nur berührt. Besonders sein Vater nicht. Besonders er nicht."

Der Abscheu, der in ihrer Miene mitschwang, schmerzte mich. Aber ich blieb dennoch hartnäckig. „Wenn ihn jemand bei mir findet, wird man glauben, ich hätte ihn Euch gestohlen!"

„Wer sollte denn überhaupt merken, dass er fehlt? Meine Eltern haben schon vergessen, dass Edward mir diesen Ring überhaupt geschenkt hat."

„Und ... und was ist mit Mrs Ellen?"

Sie lächelte kläglich. „Glaubst du allen Ernstes, die liebe Ellen würde Northumberland erzählen, dass der Ring, den Edward Seymour mir geschenkt hat, nicht mehr da ist? Bitte tu das für mich, Lucy. Du bist die Einzige, der ich vertrauen kann."

„Aber, Jane ..." Ich merkte erst, dass ich sie laut bei ihrem Vornamen angesprochen hatte, als es schon passiert war, und ich war darüber zu Tode erschrocken.

Aus Janes kläglichem Lächeln wurde ein zärtliches. „So hast du mich noch nie genannt, Lucy."

„Es tut mir so furchtbar leid, Mylady. Bitte vergebt mir!"

Ihr Lächeln wurde breiter. „Ich kann dir nur unter einer Bedingung vergeben."

Sie streckte ihre Hand aus.

Ich zögerte.

„Nimm ihn, und alles ist vergeben", flüsterte sie. Neben den Tränen, die nicht fließen wollten, schwang nun auch Verzweiflung in ihrem Blick mit.

Ich hielt ihr meine Hand hin, und sie legte den Ring entschieden hinein.

„Was soll ich denn damit machen?", murmelte ich.

„Bewahre ihn für mich auf", flüsterte sie ergriffen.

„Und wie lange?"

„So lange es nötig ist."

Jetzt konnte ich mich nicht mehr beherrschen. Ich zog sie an mich und umarmte sie. „Ich werde ihn sicher für Euch aufbewahren."

Ihre zarte Gestalt bebte in meinen Armen, und sie stieß verhaltene Schluchzer aus, aber ich hatte das Gefühl, es bereitete ihr große Mühe, sich zu beherrschen.

„Ihr seid so stark und so tapfer", beruhigte ich sie.

„Ach, Lucy! Manchmal glaube ich, dass sie versuchen, mich zu vergiften!"

Ich streichelte ihren Rücken und versuchte, den Schock über ihre Worte dadurch zu verbergen, dass ich schwieg. Sie war bestimmt überreizt.

„Es gibt ständig seltsame Zusammenkünfte hier im Haus. Es kommen andere Lords, Berater, Leute, die ich nicht kenne, und sie unterhalten sich flüsternd über mich. Sie schauen mich an und flüstern dabei."

„Mylady ..."

„Der Herzog! Er sagt Dinge hinter verschlossenen Türen und glaubt, ich höre es nicht. Dinge wie ‚Es ist nur eine Frage der Zeit' und ‚Alles ist bereit' und ‚Sie wird sich dem Willen ihres Souveräns beugen; das ist ihre Art'. So etwas sagt er, Lucy! Was meint er damit bloß?"

„Ich weiß es auch nicht, Mylady. Wahrscheinlich hat es gar nichts mit Euch zu tun." Ihre wirren Worte ergaben für mich keinen Sinn. Ich hatte mich schon gefragt, ob sie vielleicht wieder Fieber hatte, aber in meiner Umarmung fühlte sie sich eher kühl an.

„Es gibt Augenblicke, da ertrage ich es nicht mehr!"

„Und dann werden aus diesen Augenblicken Momente, in denen Ihr es könnt", sagte ich sanft. „Ihr seid tapfer und stark. Gott wird Euch schützen."

„Ich fühle mich so schwach." Sie löste sich von mir, was ein klares Zeichen von Stärke war. Und das sagte ich ihr auch.

Da lächelte sie. Nur ein winziges kleines bisschen, aber es war echt. „Es fehlt mir sehr, dich in meiner Nähe zu haben, Lucy."

„Ihr fehlt mir auch. Ihr seid so lange meine einzige Gesellschaft gewesen."

Ihre Haltung wurde wehmütig. „Aber du hast ja jetzt Nicholas."

Ich versuchte gar nicht erst, darauf etwas zu entgegnen. Wie hätte ich ihr denn auch sagen können, wie wundervoll es war, mit Nicholas verheiratet zu sein? Das brachte ich einfach nicht übers Herz.

Aber das brauchte ich gar nicht, denn sie wusste es auch so.

„Ich frage mich, ob ich wohl auch jemals diese Art von Glück erleben werde", sagte sie. „Ich frage mich, ob ich wohl jemals selbst über mein Schicksal werde entscheiden können, so wie du es getan hast."

Ich betrachtete den Ring in meiner Hand. „Ihr habt doch selbst entschieden, mir den hier anzuvertrauen“, entgegnete ich leise und ließ den Ring in meinen Nähbeutel gleiten.

„Du musst jetzt gehen“, sagte sie. „Guildford wird bald zurück sein.“

„Und was ist mit dem Kleid, das ich für Euch nähen soll? Was ist, wenn ich nach dem Kleid gefragt werde?“

„Ich beauftrage dich, mir ein Kleid ganz nach deinem Gutdünken zu nähen. Mir ist gleichgültig, wie es aussieht. Ellen wird sich um den Stoff kümmern, den du brauchst. Ist das gut so?“

„Aber natürlich.“

„Danke, liebe Lucy. Für dein Kommen und dafür, dass du das für mich tust.“

„Gern geschehen, Mylady.“

„Vielleicht kannst du ja noch vor Ende Juli zu einer Anprobe herkommen“, fügte sie hinzu. Die Tränenspuren waren inzwischen nicht mehr zu sehen. Statt belastender Traurigkeit konnte ich jetzt einen Hauch von Hoffnung erkennen.

Ich sagte, es würde mir ein Vergnügen sein, zur Anprobe wiederzukommen, und sie schien in dem Gedanken zu schwelgen, sich auf etwas freuen zu können.

Aber ich traf Jane dann doch nicht im Juli in Syon House.

Stattdessen sah ich sie zu meinem Erstaunen nicht einmal vierzehn Tage später in London, wo sie in Begleitung von Guildford, Soldaten, Kanonen, Fahnen und dem Herzog von Northumberland am Themseufer in einer Parade fuhr.

Seine Majestät, der kränkliche König Eduard, war gestorben.

Und in seinem Testament, das er unmittelbar vor seinem Tod noch einmal geändert hatte, ernannte er auch seine Nachfolgerin – seine Base Lady Jane Dudley.

Die neue Königin von England.

Neunundzwanzig

Es ist immer ein grauer Tag, wenn ein englischer Herrscher stirbt. Als der von Tuberkulose geplagte Eduard VI. von diesem ins kommende Leben abberufen wurde, erfuhren seine Untertanen zunächst fast drei Tage lang nichts von seinem Tod, doch sein Ableben kam für niemanden überraschend, auch wenn ihm ganz sicher niemand den Tod gewünscht hatte. König Eduard war lange krank gewesen und zum Zeitpunkt seines Todes gerade erst fünfzehn Jahre alt; im selben Alter also wie Lady Jane, und er hatte nicht lange genug regiert, als dass man bereits hätte erkennen können, wie er als erwachsener Mann gewesen wäre.

Als sich die Nachricht vom Tod Seiner Majestät dann auf den Straßen von London herumsprach und als bekannt wurde, dass seine von ihm selbst ernannte Nachfolgerin Lady Jane Grey Dudley sein sollte, herrschte eine Art verblüfftes Schweigen. Jane war für die Menschen in London keine Unbekannte und für die Lords und Ladys bei Hofe erst recht nicht, aber sie war keine Prinzessin. Da sie in der Thronfolge erst an vierter Stelle stand, glaubte niemand im Ernst, dass sie bis an ihr Lebensende Königin bleiben würde.

Mir blieb fast das Herz stehen, als mich die Nachricht vom Tod des Königs und Janes Nachfolge auf dem Thron erreichte. Ich bat Nicholas, mir zu erklären, wie das möglich war, denn ich begriff es einfach nicht.

Aus all dem, was ich ihm bereits erzählt hatte, folgerte Nicholas, dass zweifellos John Dudley dabei seine Hand im Spiel gehabt hatte, den König von der Testamentsänderung zu überzeugen, damit Jane Königin werden konnte. Nicholas glaubte, dass Dudley den todkranken König aus zwei Gründen zur Änderung seines Testaments gedrängt hatte. Erstens war bekannt, dass John Dudley und der Thronrat auf keinen Fall einen katholischen Herrscher wollten, und Prinzessin Maria, König Eduards sehr viel ältere Halbschwester, war eine fromme Katholikin. England war inzwischen seit vierundzwanzig Jahren unabhängig von den Traditionen und der Macht der römisch-katholischen Kirche. Die anglikanische Kirche war zwar nicht ohne Fehler, aber die Reform, durch die diese neue Kirche entstanden war, hatte auch Opfer gefordert. Auch ich wollte kein weiteres Blutvergießen im Namen des Christentums, und der größte Teil Englands wollte ebenfalls nicht wieder zurück zur Vormachtstellung der katholischen Kirche.

Um jedoch Maria erfolgreich von der Thronfolge ausschließen zu können, mussten der König und seine Berater irgendwie die Gesetzgebung zur Thronfolge ändern und dem Parlament Gründe dafür liefern, dass die Halbschwester Seiner Majestät das Ergebnis einer für ungültig erklärten Ehe sei und deshalb als Thronfolgerin nicht geeignet. Prinzessin Elisabeth, eine fromme Protestantin, wäre also eine passendere Nachfolgerin auf dem Thron gewesen, aber sie war die Tochter einer Königin, die wegen Ehebruchs enthauptet worden war. Wenn Maria in der Thronfolge übergangen wurde, dann musste dasselbe auch für Elisabeth gelten. Die Nächste in der Thronfolge wäre dann Frances Brandon Grey gewesen, Janes Mutter. Und genau an dieser Stelle, so vermutete Nicholas, hatte John Dudleys Plan Gestalt angenommen. Frances Grey war zu alt, um selbst noch Kinder zu bekommen, und sie hatte keinen Sohn, sondern nur Töchter. Ihre Tochter Jane jedoch war jung und gesund und im gebärfähigen Alter, und sie war eine leidenschaftliche Protestantin und Angehörige der anglikanischen Kirche.

Dudley hatte Janes Eltern bei den Eheverhandlungen Ende April wahrscheinlich versichert, er hätte einen Plan, wie er ihre Tochter auf den Thron bringen könne, dass es für diesen Plan jedoch unerlässlich sei, dass Frances zugunsten von

Jane auf den Thron verzichte und dafür sorge, dass Jane und Dudleys Sohn heirateten. Das wäre auch eine Erklärung für die übereilte Verlobung und die rasche Heirat und das Getuschel im Haushalt der Dudleys nach der Hochzeit gewesen.

John Dudley hatte ja bereits seit Monaten gewusst, dass der König im Sterben lag.

Und es gab noch einen weiteren Grund, weshalb Dudley dem König wahrscheinlich geraten hatte, sein Testament zu ändern. Wenn Jane Königin wurde und Dudleys Sohn ihr Ehemann war, standen John Dudley alle Türen offen. Mithilfe dieses Plans konnte er gleich mehrere Ziele erreichen: Er konnte den Einfluss der katholischen Kirche ausschalten, sein Sohn würde zur Rechten der Königin von England sitzen, und eines Tages würde ein Dudley Erbe dieses Thrones sein.

All diese Vermutungen von Nicholas leuchteten mir ein, und mir wurde klar, dass Jane aufs Schlimmste missbraucht und ausgenutzt worden war.

„Arme Jane", klagte ich.

Nicholas sagte, es obläge uns, für sie und für unser Land zu beten. Die vor uns liegenden Tage und Wochen würden sicher nicht ohne Zwischenfälle verlaufen.

Ich fragte ihn, was er damit meine, woraufhin er antwortete, dass es nie problemlos vonstattengehe, wenn ein Monarch stürbe, der keine direkten Erben hätte.

Am 10. Juli verließen Nicholas und ich am Vormittag das stille Schulgelände – die Jungen waren mittlerweile in die Sommerferien nach Hause gefahren – und nahmen eine Kutsche zum Themseufer, um von dort aus zuzuschauen, wie Jane auf einer Barke in einer feierlichen Prozession von Syon House zum Königssitz nach White Tower gebracht wurde. Am Themseufer wimmelte es von neugierigen Männern und Frauen jeden Alters und Standes, die wissen wollten, wer die junge Lady war, die von Eduard zu seiner Nachfolgerin bestimmt worden war.

Es herrschte eine gedämpfte Stimmung in der Menge, und es gab weder Jubelrufe noch fröhliche Musik zur Begleitung der Prozession. Ich konnte Jane kaum sehen, als sie aus der Barke stieg und die Stufen zum Tower emporschritt, denn sie wurde von allen Seiten von den mächtigen Männern flankiert, die diese seltsame Wendung der Dinge eingefädelt hatten. Sie hatte Mühe, in einem reich mit Edelsteinen besetzten Kleid zu gehen, das ich noch nie an ihr gesehen hatte. Irgendwann entdeckte ich dann, dass sie dicke Holzschuhe trug, damit sie größer wirkte, als sie tatsächlich war.

„Sie sieht aus, als hätte sie Angst", sagte ich zu Nicholas.

Ein Mann in Kaufmannskleidung, der vor uns stand, wandte sich an seinen Nebenmann und sagte: „Sie ist nicht einmal die Tochter eines Königs."

„Pass auf, was du sagst", raunte der andere zurück.

„Die rechtmäßige Erbin ist Maria!"

„Pssst! Sei still, sonst landen wir noch beide am Galgen."

„Was John Dudley getan hat, ist nicht recht. Er wird damit keinen Erfolg haben. Denke an meine Worte!"

Der zweite Mann schüttelte den Kopf und entfernte sich dann lieber von dem Kaufmann und seiner Hetzrede.

Ich griff nach Nicholas' Arm, und er führte mich zurück zu unserer Kutsche und in die stillen Räume unserer Schule.

Im Laufe der nächsten beiden Tage war auf den Straßen und in den Wirtshäusern Gerede zu hören, dass John Dudley versucht hätte, Prinzessin Maria zu entführen und gefangen zu setzen, bevor sie vom Tod des Königs und der Thronnachfolge durch Jane erführe, doch dieser Plan war vereitelt worden. Maria war nicht in die Falle getappt, die Dudley gestellt hatte, und von einem Geheimversteck aus hatte sie an den Kronrat geschrieben und versprochen, Milde walten zu lassen, wenn dieser sein Vorgehen der vergangenen Tage widerrufe und ihr als der rechtmäßigen Thronfolgerin Gefolgschaft schwöre.

Am 15. Tag des Monats Juli bekam ich einen zweiten Brief von Jane.

An die hochverehrte Mrs Staverton,

Ihre Gnaden, Königin Jane von England, erbittet Eure Anwesenheit im Tower in einer Angelegenheit der königlichen Garderobe.

Eine Kutsche wird Euch heute Mittag, am Samstag, dem 15. Juli, um halb eins zu Ihrer Majestät bringen.

Völlig sprachlos reichte ich Nicholas den Brief. Was sollte ich tun?

„Ich möchte nicht, dass du dort hingehst“, sagte er, den Blick immer noch auf das Schreiben geheftet, auf die schwarze Tinte und das königliche Siegel.

„Wie könnte ich mich denn weigern, Nicholas? Sie ist die Königin!“

„Sie ist ein Faustpfand in einem höchst gefährlichen Spiel, und ich möchte nicht, dass auch du in dieses Spiel hineingerätst.“

Er gab mir den Brief zurück.

„Aber wie könnte ich mich denn weigern?“, fragte ich noch einmal.

Nicholas schaute mit nachdenklich gerunzelter Stirn vor sich hin. „Ich werde einfach mitkommen. Ich fahre in der Kutsche mit und begleite dich in den Tower. Dort warte ich dann vor dem Zimmer, in dem du dich mit ihr triffst. So muss es gehen.“

„Aber was ist, wenn die Wachen dich nicht mit hineinlassen?“

„Dann sollen sie uns eben beide verhaften, Lucy. Wenn Jane dich unbedingt zu sehen wünscht, dann wird sie es uns sicher nachsehen, dass ich darauf bestehe, dich zu begleiten. Du kennst sie doch besser als ich. Glaubst du wirklich, dass sie ausgerechnet dich bestrafen würde?“

Ich glaubte natürlich nicht, dass sie das tun würde, aber Nicholas' Angst erschreckte mich.

Als die Kutsche kam, um mich abzuholen, teilte ich dem Lakaien mit, dass Mr Staverton mich begleiten werde. Dasselbe sagte ich auch den Wachen, die uns am Tower in Empfang nahmen. Und obwohl sie finster und missbilligend dreinschauten, ließen sie auch Nicholas passieren.

In einer langen Reihe samtgepolsterter Stühle ließ man ihn Platz nehmen. Es hielten sich noch andere Lords und Ladys dort auf und starrten ihn an, denn sie sahen ihm sofort an, dass er nicht zu ihresgleichen gehörte. Er sah mir nach, als ich zu Janes Gemächern geleitet wurde. Ich drehte mich einmal um, und er nickte mir kurz zu, eine unmissverständliche Geste, dass er genau dort auf mich warten würde, wenn ich zurückkäme.

Ich wurde an weiteren Räumen vorbeigeführt, in denen überall Frauen und Männer herumwuselten und ihren Tätigkeiten nachgingen wie Ameisen in einem Ameisenhaufen. Weiter ging es zu den Privatgemächern der Königin, und dann wandte sich der Diener, der mich begleitete, an eine Dame, die mit dem Rücken zu mir stand.

„Mrs Staverton ist jetzt da", sagte er zu ihr.

Die Frau drehte sich um, und ich war erleichtert, Mrs Ellen zu sehen.

„Lucy", begrüßte sie mich beinah flüsternd. „Kommt."

Ich folgte ihr in einen Raum, der in Grüntönen, Weiß und Gold gehalten war. An einem Fenster ganz am anderen Ende des Raumes stand Jane in einem altrosa Kleid so wie an dem Tag, als ich sie auf Sudeley Castle kennengelernt hatte: allein, in Gedanken versunken, schweigend. Voller Sehnsucht nach der Welt auf der anderen Seite des Fensters.

Sie drehte sich um, und ich machte einen Kniefall.

„Euer Majestät", sagte ich.

Ich hörte Jane Ellens Namen sagen, woraufhin Mrs Ellen schweigend ging und die Tür hinter sich schloss.

Ich war allein mit der Königin.

Sie kam zu mir, griff nach meinen Händen und forderte mich wortlos auf, mich wieder zu erheben.

Ein wenig unsicher stand ich auf.

„Ich bin so froh, dass du gekommen bist“, sagte sie.

Ich lachte. „Ich hätte mich ja schlecht weigern können, Eure Majestät.“

Sie lächelte ebenfalls, schien sich dessen aber gar nicht bewusst zu sein. „Also, was die Anprobe betrifft …“

„Wir können es auch im August noch einmal versuchen, Eure Majestät“, scherzte ich.

Ganz kurz leuchtete ein Lächeln in ihrem Gesicht auf, verschwand dann aber ebenso schnell wieder. „Durchaus. Komm, setz dich zu mir, Lucy.“

Sie führte mich zu einem langen gepolsterten Sofa mit einem Bezug aus schwerem Brokat, auf dem wir Platz nahmen.

Wie immer wartete ich darauf, dass sie anfing zu sprechen, was sie nach einem langen Schweigen schließlich auch tat.

„Jeden Morgen, wenn ich aufwache, bin ich sicher, dass ich wieder in Bradgate bin und dass ich nur geträumt habe, Königin zu sein“, sagte sie.

„So ergeht es mir auch manchmal, Eure Majestät. Manchmal denke ich, es muss ein Traum sein, dass meine liebe, süße Jane jetzt meine Königin ist. Aber es ist ein schöner Traum, Eure Majestät. Es ist ein Segen Gottes für England, Euch als Königin zu haben. Das weiß ich.“

Da schaute sie an mir vorbei, den Blick auf die Welt jenseits der Fensterscheibe gerichtet. „Aber ich spüre, dass er zusammenbricht wie ein Kartenhaus.“ Jane sprach, als wäre sie allein im Raum. „Ich spüre, dass er anfängt zusammenzubrechen.“

„Was … was bricht zusammen, Eure Hoheit?“

Jane holte schwer und tief Luft und wandte ihren Blick vom Fenster weg. „Mein Entschluss.“

„Euer Entschluss?“

„Als meine Eltern und John Dudley gesagt haben, dass der König tot sei und er mich in seinem Testament zu seiner Nachfolgerin ernannt hätte, da habe ich ihnen gesagt, dass sie sich irren müssten, ganz schrecklich irren. Prinzessin Maria sei doch die Thronfolgerin. Aber sie bestanden darauf, dass der König mich zu seiner Nachfolgerin bestimmt hätte. Nicht Maria, nicht Elisabeth und auch nicht meine Mutter, sondern mich. Der König wolle durch mich verhindern, dass England wieder unter katholische Herrschaft falle. ‚Nur Ihr könnt das für England tun, Jane‘, sagten sie zu mir, ‚nur Ihr.‘ Ich allein solle England vor einer sinnlosen Allianz mit Bekenntnissen retten, in denen die Gnade keine Rolle spiele. Ich allein. Gott habe diese Stellung für mich vorgesehen, damit ich mein Land rette. Und ich habe ihnen geglaubt.“

„Ist das denn nicht wahr, Eure Majestät?“

Jane schaute hinunter auf ihre im Schoß gefalteten Hände. „Ich glaube jetzt nicht mehr, dass es Gott war, der mir diese Stellung gegeben hat, Lucy. Ich glaube, dass ich ihm vielleicht vorgegriffen habe.“

„Aber der König hat doch in seinem Testament verfügt …“

„… was John Dudley, Herzog von Northumberland, ihm gesagt hat.“

„Eure Majestät …“

„Guildford will, dass ich ihn zum König ernenne. Kannst du das glauben? Er will, dass ich das Parlament ersuche, ihn zum König zu ernennen. Seine Mutter erwartet das und sein Vater auch.“

„Ach, Mylady!“ Eine eigenartige Abscheu befiel mich bei diesem Gedanken. Guildford als mein König …

„Ich habe mich natürlich geweigert, und das werde ich auch weiterhin tun. Guildford hat versucht, wieder aus dem Tower auszuziehen. Er wollte zurück zu seiner Mutter und schmollen, weil ich ihn nicht zum König machen will. Ich musste den Wachen befehlen, ihn zurückzuholen. Kannst du dir vorstellen, wie schrecklich es aussehen würde, wenn die Königin von England nicht einmal mit ihrer eigenen Ehe zurechtkommt?"

„Sie ... sie können Euch nicht zwingen, nicht wahr, Eure Majestät?"

„Nein, Lucy, das können sie nicht. Es gibt Dinge, zu denen bringt mich niemand. Das ist mir endlich klar geworden." Sie sagte das, als hätte sie dieses Privileg schon immer gehabt. Ich sah sie ehrfürchtig an.

„Es gab Augenblicke, am ersten Tag und am zweiten, da dachte ich, dass ich meine Eltern, Edward Seymour und sogar dich, Lucy, stolz machen würde. Ich stellte mir vor, dass ich mit der Macht und dem Einfluss, den der Titel einer Königin mit sich bringt, etwas Gutes tun würde. Aber seit ich dem Plan zugestimmt habe, sammeln sich Kräfte gegen mich, von innen wie von außen."

„Wie meinen, Eure Majestät?"

Aber sie sprach einfach weiter.

„Bewahrst du den Ring an einem sicheren Ort auf, Lucy?"

„Der Ring liegt in der Schublade meines Sekretärs, Eure Majestät."

„Vielleicht solltest du ihn lieber an einer anderen Stelle verstecken. Und bitte erzähle niemandem, dass er mir gehört. Ich hätte ihn sehr gerne eines Tages zurück. Ich weiß nicht, wann das sein wird, aber ich habe Angst vor dem, was die Zukunft für mich bereithält. Würdest du das für mich tun?"

Zum ersten Mal, seit ich den Raum betreten hatte, klang ihre Stimme kindlich und bang.

„Aber natürlich, Mylady."

Sie stand auf, und ich erhob mich ebenfalls. Dann verneigte ich mich.

„Danke, Lucy. Es tut mir leid, dass ich so tun musste, als sollest du in einer Angelegenheit der königlichen Garderobe herkommen, aber ich wollte unbedingt verhindern, dass jemand Fragen stellt."

„Ich habe mit Eurem Kleid angefangen, Mylady. Es ist aus sehr weichem Samt in einem sehr dunklen Blau. Es sieht so aus wie der Nachthimmel, fast schwarz. Mit winzigen Plisseefalten und Ärmeln mit Besätzen aus elfenbeinfarbenem Satin."

Jane lächelte. „Vielleicht sehen wir uns ja dann doch im August zu einer Anprobe?"

Sie beugte sich vor und gab mir einen Kuss auf die Wange. „Bete für mich, Lucy", hauchte sie.

„Immer", flüsterte ich zurück.

Als ich wieder zu Nicholas zurückkam, machte er ein besorgtes Gesicht. Den ganzen Weg bis zur Kutsche, den wir wieder von Wachen geleitet wurden, sagte er nichts, und auch nicht, als wir eingestiegen waren. Erst als wir bereits eine ganze Weile unterwegs waren, beugte er sich zu mir vor und nahm meine Hände.

„Du kannst dort nicht noch einmal hingehen, Lucy. Prinzessin Maria hebt Truppen aus und sammelt Verbündete und Unterstützer um sich. Ich habe in der Halle, in der ich gewartet habe, gehört, wie die Leute darüber redeten. Ich glaube nicht, dass den Adligen, die sich dort aufhielten, bewusst war, wie weit ihre Stimmen zu hören waren. Maria wurde in East Anglia und Devon zur Königin ernannt, und mehrere von Janes Beratern haben bei Nacht und Nebel versucht zu fliehen. Es heißt, dass Prinzessin Maria gegen London marschiert."

„Woher kommen denn ihre Unterstützer?", wollte ich von ihm wissen. „Ich verstehe das alles nicht! Ich dachte immer, dass England entschieden und ohne jeden Zweifel protestantisch ist!"

„Es scheint, dass die Menschen schwach sind. Sie folgen dem Bekenntnis, bei dem sie sich auf der Gewinnerseite glauben, weil es ihnen die meisten Vorteile verschafft", erklärte mir Nicholas.

„Ist … ist Jane auf der Gewinnerseite, Nicholas?“ Angst um sie und um uns alle packte mich.

Nicholas antwortete mir nicht.

Vier Tage später, am 19. Juli, bestieg Maria Tudor mit Tausenden und Abertausenden von Unterstützern und Anhängern den Thron. Janes Berater hatten ihre Königin einer nach dem anderen im Stich gelassen. In ganz London läuteten die Glocken, als Maria schließlich am 3. August London erreichte. Und überall, wo sie vorbeizog, riefen die Massen: „Gott schütze die Königin.“

Meine liebe Jane hatte nur neun Tage lang regiert.

Dreißig

Noch bevor Prinzessin Maria London erreichte, erfuhr ich, dass Lady Jane im Tower geblieben war, nachdem Dudleys Plan gescheitert war. Am neunten Tag von Janes Herrschaft, als Maria ganz offiziell Anspruch auf den Thron erhob, brachte man Jane aus ihren königlichen Gemächern im Tower in einen anderen Raum. Sie wurde unter Arrest gestellt, genau wie ihr Vater, ihr Mann Guildford Dudley, dessen Vater John Dudley und viele andere mehr. Der Tower, einst ihr Palast, war jetzt ihr Gefängnis. Sie wurde der Verbrechen gegen die Krone angeklagt.

Nicholas war in Sorge um sie. Er sagte, dass Jane auf Befehl der neuen Königin im Tower gefangen gesetzt worden sei, wenn auch in einem schön eingerichteten Raum.

„Aber sie will doch gar nicht Königin sein!“, sagte ich zu ihm. Es war ein brütend heißer Morgen Mitte August, und wir hatten gerade die Klassenzimmer für die bevorstehende Rückkehr der Schüler hergerichtet.

„Sie hat es vielleicht nicht gewollt, aber sie hat sich auch nicht geweigert“, entgegnete Nicholas.

„Aber der König hat sie doch zu seiner Nachfolgerin ernannt! Und der Kronrat hat zugestimmt!“

„Aber nicht das Parlament, Liebste. Und ja, König Eduard hat sie zu seiner Nachfolgerin ernannt, aber der König ist tot, und ein toter König kann keine Befehle mehr erteilen. Sein Testament war erst zwei Wochen alt, als er starb, und das Parlament hat dieses Testament weder zu sehen bekommen noch bestätigt.“

„Aber Maria mag Jane. Sie sind Basen! Du hättest das Kleid sehen sollen, das sie ihr vergangenes Jahr zu Weihnachten geschickt hat. Es war prachtvoll und wunderschön!“

„Dann können wir nur hoffen und beten, dass Maria Milde walten lässt. Dass auch sie erkennt, was uns jetzt allen klar ist: dass Jane nur eine Marionette von John Dudley, dem Herzog von Northumberland, war und dass sie gezwungen wurde, einem Plan zuzustimmen, den sie gar nicht selbst ersonnen hat.“

Das beruhigte mich zunächst. Natürlich würde die Königin erkennen, dass Jane von mächtigen Männern benutzt worden war und sich nichts zuschulden kommen lassen hatte, außer vielleicht ihrer Naivität. Dass sie im Tower blieb, war sicher reine Formsache.

Am 18. August wurden dann jedoch John Dudley und fünf andere wegen Hochverrats angeklagt und zum Tode verurteilt.

Vier Tage später wurde John Dudley, der Herzog von Northumberland und Verursacher von Janes furchtbarer Lage, im Tower hingerichtet. Es wurde erzählt, dass er in den Stunden vor seiner Hinrichtung noch zum Katholizismus konvertiert sei und dass die inhaftierte Lady Jane vom Fenster ihrer Gemächer aus zugeschaut hätte, wie er zum Schafott geführt wurde, nachdem der ehemals überzeugte Protestant noch an einer Messe teilgenommen hatte. Es wurde außerdem gemunkelt, dass Edward Seymour bei der Hinrichtung zugegen gewesen sei. Ich konnte mir nur vorstellen, welch schreckliche Gefühle dem jungen Mann durch Kopf und Herz gegangen sein mussten, als er zugeschaut hatte, wie John Dudley dem Richter aller Seelen zugeführt wurde. Und mich schmerzte der Gedanke, dass Jane, wenn sie John Dudley zum Scharfrichter hatte gehen sehen, sicher auch ihren geliebten Edward in der Zuschauermenge erspäht hatte.

In den darauffolgenden Tagen konnte ich weder schlafen noch essen. Ich wollte Jane unbedingt besuchen, aber mir war auch klar, dass das unmöglich war. Besucher hochrangiger Gefangener im Tower brauchten eine Genehmigung des Kronrates, und für diese Männer war ich ein Nichts.

Ich konnte nur für Jane beten und Gott um Barmherzigkeit anflehen, was ich auch tat.

Da John Dudleys Prozess und seine Hinrichtung so schnell vonstattengegangen waren, rechnete ich jetzt täglich mit Janes Begnadigung. Schließlich war auch ihr Vater begnadigt worden, und er war viel stärker in Dudleys Pläne verwickelt gewesen als Jane selbst. Es verging jedoch ein Tag nach dem anderen, ohne dass auf den Straßen Neuigkeiten darüber verbreitet wurden, dass jemand den Tower verlassen hätte.

Stattdessen begann Königin Maria ihre Pläne in Angriff zu nehmen, England wieder zum Katholizismus zurückzuführen, so wie Dudley es bereits vorausgesagt hatte. Dabei bestand ihr erster Schritt darin, das Drucken und Predigen aller religiöser Abhandlungen ohne Zustimmung des Hofes zu verbieten. Darüber hinaus verbot sie jegliche Verunglimpfung des katholischen Glaubens. Im September gab es dann Gerüchte, denen zufolge die Königin, die bei ihrer Thronbesteigung bereits siebenunddreißig Jahre alt war, eine Ehe mit dem katholischen Prinzen Philip von Spanien anstrebte. Das sorgte für große Aufregung, was mich allerdings überraschte. Hatte denn der Kronrat oder sonst jemand tatsächlich geglaubt, die neue Königin würde einen Protestanten heiraten?

Es wurde Oktober, und mit ihm kam das abrupte Ende der drückenden Sommerhitze. Jane war Anfang des Herbstes sechzehn geworden, aber es gab immer noch keine Begnadigung.

Am 13. November schließlich wurden Lady Jane und fünf andere – unter ihnen auch Guildford Dudley und der Erzbischof Thomas Cranmer – vor Gericht gestellt. Man warf ihnen Hochverrat vor. In meinem tiefsten Inneren wusste ich, dass Jane unschuldig war, und ich war sicher, dass auch die Königin es wusste. Ich versuchte, mir einzureden, dass dieser Prozess sicher nur eine Formsache war und Jane gewiss begnadigt werden würde, genau wie schon ihr Vater zuvor.

Als sich herumsprach, dass Jane und die anderen für schuldig befunden und zum Tode verurteilt worden waren, sank ich vor Schreck und Angst auf die Knie. Nicholas musste mir aufhelfen und mich in unser Zimmer tragen, wo er mich tröstete, so gut er konnte.

„Es wurde noch kein Hinrichtungsbefehl unterzeichnet", sagte er. „Die Königin hat ihr Todesurteil noch nicht unterzeichnet."

Und tatsächlich, es war noch nichts Derartiges in die Wege geleitet worden, aber schon bald erfuhren wir, dass der neue spanische Botschafter die Königin drängte, Jane hinrichten zu lassen. Seiner Meinung nach stellte sie eine Bedrohung dar, weil es nicht unerhebliche Proteste gegen die Pläne der Königin gab, einen Katholiken zu heiraten.

Ich hätte Jane so gern geschrieben, um ihr Mut zu machen, aber das erlaubte Nicholas mir nicht. Er fürchtete, dass ich mich dadurch selbst in Gefahr bringen könnte, weil man mich für die Vertraute einer verurteilten Hochverräterin der Krone halten könnte, und er versicherte mir, dass dies wahrscheinlich auch der Grund dafür sei, weshalb Jane mir nicht schrieb.

Die Weihnachtsfeiertage verbrachten Nicholas und ich bei meinen Eltern. Wir versuchten, möglichst unbeschwert zu feiern, aber wir waren uns dennoch bewusst, dass uns und unserem Land in den kommenden Tagen und Monaten unter Umständen noch Schreckliches widerfahren sollte. Meine Familie hatte Verständnis für mein Mitgefühl mit Lady Jane, aber ich wurde auch zur Vorsicht ermahnt. Es lagen ungewisse Zeiten vor uns.

Sie ist doch nur ein junges Mädchen, hätte ich am liebsten entgegnet. Aber ich war klug genug zu wissen, dass es nie um Janes Alter oder ihr Geschlecht gegangen war. Es war ihre gesellschaftliche Stellung gewesen, nach der es Männer gelüstet hatte. Und jetzt hatten andere wegen genau dieser Stellung Angst vor ihr.

In den ersten Tagen des neuen Jahres kehrten wir nach London zurück. Ich übte mich in Zuversicht.

Ende Januar führte dann jedoch Janes Vater in einem völlig sinnlosen Versuch, die Heiratspläne der Königin mit dem spanischen Prinzen noch zu vereiteln, einen Aufstand in Leicestershire an und verkündete, dass Jane immer noch die rechtmäßige Königin von England sei. Es wurde Haftbefehl gegen Henry Grey erlassen, und seine kleine Gruppe von Anhängern wurde rasch zerstreut. Er selbst wurde gefangen genommen und ins Gefängnis geworfen.

In dem Augenblick, als uns diese Nachricht erreichte, wusste ich, dass Janes Vater durch seine Selbstsucht Janes Schicksal besiegelt hatte. Solange Jane am Leben war, konnte jederzeit erneut ein Komplott zum Sturz der Königin angezettelt werden, das hatte ihr Vater unter Beweis gestellt. Kurz darauf wurde dann auch das Todesurteil von Lady Jane unterzeichnet.

Vier Tage nach Ausstellung des Hinrichtungsbefehls bekam ich einen dritten und letzten Brief von Jane. Er stammte eigentlich nicht von Mylady selbst, sondern von Mrs Ellen, und er wurde mir durch einen Diener von Mr Partridge, der Janes Gefängniswärter war, überstellt. Mrs Ellen schrieb:

Lucy Staverton
Schneiderin
Whitechapel School

Liebe Mrs Staverton,

Lady Jane Dudley bittet Euch, das Kleid, welches sie bei Euch in Auftrag gegeben hat, in den Tower zu bringen. Ihr dürft es in die Wohnung des Gefängniswärters des Towers, Mr Partridge, liefern. Der Diener, der Euch diesen Brief aushändigt, wird Euch begleiten.

Freundliche Grüße,
Ellen MacIlvray

Nicholas zögerte zunächst, gab aber dann meinen Bitten nach, allerdings wieder nur unter der Bedingung, dass er mich begleiten würde. Ich musste Jane unbedingt sehen.

Das Kleid war schon seit Monaten fertig, und ich hatte es in einer Truhe verstaut, weil ich nicht wusste, wo ich es sonst aufbewahren sollte. Als ich es jetzt hervorholte, um es Jane zu bringen, stockte mir der Atem. Das Kleid war so schwarz wie nie zuvor. Das graue Februarlicht verschluckte fast die gesamten Blautöne des Stoffes.

Schlagartig kam mir ein Gedanke in den Sinn, den ich aber auf der Stelle wieder verscheuchte. Nicht einen Augenblick lang wollte ich mich bei dem Gedanken aufhalten, ob Lady Jane vielleicht um das Kleid bat, weil sie es bei ihrer Hinrichtung tragen wollte.

Mrs Ellen wartete am Tor zum Tower, um uns in Empfang zu nehmen, sah mir aber nicht in die Augen, als ich näher kam. Sie war in Begleitung zweier Wachen, die die Falten des neuen Kleides und meinen Nähbeutel durchsuchten, wahrscheinlich, um ganz sicher zu sein, dass ich nicht irgendwelche Werkzeuge hineinschmuggelte, um Lady Jane zur Flucht zu verhelfen. Nachdem die Sachen durchsucht worden waren, bekam ich das Kleid und den Beutel zurück.

„Gut, dass Ihr kommt, Mrs Staverton“, sagte Mrs Ellen mit ausdrucksloser Stimme, so als wäre ich lediglich gekommen, um einen zerrissenen Kragen zu flicken.

Wir folgten ihr schweigend in ein massives Steingebäude.

Ich hatte noch nie zuvor einen Fuß in den Tower gesetzt, ebenso wenig wie Nicholas, und ich war froh, dass er bei mir war, als wir zu Mr Partridges Wohnung gingen. Die Ausmaße des Towers wirkten in der Trostlosigkeit des Winters richtiggehend bedrohlich, und ich wünschte, es hätte wenigstens ein paar vereinzelte Glockenblumen in den Fugen der Steinmauern gegeben, doch es gab keinen einzigen Farbtupfer in der Düsternis. Unser Atem stieg in Wölkchen von unserem

Mund auf, als hätte er es ebenfalls eilig, möglichst rasch zu verschwinden.

Als wir den zweiten Hof betraten, nahm Nicholas meinen Arm und flüsterte mir zu, ich solle die Augen schließen, er werde mich jetzt führen. Ohne dass er es mir sagen musste, wusste ich, dass wir an dem Schafott vorbeigingen, auf dem John Dudley und andere hingerichtet worden waren und noch viele weitere hingerichtet werden würden. Ich kniff die Augen fest zusammen, presste mein Gesicht in den Stoff von Lady Janes Kleid und lehnte mich Hilfe suchend an meinen Mann.

Schon bald flüsterte mir Nicholas zu, ich könne meine Augen jetzt wieder öffnen, und in diesem Moment betraten wir ein Gebäude. Wir stiegen zwei Treppen hinauf und gelangten in einen Gang. Nicholas wurde gebeten, dort auf einer Bank vor dem Zimmer des Gefängnisaufsehers Platz zu nehmen.

„Zehn Minuten“, sagte einer der Wachmänner, als ich hereingelassen wurde.

Er folgte mir nicht.

Hinter Mrs Ellen betrat ich einen behaglichen Raum, in dem ein munteres Feuerchen im Kamin brannte. Jane saß in einem taubenblauen Kleid, das nur am Hals und an den Ärmeln mit ein wenig französischer Spitze verziert war, an einem Schreibtisch. Ihr schönes braunes Haar steckte in einem mit Perlen besetzten Haarnetz aus Spitze. Sie stand auf und kam auf mich zu, und ich machte, unfähig etwas zu sagen, einen tiefen Knicks. Dabei wäre das Kleid, das ich auf den Armen trug, beinah zu Boden gefallen.

„Lucy“, sagte sie, und ihre Stimme klang leise und traurig. Es gelang mir nicht, mich wieder zu erheben, also ergriff Jane mich bei den Armen und zog mich hoch. Mir liefen die Tränen die Wangen hinunter und fielen wie Regentropfen auf das Kleid, und Jane umklammerte den Stoff mit beiden Händen.

„Bitte nimm du es, Ellen“, sagte sie.

Sobald ich das Kleid nicht mehr hielt, merkte ich, wie ich anfing zu zittern. Ich bat sie beklommen um Vergebung, dass ich das kostbare Kleid befleckt hatte.

„Es gibt nichts zu vergeben, Lucy. Komm, setz dich zu mir."

Sie führte mich wieder zu dem Schreibtisch zurück, zu einem Stuhl, der dem gegenüberstand, auf dem sie selbst gesessen hatte. Ich griff nach meinem Nähbeutel und kramte nach einem Stück Batist, um mir damit über die Augen zu wischen.

„Es tut mir so leid, Mylady", murmelte ich. „Ich wünschte, ich wäre stärker. Ich sollte nicht weinen."

Jane holte ganz langsam Luft. „Es braucht dir nicht leidzutun, Lucy, nicht heute. Heute möchte ich keinen Kummer."

Ich wischte mir die Tränen ab und bat Gott, mich innerlich zu wappnen. Als ich schließlich zu ihr aufblickte, saß sie mit den Händen im Schoß da und wartete, dass ich mich beruhigte.

„Ihr werdet sicher begnadigt", flüsterte ich.

Ihre Antwort kam schnell. „Nein, Lucy, das glaube ich nicht. Meine Base, die Königin, schickt seit vielen Tagen jeden Tag ihren Beichtvater zu mir, damit ich doch noch zum katholischen Glauben konvertiere und sie mich dann begnadigen kann. Ihre Berater wollen das nicht, und sie kann es ganz gewiss nicht tun, wenn ich mich nicht füge."

„Sie würde euer Leben verschonen, wenn Ihr … wenn Ihr konvertiert?" Ich konnte nicht verhindern, dass ganz kurz eine Spur von Abscheu in meiner Miene zu erkennen war. Und in dem Augenblick, als das geschah, wusste ich, dass Jane niemals ihre tiefsten Überzeugungen dem politischen Kalkül opfern würde. Ich sank tiefer in meinen Stuhl, als die Wahrheit langsam zu mir durchdrang. Jane war verloren. Sie würde sterben.

„Vielleicht würden sie mich ohnehin nicht verschonen", fuhr Jane tonlos fort. „Mein Schwiegervater hat seine

Überzeugungen für nichts und wieder nichts widerrufen. Aber er war ja auch nie ein Mann mit starken Überzeugungen, nicht wahr, Lucy? Er war ein ehrgeiziger Mann. Und das sind für mich zwei sehr unterschiedliche Dinge."

„Ach, Mylady!"

Ein paar lange Sekunden herrschte angespanntes Schweigen zwischen uns.

„Mein Leben hätte keinerlei Bedeutung, wenn ich nicht ganz und gar ehrlich und aufrichtig wäre in dem, was mir am wichtigsten ist", sagte sie schließlich. „Wenn ich schon für einen höheren Zweck sterben soll, soll es dann nicht für das sein, was mir am liebsten ist und was ich für wahr halte?"

Darauf antwortete ich nichts.

Sie beugte sich über den Tisch vor und nahm meine Hände in ihre. „Lucy, überleg doch mal!" Ihre Stimme war lebhaft und kindlich. „Ich habe eine zweite Chance bekommen, eine richtige und gute Entscheidung zu treffen. Es war mein Hochmut, der mich hat glauben lassen, ich könnte Königin sein. Ich hätte mich weigern sollen. Aber jetzt habe ich eine zweite Gelegenheit bekommen, die richtige Entscheidung zu fällen. Ich habe eine Wahl. Siehst du jetzt, wie großartig das ist? Ich kann wählen."

Wieder begannen meine Tränen zu fließen. Jane drückte meine Hände, wollte mich dazu bringen, mich mit ihr darüber zu freuen, dass die Entscheidung, die über ihr Leben bestimmen würde – mehr als die, die Krone anzunehmen –, vor ihr lag und dass sie diese Entscheidung ganz für sich allein und selbstständig treffen konnte.

„Ist das der Grund, weshalb ich Euch das Kleid bringen sollte?", fragte ich mit rauer Stimme, schaute auf das Kleid in Mrs Ellens Händen und hasste es ein wenig.

„Es ist ein schönes Kleid für einen schönen Tag. Und du hast es für mich gemacht. Ich habe keine Angst vor dem Sterben, Lucy."

Entsetzt blickte ich auf.

„Ich habe nicht gesagt, dass ich keine Angst vor der Axt habe“, fügte sie rasch hinzu. „Davor habe ich schreckliche Angst. Aber ich habe keine Angst zu sterben. Ich kann in Ruhe sterben.“

Ich fing an zu weinen, und Jane zog mich an sich. Die Rollen, die wir an dem Tag innegehabt hatten, an dem wir uns zum ersten Mal begegnet waren, waren jetzt vertauscht. Sie strich mir übers Haar und flüsterte, dass alles gut werden würde.

„Du bist mir eine wahre Freundin gewesen, Lucy, und ich bin Gott so dankbar, dich kennengelernt zu haben.“

„Und ich Euch.“

„Was wird denn jetzt mit Edwards Ring?“, flüsterte ich kurz darauf.

„Ich möchte, dass du ihn erst einmal behältst und gut verwahrst. Vielleicht findest du ja irgendwann eine Möglichkeit, ihn Edward zurückzugeben. Wenn nicht, dann gräme dich nicht. Wenn er eine andere heiratet, gib ihm den Ring nicht zurück, sondern behalte ihn, Lucy. Dann behalte du ihn, damit du dich immer daran erinnerst, Gott jeden Morgen dafür zu danken, dass du Nicholas hast und er dich.“

Die Wache öffnete die Tür und verkündete, es sei Zeit für mich zu gehen. Ich gab Jane einen Kuss auf die Wange.

„Ihr seid so tapfer, Mylady“, murmelte ich.

„Nenn mich Jane“, flüsterte sie. Zum ersten Mal seit ich eingetroffen war, glänzten jetzt ihre Augen. „Bete für mich, Lucy!“

„Stets, Jane. Stets.“

Meine Freundin Jane wurde am 12. Februar 1554 um neun Uhr früh im Tower von London vom Leben zum Tode befördert. Sie war sechzehn Jahre alt.

Ich war an ihrem schönen Tag nicht zugegen.

Jane

Upper West Side, Manhattan

Einunddreißig

Der Ring lag auf dem Tisch für Neuerwerbungen unter dem warmen Licht einer Tischlampe. Das Kinn bequem auf eine Hand gestützt, betrachtete Wilson ihn. An seinem Hawaiihemd, das mit blauen Hibiskusblüten bedruckt war, hing noch ein Rest seines Frühstücks. Er machte ein finsteres Gesicht. Stacy starrte den Ring mit einer Art hoffnungsvoller Unruhe an, den Kopf leicht schräg gelegt wie jemand, der beschlossen hat, sich vorzustellen, was andere nicht zu denken wagen. Ich wusste, was die beiden dachten.

Wilson glaubte nicht, dass der Ring Jane Grey gehört hatte.

Stacy wollte glauben, dass er ihr gehört hatte.

Und ich stand irgendwo dazwischen.

Wilson hustete. „Es kommt mir einfach zu unwahrscheinlich vor, Jane. Völlig abwegig."

„Aber dass es unwahrscheinlich ist, muss doch noch längst nicht heißen, dass es nicht möglich ist", wandte Stacy ein.

Ich trank einen Schluck von meinem Kaffee, meinem vierten an diesem Morgen, und stellte die Tasse dann auf dem Tisch ab. „Ich habe die halbe Nacht wach gelegen und gedacht, dass Sie recht haben, Wilson. Und die andere Hälfte der Nacht habe ich wach gelegen und gedacht, dass *Sie* recht haben, Stacy."

„Nun ja, es ist natürlich ganz amüsant, einmal anzunehmen, dass es ihrer gewesen sein könnte", entgegnete Wilson. „Deshalb habe ich Sie ja angerufen. Aber Eric und ich haben dieselbe Biografie im Internet gelesen wie Sie, Jane. Es wird nirgends erwähnt, dass irgendjemand Jane Grey einen Verlobungsring geschenkt hätte."

„Aber das muss doch nicht automatisch auch heißen, dass sie keinen bekommen hat", warf Stacy ein. „Es bedeutet nur, dass es nirgends erwähnt wird."

Ich nahm den Ring, drehte ihn und betrachtete die alten Steine darauf. „Ich habe gestern noch etliche andere Artikel im Internet gelesen, Dutzende, aber von so einem Ring ist nirgends die Rede."

Es wurden in allen Quellen nur drei Männer als mögliche Anwärter auf eine Ehe mit Lady Jane Grey genannt: König Eduard VI. – und bei den Eheverhandlungen mit ihm war nichts herausgekommen. Dann gab es noch den Sohn des Herzogs von Somerset, Edward Seymour, aber das Arrangement wurde nie offiziell. Und schließlich war da Guildford Dudley, der Mann, den sie nicht einmal einen Monat nach der Verlobung heiratete.

„Nun, vielleicht hat ihr ja Guildford den Ring geschenkt", sagte Stacy.

„Vielleicht, aber die Ehe mit ihm wurde einfach zu schnell arrangiert, und mehrere Quellen berichten, dass Lady Jane ihn nicht einmal mochte. Wieso hätte er ihr dann einen Ring mit einer solchen Inschrift schenken sollen?"

„Vielleicht hat Guildford *sie* ja geliebt", wandte Stacy ein, nachdem sie kurz überlegt hatte. „Vielleicht hat davon niemand etwas gewusst, weil er heimlich in sie verliebt war."

„Aber warum hätte es geheim bleiben sollen? Er hat sie ja schließlich geheiratet. Und wenn er ihr diesen Ring geschenkt hat, dann wäre es nicht geheim gewesen."

Wir standen alle drei da und schauten auf den Ring in meiner Hand.

„Wenn Guildford ihr den Ring geschenkt hat, weil er sie liebte, wieso ist er dann im Einband eines Gebetbuches gelandet?", überlegte ich, ohne darauf wirklich eine Antwort zu erwarten.

„Genau das meine ich doch." Wilson verschränkte die Arme über seiner grell gemusterten Hemdbrust. „Wenn der Ring wirklich Lady Jane Grey gehört hat und sie ihn von Guildford Dudley geschenkt bekommen hat, dann hätte er doch bei ihrer Verhaftung noch in ihrem Besitz sein müssen.

Wenn man ihr damals den Schmuck abgenommen hat, dann müsste doch auch der Ring darunter gewesen sein."

„Aber vielleicht haben sie ihr den Ring ja auch gelassen, weil er ihr persönliches Eigentum war und nicht Teil der Kronjuwelen", schlug Stacy vor. „Hey, vielleicht … vielleicht hat sie ihn ja am Tag ihrer Hinrichtung getragen und einer der Totengräber hat ihn an sich genommen."

„Und wie ist er dann in einem Gebetbuch gelandet?", wollte Wilson wissen.

„Und vor allem, warum?", fügte ich hinzu und legte den Ring wieder zurück auf den Tisch.

„Sehen Sie, das sind alles Dinge, die man nie erfahren wird." Wilson trank einen Schluck Kaffee.

„Ich wünschte immer noch, es wäre ihr Ring gewesen. Was für eine traurige Geschichte. Ich würde gerne glauben, dass es jemanden gegeben hat, von dem sie geliebt wurde", murmelte Stacy.

„Nun, Sie können ja glauben, was Sie wollen, nur beweisen können Sie es nicht." Wilson trat von dem Tisch zurück.

„Es ist ihrer." Die Worte kamen mir fast wie von selbst über die Lippen und überraschten mich selbst. Und in dem Moment, in dem ich entschied, dass es Jane Greys Ring war, glaubte ich es auch.

„Aber Sie können es nicht mit Sicherheit wissen", entgegnete Wilson darauf rasch.

„Es geht nicht darum, was ich weiß. Ich habe einfach … so eine Ahnung. Mein Bauchgefühl sagt es mir."

„Ich glaube es auch!", pflichtete Stacy mir bei. Aber ich war ziemlich sicher, dass sie es glaubte, weil es eine tolle Geschichte war. Bei mir war das etwas anderes. Ich konnte nicht benennen, inwiefern es anders war, aber ich wusste, dass es nichts mit dem Wunsch zu tun hatte, die Einzelheiten von Janes traurigem Schicksal ein bisschen aufzuhübschen.

Wilson verließ den Raum. Aber jedoch nicht, ohne Stacy und mich dabei zu belehren, dass Ahnungen und Bauchgefühle nur bei der Polizeiarbeit und bei Pferderennen eine Rolle spielten.

„Was werden Sie jetzt tun?", erkundigte sich Stacy.

Ich schob mir den Ring auf den kleinen Finger. „Irgendjemand irgendwo muss mehr über Jane Grey wissen als Leute, die Artikel fürs Internet verfassen, und genau diesen Jemand muss ich ausfindig machen."

„Ich helfe Ihnen. Ich kann an der Uni nachfragen. Vielleicht kennt jemand in der Geschichtsfakultät irgendwo einen Experten. Oder vielleicht gibt es in der Bibliothek oder einer Buchhandlung ein Werk darüber."

„Das habe ich schon recherchiert!", rief Wilson uns zu, der im Türrahmen stand. „Es gibt kein einziges wissenschaftliches Buch über das Privatleben von Jane Grey. Es sind alles nur Spekulationen von Laien."

Stacy drehte sich zu ihm um. „Muss es denn unbedingt ein wissenschaftliches Buch sein?"

„Wenn Sie wirklich Gewissheit haben wollen, dann schon."

„Aber es ist doch so", sagte Stacy, „dass Janes Privatleben und ihr öffentliches Leben ein und dasselbe war."

„Es gibt nichts *Wissenschaftliches*." Wilson betonte die Worte noch einmal extrastark. „Es besteht ein Riesenunterschied zwischen einer Vermutung und einer Tatsache, Jane."

Wilson schlurfte davon, um die Bodenbeleuchtung auszuschalten, die wir nachts immer anließen. Es war inzwischen fast Zeit, den Laden zu öffnen.

„Lassen Sie sich dadurch nicht den Tag verderben, Wilson", meinte ich, als mein Handy in meiner Tasche zu vibrieren begann und ich danach griff.

„Lassen Sie sich Ihren nicht verderben!", rief er mir noch über die Schulter zu.

Ich schaute auf das Display meines Handys. Es war Connor.

Endlich rief er zurück.

Connor hatte Brad nach meiner Abreise aus New Hampshire angerufen, um sich zu erkundigen, ob wir miteinander geredet hätten. Und Brad hatte beschlossen, nach Dartmouth zu fahren, um Connor die Wahrheit darüber zu sagen, weshalb er aus New York weggezogen war – dass es dabei um mehr gegangen war, als nur Abstand von mir und New York zu bekommen. Sie hatten sich in einem Café getroffen, und Brad hatte Connor von seiner Beinah-Affäre erzählt.

Als am Abend mein Handy geklingelt hatte, hatte ich mit meinem Laptop im Bett gesessen und gerade die letzten der vielen Internetbeiträge über Lady Jane Grey gelesen. Ich hatte auf dem Display meines Handys gesehen, dass der Anrufer Brad war, aber ich hatte es trotzdem viermal klingeln lassen, bevor ich mich meldete. Er hatte mir erst an diesem Morgen die ganze Wahrheit darüber gesagt, weshalb er aus New York weggegangen war, und ich war noch immer ziemlich mitgenommen. Trotzdem wollte ich nicht, dass sein Anruf auf der Mailbox landete. Ich wollte wissen, was er zu sagen hatte. Ich wollte seine Stimme hören, und ich wollte, dass er meine hörte. Also hatte ich mich gemeldet.

„Bist du gut nach New York zurückgekommen? Alles gut gegangen?“, fragte er, und es klang so, als ginge er dabei auf und ab. Ich lehnte mich in meine Kissen zurück.

„Ja.“

„Und Molly und Jeff haben dich in Newark abgeholt?“

„Ja.“

„Hör mal, vielleicht willst du im Moment gar nicht mit mir reden, aber ich habe mich mit Connor getroffen und ihm alles gesagt, Jane.“

Ich verzog das Gesicht. „Und wie hat er darauf reagiert?“

„Er wollte wissen, ob ich mit ihr Schluss gemacht habe. Und ich habe Ja gesagt.“

Schweigen.

Die einzige Beleuchtung im Zimmer war von meinem Laptop gekommen, der in diesem Augenblick in den Stand-by-

Modus schaltete. Ich bewegte die Maus, weil ich unbedingt mehr Licht brauchte.

„Und was hat er sonst noch gesagt?“, hatte ich weiter gefragt. Ich hätte gern gewusst, ob Connor wohl auch ihm die Frage gestellt hatte, ob es jetzt aus sei zwischen uns.

„Er hat nicht viel gesagt. Wahrscheinlich braucht er erstmal Zeit, um das alles zu verdauen. Ich glaube, er ist enttäuscht von mir. Ich habe ihm gesagt, dass er sich dazu nicht zu äußern braucht.“

„Und dann bist du einfach wieder gefahren?“ Meine Worte hatten eigentlich gar nicht so vorwurfsvoll klingen sollen, aber es war zu spät.

„Er hat gesagt, er müsse noch eine Hausarbeit schreiben, also habe ich ihm angeboten, mich später anzurufen, wenn er wolle. Er muss das auf seine Weise verarbeiten, Jane. Aber ich bin froh, dass ich es ihm gesagt habe. Nachdem ... also, nachdem du hier warst, wusste ich, dass ich es ihm sagen muss. Er musste es erfahren.“

„Musste er das?“

„Ihr musstet es beide erfahren.“

Ich hatte nichts weiter dazu gesagt, aber tief in meinem Inneren wusste ich, dass er recht hatte. Damit Brad wieder mit sich ins Reine kommen konnte, musste er erzählen, was er getan oder fast getan hatte. Brad war rücksichtsvoll und aufrichtig – zwei Eigenschaften, die ich an ihm bewunderte. Und außerdem begriff ich langsam, dass Brads Geständnis etwas bei mir verändert hatte. Ich befand mich nicht länger in einem Zustand der Ungewissheit, sondern wusste, dass es jetzt an mir lag, eine Entscheidung zu treffen. Ich würde Brad vergeben müssen, wenn wir unsere Ehe retten wollten. Und Vergebung ist immer eine Entscheidung.

Dann hatte Brad mir noch gesagt, dass er mich wieder anrufen würde, sobald er etwas von Connor höre. Er hatte sich noch einmal für alles entschuldigt und mir dann eine Gute Nacht gewünscht.

Ich hatte danach aufgelegt und sofort versucht, Connor anzurufen, aber dieser war nicht an sein Handy gegangen. Also hatte ich ihm eine Nachricht hinterlassen, in der ich ihn bat, zurückzurufen, egal, wie spät es sei, was er jedoch nicht getan hatte.

Aber jetzt rief er an.

Ich klappte mein Handy auf. „Hi, Connor."

„Hey, Mama."

Verlegenes Schweigen.

„Geht's dir gut, mein Schatz?"

„Willst du dich scheiden lassen?" Er klang wütend. Aber es war nicht sein Tonfall, der mich erschreckte, sondern die Frage. Das Wort „Scheidung" klang hoffnungslos und endgültig in meinen Ohren und in seiner Stimme. Wie eine Krebsdiagnose.

„Niemand redet hier von Scheidung."

„Willst du?"

Ich sagte Nein, und es fiel mir auf, dass ich mich bis zu diesem Moment immer nur ängstlich gefragt hatte, wie ich reagieren sollte, wenn Brad die Scheidung wollte. Es war mir noch gar nicht in den Sinn gekommen, dass es auch meine Entscheidung war, ob ich mich von ihm scheiden lassen wollte oder nicht. Und in dem Moment, als mir das klar wurde, wusste ich, dass ich es nicht wollte. Brad hatte mich verletzt, aber ich wollte mich nicht von ihm scheiden lassen. Eine Scheidung kam mir vor wie ein bodenloser Abgrund.

„Liebst du Papa noch, Mama?" Connors behutsame Frage holte mich aus meiner Innenschau zurück.

Ich hatte ihn zwar verstanden, fragte aber trotzdem nach: „Wie bitte?"

„Ich habe gefragt, ob du Papa noch liebst."

Und als ich jetzt in meinem Antiquitätenladen stand, umgeben von Hunderten von Relikten vergangener Leben, glücklicher wie unglücklicher, da wusste ich, dass es so war. Ich liebte Brad. Nicht aus einem großen, offensichtlichen Grund, sondern aus einer Million kleiner Gründe, Gründe, die zu unspektakulär und zu zahlreich schienen, um sie alle aufzuzählen. Wir waren wie zwei Menschen in einer arrangierten Ehe, die einander bei der Hochzeit noch völlig fremd sind, und zwanzig Jahre später eines Morgens aufwachen und sich nicht mehr vorstellen können, ohne den anderen an ihrer Seite jemals glücklich zu sein. Ich jedenfalls fühlte mich jetzt so. Und ich wusste, dass ich meine Augen für diese Unmenge kleiner, unspektakulärer Gründe öffnen musste. Wir beide mussten das.

Er hatte mich verletzt, aber ich liebte ihn immer noch.

Diese beiden Wahrheiten waren wundervoll und schrecklich zugleich.

„Ja“, sagte ich und hörte Connor am anderen Ende der Leitung aufatmen.

„Und wie geht es jetzt weiter?“, wollte er wissen.

Ich wollte gerade sagen, dass ich das nicht wisse, als die Ladentür aufging und meine Mutter mit einem großen Wäschekorb und einer alten, ausgebleichten Tüte von *Macy's* hereinkam. Ich musste mich also jetzt kurzfassen, ganz besonders bei diesem Anruf.

„Deine Großmutter ist gerade zur Tür hereingekommen, Connor, tut mir leid. Ich kann dich ja heute Abend noch mal anrufen, ja?“

„Ja, klar.“

Ich sagte ihm, dass ich ihn lieb hätte, und wir beendeten das Gespräch. Meine Mutter kam forsch auf mich zu, und sowohl Stacy als auch Wilson begrüßten sie im Vorbeigehen. Der Wäschekorb in ihren Armen war mit irgendwelchen Stofffetzen gefüllt. Ich erkannte darunter auch eine ihrer alten Weihnachtstischdecken wieder. Sie stellte die Tüte von *Macy's* zu ihren Füßen auf dem Boden ab und sagte: „Ich richte ein Haus in Brooklyn für den Verkauf her und brauche dafür unbedingt dein Meißener Geschirr. Es würde perfekt in das dortige Esszimmer passen.“

„Hallo, Mama, ich freue mich auch, dich zu sehen", begrüßte ich sie und steckte mein Handy wieder in die Tasche.

„Also, krieg ich es jetzt oder nicht?" Sie trug einen melonengrünen Leinenanzug mit einem cremeweißen Top darunter.

„Ich habe das Service aber nur für sechs Personen."

„Das ist perfekt. Mehr Plätze hat der Esstisch dort auch gar nicht. Und kann ich auch das Marmorschachspiel haben? Das kleine? Ich habe ein paar alte Tischdecken zerrissen, um die Sachen zu verpacken. Ich brauche auch gar nicht das ganze Service, nur die Dessertteller, Tassen und Untertassen. Bitte. Das Haus ist bestimmt bis Ende des Monats verkauft, dann hast du die Sachen in Nullkommanichts wieder zurück."

„Klar, komm mit. Ich helfe dir beim Einpacken."

Wir gingen zu dem alten gedrechselten Eichentisch, auf dem das Meißener Porzellan derzeit seine Tage fristete.

„Ja, das passt perfekt", flötete sie und nahm einen Teller in die Hand. Sie schaute über die Schulter nach hinten, sah, dass Wilson gerade einen Kunden bediente und Stacey hinten im Laden am Computer war, und fragte: „Und, wie ist es am Wochenende gelaufen?"

Ich nahm einen Teller vom Tisch und wickelte ihn in einen der Tischtuchfetzen mit Weihnachtssternen darauf. Ich wusste, was sie eigentlich wissen wollte, aber ich antwortete ihr nur, dass Connor seine Sache großartig gemacht hätte.

Sie schürzte die Lippen. „Das meine ich nicht! Ich meine, wie es mit dir und Brad gelaufen ist! Habt ihr geredet? Habt ihr die Sache in Ordnung gebracht? Leslie hat gesagt, du hättest bei ihm übernachtet."

Vielen Dank, Leslie.

„Natürlich haben wir geredet, Mama."

„Und?"

„Und es gibt Dinge, die wir klären müssen."

„Was denn? Was denn für Dinge?"

„Mama!"

„Was denn? Ich sage doch nur, wenn du dir eingestehen würdest, dass du Hilfe brauchst, dann würdest du nicht versuchen, eure Ehe aus der Ferne in Ordnung zu bringen!"

Ich legte den alten Deckenfetzen über das blaue Geschirr und holte verhalten Luft. „Es geht nicht nur um mich, Mama. Es geht auch um Brad."

„Das sage ich doch! Wie wollt ihr denn die Sache klären, wenn ihr euch nicht professionelle Hilfe holt?"

Ich stellte das eingepackte Geschirr mit Nachdruck auf dem Tisch ab und sagte: „Bitte, Mama. Wir werden darüber nicht hier und jetzt reden."

„Du willst *nie* darüber reden."

„Es ist auch nichts, worüber du und ich reden müssten!" Ich griff nach einer Tasse.

„Na ja, aber mit irgendjemandem solltest du schon darüber reden – und zwar mit einem Profi, einem Eheberater zum Beispiel. Sie helfen Paaren, mit ihrer Unterschiedlichkeit zurechtzukommen."

Ich hätte beinah die Tasse auf den Boden gepfeffert. „Brad und ich kabbeln uns nicht wegen irgendwelcher Unterschiede, Mama! Er hat beinah eine Affäre gehabt. So, jetzt weißt du es!"

Meine Stimme war nur noch ein raues Flüstern, aber wenigstens war es jetzt heraus. Alles war heraus. Brad war in New Hampshire, weil er in New York beinah eine Affäre angefangen hätte.

Die Augen meiner Mutter wurden ganz groß. „Brad ... hat eine Affäre gehabt?"

„Ich habe gesagt ‚fast'. Er ist nach New Hampshire gezogen, um von *ihr* wegzukommen, nicht von mir. Weil er Angst hatte, dass er sich sonst in sie verlieben und die Sache aus dem Ruder laufen würde."

Meine Mutter schaute nach unten auf das verpackte Geschirr in ihren Händen. „Das glaube ich nicht. Das *kann* ich nicht glauben!"

Aber ich sah ihr an, dass sie es doch glaubte. Die Enttäuschung in ihrem Gesicht war ernüchternd.

„Hast ... hast du ihn deshalb rausgeworfen, und er ist daraufhin erst nach New Hampshire gegangen?"

„Er ist gegangen, bevor ich überhaupt davon erfahren habe."

Ich wickelte eine weitere Tasse ein, während meine Mutter stocksteif wie eine Statue mit einer Tasse in der Hand dastand.

„Warum?", meinte sie schließlich. „Warum hätte er denn so etwas tun sollen?"

Da packte mich wirklich die Wut. Ich stemmte beide Hände auf den Tisch, und Janes Ring funkelte mich an. Es war fast so, als ob der Ring an meinem Finger mich furchtlos machte.

„Willst du damit sagen, dass es irgendwie *meine* Schuld ist?", gab ich zurück.

Sie blickte zu mir auf. „Und, ist es so? Hast du ihn weggestoßen?"

Meine Mutter wollte nicht glauben, dass Brad mir praktisch untreu gewesen war, aber sie war kurz davor zu glauben, dass ich ihn in die Arme einer anderen Frau getrieben hatte. Ich schaute auf meine Hände hinunter, die ich immer noch auf die hölzerne Tischplatte gestemmt hatte, und ich sah den Ring. Der blaue Stein in der Mitte erinnerte mich an das Meer, die Rubine an Blut. Ich konnte nicht anders, als an die Frau zu denken, von der ich mir wünschte, dass er ihr gehört hatte. Die Frau, die nicht den Hauch einer Wahl gehabt hatte. Und meine Wut verrauchte.

„Warum wolltest du, dass ich Brad heirate, Mama? Warum hat er dir so gefallen?"

„Was? Was soll denn jetzt diese Frage?"

„Warum, Mama?"

„Ich fasse es nicht, dass du das fragst!"

„Ich will es aber wissen."

„Weil ich wollte, dass du glücklich wirst!"

„Glücklich?"

„Ja, glücklich! Alles, was dein Vater und ich uns jemals für dich gewünscht haben, ist, dass du glücklich wirst. Brad war ein wunderbarer junger Mann mit einer strahlenden Zukunft. Wir wollten einfach, dass du glücklich bist! Ist das denn so schrecklich?"

„Aber du bist nicht für mein Glück verantwortlich, Mama!"

Sprachlos starrte sie mich an.

Und ich war ebenfalls sprachlos.

Meine Eltern waren nicht für mein Glück verantwortlich.

Das war niemand außer mir selbst.

Plötzlich fiel alles in meinem Leben an seinen Platz. Es war, als wäre die Zeit stehen geblieben und ich bekäme einen überwältigenden Augenblick geschenkt, in dem ich den Unterschied zwischen diesem Augenblick und dem unmittelbar davor begriff. Das hatte mir Dr. Kirtland begreiflich zu machen versucht. Niemand traf Entscheidungen für mich. Ich traf sie selbst. Wenn ich bei den Entscheidungen, die ich traf, keine Risiken einging, dann war das so, weil ich nicht den Mut hatte, sie zu treffen, oder weil ich nicht bereit war, mit den Folgen zu leben. Ich wollte nicht das Risiko eingehen, mich selbst zu enttäuschen. Es war sicherer gewesen abzuwarten, als selbst zu handeln. Es war sicherer gewesen …

Der Moment der Erkenntnis verging, als meine Mutter verärgert den letzten Teller in die Hand nahm, um ihn einzupacken. Ihre Bewegung schien dazu zu führen, dass die Welt sich weiterdrehte. Ich griff nach einer Stuhllehne, um mich wieder zu fangen, während sie das Geschirr in den Korb packte.

„Ich muss los."

Sie rauschte mit dem Wäschekorb an mir vorbei in Richtung Ausgang, vorbei auch an der *Macy's*-Tüte, die sie beim Hereinkommen auf dem Boden abgestellt hatte.

Wilson, der sah, dass sie ging, nahm die Tüte und rief ihr hinterher: „Sophia, Ihre Tüte."

Sie drehte sich zwar kurz um, sagte dann aber, ohne stehen zu bleiben, kurz angebunden: „Die ist für Jane. Es sollte eine Überraschung sein."

Und dann war sie auch schon zur Tür hinaus.

Wilson drehte sich zu mir um. Wortlos ging ich zu ihm hin und schaute in die Tüte hinein. Die Kaminuhr, die sie sich für die Dekoration des Stadthauses von mir ausgeliehen hatte, die *Titanic*-Uhr, lag in mehrere Schichten Vlies gewickelt darin. Ich nahm sie aus der Tasche.

Sie tickte.

Ich saß mit einer Tasse Earl Grey und einer Packung Schmerztabletten am Tisch mit den Neuerwerbungen. Die Uhr stand neben meiner Tasse und markierte die Minuten in einem langsamen, rhythmischen Tanz. Wer auch immer sie repariert hatte, hatte auch die Messingverzierungen und die Mahagoniblüten poliert. Das Holz glänzte unter meiner Ladenbeleuchtung wie geschmolzene Schokolade.

Wilson stand neben mir. Er hielt etwas in den Händen, aber ich blickte nicht auf, um zu sehen, was es war.

„Ich kann nicht glauben, dass sie sie hat reparieren lassen", sagte ich.

„Ich glaube, sie hat nicht gewusst, wie gut sie Ihnen gefallen hat, als sie kaputt war."

„Ich hatte ihr sogar explizit gesagt, dass sie mir kaputt gefällt! Ich hatte ihr gesagt, dass ich sie nicht repariert haben möchte."

Ohne aufzublicken, spürte ich, wie er mit den Achseln zuckte.

„Dann machen Sie sie doch wieder kaputt", sagte er.

„So einfach ist das nicht, Wilson. Die Uhr war … etwas Besonderes."

„Aber es ist immer noch dieselbe Uhr, Jane."

Ich massierte meine rechte Schläfe und trank einen Schluck Tee. Wilson berührte mich an der Schulter.

„Sie hat diese Untertasse hier vergessen."

Ich drehte mich zu ihm um und sah auf seine Hand. Er hielt eine Untertasse des Meißener Porzellans darin.

„Na toll", murmelte ich.

„Vielleicht könnten Sie sie ihr ja noch bringen", meinte er sanft. „Auf dem Weg zu Ihrem Termin. Und dann können Sie ihr sagen, dass sie Ihr Leben ruiniert hat, weil sie die Uhr hat reparieren lassen."

Ich schaute mit einem Ruck zu ihm auf.

„Ich habe nie gesagt, dass dadurch mein Leben ruiniert ist."

„Ach ..." Er reichte mir die Untertasse, zwinkerte mir zu und fügte hinzu: „Dann habe ich das wohl falsch verstanden."

Zweiunddreißig

Die New Yorker U-Bahn ist einer der wenigen Orte, an denen man zwischen unzähligen Menschen eingezwängt sein und sich dennoch gleichzeitig einsam fühlen kann.

Als der Zug auf der Brooklyn Bridge über den Fluss zuckelte, spürte ich Ellbogen, Hosenbeine und Schenkel von anderen Passagieren, die sich dieses seltsamen Phänomens völlig unbewusst zu sein schienen. Sie drängten sich an mich und an die anderen Leute um sie herum, aber ihre Aufmerksamkeit war ganz auf ihre Zeitung gerichtet, auf einen Lolli, auf Handys oder auf das Nichts, das an den Zugfenstern vorbeirauschte. Jeder steckte in seinem eigenen kleinen persönlichen Gedankenreagenzglas.

Meine Mutter war dankbar über mein Angebot, ihr die Untertasse zu bringen, auch wenn sie mir indirekt zu verstehen gab, dass es schließlich auch meine Schuld sei, dass sie das Stück überhaupt vergessen hatte. Unser Streit hätte sie abgelenkt und auch ein kleines bisschen verletzt. Jedenfalls klang sie verletzt, als ich sie anrief, um ihr mitzuteilen, dass ich mit der Untertasse zu ihr unterwegs sei und deshalb die Adresse des Hauses bräuchte, in dem sie gerade zugange war.

Das Apartment, das meine Mutter für den Verkauf herrichtete, lag in einer Gegend von New York, die von Einheimischen *Dumbo* genannt wird – was die Abkürzung von *Down Under the Manhattan Bridge Overpass* ist. Vor hundert Jahren, als es die Brooklyn Bridge noch nicht gab, waren die Dumbo-Wohnblocks als *Fulton Landing* bekannt und von Manhattan aus mit der Fähre zu erreichen. Als der Fährbetrieb dann wegen der Brücke eingestellt wurde, verkam die Gegend zu der Art fensterlosem Lagerviertel, in das man nach Einbruch der Dunkelheit besser keinen Fuß mehr setzte.

Wie viele andere solcher Lagerviertel wurde *Fulton Landing* irgendwann Ende der Siebzigerjahre liebevoll von Kreativen adoptiert. Jetzt waren dort Kunstgalerien, Lofts, Restaurants und eine Schokoladenfabrik beheimatet. Aus etwas in Vergessenheit Geratenem war etwas besonders Schönes gestaltet worden. Als wir uns der Dumbo-Gegend näherten, dachte ich an die Uhr, die jetzt im Laden die Zeit maß und im Sekundentakt ihr neues Leben feierte.

Wilson hatte recht. Es war immer noch dieselbe Uhr. Die Vergangenheit war nicht ausgelöscht, nur weil sie eine neue Zukunft bekommen hatte. Wenn das jemand hätte begreifen müssen, dann doch eigentlich eine Antiquitätenhändlerin wie ich. Über mich selbst verärgert, schüttelte ich den Kopf. Die Frau, die mir gegenübersaß, zog eine Augenbraue hoch und wandte dann den Blick ab.

An der Haltestelle New York Street stieg ich aus und ging fünf Minuten zu Fuß zum Gebäudekomplex Gold Street, wo meine Mutter auf mein Klingeln hin den Summer betätigte und sagte, ich solle in die vierte Etage hinaufkommen. Sie wartete am Aufzug, als sich dessen Türen fast geräuschlos öffneten.

„Du hättest die Untertasse wirklich nicht extra herzubringen brauchen, Jane. Aber ich bin trotzdem froh, dass du es getan hast, denn der Tisch sieht ohne sie irgendwie seltsam aus." Sie nahm mir die Untertasse ab, und ich folgte ihr in die spartanisch möblierte Eigentumswohnung.

„Eigentlich wollte ich mich entschuldigen, Mama."

Die Wohnung war ganz in Weiß gehalten. Alle Flächen – Fußböden, Wände, Decken, Lichtschalter und Vorhänge – waren strahlend weiß. Blau war nur die Akzentfarbe. Die Brokatkissen auf dem weißen Ledersofa waren blau, genau wie die Kissen auf den Stühlen am Esstisch und der Teppich darunter. Und natürlich war auch das Meißener Porzellan blau. Es war eine eigenwillige Mischung aus klassisch und modern.

Meine Mutter stellte die Untertasse auf den Tisch und stellte die dazugehörige Kaffeetasse darauf.

„Ich weiß wirklich nicht, warum du mir gegenüber so aufgebracht warst, Jane. Du als Mutter müsstest doch eigentlich genau wissen, was ich damit meine, wenn ich sage, dass ich mir wünsche, dass meine Kinder glücklich sind."

„Das tue ich auch. Ich weiß sehr wohl, wie es ist, sich zu wünschen, dass das eigene Kind glücklich ist."

„Na also." Sie zupfte an einem Strauß seidener Ritterspornblüten in einer Porzellanvase herum, die in der Mitte des Tisches stand.

„Ich wollte eigentlich nur sagen, dass mir endlich langsam klar wird, dass ich es in der Hand habe, ob ich mit den Entscheidungen, die ich getroffen habe, glücklich bin. Und mir wird bewusst, dass ich es bin, die gewählt und entschieden hat. Es liegt immer bei mir."

Die Stirn meiner Mutter war in halbherziger Verwirrung leicht gerunzelt. „Was um alles in der Welt redest du denn da?" Sie zupfte erneut an dem Rittersporn herum, diesmal mit ein bisschen mehr Nachdruck.

„Ich habe immer gedacht, du und Papa hättet mich dazu gedrängt, Brad zu heiraten. So als hätte ich gar keine andere Wahl gehabt." Ich fingerte an Janes Ring herum, den ich weiterhin trug. „Aber ich habe eine Wahl gehabt. Ich hätte auch Nein sagen können, als er mir den Antrag gemacht hat."

„Was ein Fehler gewesen wäre. Trotz seiner Fehler ist er dir immer ein guter Mann gewesen und Connor ein guter Vater."

Brad war also in ihren Augen nur um ein paar Punkte gefallen. „Und was wäre, wenn ich dir sagen würde, dass Brad nicht weiß, ob er mich noch liebt?"

Sie ließ die Seidenblumen los und starrte sie einfach nur an. „Liebe ist nichts, das man weiß oder nicht weiß, sondern etwas, wofür man sich entscheidet. Wenn es ihn nicht glücklich macht, mit dir verheiratet zu sein, dann musst du herausfinden, warum das so ist."

„Er hat mir gesagt, dass er nicht weiß, was uns außer Connor eigentlich noch zusammenhält. Das hat er mir gesagt!"

„Na also. Da haben wir dann doch euer Problem." Sie zuckte mit den Achseln und ging an mir vorbei ins Wohnzimmer. „Ein Kind kittet keine Ehe."

„Eine Ehe kitten?"

Sie drehte sich zu mir um und sah mich an. „Ja. Wenn ihr beide wirklich glaubt, dass das, was euch zusammenhält, ein Kind ist oder auch ein Gefühl, dann ist es kein Wunder, dass ihr ins Straucheln kommt. Was ein Paar zusammenhält, ist Entschlossenheit."

Doch so einfach war es nicht. „Aber ich kann Brad nicht glücklich machen."

„Das bedeutet aber noch lange nicht, dass du einfach herumsitzen und nichts tun sollst, wenn er unglücklich ist. Wenn du Brad liebst, dann gibst du ihn nicht auf, sondern du hältst zu ihm."

„Auch wenn er geht?"

„Ganz besonders dann."

„Er ist mir sozusagen untreu gewesen!"

„Na ja, es klingt aber nicht so, als ob er sich wünschte, er wäre es wirklich gewesen."

Eine Träne lief mir übers Gesicht. Ich wischte sie weg. „Bei dir hört sich das alles so unglaublich einfach an."

„Wer hat denn gesagt, dass es einfach wäre?", rief sie. „Also wirklich, Jane! Mach doch mal die Augen auf! Das ist harte Arbeit. Du musst es mehr wollen als alles andere. Und bereit sein, dafür alles zu geben."

Sie wandte sich wieder von mir ab, so als wäre sie tief enttäuscht von mir. Aber ich sah, dass sie sich ins Gesicht fasste und etwas wegwischte. Sie litt um meinetwillen, wünschte sich genau wie alle Mütter, dass ich glücklich war. Das war eine Seite an ihr, die ich nie gesehen hatte, vielleicht auch nie hatte sehen wollen. Und ich konnte nicht anders, als mich zu fragen, ob es nicht auch im Laufe ihrer fünfundfünfzig

Ehejahre Zeiten gegeben hatte, in denen sie am liebsten davongelaufen wäre, dann aber entschieden hatte, es nicht zu tun. Und das nicht, weil es das Einfachste war, sondern das Richtige.

„Man gibt doch einen Menschen nicht auf, weil er unglücklich ist“, sagte sie, während sie mit dem Rücken zu mir dastand. „Und du willst doch auch nicht, dass er dich so einfach aufgibt.“

Ich stand da, starrte ihren Rücken an und dachte über diese Worte nach; Worte, die aus dem tiefsten Inneren meiner Mutter kamen, die aber auch aus irgendeinem verborgenen Ort in meinem eigenen Inneren aufgestiegen waren.

Brad hatte mir gesagt, wir müssten etwas finden, das stark genug sei, uns zusammenzuhalten. Etwas genauso Starkes oder noch Stärkeres als Anziehung.

Ich wusste jetzt endlich, was dieses Starke war. Wir selbst waren es. Er und ich mussten die Starken sein. Wir mussten anfangen, all die kleinen, unspektakulären Gründe aufzuzählen. Und er und ich mussten das kitten und wieder zusammenfügen, was kaputt war.

Ich ging zu meiner Mutter und schlang von hinten die Arme um sie. Zunächst versteifte sie sich, aber dann entspannte sie sich langsam.

„Danke.“

„Wofür denn?“, fragte sie und versuchte, gleichgültig zu klingen, allerdings nicht besonders überzeugend.

„Dafür, dass du die Uhr hast reparieren lassen.“

„Du zerknitterst ja meinen Hosenanzug.“

Ich musste lächeln.

„So … ich muss jetzt wieder los“, sagte ich und drückte ihre Schultern ein wenig fester.

Sie nickte, war aber noch nicht wieder ganz bereit, sich zu mir umzudrehen.

Ich war ein paar Schritte in Richtung Wohnungstür gegangen, als sie meinen Namen rief.

Ich drehte mich um. „Ja?“

„Deine Visitenkarten?“, sagte sie ungeduldig und deutete auf das Meißener Porzellan.

Ich saß Dr. Kirtland gegenüber und hatte meine beiden Listen vor mir liegen. Zwischen uns sandten Schokorosinen unsichtbare Ströme zuckriger Luft aus der Holzschüssel empor. Das Aroma war mir aber zu süß. Ich hatte Dr. Kirtland gerade von meinem Wochenende mit Brad erzählt und ihm berichtet, was mir klar geworden war, während ich beim Verpacken des alten Geschirrs mit meiner Mutter gestritten hatte. Dr. Kirtland saß einfach schweigend da und hörte zu.

Ich hatte seit meiner Rückkehr aus New Hampshire keiner meiner Listen noch etwas hinzugefügt.

Dr. Kirtland deutete auf Brads Liste. „Also sind das bei ihm vor dem Hintergrund dessen, was Sie jetzt wissen – nicht nur über sich selbst, sondern auch über ihn –, immer noch die Dinge, die Sie an ihm schätzen?“

Ich sah mir die Eigenschaften an, die ich ja schon notiert hatte, bevor ich erfahren hatte, dass Brad aus New York geflüchtet war, um von einer anderen Frau wegzukommen.

liebenswürdig
klug
guter Vater
gewissenhaft
stark
rücksichtsvoll

Ich verfolgte das Wort „liebenswürdig“ ganz oben auf der Liste mit den Augen. Und dann das Wort „stark“.

„Ich will ihn nicht aufgeben. Uns nicht aufgeben. Selbst jetzt nicht. Ich weiß, dass er nicht perfekt ist. Ich weiß, dass ich nicht perfekt bin. Und vielleicht haben wir auch nicht aus den richtigen Gründen geheiratet, aber ich glaube, es ist möglich, aus den richtigen Gründen verheiratet zu bleiben. Das ist doch möglich, oder?"

Dr. Kirtland faltete seine Hände im Schoß. „Das ist einer der Gründe, weshalb ich Sie gebeten habe, diese Liste zu erstellen, Jane. Es mag ja sein, dass Sie Brad aus Bequemlichkeit geheiratet haben – vielleicht sogar, um es Ihren Eltern recht zu machen –, aber Ihre Ehe hat wahrscheinlich auch Gefühle tiefer Zuneigung und Anziehung hervorgerufen, die noch nicht da waren, als Sie Brad geheiratet haben. Und deswegen sind Sie so beunruhigt darüber, dass er Sie verlassen hat, und deshalb sind Sie nicht bereit, einfach aufzugeben, obwohl er Ihnen wehgetan hat. Also, um Ihre Frage zu beantworten: Ja, ich glaube, dass das möglich ist."

„Aber ich bin nicht für Brads Glück verantwortlich."

„Nein."

„Was soll ich also tun? Ich weiß, dass ich ihn nicht glücklich machen kann, indem ich mir wünsche, dass er glücklich ist, oder?"

„Brad ist der Einzige, der Brad glücklich machen kann."

„Dann soll ich also einfach nur abwarten?"

Er deutete auf das andere Blatt Papier auf dem Tisch. „Auf ihrer eigenen Liste haben Sie nur einen Punkt notiert."

„Ich wusste nicht, was ich sonst noch schreiben sollte. Ich weiß wirklich nicht, was ich noch gerne tun oder ausprobieren würde."

Dr. Kirtland lächelte. „Glauben Sie nicht, dass es dann an der Zeit wäre, es herauszufinden?"

Ich schaute auf das Blatt Papier, auf dem ganz oben nur die Sache mit dem Ring stand. Eine Weile herrschte Stille. Er wartete.

In meinem Inneren begann ein ganz kleiner Quell von Möglichkeiten zu sprudeln.

„Ich würde gern weiterstudieren und meinen Master machen. Ich möchte keine Angst mehr vor tiefem Wasser haben. Ich würde gern mal nach Nova Scotia fahren.“ Ich hielt inne und sah ihn erwachtungsvoll an.

Dr. Kirtland griff in seine Hemdtasche und gab mir seinen Stift.

Dreiunddreißig

Ich verließ Dr. Kirtland und kam um kurz nach drei an der U-Bahn-Station an der 86. Straße an. Ich trat hinaus auf die Straße und stand wie ein verirrter Tourist eine ganze Weile da und dachte über das Geschäft und das Gewicht der neuen Listen in meiner Jackentasche nach. Eigentlich hätte ich sofort wieder in den Laden gehen müssen, aber dann sah ich einen kleinen Zipfel von der Markise meines Lieblingsbuchladens, der nur einen Block entfernt war. Kurz darauf betrat ich den Laden, wo mir sofort der Geruch nach Papier, Kaffee und Ledereinbänden in die Nase stieg. Ein dünner Verkäufer mit stacheliger Gelfrisur, der etwa Mitte zwanzig war, fragte mich vom Kassentresen aus, ob er mir helfen könne.

Ich bat ihn, mir alles zu zeigen, was er über Lady Jane Grey dahätte.

Und übers Paddeln.

Und über Nova Scotia.

Als ich wieder in meinem Laden ankam, war Wilson gerade dabei, einen Hotdog zu verzehren, den er an einem mobilen Hotdog-Stand an unserer Straßenecke gekauft hatte.

„Verraten Sie's bloß nicht meinem Kardiologen", sagte er, während er sich ein bisschen Senf vom Kinn wischte.

„Es ist nur ein Hotdog, Wilson."

„Na ja, eigentlich sind es zwei Hotdogs. Das hier war schon mein zweiter."

Ich lächelte ihn an. „Man lebt schließlich nur ein Mal, oder?"

Er lächelte zurück. „Es könnten vielleicht sogar drei gewesen sein."

Ich stellte die Tüte mit den Büchern auf den Tisch für Neuerwerbungen, an dem er saß. Stacy beobachtete mich von ihrem Posten vorn im Laden aus, wo sie gerade einen Verkauf in die Kasse eingab. Sie formte lautlos ein paar Worte und versuchte, mir dadurch etwas mitzuteilen, aber ich verstand es nicht. Ihr Gesichtsausdruck war jedoch lebhaft, fast begeistert. Sie konnte es offensichtlich gar nicht erwarten, den Kunden zu verabschieden, um dann mit mir reden zu können.

„Ich dachte, Sie wären in Brooklyn, um eine Untertasse abzuliefern", sagte Wilson und deutete mit dem Kopf auf die auf dem Tisch stehende Tüte.

Ich nahm die Bücher heraus und legte sie so hin, dass die Buchrücken zu sehen waren. „Das habe ich auch. Und dann hatte ich einen Termin. Und dann war ich noch in einem Buchladen."

Er legte seinen Hotdog hin, und ich sah, wie er sich die Buchtitel aufmerksam durchlas.

„Ich hab's Ihnen doch gesagt", meinte er einen Augenblick später.

„Was haben Sie mir gesagt?"

„Dass es nichts Wissenschaftliches über Lady Jane Greys Privatleben gibt."

„Aber in diesen Büchern muss doch wenigstens irgendetwas Wahres stehen", wandte ich zur Verteidigung ein.

Wilson nahm das erste Buch in die Hand. „Das hier ist ein Roman."

„Ein *historischer* Roman."

Er nahm das nächste. „Das hier auch."

„Es sind *historische* Romane."

„Aber immer noch Romane."

Er griff nach dem dritten Buch.

„Das hier wurde von einem sehr bekannten und angesehenen Historiker verfasst", sagte ich.

Er deutete auf den Untertitel: „Es geht um die Auswirkungen der Regentschaft von Jane Grey auf die englische

Reformation. Ich bezweifle doch sehr, dass darin viel über ihr Liebesleben zu finden sein wird."

„Es gibt zwei ganze Kapitel über ihre Heiratsaussichten."

„Und zweifellos darüber, wie sich diese auf die englische Reformation ausgewirkt haben. Ich glaube kaum, dass Sie darin etwas über einen Ring finden werden, und schon gar nicht über einen, der sonst nirgends erwähnt wird."

Er griff nach dem vierten Buch. Ein sechshundert Seiten starkes Werk über die Tudors. „Das hier sieht tatsächlich aus wie ein gut geschriebenes Buch." Er studierte den Klappentext. „Das haben zwei Professoren aus Oxford geschrieben."

„Sehen Sie? Ein wissenschaftliches Buch. Genau wie Sie gesagt haben."

„Ja, aber von allen Herrschern aus dem Geschlecht der Tudors war Janes Regierungszeit die kürzeste."

„Das weiß ich."

„Hat sie in dem Buch überhaupt ein eigenes Kapitel?"

Ich stemmte empört die Hände in die Hüften. „Waren Sie bei Ihren Schülern eigentlich auch immer so ein Spielverderber, wenn die neue Ideen hatten?"

Er neigte den Kopf zur Seite. „Ich bin Historiker. Entweder ist etwas historisch oder es ist es eben nicht. Geschichte ist keine Wissenschaft, in der man eine Hypothese aufstellt und sich dann daranmacht, sie zu beweisen. Man beginnt mit historischen Quellen, man analysiert sie, und man hinterfragt das, wofür es keine Quelle gibt. So einfach ist das."

Ich nahm ihm das Buch über die Tudors weg. „Ich weiß gar nicht, warum Sie so dagegen sind, Wilson."

Er nahm seinen Hotdog wieder in die Hand. „Und ich verstehe nicht, warum Sie so dafür sind." Er deutete auf das letzte Buch, das auf meinem Stapel lag. „Das ist ein Buch übers Kanufahren."

Ich nahm es von dem Stapel, während Stacy zu uns herüberkam. „Das ist für etwas anderes."

„Wozu sind denn all die Bücher?", erkundigte sich Stacy.

„Jane ist Wissenschaftlerin", scherzte Wilson mit vollem Mund.

„Ach, Bücher über Lady Jane Grey. Wie cool!" Stacy ignorierte Wilsons Kommentar und wandte sich an mich. „Hey, ich habe eine Antwort auf eine Mail von einem meiner Geschichtsprofessoren an der NYU bekommen. Na ja, also nicht direkt von ihm selbst, sondern von einem seiner Assistenten. Der hatte einmal eine Studentin, die ihre Doktorarbeit über die Frauen der Tudor-Dynastie geschrieben hat. Er hat sie letzten Herbst auf irgendeinem Symposium über irgendwas wiedergetroffen und sagt, sie hätte extra erwähnt, dass sie sich ausführlich mit dem Leben von Lady Jane Grey beschäftigt hätte."

„Natürlich hat sie das. Schließlich gibt es ja auch nur drei Tudor-Königinnen, und Jane Grey ist eine davon." Wilson warf seine mit Ketchup beschmierte Serviette in den Mülleimer.

Stacy ließ sich nur einen kurzen Moment von Wilsons Einwurf abschrecken.

„Egal, jedenfalls hat er mir die E-Mail-Adresse der Frau gegeben. Ich wette, sie weiß, ob Jane Grey einen Ring geschenkt bekommen hat oder ob sie vielleicht einen Ring geschenkt bekommen haben *könnte*." Den letzten Teil des Satzes sagte sie in Wilsons Richtung und gab mir dabei einen Zettel, auf dem ein Name und eine E-Mail-Adresse standen.

Claire Abbot. Professorin an der Universität von New Hampshire.

New Hampshire.

„Der Typ hat gesagt, sie sei wirklich nett und sehr engagiert, was die Geschichte der Tudors angeht", fuhr Stacy fort. „Und sie hat auch schon ein Kinderbuch über die Könige und Königinnen von England veröffentlicht."

Darüber konnte Wilson nur lachen. „Ich frage mich, ob sie wohl Probleme gehabt hat, als es um die ganzen Illustrationen der vielen Enthauptungen ging."

Als Stacy und ich darüber nicht lachten, murmelte er: „'tschuldigung."

Wieder wandte sich Stacy mir zu. „Schreiben Sie ihr doch einfach eine E-Mail. Ich wette, sie würde mit Ihnen reden, wenn Sie andeuten, was Sie gefunden haben."

In diesem Augenblick betrat eine Kundin den Laden, und Wilson erklärte sich nur zu gern bereit, sie zu bedienen, und ließ uns allein.

„Ich glaube, genau das werde ich auch tun", sagte ich und steckte den Zettel in das Buch übers Kanufahren, damit er nicht verloren ging.

„Kanufahren?" Stacy warf einen Blick auf den Buchumschlag in meiner Hand. „Ich dachte, Sie mögen kein Wasser."

Ich sagte ihr, dass das normalerweise auch so sei.

Aber ich hatte mich entschieden, herauszufinden, ob ich nicht vielleicht lernen konnte, es zu mögen.

Leslie war ausgesprochen sprachlos, als ich ihr sagte, weshalb Brad wirklich aus New York fortgegangen war – nämlich um von der Frau wegzukommen, in die er sich zu verlieben fürchtete.

„Glaubst du ihm das?", gab Leslie zurück.

„Dass er deshalb weggegangen ist?"

„Nein, dass er nicht mit ihr geschlafen hat."

Der Punkt war, dass ich es tat. Ich glaubte ihm.

„Klingt ja ganz so, als wolltest du ihm verzeihen", entgegnete sie.

Im Geiste sah ich wieder meine Mutter vor mir, die mir mit zugewandtem Rücken sagte, dass man Menschen, die man liebe, nicht einfach so aufgäbe. Auch dann nicht, wenn sie einen verließen. Und nicht einmal dann, wenn sie einem richtig wehtäten.

„Ja, wahrscheinlich schon."

„Meinst du nicht, dass das ziemlich schwer werden wird?", wandte sie ein.

„Aber ist es nicht schon die halbe Miete, wenn man es wirklich will?“

„Wahrscheinlich. Und was ist, wenn *er* das gar nicht will?“, fragte Leslie. „Was ist, wenn er gar nicht will, dass du ihm verzeihst?“

Ich lehnte mich auf dem Sofa zurück, während die untergehende Sonne alles bernsteinfarben färbte. „Es liegt nicht in meiner Hand, was er will und was nicht. Ich kann ihn nicht glücklich machen, wenn er es nicht will.“

Eine Zeitlang sagten wir beide nichts.

„Und was wirst du jetzt tun?“, fragte Leslie schließlich.

„Also, eigentlich war es Mama, die mir geholfen hat, das herauszufinden.“

„Echt jetzt?“

„Ja, im Ernst. Ich glaube, dass Mamas Unverwüstlichkeit von etwas herrührt, das sie uns nie gezeigt hat. Wir glauben, dass sie so schroff ist, weil sie im Grunde arrogant und aufdringlich ist. Aber ich frage mich inzwischen, ob ihre Schroffheit nicht ganz woanders herkommt.“

„Ich habe keine Ahnung, worauf du hinauswillst“, erwiderte Leslie.

Dazu sagte ich aber nichts weiter, denn meine Mutter hatte mir in dem Moment allem Anschein nach etwas sehr Persönliches preisgegeben.

„Ich möchte Brad beistehen, Leslie. Ich möchte ihn unterstützen und seine beste Freundin sein. Er hat es im Moment wirklich schwer. Ich werde ihm Zeit und Raum lassen, sich zu erholen und nachzudenken. Aber ich werde ihn nicht gehen lassen.“

In dem Augenblick, als ich das meiner Schwester gegenüber ausgesprochen hatte, wurde mir klar, dass ich mit der Entscheidung, die ich getroffen hatte, zufrieden war. Dass ich wirklich herausfinden wollte, was es bedeutet, jemanden bedingungslos zu lieben. Zum ersten Mal seit sehr langer Zeit hielt ich mich für mutig.

„Aber was ist, wenn am Ende er dich gehen lassen will?“, sagte Leslie zögerlich.

Ich überprüfte meine eigene Entschlossenheit. „Ich werde nicht aufgeben.“ Damit hatte ich im Grunde ihre Frage nicht beantwortet, und das wussten wir auch beide, aber sie ließ es mir durchgehen.

„Und hast du auch einen Plan, wie du bei all diesen Dingen vorgehen willst?“, fragte Leslie. „Ich meine, diese Sache mit dem Unterstützen und Beistehen, wenn ihr so weit voneinander entfernt lebt?“

„Also, für den Anfang werde ich am Samstag erst einmal Kanu fahren gehen.“

„Du? Kanu fahren?“

„Ich habe mich heute bei einem Lehrer angemeldet, der mir garantiert hat, dass ich lernen kann zu genießen, auf dem Wasser zu sein. Er ist auch Angler und kann mir zeigen, wie man angelt, wie man den Fisch vom Haken macht und wie man stundenlang herumsitzt und darauf wartet, dass einer anbeißt. Brad fühlt sich auf dem Wasser wie zu Hause, und ich glaube, mir ist nie klar gewesen, wie sehr.“

Leslie schwieg, und einen Moment lang war ich nicht sicher, ob unser Gespräch unterbrochen worden war.

„Ich versteh das nicht“, meinte sie schließlich. „Du hast doch gerade gesagt, dass du nicht für Brads Glück verantwortlich bist. Wieso willst du dann plötzlich Kanu fahren lernen? Das ist doch etwas, das er liebt. Du dagegen hasst das Wasser.“

„Aber ich will es nicht mehr hassen, Leslie. Ich möchte keine Angst mehr davor haben. Ich mache das nicht für ihn, sondern ich tue es für mich. Ich möchte nicht mehr, dass Angst zwischen Brad und mir steht. Nicht einmal diese unbedeutende kleine Angst.“

Darauf sagte meine Schwester nichts mehr.

„Und außerdem“, fuhr ich fort, „werde ich wieder studieren, und für den Herbst plane ich eine Reise nach Nova Scotia.

Da wollte ich schon immer mal hin. Ich werde sehr viel damit zu tun haben zu lernen, ich selbst zu sein, und ich werde Brad nicht fragen, wann er wieder nach Hause kommt."

Als ich „nach Hause" sagte, ging mir ein ziemlich helles Licht auf. Ich konnte nicht fassen, dass ich das nicht schon vorher erkannt hatte.

„Nach Hause" wäre für Brad nicht Manhattan.

Wenn wir unsere Ehe neu erfinden wollten, dann war wahrscheinlich ich diejenige, die ihre Sachen packen musste.

Um nach New Hampshire zu ziehen.

Vierunddreißig

Die Umsetzung meines Plans, für jemanden da zu sein, der gar nicht da war, erwies sich als schwieriger, als ich gedacht hatte. Das erste Mal rief ich Brad drei Tage nach meinem Telefonat mit Leslie an. Er ging an sein Handy, sprach freundlich mit mir, beantwortete meine Fragen, wie es ihm gehe, wie seine Arbeit liefe, ob er angeln gewesen sei, ob er es am Wochenende geschafft habe, zu Connors Leichtathletikwettkampf zu gehen. Als wir etwa zehn Minuten miteinander geplaudert hatten, fragte er mich, ob ich etwas bräuchte. Ich glaube, es warf ihn richtig aus der Bahn, als ich sagte, ich riefe nur an, um zu fragen, wie es ihm gehe. Dann erzählte ich ihm, dass ich gerade dabei sei, mich über Masterstudiengänge zu informieren, weil ich vorhätte, noch meinen Abschluss in Geschichte zu machen. Er wurde ganz still, als ich anfing, über mich zu reden. Ich glaube, er hatte sich eher gewünscht, dass ich wütend auf ihn wäre. Dr. Kirtland hatte mir gesagt, es könne durchaus sein, dass Brad emotional noch gar nicht bereit sei, sich von mir verzeihen zu lassen; dass er sich dadurch vielleicht nicht besser, sondern eher schlechter fühlen würde und deshalb lieber den Abstand, der zwischen uns herrschte, aufrechterhalten wolle. Schuldgefühle seien für den „Täter" oft besser auszuhalten, wenn er wütend sein könne. Es sei gut möglich, dass ein Friedensanbot meinerseits sein inneres Gleichgewicht bedrohe.

Als ich Brad das zweite Mal anrief, um ein wenig zu plaudern, bereitete ich mich darauf vor, indem ich eine Themenliste erstellte, um das Gespräch in Gang zu halten. Ob er wisse, dass im Fernsehen ein biografischer Film über Wilhelm Conrad Röntgen zu sehen sein würde? Ob er das einfache

Rezept für Rouladen haben wolle, das ich entdeckt hätte? Ob er schon gehört hätte, dass unsere Freunde Noel und Kate ihr erstes Enkelkind erwarteten?

Während wir uns unterhielten, schien er sich irgendwie zu entspannen, aber ich spürte immer noch so etwas wie Unbehagen bei ihm. Bei meinem dritten Anruf erzählte ich ihm, dass ich die Bücher über Lady Jane Grey gelesen hätte, weil ich davon überzeugt sei – und zwar aus reiner Sentimentalität –, dass der Ring, den er bei meinem Besuch in New Hampshire an meinem Finger entdeckt hatte, Lady Janes Verlobungsring sei. Er hörte sich meine Geschichte an, wie ich den Ring gefunden hatte, dass mein Name eingraviert sei und dann Janes Lebensgeschichte.

„Und warum glaubst du, dass es ihrer gewesen ist?", fragte er nicht unfreundlich.

„Dafür gibt es eigentlich keinen richtigen Grund. Ich glaube es eben einfach. Es ist ein wunderschöner Ring. Wer ihn gekauft hat, muss eine Menge Geld gehabt haben. Der Ring stammt aus der Mitte des sechzehnten Jahrhunderts – also aus der Zeit, in der Lady Jane Grey gelebt hat. Und ihr Vorname ist eingraviert."

„Kann er nicht auch einer anderen Frau gehört haben, die Jane hieß?"

„Doch", hatte ich erwidert. „Doch, das ist durchaus möglich."

„Aber du glaubst es nicht?"

„Ich möchte eigentlich, dass es ihrer gewesen ist."

„Und warum?"

Es dauerte ein Weilchen, bis ich eine Antwort für ihn zusammengebastelt hatte. Es war das erste Mal, dass er mich etwas fragte, das mit meinem Fühlen zu tun hatte.

„Ich würde gerne glauben, dass es jemanden gegeben hat, der sie geliebt hat, obwohl ihr die Chance verweigert wurde, über ihr eigenes Schicksal zu entscheiden. Jemand Unbekanntes, jemand, der nicht in den Geschichtsbüchern erwähnt wird. Und dass sie diese Person ebenfalls geliebt hat und dass der Ring und ihre Liebe geheim bleiben mussten, weil diese Beziehung eben nicht sein durfte."

„Klingt wie im Märchen."

Ich lachte. „Ich mag Märchen."

Und obwohl es mir schon auf der Zunge lag, fügte ich nicht hinzu: „... und ihre ‚Sie lebten glücklich bis an ihr seliges Ende'-Ausgänge."

Ich sagte ihm nicht, dass ich für Anfang Oktober einen Flug nach Nova Scotia gebucht hatte, und auch nicht, dass ich mit dem Kanu unterwegs gewesen war und gelernt hatte, mit dem Paddel umzugehen, eine Angel auszuwerfen und einen Fisch vom Haken loszumachen. Und auch nicht, dass ich beim dritten Kanuausflug auf dem See wahrgenommen hatte, dass tiefes Wasser von einem so intensiven Blau ist wie Saphire. Majestätisch. Nicht so leicht zu ergründen. Das genaue Gegenteil von seicht und oberflächlich. Ehrfurcht gebietend.

Die Sache mit dem Kanufahren musste sich irgendwann im Gespräch ergeben, weil er sonst vielleicht auf den Gedanken kommen würde, dass ich es nur seinetwegen machte, um ihn glücklich zu machen.

Aber so war es nicht.

Ich versuchte dadurch nicht ihn, sondern mich selbst glücklich zu machen.

Drei Wochen nachdem ich Claire Abbot eine E-Mail geschickt hatte, bekam ich eine Antwort von ihr. Ich hatte mich eigentlich schon mit dem Gedanken abgefunden, dass sie wahrscheinlich keine Zeit für meine albernen Gedanken hatte. In meiner Mail hatte ich den Ring genau beschrieben und alles notiert, was ich über ihn wusste – was nicht gerade viel war. Ich hatte ihr geschrieben, dass ich mich fragte, ob er vielleicht der unglücklichen Lady Jane Grey gehört haben könnte. Als ich am Montagmorgen Claires Namen in meinem E-Mail-Eingang sah, öffnete ich ihre Nachricht als Allererstes.

Liebe Mrs Lindsay,
entschuldigen Sie bitte, dass ich Ihnen erst jetzt antworte. Ich war auf Forschungsreise in England, bin aber jetzt zurück und gehe alle eingegangenen E-Mails durch. Ich würde mich natürlich freuen, mir Ihren Ring anzusehen, ebenso wie das Gebetbuch, in dem Sie ihn gefunden haben. Ich werde voraussichtlich erst im Herbst wieder in New York sein, aber Sie haben ja erwähnt, dass Sie Angehörige in New Hampshire haben – vielleicht wäre es Ihnen ja möglich, bei mir vorbeizukommen.
Ich würde mich jedenfalls freuen, Sie kennenzulernen.
Claire Abbot

Ich schrieb ihr sofort zurück und erkundigte mich, ob es ihr recht wäre, wenn ich bereits am nächsten Freitag käme. Mein Sohn hätte am darauffolgenden Tag einen Leichtathletikwettkampf in Hanover, den ich mir ansehen wolle.

Und dann wartete ich den ganzen Tag auf eine Antwort von ihr.

Stacy war genauso aufgeregt wie ich. Claire Abbot hatte jedenfalls nicht gesagt, dass es einen solchen Ring auf keinen Fall gäbe.

Wilson war noch sehr zurückhaltend. Claire Abbot hatte auch nicht gesagt, dass es einen solchen Ring gäbe.

Um kurz nach drei Uhr nachmittags kam endlich eine kurze Antwort von Claire. Sie fragte, ob ich am Freitag gegen halb vier Uhr in ihr Büro an der Uni kommen könne.

Ich sagte sofort zu und reservierte dann telefonisch einen Mietwagen fürs Wochenende.

Nach dem Telefonat überlegte ich, welche Übernachtungsmöglichkeiten es für mich gab. Ich konnte mir natürlich ein Hotelzimmer nehmen, ich konnte aber auch Brad fragen, ob ich noch einmal bei ihm in seiner Wohnung übernachten könne, und ausdrücklich sagen, dass ich im Gästezimmer schlafen wolle. Dann könnten wir zusammen zu dem Leichtathletikwettkampf fahren.

Ich beschloss, ihm diese Anfrage per SMS zu schicken, damit er dann eine Entscheidung treffen konnte, wenn er dazu bereit war. Und außerdem hätte ich es nur schwer aushalten können, wenn er zwar Ja gesagt hätte, das aber mit zögerlicher Stimme. Er durfte natürlich zögern, aber ich wollte es nicht hören.

Als ich drei Stunden später zu Fuß nach Hause ging, bekam ich eine SMS von ihm zurück.

Ich bin Freitagnacht nicht zu Hause. Bin auf einem Kongress in Providence. Du kannst aber gerne bei mir übernachten. Schlüssel liegt unter der Fußmatte.

Gut. Das war das.

Als ich erst einmal die Hektik des Stadtverkehrs hinter mir hatte, war die Fahrt ganz angenehm. Ich hatte mir einen roten Mini Cooper mit weißen Rallyestreifen gemietet. So einen hatte ich schon immer fahren wollen.

Ich kam fünfzehn Minuten zu früh auf dem Campus der Universität von New Hampshire an, also ließ ich mir Zeit mit dem Parken, kontrollierte, ob ich auch das Gebetbuch und den Ring sicher in meiner Handtasche verstaut hatte, und suchte noch einmal eine Toilette auf.

Ich fand Claire Abbots Büro im *Horton Social Science Center* und stand um Punkt halb vier vor ihrer Tür. Ich klopfte an, und eine Frauenstimme bat mich herein.

Claire Abbot war etwas jünger als ich, klein und zierlich, mit einer Kurzhaarfrisur, die ihre schöne Kopfform betonte. Sie trug Jeans und eine Karobluse mit hochgeschobenen Ärmeln. In ihrem Büro herrschte kontrolliertes Chaos.

Überall lagen kleine Stapel von Büchern, Papieren und Zeitschriften, aber es waren ordentliche kleine Stapel.

Als ich das Büro betrat, stand sie lächelnd auf. „Jane Lindsay? Hallo, ich bin Claire Abbot. Nehmen Sie doch bitte Platz."

„Danke, dass Sie sich so kurzfristig Zeit für mich nehmen, Dr. Abbot. Ich weiß das sehr zu schätzen." Ich nahm ihr gegenüber an ihrem Schreibtisch Platz und bemerkte, dass an ihren Wänden Bilder und Drucke von Schlössern und Kathedralen hingen und Porträts englischer Adliger. Große Bücherregale zu beiden Seiten ihres Schreibtisches waren von oben bis unten mit bunten Buchrücken gefüllt, von denen manche offensichtlich sehr alt waren. Neben ihr, etwa in Ellbogenhöhe, stand eine Tasse Tee.

„Also, ich freue mich, dass Sie heute kommen konnten, und nennen Sie mich doch bitte Claire." Sie ließ sich wieder auf ihrem Schreibtischsessel nieder. „Möchten Sie eine Tasse Tee?"

„Nein, vielen Dank. Irgendwie hatte ich damit gerechnet, dass Sie einen britischen Akzent haben."

„Mein Vater war Engländer", erklärte sie und trank dann einen Schluck Tee. „Ich wurde in London geboren. Ich lebe zwar schon seit meinem dritten Lebensjahr nicht mehr dort, aber ich habe noch immer das Gefühl, dass mir die englische Geschichte im Blut liegt."

Sie stellte ihre Tasse ab. „Wie ist es bei Ihnen? Interessieren Sie sich auch für englische Geschichte? Sind Sie dadurch zu dem Ring gekommen?"

„Nein. Ich besitze ein Antiquitätengeschäft in Manhattan und habe viele Stücke aus dem viktorianischen und edwardianischen Zeitalter im Angebot, aber ein so altes Stück ist mir noch nie untergekommen."

„Kann ich den Ring sehen?"

Ich griff in meine Handtasche und gab ihr erst das Gebetbuch, das ich in ein Stück weichen Baumwollflanell gewickelt hatte, und dann den Ring. Ich nahm ihn aus seiner Schachtel und legte ihn auf den Schreibtisch.

Erst betrachtete sie ausführlich das Gebetbuch und murmelte dann, dass, wem auch immer es gehört haben mochte, er damit sorgsamer hätte umgehen müssen.

Dann legte sie das Buch zur Seite und untersuchte den Ring. Ich schaute zu, wie sie ihn unter ihre Schreibtischlampe hielt, dann nach einer kleinen Lupe griff, die in einer Bleistiftdose lag, und diese ganz nah über die Gravur an der Innenseite hielt.

„*Vulnerasti cor meum, soror mea, sponsa*“, las sie vor. „Das ist aus dem Hohelied, oder?“

„Ja, stimmt.“

„Der Ring ist wirklich wunderschön gemacht. Haben Sie ihn schon einem Juwelier gezeigt?“

„Ein Freund von mir, der auf Long Island mit antikem Schmuck handelt, hat ihn sich angesehen. Er sagt, dass die Steine von höchster Qualität sind und hervorragend geschliffen. Deshalb glaube ich, dass er von einem Adligen erworben und auch an eine adlige Person verschenkt wurde. Und dass er aus dem elisabethanischen Zeitalter oder davor stammen muss.“

„Und deshalb glauben Sie, dass dieser Ring Lady Jane Grey gehört hat?“

„Na ja, die Epoche stimmt schon mal, die Qualität der Steine passt zu ihrer gesellschaftlichen Stellung, und dann ist auch noch ihr Vorname eingraviert.“

Claire nickte langsam. „Wie viel wissen Sie über Lady Jane Grey?“

„Ich habe vier Bücher über sie gelesen und ein dickes Buch über die Tudors. Ich weiß, dass ihre einzige offizielle Verlobung die mit Guildford Dudley war.“

„Den sie ja dann auch geheiratet hat.“

Ich beugte mich ein wenig auf meinem Stuhl vor. „Aber dieser Ring weist keinerlei Gebrauchsspuren auf. Was ist, wenn sie ihn nicht getragen hat, weil sie das Gefühl hatte, sie dürfe es nicht? Was ist, wenn ... was ist, wenn es weniger ein Verlobungsring war als eine Art Liebeserklärung von der Person, von der sie ihn bekommen hat?"

„Ja, was wäre, wenn?", fragte Claire mich lächelnd.

„Sie halten das für eine verrückte Idee?"

„Verrückt? Nein. Faszinierend? Sehr. Wahrscheinlich? Das kann keiner wirklich sagen."

„Aber könnte es denn überhaupt ihrer gewesen sein?", fragte ich.

Claire hielt den Ring noch einmal ins Licht. „Also, Sie wissen wahrscheinlich genauso gut wie ich, dass das möglich ist. Aber bei meiner gesamten Quellenarbeit über Jane Grey habe ich weder in Primär- noch in Sekundärquellen einen einzigen Hinweis darauf gefunden, der besagt oder belegt, wen sie geliebt hat. Wenn es denn überhaupt jemanden gegeben hat. Und dann ist da dieser Aspekt, dass der Ring wer weiß wie lange in einem Gebetbuch versteckt war. Wenn er ihr gehört hat, wie konnte er dann in einem Gebetbuch landen und in Vergessenheit geraten?" Claire gab mir den Ring zurück. „Es wäre schön, wenn er sprechen könnte."

Ich nahm den Ring und strich über die Steine. „Als Sie ihn in der Hand hatten, haben Sie da gedacht, dass er vielleicht wirklich Jane Grey gehört haben könnte?"

Claire spielte am Henkel ihrer Teetasse herum. „Nein", sagte sie dann. „Das kann ich nicht behaupten."

„Bei mir ist das aber so. Jedes Mal, wenn ich den Ring anfasse, fühlt er sich an, als sei er *ihr* Ring."

„Nun, dann würde ich an Ihrer Stelle aufhören, Experten wie mich nach ihrer Meinung zu fragen, und einfach davon ausgehen, dass es ihrer war." Wieder lächelte sie. Es war ein freundliches Lächeln, keines, das signalisierte, dass sie sich über mich lustig machte.

„Sie finden nicht, dass es ... albern ist, so etwas zu glauben, oder?"

„Es ist doch völlig egal, was ich finde, oder? Es ist jetzt Ihr Ring. Und Ihr Name ist eingraviert. Aber Sie sollten ihn vielleicht lieber in Ihrem Laden nicht als Lady Jane Greys Ring verkaufen. Dann könnten Sie durchaus auf den Titelseiten englischer Boulevardblätter landen."

Sie lachte leise, und ich stimmte ein.

„Ich verkaufe ihn gar nicht", sagte ich und steckte mir den Ring an den kleinen Finger.

„Das würde ich an Ihrer Stelle auch nicht tun. Außerdem sollte der Ring ja vielleicht bei Ihnen landen."

Ich blickte auf und sah sie an. „Sie meinen, ich sollte ihn bekommen?"

Claire zuckte einmal mit den Schultern. „Ich glaube nicht an Zufälle. Es scheint nicht so, dass Ihnen der Ring ganz zufällig in die Hände gefallen ist und dass Sie dabei ganz ohne Grund so empfinden, wie Sie es tun." Sie trank noch einen Schluck Tee. „Glauben Sie denn, dass es reiner Zufall war?"

Ich schüttelte den Kopf. „Nein, das glaube ich auch nicht."

Ein paar Minuten verstrichen, ohne dass eine von uns etwas sagte.

„Ich frage mich, ob sie überhaupt jemals glücklich war", meinte ich dann. „Sie konnte nie irgendetwas selbst entscheiden. Sie war nur ein Faustpfand. Für jeden."

Claire stellte vorsichtig ihre Teetasse wieder ab und sagte: „Da kann ich Ihnen nur halb recht geben. Jane Grey wurde wirklich von Leuten wie John Dudley, dem Herzog von Northumberland, und sogar von ihren eigenen Eltern instrumentalisiert, aber sie hat auch viele Entscheidungen ganz eigenständig getroffen, nur wird ihr das leider viel zu wenig angerechnet."

„Da kann ich Ihnen nicht so recht folgen. Sie wurde gezwungen, einen Mann zu heiraten, den sie wahrscheinlich nicht liebte, sie wurde gezwungen, eine Krone zu akzeptieren, die sie nicht wollte, und dann wurde sie deswegen auch noch hingerichtet."

Claire verschränkte die Arme vor sich auf dem Schreibtisch. „Ja, sie hat einen Mann geheiratet, den sie wahrscheinlich kaum kannte, doch mit der Möglichkeit eines solchen Dilemmas waren damals alle adligen Mädchen konfrontiert. Wenn man aber genauer überlegt – sie hätte ja auch vor der Hochzeit davonlaufen können. Sie hätte sich verkleiden und davonlaufen können. Und wenn sie, wie Sie vermuten, jemanden geliebt hat, dann hätte sie auch zusammen mit dieser Person fliehen könne. Die beiden hätten irgendwo in die Wildnis im Norden flüchten und als Liebende ein einfaches Leben führen können. Das wäre natürlich unverantwortlich und skandalös gewesen, aber sie hätte es trotzdem tun können. Stattdessen entschied sie sich, zu bleiben und ihre Pflicht zu erfüllen."

Dazu fiel mir nichts ein.

„Und ja, sie hatte nicht den Wunsch, Königin zu werden", fuhr Claire fort, „und zunächst hat sie die Krone ja auch abgelehnt. Aber die Männer, die sie und nicht Maria auf dem Thron sehen wollten, überzeugten sie davon, die Krone anzunehmen, und sie tat es. Sie hätte sich auch weiter weigern können. Doch sie war wirklich überzeugt, sie könnte etwas Gutes für ihr Land tun. Das war zwar naiv, aber es war ihre Entscheidung.

Und als Maria ihren Beichtvater John Feckenham immer wieder zu Jane in den Tower schickte, damit er sie doch noch davon überzeugte, zum Katholizismus zu konvertieren, da hat sie sich nicht gebeugt.

Guildford ist am Ende doch noch konvertiert, genau wie sein Vater, aber Jane blieb standhaft. Sie glaubte nicht an die Lehren Roms, und sie wollte keinen Meineid schwören, indem sie so tat, als wäre es anders. Und das ist wohl die erstaunlichste aller Entscheidungen, die sie getroffen hat. Ich halte sie also nicht für eine junge Frau, die keinerlei Möglichkeit hatte, selbst über ihr Schicksal zu entscheiden. Ich weiß, dass es von vielen so gesehen wird, aber ich gehöre nicht dazu. Und wenn Sie mit der Überzeugung leben wollen, dass der Ring, den Sie tragen, einmal Lady Jane Grey gehört hat, dann würde ich Ihnen vorschlagen, das ebenfalls nicht zu tun."

In dem Augenblick schienen alle Puzzleteile an ihren Platz zu fallen.

Ich hatte gedacht, es wäre *einfach* gewesen zu glauben, dass ich mich bis zu diesem Punkt in meinem Leben ständig dem Willen anderer gebeugt hatte.

Aber es war strapaziös gewesen.

Und damit war jetzt Schluss.

Fünfunddreißig

Es war noch hell, als ich vor Brads Haus anhielt. Ich fand den Schlüssel und einen Zettel unter der Fußmatte.

Jane,

tut mir leid, dass nichts zu essen da ist. Ich wollte eigentlich noch einkaufen, aber es gab zu viele Notfälle in der Klinik. Ich glaube, es steht noch eine Dose Tomatensuppe in der Speisekammer. Eigentlich müsste ich es schaffen, morgen bis zum Wettkampf wieder da zu sein. Warte aber nicht auf mich.

Brad

Ich zerknüllte den Zettel und steckte ihn in die Tasche. Im Haus ging ich dann von Raum zu Raum, öffnete Fenster, um frische Luft hereinzulassen, aber eigentlich, um festzustellen, wie die einzelnen Räume sich für mich anfühlten. Was wäre, wenn das hier mein Zuhause wäre? Was wäre, wenn ich hier mit Brad leben würde? Was wäre, wenn das hier meine Küche wäre? Mein Wohnzimmer, mein Esszimmer, meine Terrasse?

Ich ging nach oben ins Gästezimmer und stellte mir vor, wie Connor in den Weihnachts- und Sommerferien dort schliefe. Ich stellte mir seine Poster an den Wänden vor – vom Boston-Marathon und Motive aus Neuseeland –, seine Pokale von den Highschool-Wettkämpfen auf dem Regal über der Kommode und seine Baseballcaps auf den Bettpfosten.

Dann ging ich ins Schlafzimmer. Dort stellte ich mir ein anderes Bett vor. Nicht das hier. Aber auch nicht das aus unserer alten Wohnung in Manhattan, sondern ein neues Bett.

Ich stellte mir unsere Schwarz-Weiß-Fotos von Boston und Quebec an den Wänden vor. Ich stellte mir vor, wie meine Schuhe auf dem Fußboden auf meiner Seite des Bettes lagen, meinen Schmuck auf dem Nachttisch, meinen Duft in der Luft.

Ich ging zum Bett hinüber und setzte mich langsam darauf, schloss die Augen und stellte mir vor, in einem Haus wie diesem zu sein, wenn es regnete, wenn meine Eltern zu Besuch kamen, wenn einer von uns Grippe hatte und wenn wir unsere Silberhochzeit feierten.

Ich stellte mir vor, nach Feierabend in diesen Raum zurückzukehren, nachdem ich meinen kleinen Antiquitätenladen in der Innenstadt von Manchester zugesperrt hatte. Oder vielleicht auch nicht.

Vielleicht gäbe es gar keinen kleinen Laden in der Innenstadt von Manchester. Ein Antiquitätengeschäft zu führen stand nämlich gar nicht auf meiner Liste von Dingen, die ich gern tun würde. Ich hatte nichts darüber geschrieben, dass ich ein Geschäft besitzen oder leiten wollte. Schätze aus der Vergangenheit waren weiterhin verlockend für mich, aber ich fand es offenbar nicht mehr verlockend, sie zu verkaufen.

Vielleicht würde ich stattdessen Vorlesungen bei Professor Claire Abbot belegen. Vielleicht würde ich eines Tages Geschichte unterrichten, genau wie sie.

Vielleicht würde ich mir die hübsche weiße Kirche in der Nähe von Brads neuem Krankenhaus einmal etwas genauer anschauen. Ich würde vielleicht überlegen, worauf Jane Grey ihr Leben aufgebaut hatte. Einen Hund anschaffen. Walzer tanzen lernen.

Meine Liste wurde länger.

Ich ging wieder zurück in die Küche, weil ich Hunger hatte.

Brad hatte recht. Der Kühlschrank war praktisch leer. Ich stieg wieder ins Auto und fuhr zu einem kleinen Lebensmittelladen in der Nähe. Ich beschloss, es nicht zu übertreiben und nur das Nötigste zu kaufen. Brot, Eier, Käse, Bananen und Hähnchenbrustfilets, weil Brad die so mochte. Reis, Babymöhren, Müsli und Milch. Und für mich eine Mikrowellenvorspeise zum Abendessen. Und Zutaten für einen Roten Samtkuchen, einschließlich einer Teflonkuchenform, weil ich sicher war, dass Brad keine besaß. Ich liebe Roten Samtkuchen.

Dann fuhr ich zurück zu Brads Wohnung, räumte die Lebensmittel ein und fing an, den Kuchen zuzubereiten.

Während er im Ofen war, aß ich dann zu Abend und löste ein Kreuzworträtsel in Brads Tageszeitung. Nachdem ich den Kuchen mit der roten Creme überzogen hatte, räumte ich alles auf und schaute mir einen alten Film an. Gegen zehn ging ich die Treppe hinauf und blieb stehen, als ich den Treppenabsatz erreicht hatte. Brad hatte nicht gesagt, wo ich schlafen sollte. Vor dem Gästezimmer schwankte ich.

Ich verspürte keinerlei Verlangen, dort zu schlafen.

Deshalb machte ich kehrt und ging weiter zu Brads Schlafzimmer. Ich kannte mich in dem Haus nicht gut aus, aber das war ein Raum, über den ich wenigstens ein bisschen Bescheid wusste.

Ich lag noch lange wach, bevor ich schließlich einschlafen konnte. Ich fühlte mich, als wäre ich in die endlose Weite eines unbekannten Meeres unterwegs. Vor mir lagen die unerforschten Gebiete meiner Ehe, wo niemand Grenzmarkierungen eingezeichnet hatte. Ich hörte in der Dunkelheit von Brads Schlafzimmer eine Uhr ticken, und ich musste an die Uhr denken, die meine Mutter für mich hatte reparieren lassen, um mir eine Freude zu bereiten; eine unbeabsichtigte Erinnerung daran, dass Dinge, die Bestand haben, immer einen zweiten, dritten oder auch vierten Neubeginn erleben. Deshalb gibt es auch Antiquitätenläden. Deshalb hat Schönheit aus der Vergangenheit ein sicheres Zuhause in der Zukunft.

Ich weiß nicht, wie spät es war, als mich schließlich der Schlaf übermannte.

Irgendwann mitten in der Nacht wurde ich plötzlich wach. Ich wusste, wo ich war, aber ich hatte trotzdem Angst. Ich fühlte mich allein. Mit wild pochendem Herzen setzte ich mich auf. Mir gegenüber in einem dicken Polstersessel saß Brad und schlief. Sein Kopf war zur einen Seite gesackt, und seine Füße hatte er mit gekreuzten Knöcheln auf einen Fußschemel gelegt. Auf dem Tischchen neben ihm stand ein leeres Weinglas.

Es sah aus, als hätte er dort gesessen, mir beim Schlafen zugeschaut und dabei ein Glas Wein getrunken, bis er selbst eingeschlafen war.

Ein Teil von mir wollte ihn wecken und fragen, wieso er früher von dem Kongress abgereist sei, weshalb er in dem Sessel sitze und mir beim Schlafen zuschaue. Ich wollte ihn fragen, ob es ihm so gehe wie mir, ob er auch festgestellt habe, dass unsere Beziehung Wurzeln hatte, die wir gar nicht bemerkt hatten, Wurzeln, die sich tief unter die Oberfläche unseres Alltagslebens eingegraben hatten.

Ein Teil von mir wollte, dass sich an diesem friedlichen Moment nichts änderte.

Ich saß bestimmt eine volle Minute lang da, bevor ich mich ganz langsam wieder hinlegte. Ich legte meinen Kopf auf Brads Kopfkissen und betrachtete ihn, bis ich wieder einschlief.

Als ich erneut aufwachte, wich der Mondschein gerade dem ersten perlmuttfarbenen Morgengrauen. Der Sessel war leer. Ich schaute neben mich, um zu sehen, ob Brad zu mir ins Bett gekrochen war, aber ich war allein im Zimmer.

Hatte ich geträumt? Hatte ich nur geträumt, dass er da war? Es war mir so real vorgekommen.

Immer noch etwas unsicher stieg ich aus dem Bett und zog mich an.

Dann vernahm ich unten ein Geräusch. Ich ging zur Tür und öffnete sie leise. Mehr Geräusche. Sie kamen aus der Küche.

Auf Zehenspitzen schlich ich die Treppe hinunter. In der Küche brannte Licht, und die Kaffeemaschine lief. Die Uhr über der Spüle zeigte kurz vor sechs.

Jetzt hörte ich Geräusche aus der Garage. Dann ging die Verbindungstür zwischen Garage und Küche auf, und Brad erschrak ein wenig, als er mich sah. Er hatte eine Angelweste an und alte verwaschene Jeans.

„Du bist ja schon auf, Jane."

„Du bist hier?" Ich versuchte, locker zu klingen.

„Ja. Ich ... ich bin schon gestern Abend von dem Kongress abgereist. Es gab dort nichts Neues für mich, und ich musste keinen Vortrag halten, also bin ich einfach wieder gefahren."

„Bist du spät angekommen?" Ich ging zum Schrank hinüber und nahm zwei Tassen heraus.

„Äh ... ja. Erst nach zwei."

Ich fragte ihn nicht, wo er geschlafen hatte, denn ich wusste es ja. Und mit dem Vortäuschen und So-tun-als-Ob war Schluss für mich. Ich goss ihm etwas Kaffee in eine der Tassen. „Willst du mit dem Kanu raus?"

Er nahm mir den Kaffee ab, und dabei berührten sich unsere Finger. „Ja. Ich ... Tut mir leid, wenn ich dich geweckt habe. Ich bin so früh zurück, dass wir genug Zeit haben, um rechtzeitig nach Dartmouth zu kommen."

„Ist es dir recht, wenn ich mitkomme?"

„Nach Dartmouth? Ja, klar. Wir können gern zusammenfahren."

Ich drehte mich zu ihm um. „Nein, ich meinte, ob ich jetzt mitkommen kann."

Er blinzelte mich verwirrt an. „Du willst mit zum Angeln? Im Kanu?"

Ich nickte und trank einen Schluck Kaffee.

„Äh ... Also ..."

„Ich bin ein paarmal mit einem Lehrer draußen gewesen. Ich weiß, wie man ein- und aussteigt, wie man sitzt und wie man paddelt. Ich weiß sogar, wie man einen Haken beködert und die Angel einholt. Ich verspreche, dass ich dir nicht im Weg sein werde."

Brads stummer Blick war unmöglich zu interpretieren. „Wie ...?" Aber er beendete den Satz nicht.

„Ich habe vor ein paar Wochen angefangen, Unterricht zu nehmen, und mir ist klar, dass ich noch viel lernen muss. Ich wollte nur einfach keine Angst mehr vor dem Wasser haben. Ich wollte, dass sich etwas ändert."

Brad nickte stumm.

„Heißt das nun Ja? Kann ich mitkommen?", fragte ich.

„Ja", antwortete er sehr leise.

„Ich laufe nur noch mal schnell nach oben, um meine Haare zusammenzubinden. Kann ich mir ein Sweatshirt von dir ausleihen?"

„Äh ... ja, klar." Der Hauch eines Lächelns umspielte seinen Mund.

Ich verließ ihn, damit er sich wieder sammeln konnte. Meinen Kaffee nahm ich mit. Ich musste mich nämlich auch sammeln.

Brad schien sich darüber zu freuen, dass ich mit ihm angeln und Kanu fahren gehen wollte.

Er schien glücklich zu sein.

Ich trank meinen Kaffee schluckweise, während ich mir das Haar bürstete, in ein paar Schuhe schlüpfte und in seinen Schubladen nach einem Kapuzenshirt suchte.

Als ich wieder nach unten kam, stand er an der Spüle und wartete auf mich.

„Du hast ja einen Roten Samtkuchen gemacht", kommentierte er.

„Ja."

„Den habe ich vermisst." Er wollte noch etwas sagen, überlegte es sich aber dann doch anders.

„Bist du fertig?", fragte ich.

Er lächelte und nickte.

Wir gingen in die Garage zum Jeep, der schon mit dem Kanu beladen war, und in die gedämpfte Stille der ersten Morgendämmerung.

Brad fuhr langsam rückwärts aus der Garagenauffahrt, und es war kein anderes Geräusch zu hören als der Motor des Autos und Vogelgezwitscher. Das Garagentor schloss sich mit einem leisen dumpfen Geräusch, und wir fuhren in den anbrechenden Tag hinein.

Lucy

Bristol, Avon, 1548

Sechsunddreißig

In den Wochen nach Janes Tod kam der Frühling sehr zögerlich. Vielleicht brach er für alle außer mir aber auch wie gewöhnlich an.

Ich wollte nicht, dass die Sonne auf London schien. Ich wollte nicht, dass Farben auf den Hügeln und an den Flussufern regelrecht explodierten. Ich war wütend auf die Mächte, die Jane hatten tot sehen wollen, und ich war bedrückt, dass niemand außer ein paar wenigen wusste, welch ein Vergnügen es meiner Lady bereitet hatte, am Ende doch selbst über ihr Schicksal bestimmen zu können. Ein Verräter ist unberechenbar in Bezug auf seine Verbündeten. Jane war keine Verräterin.

Guildford wurde noch am selben Morgen hingerichtet wie Jane, sein Vater dann ein paar Wochen später. Janes Mutter schwor der Königin Gefolgschaft und wurde wieder bei Hofe zugelassen. Ich beschloss, Frances Grey nie wieder anzuschauen. Inmitten all dieser Ereignisse brachte die Krankheit meines Vaters ihn in den Himmel, und mein einziger Trost war, dass er nicht mehr Königin Marias erbärmlichen Wankelmut mitzuerleben brauchte.

Janes Schwester Katherine, deren Ehe mit Lord Herbert noch annulliert wurde, bevor sie vollzogen werden konnte, verbrachte die glücklicherweise sehr kurze Regentschaft von Königin Maria als Gefangene, genau wie Prinzessin Elisabeth, denn die beiden stellten eine Bedrohung für den Thron dar. Katherine heiratete schließlich heimlich Edward Seymour, und ich habe mich lange gefragt, ob die beiden in den Armen des anderen wohl ein wenig Trost gefunden haben in all ihrem Kummer. Ich habe Janes Bitte erfüllt und Edward nie aufgesucht, um ihm den Ring zurückzugeben. Und da niemand – nicht einmal Mrs Ellen – wusste, dass sich der Ring in meinem Besitz befand, fragte auch niemand danach.

Dieser Frühling, den ich zunächst so verschmäht hatte, brachte dann aber auch ganz wundervolle Neuigkeiten mit sich. Nicholas und ich erfuhren, dass wir ein Kind erwarteten. Unsere Tochter Jane Margaret wurde im darauffolgenden Januar geboren, und es war ihre Ankunft in unseren Herzen und unserem Leben, die verhinderte, dass wir durch die blutige Schreckensherrschaft von Königin Maria bis ins Mark erschüttert wurden.

Genau wie schon damals, als ich ihn zum ersten Mal gesehen hatte, erinnerte mich Nicholas ständig daran, dass nicht Glaube und Religion das wahre Ziel vieler schrecklicher Intrigen von Königen waren, sondern Macht. Immer nur Macht.

Und Maria war eine machthungrige Herrscherin, die verbissen und um jeden Preis Kontrolle und Nachkommen anstrebte. Ihre Ehe mit dem spanischen Prinzen brachte ihr jedoch keines von beidem. Er liebte sie nicht, und sie bekam keinen Erben mit ihm. Und schließlich verließ er sie.

Fast dreihundert Protestanten, die sich nicht ihren Forderungen und Anordnungen fügen wollten, wurden unter ihrer Herrschaft hingerichtet. Im Winter von Königin Marias zweitem Regierungsjahr verließen Nicholas und ich London, um für Jane Margaret ein sichereres Leben und Zuhause aufzubauen. Nicholas nahm eine Stelle an einer Schule in Bristol an, fernab der chaotischen Atmosphäre Londons. Ein Jahr später wurde unser Thomas geboren.

Als die Königin vier Jahre, nachdem sie Janes unschuldigem Haupt die Krone entrissen hatte, starb, trauerte niemand um sie. Ihre Halbschwester Elisabeth bestieg den Thron, rief erneut die anglikanische Kirche ins Leben und sorgte für eine ruhige Rückkehr zur protestantischen Herrschaft. Natürlich war auch sie keine vollkommene Herrscherin, aber sie brachte doch ein gewisses Maß an Frieden für das Land. Viele Mädchen, die während ihrer Herrschaftszeit geboren wurden, bekamen den Namen Elisabeth, auch zwei meiner Töchter; eine, die am Leben blieb, und eine, bei der es nicht so war.

Meine liebe kleine Jane Margaret machte sich nichts aus Nadel und Faden, und sosehr ich mich auch bemühte, ihr das Nähen beizubringen, sie wollte davon einfach nichts wissen. Ständig hatte sie Streit und Raufereien, und zwar nicht mit Mädchen, sondern mit Jungen. Und sie hasste es, bei einem Streitgespräch nicht das letzte Wort zu behalten. Sie ist bis zum heutigen Tag aufrichtig bis zum Gehtnichtmehr. Sie beugt sich nie dem Willen von jemandem oder etwas, sondern nur ihrem eigenen. Sie hat einen Kapitän geheiratet, der sie oft auf Reisen mitnimmt, was mich dann vor Sorge nicht schlafen lässt. Jane liebt das Meer; für sie ist es das Ebenbild Gottes – unendlich, schön, unergründlich, mächtig und beständig. Ihre Söhne sind genau wie sie. Sie lieben das Meer, haben Respekt vor seiner Gewalt und wissen um ihre eigenen Grenzen.

Mein Thomas ist in die Fußstapfen seines Vaters getreten und Lehrer geworden. Er ist zurzeit Hauslehrer beim Sohn eines Grafen. Elisabeth ist eine bessere Schneiderin geworden, als ich es jemals war. Sie und ihr Mann, der ebenfalls Schneider ist, leben in London, wo sie eine Schneiderei betreiben. Sie haben drei wunderbare Töchter.

Nicholas und ich sind in Bristol geblieben, wo ich Festkleider für junge Damen und alte Frauen nähte. Mein Liebster hat noch die Geburt seines letzten Enkelkindes miterlebt, bevor er mir durch eine Krankheit genommen wurde. Ohne ihn an meiner Seite sind meine Tage jetzt lang und einsam.

Ich spüre, wie sich nun auch meine eigene Sterblichkeit bemerkbar macht. Ich habe mich im Laufe der Jahre oft gefragt, ob Lady Jane, wenn sie noch am Leben wäre, wohl weiterhin meine Freundin wäre. Wäre ihre Herrschaft friedvoll gewesen, wenn Marias Rebellion keinen Erfolg gehabt hätte? Hätte sie viele lange Jahre regiert oder wäre sie durch

Krankheit oder Gewalt dahingerafft worden? Hätte sie England einen Sohn geboren? Und hätte ein solcher Sohn, ein Dudley, das Herz seiner Mutter oder das seines Vaters gehabt? So manches Mal habe ich Nicholas diese Fragen gestellt, und dann hat mir mein Mann einen Kuss auf den Kopf gegeben und mir gesagt, dass es unmöglich sei zu sagen, was der Wille Gottes uns bei einem anderen Lauf der Dinge beschert hätte. Der Lauf der Geschichte war durch Entscheidungen geschrieben worden, die Lady Jane getroffen hatte. Denn nicht alle Entscheidungen wurden von anderen für sie getroffen. Nicht alle.

Es ist Weihnachten 1592, und ich bin in meinem neunundfünfzigsten Jahr. Jane Margaret und ihre Familie kommen nach Bristol, um die Feiertage bei mir zu verbringen. Soweit es mir noch möglich ist, habe ich alles vorbereitet, aber ich spüre, wie ich schwächer werde. Ich musste meine gute Nachbarin Eleanor bitten, mir beim Herrichten der Zimmer für meine Gäste behilflich zu sein. In den seltsamsten Momenten geht mir die Puste aus.

Ich habe die liebe Eleanor gebeten, die Leiter zu meinem Dachboden hinaufzusteigen, um einen kleinen Holzkasten herunterzuholen, den ich seit vielen Jahren dort aufbewahre.

„Was um alles in der Welt brauchst du zu Weihnachten aus so einer ollen Truhe, Lucy?“, sagt Eleanor jetzt zu mir, während sie sich mit dem verstaubten Kasten unter dem Arm die Leiter wieder heruntermüht.

Ich helfe ihr herab und nehme ihr den kleinen Kasten ab. „Nur etwas, das ich Jane geben muss, Eleanor. Komm, trink eine heiße Milch für deine Mühe.“

„Ich sage dir, du wirst nur Spinnen darin finden“, schnaubt Eleanor und klopft sich den Staub vom Rock. „Es kann jedenfalls nicht viel wiegen, was immer es auch sein mag.“

Wir setzen uns an meinen Tisch, und ich reiche ihr das heiße Getränk.

„Es ist wirklich ziemlich klein“, sage ich zu ihr. „Es ist nur ein Ring, der einer sehr lieben Freundin von mir gehört hat. Ich möchte ihn gern Jane schenken.“

„Ein Ring? Auf deinem Dachboden? Bist du ganz sicher, dass Jane ihn auch haben will?“ Eleanor lacht.

Ich stimme in ihr Lachen ein. „Oh ja, ich glaube, diesen hier will sie bestimmt haben. Der Ring hat nämlich eine Geschichte. Eine verborgene Geschichte. Eine schöne Geschichte, die sie sicher hören will.“

Meine Jane weiß nur, dass ich einmal bei einem Herzog angestellt war und Kleider für seine Tochter genäht habe. Aber ich glaube, es steht ihr zu zu erfahren, wessen Tochter es war, für die ich genäht habe, und warum Nicholas und ich unsere Älteste auf den Namen Jane getauft haben. Ich habe immer geglaubt, dass Jane es erfahren muss. Und ich habe immer gewusst, dass der Zeitpunkt kommen würde, an dem ich es ihr erzähle.

Eleanor trinkt einen Schluck von ihrer Milch. „Was hast du denn nur mit einem geheimen Ring auf deinem Dachboden gemacht, Lucy? Und wieso hast du ihn ausgerechnet auf dem Dachboden aufbewahrt?“ Sie sieht mich an, als schüttele sie innerlich den Kopf über die verrückten Ideen einer alten Frau, die nicht mehr ganz klar im Kopf ist.

Ich lächle und trinke ebenfalls einen Schluck.

„Ich habe gewartet.“

Von Jane Margaret Staverton Holybrooke
Heather Downs
Castle Road, Bristol

3. Mai 1619

An Mrs Alice Holybrooke
Great Heath, Liverpool

Liebste Alice,
ich bin tief betrübt, dass ich dich, Charles und das neue Baby nicht werde sehen können. Meine Lunge ist von einem Husten befallen, und der Doktor hat mir das Reisen untersagt. Und ich möchte auch die Kleinen nicht anstecken.

Ich fürchte, dass mein Schöpfer mich bald heimholen wird und ich dann wieder mit meinem Mann zusammen bin. Du musst dies meinem Sohn Charles gegenüber gar nicht erwähnen, aber ich möchte dir erklären, weshalb ich dir dieses Päckchen schicke. In dem kleinen Lederbeutel, der zusammen mit dem Brief kommt, befindet sich ein Ring. Ich möchte gerne, dass du ihn Philippa gibst, wenn sie älter ist. In die Innenseite des Rings ist mein Name eingraviert, aber es war nicht immer mein Ring. Seine ursprüngliche Besitzerin ist schon seit vielen Jahren tot. Ich wünsche mir sehr, noch lange genug zu leben, um Philippa irgendwann selbst die Geschichte erzählen zu können, denn für einen Brief ist sie zu lang. Meine Mutter hat mir den Ring gegeben, als ich etwa in deinem Alter war, liebe Alice. Fürs Erste muss es genügen zu sagen, dass es ein Ring ist, der von jemandem getragen werden soll, der geliebt wird und auch selbst liebt. Bitte bewahre ihn für Philippa auf, bis ich dich oder sie wiedersehe. Es gibt viel, was ich ihr erzählen muss.

Ich verbleibe von Herzen,
deine Schwiegermutter Jane

Von Miles Fenworth, Notar
Covent Garden
London

10. September 1665

An Miss Audrey Tewes
Chesterwood House
Devonshire

Sehr geehrte Miss Tewes,
ich bedaure, Euch mitteilen zu müssen, dass Eure Großtante Philippa Holybrooke der Pest zum Opfer gefallen ist. Es war ihr ausdrücklicher Wunsch, Euch im Fall ihres Ablebens dieses Gebetbuch zukommen zu lassen. Während ihrer Krankheit war das Gebetbuch nicht bei ihr, sondern es befand sich bei zwei Nonnen in Aufbewahrung. Der Rosenkranz ist ebenfalls ein Geschenk Eurer Großtante an Euch, genau wie die Goldmünzen und die Tasche. Miss Holybrooke hat eindringlich den Wunsch geäußert, dass Ihr das Gebetbuch bekommt und es gut aufbewahrt. Als ihre Erkrankung bereits fortgeschritten war, war Eure Tante fest davon überzeugt, dass Soldaten Ihrer Majestät auf der Suche danach wären. Sie hat darum gebeten, dass Ihr es sorgfältig hüten möget. Ich schreibe Euch das alles, weil ich es Eurer Großtante versprochen habe.

Noch einmal mein tief empfundenes Beileid zum Tod Eurer Großtante. Sie hat oft von Euch gesprochen.

Euer treu ergebener Diener
Miles Fenworth

Von Andrew Bolling
Butterworth Township
Rochdale Parish
The Salford Hundred, Lancashire

12. November 1715

An die Herren Tinley und Harper
Buchhändler
High Street
Oxford

Wie in einem früheren Schreiben vereinbart, hier der Inhalt der Bibliothek meiner Mutter Audrey Tewes Bolling. Ich entschuldige mich für den Zustand der Bücher. Das Haus meiner Mutter war mehrere Jahre lang unbewohnt und wurde nicht geheizt. Soweit ich weiß, haben das Gebetbuch und der Rosenkranz ihrer Großtante Philippa gehört, die von der Pest dahingerafft wurde, und meine Mutter wollte, dass das Buch und der Rosenkranz zusammenbleiben. Wenn Ihr keinen Käufer findet, der sowohl das Gebetbuch als auch den Rosenkranz erwerben möchte, dann bewahrt bitte beides für mich, ich werde es zurückkaufen, um beides meiner Nichte zu überlassen, sofern sie es haben möchte.

Hochachtungsvoll
Ihr
Andrew Bolling

Von Buchhandlung Tinley und Harper
High Street
Oxford

2. Dezember 1715

Sehr geehrter Mr Bolling,
es wird Euch freuen zu erfahren, dass eine Mrs Charlotte Meade das Gebetbuch und den Rosenkranz sowie etliche weitere Titel aus der Bibliothek Eurer Mutter erworben hat. Sie war sichtlich gerührt, als ich ihr erzählte, dass die Vorbesitzerin, eine kinderlose Protestantin, die an der Pest gestorben sei, im Besitz eines Rosenkranzes war.

Falls wir Euch sonst noch zu Diensten sein können, lasst es uns umgehend wissen.

Ergebenst
Henry Tinley

An Chester Hadley, Locksmith
Cornmarket Street
Oxford

22. März 1754

Sehr geehrter Mr Hadley,
anbei schicke ich Euch diese Kupferkassette, die meiner Mutter, Charlotte Meade, gehört hat. Ich habe ihr Haus von oben bis unten durchsucht, konnte aber nicht den passenden Schlüssel finden. Ich habe vor, morgen alle Angelegenheiten bezüglich ihres Anwesens zu regeln und danach unverzüglich nach Leeds zurückzukehren. Ich wäre Euch daher äußerst verbunden, wenn Ihr das Schloss der Kassette öffnen könntet, über deren Inhalt mir nichts bekannt ist.

Ich werde vor meiner Abreise noch persönlich bei Euch vorsprechen. Sollte ich Euch nicht antreffen, schickt die Kassette bitte an mich in der Park Row 12, Leeds, Yorkshire.

Hochachtungsvoll
John R. Meade

An John Meade
Park Row 12
Leeds, Yorkshire

26. März 1754

Sehr geehrter Mr Meade,
hiermit sei Euch mitgeteilt, dass mein Betrieb vorgestern Nacht nach einem schrecklichen Feuer geplündert wurde und dass die Kassette, die Eurer Mutter gehört hat, höchstwahrscheinlich gestohlen wurde.

Weil das Schloss noch nicht geöffnet war, wisst weder Ihr noch ich etwas über den Inhalt der Kassette, sodass ich Euch fünf Schilling zur Abgeltung Eures Verlustes sende.

Hochachtungsvoll
Chester Hadley

Von Priscilla Colley
Charlton Kings
Cheltenham, Gloucester

14. Juni 1801

An Esther Waddington
Marshes
Chipping Norton
Oxfordshire

Liebste Mutter,
Albert und ich haben uns im Cottage eingerichtet. Es ist klein, aber weil es nur für uns ist – fürs Erste! –, kommen wir zurecht. Wir haben hier nicht wenig Gerümpel vorgefunden, als wir einzogen. Ja, der gesamte obere Raum war voll mit Kästen und Kisten und Spinnenweben. Das meiste davon haben wir im Garten verbrannt, aber es gab ein paar Kleinigkeiten, die wir für wert erachteten, sie zu behalten. So haben wir eine verschlossene Metallkassette gefunden, die so alt ist, dass sie grün und schwarz angelaufen ist und seltsam riecht, aber Albert will trotzdem versuchen, sie zu öffnen, obwohl ich ihm gesagt habe, er solle sich nicht die Mühe machen. Wir sollten sie einfach zusammen mit dem ganzen Rest verbrennen.

Wir haben außerdem eine Wiege gefunden! Sie war voll mit Zeitungen und Hufeisen. Kannst du dir das vorstellen?

Ich muss jetzt aufhören. Grüß Papa,
deine dich liebende
Priscilla

Von Isabell Colley Manning
New Bridge House
Kings Street
Gloucester

14. Juni 1862

An Sarah Manning Swift
West Halifax Street
Baltimore, Maryland

Meine liebste Sarah,
ich habe deinen Brief bekommen, liebe Sarah, und bin dem allmächtigen Gott dankbar, dass Robert die Schlacht von Shiloh überlebt hat. Ich würde dich und die Kinder so gerne sehen, und ich mache mir solche Sorgen um euch, aber ich fürchte, dass der Krieg in den Staaten mich überdauern wird, meine liebe Tochter. Ich verkaufe das Haus und die Möbel und ziehe zu Tante Josephine. Es geht mir aber leider nicht gut genug, um mich auch um den Dachboden zu kümmern. Dort bewahre ich alle Besitztümer meiner Eltern auf, die sie hatten, als sie von Chipping Norton hier zu mir gezogen sind. Meine Mutter wollte sich von nichts davon trennen, nachdem dein Großvater gestorben war. Ich möchte dir nicht die Last aufbürden, liebe Sarah, das alles eines Tages durchsehen zu müssen, deshalb habe ich alles zusammen auf einer Auktion verkaufen lassen. Ich schicke dir das Medaillon, das du als Kind getragen hast, und die Puppe, die dein Vater für dich gemacht hat.
Ich bete, dass ich dich bald wiedersehe.
In Liebe
Mutter

An Aubrey Templeton
Rosewood Manor
Chapel Gate
Cirencester, Goucestershire

16. August 1862

Sehr geehrter Mr Templeton,
ich schreibe Ihnen in der Angelegenheit der Sachen, die Sie bei der Auktion anlässlich der Auflösung des Anwesens von Mrs Isabell Manning erworben haben. Die Überseekiste ist gemäß Ihrem Wunsch in Ihr Kutschenhaus im Holywell House in Bristol überstellt worden.

Jeremy Stokes

An Mrs Anabelle Templeton Ashley
Bridge Street 12
Chepstow, Monmouthshire, Wales

17. Januar 1901

Sehr geehrte Mrs Ashley,
es ist jetzt einige Zeit vergangen, seit ich Ihnen geschrieben habe, dass die Sachen Ihres Vaters im Kutschenhaus in Holywell in Bristol eingelagert wurden. Es handelt sich um eine Reihe von Kisten mit Büchern sowie um ein paar Truhen und Briefe. Wären Sie bitte so freundlich, mir mitzuteilen, wohin ich sie schicken lassen soll? Ich möchte Sie daran erinnern, dass die neuen Eigentümer von Holywell House gerne die Renovierungsarbeiten fortsetzen möchten.

Simon Cardwell, Notar

Von Dora Ashley Hughes
Summer House
Swansea, Wales

21. August 1940

An Mrs Anabelle Templeton Ashley
Bridge Street 12
Chepstow, Monmouthshire, Wales

Liebe Mama,
ich habe gestern deinen Brief bekommen. Ich werde alles versuchen, um dich Ende des Monats holen zu kommen, wenn die Deutschen nicht bis dahin ganz England zerbombt haben. Wirf nichts weg. Es ist mir egal, was Leo über den Müll deines Vaters sagt. Vielleicht brauchen wir all den alten Kram, um davon zu leben. Wirf nichts weg! Ich muss mich beeilen. Martin ist wach und hat Hunger.

Liebe Grüße
Dora

VERSTEIGERUNG

Das Anwesen von Martin Hughes

6. Februar 2010

Auktionshaus Swansea

Beginn: 8:00 Uhr

Viele Einzelstücke
Lagerbestände kistenweise

Rücknahme ausgeschlossen

Von Auktionshaus Swansea

An Mr Edgar Brownton
Colier Close 13
Cardiff, Wales

14. Februar 2010

Sehr geehrter Mr Brownton,
Bezug nehmend auf Ihren Brief vom 8. Februar, möchte ich Ihnen mitteilen, dass die Verkaufsbedingungen der Waren auf der Verkaufsankündigung eindeutig waren. Wir nehmen keine Verkäufe zurück. Es tut mir leid, dass Sie die kleine Kassette nicht öffnen konnten, die Sie in einer der von Ihnen erworbenen Kisten gefunden haben. Wir sind weder im Besitz eines passenden Schlüssels, noch wissen wir etwas über den Inhalt der Kassette. Wie Ihnen bei dem Verkauf mitgeteilt wurde, befanden sich die Kisten vierzig Jahre lang in einem unbeheizten Lager. Wahrscheinlich befindet sich in der Kassette kaum mehr als etwas Staub.

Samuel Llewellyn
Auktionshaus Swansea

Vom Schreibtisch von Emma Downing aus:

Janie,

anbei schicke ich dir die Briefe von Mr Edgar Brownton, dem Mann, der mir auf dem Trödelmarkt die Kisten verkauft hat. Er hat an das Auktionshaus geschrieben, nachdem er die Kisten gekauft hatte, und nach dem Schlüssel für die Kassette gefragt, in der du den Ring gefunden hast, aber wie du ja siehst, war die Suche erfolglos.

Niemand wusste etwas von dem Ring, Liebes. Es weiß seit langer Zeit niemand mehr etwas davon.

Wahrscheinlich solltest du ihn finden. Du weißt, dass ich recht habe. Und du sollst ihn auch behalten.

Es freut mich zu hören, dass du zur Abwechslung mal gut schläfst und dass dir das Kanufahren Spaß macht. Du solltest mich im Sommer besuchen kommen. Dann können wir auf der Themse paddeln, und ich würde dir die Stelle zeigen, an der Königin Jane auf demselben Gewässer unterwegs war. Du kannst dabei ihren Ring tragen.

Liebe Grüße
Emma

Anmerkung der Autorin

Viele Aspekte aus dem Leben von Lady Jane Grey, die in diesem Buch beschrieben werden, beruhen auf dokumentierten Tatsachen. Aber es gibt keine Beweise dafür, dass Lady Jane Grey zur Zeit ihres Todes in irgendjemanden verliebt war. Die Figur der Schneiderin Lucy ist fiktiv, genauso wie die Idee, dass Jane einen Verlobungsring bekommen hat. Es ist durchaus möglich, dass Lady Jane Grey wirklich in Edward Seymour verliebt war, genauso ist es aber auch möglich, dass dem nicht so war und sie den Mann liebte, den sie statt seiner heiratete. Ihr literarischer Nachlass gewährt uns keinen Einblick in diesen Teil ihres Lebens. „Neun Tage Königin" ist also ein Buch, das die Frage „Was wäre, wenn?" erkundet … einer der schönen Aspekte des Schreibens.

Danksagungen

Unsagbar dankbar bin ich …

… dem unglaublich begabten Lektorenteam von *WaterBrook Multnomah*, besonders Shannon Marchese, Jessica Barnes und Laura Wright. Außerdem bin ich auch Jennifer Peterson und Lissa Halls Johnson dankbar. Ihre kollektiven Erkenntnisse waren von unschätzbarem Wert für mich.

… meinem Agenten Chip MacGregor für seine Bestätigung, Ermutigung und seine Offenheit.

… den Kollegen James Scott Bell und Vasthi Acosta für ihre Unterstützung dabei, Manhattan zu erkunden, zu fühlen und zu atmen, sowie dem Ehe- und Familienberater Jeff Sumpolec dafür, dass er mir geholfen hat, mir vorzustellen, wie sich Ehe anfühlen könnte, die zu zerbrechen droht.

… meinem Mann und besten Freund Bob, der mir ritterlich die Erfahrung vorenthält zu erleben, wie sich eine Ehe anfühlt, die zu zerbrechen droht.

… Judy Horning, einer sachkundigen Korrekturleserin, erster Leserin von allem, was ich schreibe, und unvergleichlichen Mutter.

… Pam Ingold, Kimlee Harper und meinen Buchclub-Mädels, die mich aufrecht gehalten haben, wenn es einfacher gewesen wäre, mich fallen zu lassen.

… Gott, der die Geduld in Person ist, unvorstellbar liebevoll und der freundlichste aller Könige.